우리가
나누었던
순간들

일러두기 ǀ 본문의 주는 모두 옮긴이 주입니다.

우리가
나누었던
순간들

장자자 소설 정세경 옮김

55°

Preface

이 소설을 선택해주셔서 고맙습니다.

만약 당신이 이따금 이 책을 펼친다면

저도 당신과 함께

조용히 책을 읽는 시간을 보낼 수 있을 거예요.

CONTENTS

CHAPTER 1   산과 들, 복숭아나무 그리고 왕잉잉   9

CHAPTER 2   야, 있는 돈 다 내놔!   33

CHAPTER 3   내가 지금 꿈을 꾸고 있나?   69

CHAPTER 4   죽지 않는 소녀   101

CHAPTER 5   도시에는 얼마나 많은 불이 있을까?   141

CHAPTER 6   1,001부의 보험 증서   181

CHAPTER 7   보지 못했던 산과 바다   213

CHAPTER 8   물에 흘러온 소식, 바람에 실려 온 소리   255

CHAPTER 9   세상의 노을   297

CHAPTER 10   슬픔과 희망, 모두 한줄기 빛   325

CHAPTER 11   산속의 밤배   357

CHAPTER 12   구름 아래 사라진 사람, 달 아래 함께 먹는 밥   385

CHAPTER 13   결혼식   423

CHAPTER 14   외할머니의 트랙터   453

CHAPTER 15   섣달 그믐날 밤   469

CHAPTER 16   사랑해   503

"할머니, 하늘은 왜 저렇게 높아?"
"저기 저 구름들 안 보이냐? 저게 다 하늘나라 날개라 그래."

CHAPTER 1

산과 들, 복숭아나무 그리고 왕잉잉

1

초여름의 처마 밑에서 류스산은 씨앗을 잔뜩 까며 외할머니에게 말했다.

"누가 우리를 보고 싶어 하는 것 같아."

외할머니는 심드렁하게 받아쳤다.

"보고 싶으면 뭐해? 돈 안 주면 다 빌어먹을 놈이지."

마을에는 온통 도라지가 피고, 민들레 홀씨가 석류나무보다 높이 날아 산기슭의 바다처럼 넓게 펼쳐진 논까지 날아갔다. 많은 사람들의 마음속에 자신의 고향은 훗날 하나의 점이 된다고 한다. 언제까지나 한자리를 지키는 외로운 섬처럼 말이다. 외할머니는 조상들이 대대로 이 땅에 묻혀 있으니 여기를 고향이라 부른다고 했다.

산 속의 이 작은 진¹은 마치 땅 속에서 나고 자란 것 같았다. 대학입시를 치르고 고향을 떠난 뒤 지금까지 류스산은 설을 쇨 때를 빼고는 한 번도 이곳에 돌아온 적이 없었다. 외할머니의 이름은 '왕잉잉'으로 집 마당 입구에 작은 가게를 열어 수십 년째 장사를 해왔다. 그녀는 자잘한 꽃무늬의 반팔 티셔츠에, 하얀 머리를 하나로 틀어 올리고, 팔에는 토시를 찬 채 이리저리 바쁘게 뛰어다녔다.

날씨가 더워지자 작은 가게에서는 맥주가 불티나게 팔려나갔다. 외할머니는 맥주 박스를 겹겹이 쌓아놓고 땀을 닦으며 말했다.

"너 일할 거야 안 할 거야? 안 할 거면 네놈 가만히 안 둘 거야."

류스산은 기죽은 목소리로 대꾸했다.

"난 산속에서 못 살 거 같아."

그러자 외할머니가 물었다.

"보험은? 돈 좀 벌었냐?"

류스산은 한숨을 내쉬었다.

"돈벌이가 중요한 게 아니라니까. 이건 창업이라고 해야 돼."

---

1 鎮, 중국의 행정구역은 크게 성급(省級), 지급(地級), 현급(縣級)으로 나뉘며 현과 자치현 아래에 지방 3급 행정단위인 향(鄉)과 진(鎮)이 있다. 그중에서도 진은 인구 2만 명 이상, 구역 면적이 300제곱킬로미터 이상의 규모로 농업과 공업이 모두 있는 도시형 행정구역으로 우리나라의 면에 해당한다.

마당 한가운데에 복숭아나무가 있는데 외할머니는 그 아래에 놓아둔 비를 쥐고 바닥을 싹싹 쓸며 류스산을 흘깃 쳐다봤다.

"차라리 내가 이 집 팔아서 네 창업인지 뭔지 도와줄까?"

류스산은 얼른 외할머니를 끌어안았다.

"사랑해, 왕잉잉!"

외할머니는 류스산을 발로 걷어차며 말했다.

"됐으니까 얼른 꺼져."

류스산이 물었다.

"점심은 뭐 먹어?"

외할머니는 담배에 불을 붙이며 말했다.

"누가 네놈 밥까지 챙겨준대? 나가서 돈이나 벌어."

6월의 이른 매미가 울어대는 소리는 가늘고 촘촘해 들릴 듯 말 듯 막 잠에서 깨어났을 때 느껴지는 귀 울림같았다. 외할머니는 마당 밖으로 고개를 내밀고 말했다.

"돈 많이 벌어와. 난 저녁에 손님 만나서 술이나 두 잔 마시고 올 테니까."

외할머니가 술을 마신다고 하면 두 잔으론 어림도 없었다. 어젯밤에도 스무 잔은 넉넉히 마시고 잔뜩 취한 목소리로 류스산을 꾸짖었다.

"실연이 뭐 대수라고, 새로 하나 더 찾으면 되지!"

류스산은 울음기 가득한 목소리로 말했다.

"하지만 난 걔를 못 잊겠단 말이야."

외할머니는 그런 류스산이 불쌍한지 머리를 끌어안고 따뜻하게 말했다.

"걔가 널 버리는 것도 정상이지, 네놈이 이렇게 못 생겼으니까. 네가 걔를 못 잊는 것도 정상이고, 걔는 엄청 예쁠 테니까. 그래, 울어라 울어. 할미가 있잖아. 오늘 재수가 없어 네놈 우는 소리 다 들어주는 셈 칠 테니."

류스산은 몸부림을 쳤지만 외할머니가 자신을 꽉 끌어안고 있다는 걸 알았다. 그는 손을 뻗어 술병을 들고 단숨에 들이켠 뒤 외할머니의 품에 안긴 채 잠이 들었다.

외할머니는 어젯밤에 무슨 일이 있었는지 기억하지 못할 테지만 여전히 정신은 정정했다. 엉덩이를 걷어차여 집밖으로 쫓겨난 류스산이 고개를 돌려보니 담벼락 위로 반쯤 솟아 있는 복숭아나무와 문가에 걸려 있는 작은 가게 간판이 저 멀리 흰 구름 푸른 산과 어우러져 있었다.

류스산은 달리 어쩔 수가 없었다. 며칠 전까지만 해도 그는 도시에서 살아보겠다고 용을 썼지만 돌아온 것은 실연과 실직

뿐이었다. 슬픔에 빠져 허우적대는 그에게 갑자기 나타난 외할머니가 곡주 두 주전자를 들고 나타나 그에게 억지로 먹인 뒤 고향으로 끌고 내려온 것이다.

일흔 살이나 된 할머니는 트랙터를 몰고 왕복 200킬로미터나 되는 거리를 찾아가 술에 취한 외손자를 차에 묶었다. 외할머니는 그런 자신이 대견했는지 혼자 중얼거렸다.

"오는 길이 덜컹덜컹하니까 외손자란 게 어디 모자란 놈처럼 계속 토를 하는데 내가 그때마다 차를 세워서 그 더러운 토를 다 치웠다. 세상에 얼마나 힘들고 고생스러웠는지, 원."

류스산은 잠에서 깬 뒤에야 자신이 산속 작은 마당에 있는 걸 알고 눈이 휘둥그레졌다. 천신만고 끝에 고향을 떠나 자기만의 세상을 일궈보려 했건만 외할머니의 트랙터에 묶여 단번에 이곳으로 돌아올 줄은 꿈에도 생각지 못했다.

이 작은 마당은 류스산의 어린 시절이 오롯이 담긴 곳이다. 그는 학교가 끝나고 집에 돌아오면 외할머니에게 이런저런 질문을 하곤 했다. 어린 류스산이 물었다.

"할머니, 하늘은 왜 저렇게 높아?"

그러자 외할머니가 대답했다.

"저기 저 구름들 안 보이냐? 저게 다 하늘나라 날개라 그래."

2

어린 시절부터 어른이 될 때까지 류스산은 외할머니가 주는 학비를 받고 학교에 다녔다. 외할머니의 수입은 모두 산속 작은 가게에서 나온 것이었다. 류스산이 어렸을 때 쓴 글을 보면 외할머니는 담배를 입에 문 채 소매로 떼어 온 물건들을 실은 트랙터를 몰고 산과 들을 누비고 다녔다.

사실 어린 시절 류스산은 외할머니를 원망했던 적이 한두 번이 아니었다. 그중에서도 가장 원망스러웠던 세 가지가 있다. 하나는 용돈이 너무 적었던 것이고, 다른 하나는 할머니가 마작을 너무 많이 했던 것이고, 마지막은 그의 꿈을 존중해주지 않았던 것이다.

매번 류스산이 "마작 좀 하지 말고 그 돈 모아 나 좀 줘. 내 꿈 좀 이룰 수 있게"라고 말하면 외할머니는 의아하다는 듯 물었다.

"겨우 4학년짜리한테 무슨 꿈이 있냐?"

그럼 류스산이 대답했다.

"시험 봐서 칭화대학이나 베이징대학에 갈 거야. 할머니가 있는 여기 말고 도시 가서 살 거라고."

그 말에 외할머니는 부엌칼을 들고 류스산을 죽이겠다며 쫓아다녔다. 류스산은 나무 위로 기어올라 진지한 얼굴로 말했다.

"할머니! 내가 말하잖아. 내 꿈을 존중해달라고!"

"네 엄마처럼 말 한마디 없이 도망가고 싶은 게냐? 이 외할미랑 같이 살기도 싫다는 게냐?"

외할머니의 큰소리에 류스산은 지지 않고 말했다.

"내가 언제 엄마처럼 한다고 했어? 난 외할머니한테 돈을 부쳐줄 거야. 10만 위안, 8만 위안도 별거 아니라고!"

외할머니는 부엌칼로 나무줄기를 베며 말했다.

"내가 그때까지 어떻게 기다리겠냐? 일단 작년에 받은 세뱃돈이나 내놔봐."

류스산은 외할머니의 말에 놀라 동네가 떠나가라 울며 외쳤다.

"뻔뻔하다 뻔뻔해! 나 그냥 학교 안 다녀! 바로 칭화대학이나 베이징대학 가서 예쁜 마누라 얻어 아기 낳을 거라고!"

14년 전 외할머니는 편지 한 통을 받은 적이 있었다. 그녀는 글을 읽을 줄도 모르면서 류스산에게 읽어달라고 건네주지 않았다. 대신 패물 몇 가지와 함께 과자 상자에 넣어 숨겨뒀다. 당시 호기심이 많았던 류스산은 편지봉투를 곁눈질해 주소를 외웠다. 나중에 그는 그 주소로 편지를 써서 보냈다. 편지 내용은 아주 간단했다.

안녕하세요. 저는 류스산이고, 왕잉잉 할머니의 외손자

예요. 우리는 너무 가난해요. 돈 좀 보내주세요.

그 뒤로 류스산은 외할머니보다 더 답장을 기다리게 됐다.

마을 중심에는 공소합작소[2]의 옛터가 있었는데 나중에 천주교 성당이 됐다. 그 입구에 우체통이 세워져 있고, 바로 마주보는 곳에는 만두가게가 있었다. 류스산은 책가방을 비스듬히 멘채 우편배달부인 라오천에게 물었다.

"우리집에 오는 편지 있어요? 오면 할머니 주지 말고 그냥 저한테 주세요."

"왜?" 라오천이 물었다.

"나이 먹어 그런 거 물어보는 거 아니에요. 돈은 나중에 제가 드릴게요."

류스산은 겁없이 말했다. 그렇게 류스산은 한 학기가 지나가도록 내내 답장을 기다렸다. 그러다 류스산은 설에 술에 취한 외할머니에게 편지를 보낸 사람이 누구인지, 돈은 부쳐줄 수 있는지 물어봤다. 그러자 외할머니가 불쑥 눈물을 터뜨렸고, 류스산은 깜짝 놀라 얼른 할머니의 눈물을 닦아주며 말했다.

"할머니, 울지 마. 내가 커서 도시에 가면 돈 부쳐줄게."

2 농협 공판장처럼 농민들을 위해 다양한 물건을 판매하는 장소

라오천이 세상을 떠난 뒤 새로운 우편배달부는 오지 않았으며 우체통도 사라졌다. 뿐만 아니라 사람들이 펜으로 직접 글을 쓰는 일도 드물어졌다. 누군가가 편지지에 '사랑해'라는 세 글자를 써본 것이 21세기 마지막 연애편지였으리라.

류스산도 그런 편지를 써본 적이 있다. 초등학교 4학년 여름방학 보충수업 때 칭샹이란 여학생의 국어 교과서 사이에 그 편지를 꽂아 놓았다. 내용도 별게 아니었다.

'내 생각에는 네가 뭐 선생님보다 예쁜 것 같아. 혹시 화메이[3] 먹어?'

뭐쑤주엔은 류스산의 반 담임으로 20대의 젊은 여선생이자 칭샹의 작은이모였다. 다음 날 수업 시간에 뭐 선생은 류스산의 귀를 꼬집은 채로 교무실로 끌고 가 짓궂은 표정으로 물었다.

"내가 더 예쁘지?"

화가 난 류스산은 아주 단호하게 말했다.

"아니요. 진짜진짜 못생겼어요!"

류스산의 당돌한 발언에 교무실은 온통 웃음바다가 됐다. 수학을 가르치는 위 선생도 류스산에게 다가와 물었다.

"그럼 나는?"

---

3 話梅, 소금이나 설탕으로 재워 햇빛에 말린 매실로 중국에서 간식으로 많이 먹는다.

류스산은 조금 망설이다 입을 열었다.

"뭐 선생님이 나 때릴 거 같아요. 도와주세요."

"뭐 선생님이 널 때리는 거야 당연하고, 나한테 어떻게 말하는지 한번 보자."

"선생님은 뭐 선생님보다 어리니까 좀 덜 못생겼죠."

류스산은 위 선생의 물음에 진지하게 대답했다.

"복도에 나가서 수업 끝날 때까지 벽 보고 서 있어."

위 선생의 지시에 류스산은 다급하게 물었다.

"내가 교장선생님을 어떻게 생각하는지는 안 물어봐요?"

그 말에 교무실 안의 선생들은 하던 일을 멈추고 서치라이트처럼 류스산에게 시선을 모았다. 류스산은 침을 튀기며 말했다.

"안 그래도 더워서 기운이 없는데 여름방학 보충수업에 애들로 바글바글하고. 이게 정상수업이랑 뭐가 달라요?"

결국 류스산은 교무실에서 교장실까지 끌려갔다. 교장이 차를 따르자 류스산은 태연히 찻잔을 들고 마시려 했다. 교장은 깜짝 놀라 류스산을 쳐다보며 말했다.

"그건 내가 마시려고 따른 건데."

하지만 류스산은 찻잔에 뜬 찻잎을 후후 불고 한 모금 맛을 보더니 쩝쩝거리며 말했다.

"쌉쌀하네요. 돈 많은 사람들은 오렌지주스 마신다던데. 그게 달잖아요."

교장은 테이블을 톡톡 두드리며 말했다.

"스산아, 너 연애편지가 아주 별로더라."

류스산은 같잖다는 듯 눈을 흘겼다.

"제가 학교 도서관에 있는 책이란 책은 다 읽었거든요. 교장 선생님이 왜 제 문학적 재능을 의심하세요?"

교장은 하하 웃으며 류스산에게 낡아빠진 책 한 권을 건넸다. 표지에는 불에 탄 구멍이 몇 개 있고 '인간사화[4]'란 네 글자가 인쇄체로 박혀 있었다. 책을 펼치니 세로쓰기가 된 글들이 빽빽했다. 류스산은 어쩐지 머리에서 윙 소리가 나는 것 같았다.

"며칠 뒤에 시험 볼 거다."

교장이 말했다. 류스산은 재빨리 잔머리를 굴리며 말대꾸를 했다.

"1997년 홍콩은 중국에 반환됐잖아요."

교장은 고개를 갸웃거렸다.

"갑자기 그건 왜 들먹이냐?"

류스산은 짐짓 엄숙한 표정을 지으며 큰 목소리로 말했다.

---

4 人間詞話, 중국 청나라 말기의 학자 왕궈웨이(王國維)가 집필한 미학서

"홍콩이 반환돼 중국이 하나가 됐는데 번체자[5]를 읽으라뇨? 혹시 나라에 반역하시려는 거예요?"

교장은 말없이 찻잔을 내려놓고 책을 류스산의 품에 안겨준 뒤 그의 머리를 쓰다듬으며 진지하게 말했다.

"열심히 공부해라, 최선을 다해서 공부해. 네 이놈! 이 책 못 읽으면 선생님이 널 가만두지 않을 거야. 알았냐? 썩 꺼져."

3

류스산은 윈벤진雲邊鎭에서 태어난 왕잉잉의 외손자로 외할머니가 운영하는 작은 가게를 물려받을 예정이었다. 당시 류스산이 다니던 학교에서는 여학생들 사이에 일기를 쓰는 게 유행이었다. 왕잉잉의 작은 가게에서도 알록달록한 공책들을 도매로 두 상자나 들여놨는데 개학하자마자 금세 동나버렸다. 여학생들이 일기를 꼭 품에 안고 다니는 모습을 보면 그 안에 무슨 대단한 비밀이라도 숨겨져 있을 것만 같았다.

---

5 繁體字, 현재 중국에서는 한자의 자형(字形)을 간략하게 고친 간체자(簡體字)를 쓰고 있다. 반면 홍콩과 타이완에서는 아직까지 번체자를 사용하고 있기에 본문에서는 이 상황을 빗대어 말한 것이다.

하지만 류스산은 그런 일기에 전혀 관심이 없었다. 그의 공책만큼 큰 비밀이 숨겨져 있을 리 없을 테니까. 정확히 말하자면 그것은 공책이라기보다는 그가 둥신전자 공장에서 쓰던 종이를 모아 만든 종이 묶음이었다. 첫 페이지를 펼치면 언젠가 엄마가 그에게 해줬던 말이 한 자 한 자 정성껏 쓰여 있었다.

너무 놀지만 말고 열심히 공부해.
나중에 커서 칭화대학이나 베이징대학에 가.
엄마는 네가 도시에서 일자리 구하고 너 사랑해주는
여자 만나서 결혼하고 행복하게 살면 좋겠어.

두 번째 페이지부터는 어린 류스산이 자신의 계획을 빼곡히 적어놨다.

모든 교과서를 외우고, 못 외우면 죽을 때까지 외운다.
응용문제를 풀 수 있게 공부한다.
먼저 중학교 교과서를 공부한다.
기말고사에서 10등 안에 든다.

류스산은 한 줄 한 줄 영원히 끝나지 않는 시처럼 공책에 계획을 계속 적어나갔다. 그러면서 계획을 완수한 것에는 체크했다.

4학년 기말고사가 끝난 뒤 대머리 교장은 국기게양대 아래에서 땀을 닦으며 말했다.

"여러분, 즐거운 여름방학을 축하합니다!"

그 말에 운동장에 가득찼던 학생들은 "와아!" 소리를 지르며 바로 뿔뿔이 흩어지며 집으로 돌아갔다. 교장은 입맛을 다시며 중얼거렸다.

"참나, 이제 겨우 인사말 한 건데."

운동장에 남은 학생은 달랑 류스산 하나뿐이었다. 그는 그자리에서 공책에 쓰인 '기말고사에서 10등 안에 든다'에 체크하더니 마치 총이라도 되는 듯 펜에 입김을 불며 오늘의 계획도 적었다. 글을 다 쓴 뒤 류스산은 작고 깜찍한 모양의 여성용 자전거를 타고 속도를 높여 마을 너머로 향했다.

1. 외할머니를 도와 물건을 배달한다.
2. 숙제 다 하고 단어 20개 외운다.

물레방아와 돌다리를 지나 향나무가 서로 마주보는 작은 길에 이르러 류스산은 바람을 맞으며 언덕 아래로 내달렸다. 그의 앞에는 넓디넓은 하늘과 성기고 옅은 구름, 푸른 식물의 바다가 펼쳐졌다. 어린 소년의 눈에 그 모든 풍경은 웅장하고 아름답게 느껴졌다. 류스산은 속으로 중얼거렸다.

"맙소사, 어떻게 논에 구멍이 나 있는 거지?"

벼이삭이 출렁이는 끝없는 땅은 반짝이는 솔같았다. 그런데 길가의 작은 논은 일찌감치 벼를 베어내 담뱃불로 지져 소파에 난 구멍처럼 보였다. 그 동그란 구멍 안에서는 전쟁의 불꽃이 흩날리며 외할머니가 탁자를 펼쳐놓고 세 사람과 미친 듯이 마작을 두고 있었다. 이 전쟁에 참여한 전우는 뤄 선생과 마오팅팅, 류스산의 같은 반 친구 니우따텐이었다.

류스산은 외할머니가 학교가 끝난 뒤 논으로 컵라면을 배달하라기에 농사일이 바쁜가 싶었다. 이제 와서 보니 외할머니가 주문한 컵라면은 마작하면서 자신이 먹기 위한 것이었다. 왜 논에서 마작을 하는지, 벼는 왜 베다 말았는지, 그건 모두 외할머니의 마음이다.

류스산은 마작을 두고 있는 탁자 옆에 자전거를 세웠다.

"우퉁6!"

동글동글한 몸의 열한 살 꼬맹이 니우따텐은 나무 걸상 위에 쪼그리고 앉아 통통한 얼굴로 엄숙하게 패를 던졌다.

6 五筒, 동그란 통 5개가 그려진 마작의 패 중의 하나

"펑7"

외할머니가 본때를 보여주며 호탕하게 웃었다.

"우리 스산이 할미 운 좋아지라고 개똥이라도 싣고 왔나? 네가 오자마자 후파이8를 할 뻔했다."

류스산은 외할머니를 쳐다보지도 않고 자전거 뒤의 플라스틱 바구니에서 컵라면과 뜨거운 물이 든 보온병을 꺼내들었다. 그는 외할머니가 지시한 대로 수업이 끝나고 물건을 배달하라는 임무는 마쳤으니 계획대로 돈을 받은 뒤 집으로 돌아가 복습만 하면 됐다. 자신이 외워주길 기다리는 단어 20개가 책에 가지런히 누워 있다고 생각하니 류스산은 기분이 들뜨고 열정이 불타올랐다.

류스산은 면에 스프를 넣고 뜨거운 물을 부은 다음 흙덩이로 컵라면 위를 눌러놓는 일까지 일사천리로 해치웠다. 그는 눈앞의 뤄 선생이나 니우따텐, 마오팅팅은 눈에 보이지도 않는 것처럼 행동했다.

생각해보라. 만약 류스산이 "뤄 선생님 안녕하세요. 팅팅 누나 안녕. 니우따텐 학교도 끝났는데 왜 집에 안 가?"라고 인사를 건넨다면 분명 누군가 대답하겠지.

"스산, 넌 오늘 어때?"

"또 키가 컸네."

"엄마아빠가 싸우고 계셔서 내가 방해하면 안 돼."

이런 쓸데없는 말들을 끝도 없이 늘어놓을 테고, 주저리주저리 떠들다 보면 시간만 허비하는 꼴이 될 것이다.

류스산은 입을 꾹 다물고 있었지만 쓸데없이 친절한 마오팅팅은 그의 몸에서 뿜어 나오는 '건드리지 마시오'란 정보를 읽지 못했다. 그녀는 조용히 라면이나 먹을 일이지 굳이 인사를 건넸다.

"스산, 넌 먹었어?"

스산은 할 수 없이 한마디를 했다.

"아뇨."

"그럼 앉아서 같이 먹을래?"

마오팅팅은 묶여 있는 볏짚 뭉치를 풀어 바닥에 던지며 앉으라는 듯 친절하게 탁탁 쳤다.

"내가 너 절반 줄게. 넌 어떤 맛 좋아해? 아, 너희 가게에는 훙샤오뉴우러우⁹ 맛만 있지? 매일 먹는 거 아냐?"

류스산이 긴 한숨을 쉬며 더딘 대답을 하려 할 때 니우따텐

---

9 紅燒牛肉, 고기에 기름과 설탕 등 양념을 넣고 검붉은 색이 될 때까지 익힌 요리로 중국에서 흔하게 먹는다.

이 가만있지 않고 컵라면을 든 채 뚱뚱한 몸을 이끌고 다가와 우물거리며 물었다.

"야, 저기 나무에 참새 둥지 있는 거 봤냐?"

'뭐? 참새 둥지? 갑자기 참새 둥지 이야기는 왜 또 해?'

류스산은 순간 어떻게 대처해야 할지 몰라 당황했지만 다행히 뭐 선생이 말을 이어받았다.

"시간 낭비 하지 말고! 팅팅 언니, 언니 차례예요. 할 생각이 있는 거예요, 없는 거예요?"

류스산이 고마운 눈빛으로 바라보자 뭐 선생이 옅은 미소를 지었다. 그녀는 류스산이 어떤 아이인지 잘 알고 있었다. 한번은 류스산이 웃통을 벗은 채 시뻘건 얼굴로 화장실에서 나오는 모습을 본 적도 있다. 당시 그녀가 물었다.

"너 똥통에 빠졌니?"

류스산은 몸을 덜덜 떨며 말했다.

"휴지 갖고 가는 걸 까먹은 거예요."

그녀는 고개를 갸웃거리며 다시 물었다.

"그래서 옷으로 닦았단 말이야? 너 손에 있는 거 종이 아니야?"

그러자 류스산은 깜짝 놀라 고개를 들고 그녀를 보며 싸늘하게 말했다.

"이건 제가 예습하고 있는 중학교 과정의 원소주기율표거든요!"

지식의 빛에 휩싸인 영혼 앞에서 뤄 선생은 교사로서의 위신을 잃고 말았다.

뤄 선생이 그 후로도 쭉 지켜보니 류스산은 특이한 점이 한두 가지가 아니었다. 이를테면 류스산은 흔한 카드 게임도 할 줄 몰랐고 아이들이 좋아하는 그림책엔 눈길조차 주지 않았다. 심지어 집에서 무엇이든 다 파는 작은 가게를 하면서도 변신 로봇 하나 갖고 있지 않았다.

20대의 젊은 뤄 선생은 살면서 이렇게 자율적인 생물을 본 적이 없었다. 그때 이후로 그녀는 이 열 살짜리 소년에게 경외심을 느끼면서도 이 아이의 어린 시절은 이미 끝장났다고 생각했다. 물론 끝장난 아이는 류스산 하나만이 아니었다. 지금 그녀와 함께 마작을 두고 있는 뚱보 니우따텐도 다른 의미로 마찬가지였다. 분명 초등학교 4학년이건만 한 손에 마작 패를 쥐고 아무 생각 없이 우퉁이나 던지고 있으니 앞으로 무슨 발전이 있겠는가. 여기까지 생각하던 뤄 선생은 암담한 얼굴로 손을 저었다.

"스산아, 넌 얼른 집에 가라. 여름방학 숙제는 충분하니? 부족하면 선생님이 더 내주고."

무슨 말인지 제대로 듣지 못한 니우따텐이 다가와 목청을 높였다.

"뭔데? 나도!"

뤄 선생이 니우따텐을 빤히 쳐다보며 말했다.

"숙제."

니우따텐은 고개를 절레절레 흔들며 얼른 자리를 비켰다.

"젠장, 나 안 해."

류스산은 진지하게 뤄 선생에게 대답했다.

"선생님 감사하지만 선생님 숙제는 너무 간단해서 저도 싫어요."

기분이 팍 상한 뤄 선생은 숨을 씩씩거리며 잡고 있던 패를 던졌다.

"야오지[10]!"

마오팅팅은 작은 소리로 물었다.

"내 차례 아니야?"

뤄 선생은 도리어 버럭 화를 내며 탁자를 탁 내리쳤다.

"언니 차례면 언니 차례지, 뭐 어쩌라고요? 내 패 가져오면 될 거 아니에요!"

그때 외할머니가 큰소리로 말했다.

"한 번 던진 야오지는 못 가져가지! 나 났어, 이겼다고!"

그러자 니우따텐이 미친 듯이 소리쳤다.

---

10 幺雞, 마작의 136가지 패 중 하나로 새와 닭을 합친 그림이 새겨져 있다.

"장난해요? 당연히 가져가야죠! 할머니는 화[11]만 3개잖아요! 누굴 속이려고 해요!"

네 사람이 한 덩어리가 되어 옥신각신하고 있는 사이 류스산은 몰래 여성용 자전거가 세워진 곳으로 뛰어갔다. 차라리 잘된 일이다. 저들이 논밭에서 마작이나 두고 있는 동안 그는 지식의 나라에 들어가 번쩍번쩍 빛나는 왕자가 되면 되지 않겠는가.

"그럼 제가 지우티아오[12]랑 바꿀게요!"

"지우티아오랑 바꿔도 내가 났다니까! 얼른 돈 줘!"

류스산이 논두렁에 막 올라갔을 때 뒤에서 외할머니의 쩌렁쩌렁한 외침이 들려왔다.

"거기 서! 할미도 너랑 같이 갈 거야!"

류스산이 흠칫 뒤돌아보니 논바닥은 이미 아비규환이었다. 뤄 선생은 탁자를 붙잡고 말했다.

"지금 가시면 안 되죠. 이겼다면서 왜 도망가요!"

니우따텐은 이대로 물러설 수 없다는 듯 남의 컵라면에서 뭔가를 찾고 있었다. 반면 마오팅팅은 여전히 생각에 빠져 있었다.

---

11 花, 마작의 패는 크게 수파이(數牌)와 쯔파이(字牌), 화파이(花牌) 세 가지로 나뉘는데 그중에서도 화파이는 8개이며, 부가적인 점수를 올리는 데에만 쓰인다.

12 九條, 마작의 패 중에 길쭉한 선 모양의 그림이 새겨진 티아오즈(條子)가 있는데 그중에 가장 높은 패로 긴 선이 9개 새겨져 있다.

'어떻게 지우티아오가 5개일 수 있지? 말이 안 되는데……'

외할머니는 어느새 잽싸게 류스산을 앞지르더니 트랙터에 훌쩍 올라타 검은 연기를 피웠다.

"할미가 저 앞길 가서 기다릴 테니까 넌 얼른 가서 탁자 주워 와."

그러더니 외할머니는 바로 트랙터를 몰고 휭하니 출발했다.

류스산이 간신히 탁자를 이고 트랙터에 뛰어오른 다음 자전거를 트랙터 앞으로 끌어올렸을 때 하늘은 어두워져 옅은 푸른색을 띠고 있었다. 멀리 짙푸른 산들이 보이고 묵빛 숲길을 지나는 동안 마을의 불빛이 하나둘씩 켜지며 밥 짓는 연기가 피어올라 저녁놀이 붉게 물들였다.

"할머니, 왜 꼭 나랑 같이 가려고 하는 거야?"

"어두워지면 패가 잘 안 보이잖아."

"쳇, 말도 안 되는 소리 하긴. 시험지 글씨도 똑똑히 보이거든."

류스산은 흔들리는 트랙터에서 균형을 잡으려고 애쓰며 작은 탁자 위에 시험지를 놓고 들여다봤다.

"너 아직 밥도 안 먹었잖아? 워쥐차오러우¹³ 먹을래?"

---

13 萬苣炒肉, 상추와 삼겹살을 볶아 만든 중국의 가정식 요리

"운전이나 좀 얌전하게 해!"

류스산은 손을 떨며 가슴에 성호를 그렸다.

"아이고, 운전하는 기술이라면 네가 마음 탁 놔도 된다. 너도 알지? 할미가 예전에 삼팔홍기수[14]였던 거."

외할머니는 호탕하게 웃으며 두 발로 트랙터의 가속페달을 밟아 들소처럼 내달렸다. 트랙터 속 류스산은 빠른 속도에 머리가 어질어질한 와중에도 언뜻 밤하늘에 별들이 하나둘 떠오르는 걸 보았다. 그는 그렇게 보이는 별들이 심심풀이로 읽던 책에서 본 환각이 아닐까 생각했다. 환각이라도 좋고 꿈이라도 좋고, 현실과 멀리 떨어져 있어도 모두 좋았다.

언젠가 그도 물컹한 흙을 밟는 느낌이나 흩날리는 풀잎의 모습조차 모두 잊게 되겠지. 그는 계획대로 열심히 공부해 중학교 3년, 고등학교 3년을 보내고 베이징대학이나 칭화대학에 입학해 엄마가 말한 큰 도시로 떠날 테니까. 류스산은 큰 도시란 곳이 마당에 있는 복숭아나무보다 얼마나 예쁜지, 다시는 이곳으로 돌아오고 싶지 않을 정도로 좋은지 가볼 작정이었다. 하지만 지금은 겨우 여름방학이 시작됐을 뿐이었다. 며칠 뒤 류스산은 청샹이란 여자아이를 만나게 된다.

---

14 三八紅旗手, 중국의 전국부녀연합회가 '4대 현대화'에 기여한 여성에게 수여하는 칭호

어린 시절은 동화와 같고,

이것은 그들의 동화 속 첫 번째 만남이었다.

그렇게 무덥던 여름날,

소년의 등은 여자아이의 슬픔에 데어 구멍이 났고

바로 심장까지 관통했다.

CHAPTER 2

야, 있는 돈 다 내놔!

1

왕잉잉 작은 가게에서 출발해 이발소와 목욕탕, 작은 하얀 건물을 지나 왼쪽으로 돈 뒤 강가의 돌길을 따라 걷다 보면 영화관이 나오는데 그 옆에 뤄 선생이 세 들어 살고 있는 집이 있었다. 처음 뤄 선생이 이 진에 왔을 때 학교에서는 교직원 기숙사를 배정해줬다. 하지만 폼나는 걸 좋아하는 뤄 선생은 자신만의 이상향을 만들고 싶다고 했다. 며칠 뒤, 그녀는 원래 페인트 가게였던 곳을 골라 난데없이 커피숍을 열더니 망했고 술집도 열었다 망했다.

그녀는 미련을 버리지 못하고 끝까지 버티다 결국 가게를 깔끔히 말아먹고 말았다. 그나마 세를 얻은 기간이 남아 있던 그녀는 바의 카운터를 침대 협탁 삼아 아예 거기서 살기 시작했다. 뤄 선생은 그곳에서 자신의 실패를 철저히 반성한 끝에 정신 차리고 학교의 보충수업반을 맡았다. 그나마 먹고살 부업이 생긴 셈이다.

뤄 선생이 자신을 어떻게 보든 어린 시절 류스산은 그녀와 친하게 지내고 싶었다. 그녀가 가진 CD 플레이어나 유명 브랜드의 운동화는 이 작은 진 사람들에게 흔치 않은 것이었다. 류스산은 조금이라도 먼저 도시의 분위기에 적응하고 싶어 보충수업반에 참여했다. 여름방학 첫째 날 오후, 보충수업반 아이들은 제시간에 도착했지만 선생님이 나타나지 않았다.

교실 안에 매달린 선풍기는 삐걱삐걱 돌며 뜨거운 바람을 뿜어냈고 초여름인데도 아이들의 피부에는 땀이 살짝 맺혔다. 류스산과 니우따텐은 멀거니 서로의 얼굴만 쳐다봤다. 한 놈은 공부를 할 수 없어서, 다른 한 놈은 놀 수 없어서 이 교실이 따분하기 짝이 없었다. 류스산이 중얼거렸다.

"뤄 선생님 실종된 거 아냐?"

니우따텐이 고개를 끄덕이며 말했다.

"왕잉잉 할머니한테 알려야 되나?"

"우리 할머니한테 알려서 뭐하게? 사람이 실종됐으면 경찰에 신고해야지."

"경찰에 신고하는 것보다 너희 외할머니가 더 **빠를걸**. 우리 진에 무슨 일이 생기면 너희 외할머니가 제일 먼저 나타나시잖아."

니우따텐이 말했다.

"우리 할머니가 그렇게 대단하면 왜 진장鎭長, 면장에 해당으로 **뽑**아주지 않는 거야? 진장 하면 돈도 많이 벌 수 있을 텐데."

두 아이는 귓속말을 하며 행여 뤄 선생이 불쑥 나타날까 봐 이따금 창문 너머를 훔쳐봤다. 뤄 선생은 학생들을 가르치는 수준은 별로였지만 혼내는 수준은 금메달감이었다.

연신 밖을 흘낏거리던 니우따텐이 졸 지경이 되어서야 드디어 뤄 선생이 창문 앞을 지나갔다. 류스산은 속으로 '왔으면 왔지 뭘 저렇게 나울나울 걸어 다니지?'라고 생각했다. 그저께 뤄 선생은 외할머니 작은 가게에서 바이췌에링百雀羚, 중국의 화장품 브랜드을 집어 들었고 류스산은 그것을 대신 학교에 가져다줬다. 하지만 아직 계산을 하지 않았기에 수업이 끝나면 돈을 늦게 내는 자에게 어떤 혹독함이 있는지 알려주려 했다. 뤄 선생은 미안한 기색도 전혀 없이 교실 문으로 들어오더니 느닷없이 박수를 쳤다.

"여러분, 오늘 새 친구가 왔으니까 모두 환영해줍시다!"

류스산이 뤄 선생의 우렁찬 목소리를 따라 고개를 돌렸을 때 문가에 햇빛이 잘게 쪼개지듯 쏟아져 어린 소녀 주위로 금빛 선이 그려졌다. 뤄 선생은 계속 박수를 치며 말했다.

"선생님의 조카인데 중점초등학교[15]에서 3학년까지 공부한 뛰어난 학생이야. 모두 깜짝 놀랐지?"

어린 여학생이 걸어 들어오더니 방긋 웃으며 촌뜨기같은 아이들을 바라봤다. 그녀의 미소는 청량했으며 목소리도 어여뻤다.

"애들아, 안녕. 내 이름은 청샹이야."

살짝 얼렸던 수박을 베어 물듯 아삭아삭한 소리가 모든 아이의 귓가를 울렸다. 류스산은 인생에서 처음으로 느낀 긴장감에 유치하게 가슴을 부여잡고 얼른 졸고 있는 니우따텐을 걷어찼다. 뚱보 니우따텐은 잠에서 깨어 침을 닦다 어렴풋이 교단에 서 있는 여학생을 보고 벌떡 일어났다.

"자오…… 자오야즈![16]"

그는 점점 더 흥분하더니 류스산을 잡고 흔들며 말했다.

"봐봐. 재 진짜 자오야즈 닮았지? 청준슈[17] 닮았지?"

15 重點小學. 공립학교의 학생 수, 규모, 재정, 교사 비율, 운동장, 교내 식당 등의 시설 유무와 교사들의 학력 등을 종합평가해 선정한 우수학교다.

16 趙雅芝. 1954년생 중국 여배우로 절대동안이라는 소리를 들을 정도로 뛰어난 미모를 자랑하며 현재까지 활발하게 활동하고 있다.

17 程準秀. 1959년생 중국 여배우로 뛰어난 미모로 인기를 끌었으며 사극에 많이 출연해 많은 사랑을 받았다.

류스산은 작은 소리로 니우따텐을 달래듯 말했다.

"닮았다, 닮았어. 그러니까 너무 흥분하지…… 너 왜 울어?"

니우따텐은 눈물을 흘리며 중얼거렸다.

"야, 공부는 해서 뭐하냐! 쟤랑 결혼하면 바로 건륭 황제 되는 거 아니냐!"

청샹은 배시시 웃으며 말했다.

"모두 환영해줘서 고마워. 나는 상하이에서 왔고, 뤄 선생님의 조카야. 친구들이랑 이번 여름방학을 보낼 수 있게 돼서 정말 기쁘다."

그때 니우따텐이 자리에서 일어나더니 별안간 자기소개를 하기 시작했다.

"나는…… 나는 니우따텐…… 밭을 가는 소의 '니우'에, 밭을 가는 밭의 '텐'……."

그는 괜한 설움에 복받쳐 울먹거렸다.

"나도 이런 바보같은 이름이 싫은데…… 우리 아빠가 많이 못 배우셔서……."

니우따텐의 복잡한 감정 표현은 상식을 뛰어넘은 것이라 류스산은 어찌해야 할지 감당이 되지 않았다. 다행히 뤄 선생이 똥보를 걷어차며 말했다.

"청샹은 저기 가서 앉아라."

류스산은 머리를 포니테일로 묶은 어여쁜 소녀가 꿈결처럼 자신을 향해 걸어오는 모습을 멍하니 보고 있었다. 류스산은 이 장면을 평생 마음에 간직하기로 했다.

2003년 여름 그들은 모두 초등학교 4학년이었다. 어린 시절은 동화와 같았고, 이것은 그들의 동화 속 첫 번째 만남이었다. 창밖에는 매미가 울고 교실 안에는 선풍기가 돌아가고, 교과서를 읽는 소리는 바람을 타고 산속 숲으로 퍼져나갔다.

2

류스산과 니우따텐은 청샹이 어떤 음식을 좋아하는지, 가족 구성원은 몇 명인지, 무슨 만화를 좋아하는지, 장난감 병사는 갖고 노는지 등을 모두 알고 싶었다. 그들은 순식간에 도라에몽의 진구가 됐고, 청샹은 하늘에서 내려온 이슬이가 됐다. 하지만 뜻밖에도 청샹의 본래 역할은 '퉁퉁이'였다.

"돈 내놔!"

청샹은 강물이 흐르는 돌다리 위에 서서 기다란 빗자루를 어깨에 걸친 채 다시 말했다.

"야, 있는 돈 다 내놔!"

돌다리는 기본적으로 모든 아이들이 꼭 지나는 길이었기에 보충수업을 받은 아이들은 죄다 걸려들 수밖에 없었다. 겁먹은 아이들은 쪼그리고 앉아 손으로 머리를 감싸쥐고 있었다. 니우따텐은 아이들을 쭉 둘러보며 용기를 내어 청샹에게 말했다.

"너 이러면 안 돼. 이건 나쁜 행동이잖아!"

하지만 청샹은 빗자루로 니우따텐의 가슴을 쿡쿡 찌르며 대꾸했다.

"그래서 어쩔 건데?"

니우따텐은 뒤로 주춤주춤 물러나며 그럴듯하게 말하려 애썼다.

"이건 범죄야. 사람이 예의가 있어야지. 마음이 착해야 우리의 존경을……."

청샹은 아랑곳하지 않고 계속 빗자루로 니우따텐을 찔렀다.

"그래, 내가 범죄를 저질렀다. 어떻게 할 거냐고!"

니우따텐은 입을 벌린 채 한참이나 벼르고 있다 한마디를 던졌다.

"난 너를…… 용서할 거야."

그러더니 니우따텐은 두 손으로 머리를 감싸쥐고 다른 친구들처럼 굴욕적으로 꿇어앉았다. 방금 돌다리에 도착한 류스산은 채 도망가지도 못하고 더듬거리며 말했다.

"청…… 청샹, 너 뭐하는 거야?"

청샹은 빗자루를 들어 반원을 그렸다.

"보면 몰라? 돈 뺏고 있잖아!"

류스산은 더 심하게 말을 더듬거렸다.

"왜…… 왜…… 왜 이러는 건데?"

어째서 전학생이 남의 산에 와서 이렇게 기고만장한단 말인가. 또 어째서 이 진의 아이들은 순순히 무릎을 꿇고 있단 말인가. 분노와 슬픔이 뒤섞인 기분으로 류스산이 아래를 내려다보니 물총과 구슬, 『수호전』 카드 등이 전리품처럼 청샹 앞에 놓여 있었다.

류스산이 다시 청샹을 보니 교실에서 봤던 미모는 온데간데없고 얼굴에 온통 '침략자'란 세 글자만이 쓰여 있었다. 청샹은 뻔뻔한 얼굴로 말했다.

"너무 속상해하지 마라. 나는 더 괴로우니까. 작은이모가 내 용돈을 다 빼앗아가서 나도 할 수 없이 이런 범죄를 저지르는 거야."

류스산은 눈물이 그렁그렁한 얼굴로 물었다.

"너희 도시 사람들은 다 이래?"

청샹은 한숨을 푹 내쉬었다.

"다 그렇지는 않지. 내가 좀 세긴 해. 네 질문에 대답해줬으니까 돈 내놔!"

류스산은 훌쩍거리며 책가방을 열었다.

"얼마?"

"5위안."

류스산은 고구마 말랭이 다섯 개를 세어 조심스럽게 청샹의 손바닥에 올려놓았다.

"천천히 먹어. 우리 외할머니가 만든 거야. 얼마나 맛있다고."

류스산의 말에 약이 바짝 오른 청샹은 고구마 말랭이 하나를 입에 밀어넣었다. 그러나 그마저도 제대로 씹히지 않았다. 그런데도 그녀는 주먹을 꽉 쥐고 억지로 고구마 말랭이를 씹어댔다. 그럴 때마다 그녀의 포니테일 머리도 함께 찰랑거렸다. 그녀는 고구마 말랭이를 씹느라 웅얼거리는 소리로 말했다.

"내가 말하는 건 돈이야! 고구마 말랭이가 아니고! 젠장! 잘 씹히지도 않잖아!"

청샹이 버럭 성질을 내자 아이들은 바들바들 떨었고 류스산은 얼른 달래듯 말했다.

"애들은 먼저 보내줘. 내가 내일 어떻게든 돈을 만들어올 테니까."

청샹이 미심쩍은 표정으로 물었다.

"진짜야?"

류스산은 잠시 생각을 하다 공책을 꺼내 단정한 글씨로 한 줄을 썼다.

'내일 청shuang[18]에게 돈을 가져다준다.'

"내가 이 공책에 쓰는 일은 반드시 지키거든."

류스산은 단호하게 말했다. 청샹은 의심스러운 눈초리로 공책을 넘겨보며 입으로 짝짝 소리를 냈다. 류스산은 차라리 두 눈을 질끈 감았다. 청샹이 그의 마음속 정원을 멋대로 망가뜨리고 있는 기분이 들었기 때문이다. 결국 청샹은 류스산의 말을 믿기로 하고 생글생글 웃으며 말했다.

"그럼 나 내일 여기서 너 기다리고 있을게."

아직 어린 류스산은 악당의 신임을 얻기가 얼마나 힘든지도 모르고 다음 날 수업이 끝난 뒤 바로 청샹의 기대를 저버렸다. 청샹은 류스산이 들고 온 것을 빤히 보더니 뒤늦게 물었다.

---

18 류스산이 아직 어려 어려운 한자 '청샹(程霜)'의 '샹' 자를 읽을 줄 몰라 발음기호로 표기한 것이다.

"이게 뭐야?"

류스산은 당당히 소개했다.

"이건 우리 외할머니가 끓인 메밀죽이 든 솥이야. 아무리 못해도 5근은 나간다고. 그만큼 가치가 있는 거지."

무거운 솥을 들 수 없었던 청샹은 할 수 없이 그 솥을 탕탕 두드리며 언성을 높였다.

"너 공책에 나한테 돈 준다고 쓰지 않았어? 그거 엄청나게 성스러운 공책 아니야?"

류스산은 엄숙하게 말했다.

"당연히 성스러운 공책이지. 그래서 어제 쓴 글에는 줄을 긋지 않았어. 내가 진짜로 어떻게든 돈을 만들어보려고 했는데 할머니가 주지 않더라고. 이 솥을 가져온 것만도 나로서는 최선을 다한 거야. 만약 네 마음에 들지 않는다면 다른 방법을 생각해볼게."

3

류스산이 보기에 진을 통틀어 예쁜 여자는 딱 세 명이었다. 첫 번째는 뤄 선생으로 이목구비가 아주 예쁘지는 않지만 성격이 좋은 편이었다. 대학물을 먹어서인지 시골 아가씨보다 확실히 나았다. 뭐 선생은 이 진의 유일한 케이크 가게와 같았다. 도시와 시골의 매력이 어울려 독특한 매력을 풍겼다.

두 번째는 마오팅팅으로 진에서 공인된 미녀였다. 사람들은 종종 뒤에서 그녀의 이야기를 했다. 그녀의 아버지는 운수업을 했는데 밤에 트럭을 몰고 산길을 가다 차가 뒤집혀 목숨을 잃었다. 그 뒤 그녀의 어머니는 반 년 동안 울기만 하다 목을 매어 죽었다. 마오팅팅은 할 수 없이 학교를 그만둔 뒤 이발소를 차려 남동생을 키웠다. 류스산이 여름방학을 맞았을 때 그녀는 이미 서른 살이었지만 늘 옷차림이 정갈하고 눈썹이 깔끔하게 정리되어 있었으며 부드러운 머리가 어깨까지 내려와 한 치의 흐트러짐도 없었다.

세 번째는 청샹으로 하마터면 류스산의 미학 시스템을 뒤흔들어놓을 뻔했다. 웃기를 좋아하는 그녀가 코라도 한 번 찡긋거리면 보는 사람들 모두 함께 따라 웃었다. 하지만 그녀는 성격이 흉악한데다 막무가내라 니우따텐은 그녀와 결혼하겠다는 생각을 일찌감치 접었다. 대신 니우따텐은 청샹과 의남매를 맺고 학교 아이들을 괴롭힐 궁리를 했다.

류스산은 가장 많은 괴롭힘을 당했지만 어쩐지 흉악한 청샹을 지켜주고 싶었다. 그녀의 웃음을 볼 때마다 류스산은 여름이 면 키 작은 나무숲을 날아다니는 반딧불이가 떠올랐다. 밝아 졌다 어두워졌다 하며 멀리 날지도, 오래 날지도 못해 해가 뜨 기 전 이슬로 변해 사람들이 눈길도 주지 않는 나뭇잎 위에서 죽어가는 반딧불이 말이다. 어느 날 류스산은 청샹이 그런 반 딧불이처럼 지금은 밝지만 다음 순간 어두워질 수 있음을 알게 됐다.

4

이번 여름방학 내내 어린 소년은 집에만 가면 돈을 만들 방 법을 연구했다. 외할머니는 이런 류스산을 보며 한숨을 쉬고 집 안을 돌아다니다 문득 한 가지 생각이 떠올랐다. 하루는 저녁 식사를 마친 뒤 외할머니가 결심한 듯 말했다.

"스산아, 성장 발육은 어느 남자애들이나 다 겪는 거다. 자, 여기 5위안 줄 테니까 진에 있는 비디오 가게 가서 「청춘의 건널 목」이라도 빌려봐라."

류스산은 머뭇거리며 물었다.

"액션물이야?"

환갑을 앞둔 외할머니는 앞치마에 손을 닦으며 떨리는 목소리로 말했다.

"그렇다고…… 할 수 있지."

그날 밤 류스산은 돈을 쥐고 이리저리 뒤척이며 격하게 고민했다. 외할머니가 말한 액션물은 꽤 신비로운 것 같았지만 어렵사리 얻은 돈이 아니던가. 만약 영화를 본다고 돈을 다 써버리면 청샹의 얼굴을 똑바로 볼 수 없을 것이다.

날이 밝은 뒤 류스산은 아직 잠이 덜 깬 채 학교로 향하다 간단한 먹거리를 파는 노점상을 지나게 됐다. 그는 마치 뭐에 홀린 듯 뤼보빙, 라자오탕, 샤오훈둔을 조금씩 샀다. 노점상 주인이 말했다.

"5위안."

류스산은 그제야 정신이 바짝 드는 것 같았다. 그는 속으로 중얼거렸다.

"그래, 이게 다 하늘의 뜻이야. 5위안이 뱃속으로 들어가면 외할머니나 청샹에게 시달리지 않아도 될 거 아냐."

류스산은 수업이 끝날 때까지 마음을 놓고 있었지만 얼마 지나지 않아 매우 난감한 상황에 부딪치게 됐다. 외할머니가 류스산이 비디오를 빌리지 않은 것을, 청샹이 그가 돈을 가져오지 않은 것을 알게 됐기 때문이다. 류스산이 뭉그적거리며 돌다리로 갔을 때 청샹이 강가에 앉아 있었다. 류스산은 먼저 목청을 높였다.

"때리지 마, 난 조공을 바칠 거니까!"

청샹이 류스산의 책가방을 뒤집으니 볶은 누에콩과 사이다 한 병이 나왔다. 성미 급한 청샹이 사이다 뚜껑을 따서 꿀꺽꿀꺽 마실 때 류스산의 목소리가 들려왔다.

"내가 외할머니 술을 훔쳐서 사이다 병에 담아온 건데!"

청샹은 그 말에 깜짝 놀랐다. 어쩐지 사이다가 맵고 써서 마시고 나니 장 전체가 타들어가는 것처럼 뜨거웠다. 그녀는 한참이나 헛구역질을 했지만 사이다 병에 든 것이 술이란 류스산의 말을 믿지 않았다. 만약 술이 정말 이렇게 마시기 힘든 거라면 어째서 어른들은 마시면서 웃고 테이블 아래 바닥에 자빠져서도 웃는단 말인가? 그녀는 사이다를 좀더 마셔보기로 했다. 하지만 옆에서 지켜보던 류스산은 청샹이 술에 취하거나 몽땅 마실까 봐 걱정이 돼 얼른 외쳤다.

"나, 나도 한 모금 마시게 줘봐. 외할머니 말씀에 술을 마시면 감기에 걸리지 않는다고 했어."

청샹이 물었다.

"그럼 넌 자주 마셔?"

류스산은 어깨를 으쓱거리며 말했다.

"당연하지. 넌 술 한 모금 마시고 얼굴이 새빨개졌지만 난 두 모금 마셔도 얼굴이 죽은 사람처럼 허옇잖아."

청샹은 눈동자를 굴리며 말했다.

"너희 외할머니한테 이를 거야. 나한테 술을 줬잖아."

류스산은 지지 않고 대꾸했다.

"난 우리 외할머니 안 무섭거든."

"그럼 경찰에 신고할 거야. 경찰 아저씨한테 너 총으로 쏴버리라고 할 거라고."

"날 총으로 쏴버리면 너한테 먹을 거 갖다줄 사람이 없잖아."

"그러네. 너 그렇게 매일 나한테 이것저것 가져다주는 거 보니까 나 좋아하는 거 아냐?"

류스산은 나이 어린 청샹이 그렇게 쉽게 "좋다"란 말을 꺼낼 줄 몰랐기에 몸을 바르르 떨면서도 뻔뻔하기 그지없는 단어에 냅다 욕을 했다.

"돌았냐? 내가 널 좋아하게!"

술에 취한 청샹은 얼굴이 발그레해졌고 눈동자에는 산속 안개가 거꾸로 비쳤다.

"류스산, 돈 뺏는 것도 할 짓이 아닌가 보다. 이렇게 가다가 너랑 나 사이에 우정이 생기겠어."

류스산은 미간을 찡그리며 말했다.

"그럼 어떻게 해?"

청샹이 대답했다.

"내가 너 도와서 수학 문제 풀어줄게."

"별론데. 난 나중에 내 실력으로 대학 갈 거거든."

류스산이 탐탁지 않다는 듯 말했다.

청샹이 자못 진지하게 말했다.

"그것도 그러네. 그럼 우리 사이에는 뭔가 주고받는 관계가 성립되지 않겠는데."

그녀는 잠시 생각에 잠긴 것 같더니 류스산의 공책을 펼쳐 삐뚤삐뚤 글씨를 썼다. 류스산은 긴장한 목소리로 말했다.

"너 뭐하는 거야? 함부로 글씨 쓰지 마. 이 공책은 법률적인 효력이 있다고."

청샹이 글을 다 쓴 뒤 류스산이 공책을 들어보니 이렇게 한 줄이 쓰여 있었다.

'청샹을 집에 데려다준다.'

청샹은 류스산의 손을 잡으며 말했다.

"너한테 기회를 줄게."

마주잡은 작은 두 손은 금세 따뜻해졌고, 류스산은 금방이라도 눈물이 날 것 같았다. 어른들 말에 여자애가 훨씬 조숙하다더니 정말이었다. 청샹은 술을 마셔서인지 류스산보다 먼저 얼굴이 빨갛게 익었다.

"툭!"

물방울 하나가 손등에 떨어졌고 류스산은 파르르 떨며 청샹을 쳐다봤다. 그런데 맙소사, 술에 취한 청샹이 입가에 침을 흘리며 멍한 얼굴로 있는 게 아닌가.

해질녘 바람이 불어와 보리 이삭들이 일렁이고, 먼 산꼭대기는 노을로 물들었으며 밭기슭 작은 길에서는 개구리 울음소리가 들려왔다. 술에 취한 여자아이는 무게가 제법 나가 류스산은 있는 힘껏 페달을 밟아야 했다. 낑낑대며 자전거를 타고 있는 그의 모습은 마치 『낙타샹즈』[19]의 샹즈같았다.

청샹은 혀가 꼬부라져 물었다.

"넌 왜 여자들이 타는 자전거를 타?"

---

19 駱駝祥子, 중국의 현대 작가 라오서(老舍)의 소설로 농촌에서 베이징으로 올라온 낙타란 별명을 가진 인력거꾼 샹즈의 인생 역정과 운명을 다루고 있다.

류스산은 입술을 깨물며 대꾸했다.

"우리 엄마가 남겨주신 거야."

청샹이 다시 물었다.

"그럼 네 아빠는?"

류스산은 또 다시 이를 악물며 말했다.

"이혼했어."

청샹은 손뼉을 치며 웃음을 터뜨렸다.

"그렇다면 너 고아였구나!"

류스산은 끼익 자전거를 세웠다.

"나 고아 아니야! 우리 엄마, 아빠 다 잘살고 계시거든!"

청샹은 한숨을 내쉬었다.

"진짜 안됐다. 나중에 커서 상하이로 나 찾아와. 무슨 일 있으면 내가 막아줄게."

류스산은 설움에 북받쳐 말했다.

"나 고아 아니라고! 너 한 번만 더 헛소리하면 때려줄 거야!"

청샹은 자신의 얼굴을 류스산의 등에 기댔다.

"넌 날 못 때릴걸. 날 좋아하니까. 근데 네가 아무리 나를 좋아해도 소용없어. 나는 곧 죽을 거니까."

모든 나뭇가지와 잎이 바람 속에서 솨솨 소리를 냈다. 봄에 태어나 가을에 스러지는 그들의 삶은 영원히 계속되리라.

"난 아주 심각한 병에 걸렸어. 곧 있으면 죽는 병. 작은이모가 이곳 공기가 좋다고 해서 내가 몰래 찾아온 거야."

청샹은 잠시 머뭇거리다 말했다.

"난 어쩌면 내일 죽을지도 몰라. 우리 엄마가 울면서 그렇게 말하는데 아빠가 안아주더라. 나도 문밖에 숨어서 듣고 있다가 울었어."

청샹은 아주 낮은 목소리로 속삭이듯 말했다.

"너도 나 좋아하지 마. 난 곧 죽을 거니까. 널 홀아비로 만들어 욕먹게 할 순 없잖아."

류스산은 아무 말도 할 수 없었다. 그의 등이 축축하게 젖어 있었기 때문이다. 그렇게 무덥던 여름날, 소년의 등은 여자아이의 슬픔에 데어 구멍이 났고 바로 심장까지 관통했다. 수없이 많은 계절의 바람이 이 통로를 넘나들었고 반딧불이 한 마리가 바람 속에서 깜빡깜빡 춤을 췄다.

류스산은 자전거를 멈추고 소리 내어 엉엉 울었다. 청샹도 눈물을 흘리며 물었다.

"넌 왜 울어?"

"죽는 게 겁나니까!"

청샹도 울면서 말했다.

"나도 겁나!"

류스산은 훌쩍거리며 다짐했다.

"내가 진짜진짜 맛있는 거 꼭 먹게 해줄게!"

청샹은 눈물을 닦으며 말했다.

"넌 괜찮은 애야. 내가 만약에 살아나면 네 여자친구 해줄게."

5

뤄 선생은 두꺼운 숙제 공책 무더기를 교단에 던지며 말했다.

"여러분, 어제 숙제는 '나의 꿈'에 대해 써오는 거였죠? 그런데 친구 여러분 꿈이 모두 터무니없네요. 특히 니우따텐 학생. 니우따텐! 네가 직접 읽어봐!"

뚱보는 뤄 선생이 바닥에 던진 숙제 공책을 주워 들고 한껏 진지하게 내용을 읽었다.

"내 꿈은 카드 게임방을 열어 매일 뤄쑤주엔의 돈을 따내는 것이다."

니우따텐이 글을 다 읽자마자 분필이 날아와 그의 머리에 맞았다. 뤄 선생이 흥분한 목소리로 말했다.

"그걸 진짜 읽어? 너, 선생님 이름을 그렇게 함부로 불러도 돼? 가져가서 다시 써와! 마지막 기회니까 잘못 쓰면 아버지 부를 거야."

머리를 긁적이며 난처해하는 니우따텐을 보며 류스산이 말했다.

"내가 도와줄게."

그러자 니우따텐의 얼굴에 화색이 돌았다.

"정말?"

류스산은 은밀하게 말했다.

"대신 너도 나 하나만 도와줘."

한낮의 작은 가게에는 밝은 태양이 들이비쳤고, 마당의 문은 반쯤 열려 있었다. 작은 가게는 집 옆에 있는데 마당 벽과 연결되어 있었다. 가게에는 물건들이 가득했지만 나름 제자리에 가지런히 놓여 있었다. 입구에 놓인 쓰레받기와 모기향, 부들부채부터 계산대 위에 놓인 풍선껌과 화메이, 씨앗들, 갖가지 색깔의 향기 나는 샴푸까지 모두 햇살을 받아 금빛으로 반짝였다.

가게에서 가장 눈에 띄는 것은 벽에 걸린 라창[20]과 라러우[21]

---

20 臘腸, 중국식 전통 소시지
21 臘肉, 소금에 절여 말린 돼지고기

였는데 그 아래에는 커다란 양다리가 번쩍번쩍 빛을 내며 걸려 있었다. 외할머니의 양고기를 다루는 솜씨는 진에서도 알아줬다. 그녀는 우선 산양의 뒷다리를 잘라 깨끗이 씻은 뒤 솥에 물과 함께 넣어 끓이고 건져낸 뒤 차가운 물로 씻으며 방망이로 5분 정도 두드려줬다. 외할머니의 방망이는 이미 여러 해 사용한 것이라 결을 따라 윤이 났으며 기름기 때문에 반드르르해 보였다. 나무로 만들어진 방망이였지만 방망이 전체에 육즙이 배어 있었다.

외할머니는 솥의 끓는 기름에 파의 밑동, 생강편, 통마늘을 넣고 볶아 향을 내면서 동시에 씻어놓은 양고기를 두드려 고추와 함께 센 불에 볶았다. 그런 다음 약한 불에 황주黃酒와 생간장[22], 노간장[23]을 넣고 끓였다. 그리고 다시 센 불로 바꿔 물을 찰랑찰랑하게 붓고 끓인 뒤 소금과 흑설탕을 넣었다. 그런 다음 뚜껑을 덮어 약한 불로 30분 정도 뜸을 들였고, 무를 썰어 넣으며 15분 정도 더 끓였다. 그 뒤 양파를 썰어 넣고 15분을 끓이면서 양고기에 국물이 배게 했다. 이렇게 조리하면 국물이 진해지고 고기가 부드러워지면서 맛있는 냄새가 코를 찔렀다. 누

22 生抽, 중국 화둥(華東) 지역에서 많이 사용하는 연한 간장으로 맛이 짠 편이며 주로 볶음이나 차가운 요리를 만들 때 사용한다.

23 老抽, 중국에서 쓰는 간장으로 짠맛은 덜하지만 색과 단맛이 진해 주로 음식의 색을 낼 때에 사용한다.

린내가 없고 쫀득쫀득한 양고기는 류스산은 물론이고 모든 진
사람들의 입맛을 사로잡았다.

외할머니는 물건 진열대 옆에 앉아 월극[24]이 주야장천 나오
는 라디오를 틀어놓은 채 돋보기를 등나무 의자 손잡이에 걸
쳐놓고 평소처럼 졸고 있었다. 류스산은 살금살금 안으로 들어
가 양다리를 끄집어내린 뒤 어깨에 지고 문가로 나와 니우따텐
에게 말했다.

"부탁할게."

니우따텐이 물었다.

"그럼 숙제는?"

류스산이 대답했다.

"내가 대신 써줄게."

그 말에 니우따텐은 고개를 끄덕이며 잽싸게 옷을 벗고 팬티
만 걸친 채 결연한 표정을 지었다. 류스산은 니우따텐을 두드리
며 말했다.

"두 시간만 버텨줘."

뽀얗고 포동포동한 니우따텐은 허리를 수그리고 조용히 양
다리가 걸렸던 곳으로 다가가 손으로 쇠갈고리를 단단히 잡고

---

24 越劇, 중국 저장성 지방에서 나온 민소극과 그 음악. 기본 표현 수단은 노래로 하
는데 필요할 경우 대사도 한다.

한쪽 다리를 구부렸다. 그는 고개를 돌려 류스산을 보고 손을 흔들며 입 모양으로 말했다.

"얼른 가."

필사즉생의 결심으로 니우따텐은 더 이상 류스산을 보지 않고 눈을 꼭 감은 채 양다리가 되는 데에만 정신을 집중했다.

여름방학도, 보충수업도 거의 끝나가고 있었다.

양다리를 짊어진 류스산은 돌다리 위에 우두커니 혼자 서 있었고, 해는 점점 서쪽으로 기울고 있었다. 그는 천천히 자리에 앉아 돌다리 아래로 다리를 내놓았다. 얕고 맑은 강물 속 자갈 위에 그의 자그만 그림자가 떠올랐다.

사실 류스산은 기다리는 일에 익숙했다. 이 작은 진에서 뭘 기다리는지 알 수 없지만 늘 기다려왔다. 하지만 오늘은 누구를 기다리는지 류스산 스스로 잘 알고 있었다. 여름방학 내내 돈을 내놓으라고 하던 그 여자아이는 오늘 오지 않았다.

아무리 기다림이 익숙하다 해도 기다리던 사람이 나타나지 않으면 슬프게 마련이다. 그런 슬픔을 책에서는 '실망'이라고 했다. 나중에 어른이 된 뒤에야 류스산은 그보다 더 큰 슬픔인 '절망'이 있다는 걸 알았다.

6

작은 가게에서 잠이 깬 외할머니는 돋보기를 끼다 홀딱 벗고 벽에 붙어 있는 니우따텐을 발견했다.

"니우따텐, 너 거기서 뭐 하냐?"

외할머니가 물었다.

"나인 줄 알겠어요? 양다리같지 않아요?"

니우따텐이 말했다.

저녁노을이 짙어지고 여성용 자전거 한 대가 밭기슭 길 위를 빠르게 내달렸다. 류스산은 있는 힘껏 페달을 밟았다. 좀더 빨리 달리면, 조금만 더 빨리 달리면 어쩌면 뭔가를 따라잡을 수 있을지도 몰랐다.

7

류스산은 두 손으로 청룡언월도[25]를 쥔 것처럼 양다리를 끌

25 靑龍偃月刀, 고대 중국에서 기병이나 보병이 쓰던 긴 칼로 삼국지의 관우가 쓰던 것으로 알려져 있다.

며 인테리어를 여러 번 바꾼 집으로 걸어 들어갔다. 마침 뤄 선생이 바 카운터에서 라면을 후룩후룩 먹고 있었다. CD가 들어 있는 컴퓨터에서는 스피커를 통해 처량한 노래가 흘러나왔다. 장바이즈張柏芝가 슬픈 목소리로 울먹이듯 노래했다.

가슴이 너무 아파 숨을 쉴 수 없어.

네가 남긴 흔적을 찾을 수 없네.

빤히 널 쳐다보지만

아무것도 할 수 없어.

그렇게 넌 세상 끝으로 사라졌지.

뤄 선생은 고개를 들고 류스산을 쳐다보다 양다리로 시선이 갔다. 그녀는 입안 가득한 면을 간신히 삼키고 놀란 얼굴로 말했다.

"세상에, 누가 너한테 양다리를 가져오라고 했어? 내가 이걸 어떻게 산다고."

류스산은 아무런 대꾸도 하지 않았다. 뤄 선생은 자신이 먹던 라면을 보며 되물었다.

"이 라면 한 박스 값은 다음 주에 주면 안 될까?"

류스산은 여전히 아무 말도 하지 않았다. 뤄 선생은 라면 그

롯을 앞으로 밀며 울상이 돼서 말했다.

"좀 나눠줄게."

"청샹은요?"

류스산이 물었다.

"오늘 걔 엄마가 데려갔어."

뤄 선생이 대답했다. 류스산은 조금 망설이다 물었다.

"걔 아파요?"

뤄 선생은 빤히 류스산을 쳐다보며 말했다.

"너, 뭔가 알고 있니?"

류스산은 아무 말도 하지 않았다.

뤄 선생은 쪼그리고 앉아 류스산과 눈을 맞추더니 그의 팔
을 붙잡고 조용히 말했다.

"어젯밤에 열이 나서 청샹 엄마에게 연락했어. 산도 물도 공
기도 좋은 곳이라 혹시 도움이 될까 싶어 두 달만 머물려고 했
고. 본래 하늘의 뜻에 따라야 할 일인데 그래도 이번 여름방학
은 즐거웠잖아. 그렇지?"

류스산은 뤄 선생의 눈길을 피하며 고개를 숙이고 말했다.

"그럼 다시 못 오겠네요."

뤄 선생이 말했다.

"병이 나으면 다시 올 수도 있어."

류스산은 불쑥 눈물이 솟아 고개를 들 수 없었다. 어린 사내아이의 슬픔이 방울방울 바닥으로 떨어져 부서졌다. 그는 눈물도 닦지 않고 있는 힘껏 양다리를 들어 바 카운터 옆에 세워두며 뤄 선생에게 쪽지를 하나 건넸다.

"뤄 선생님, 저 대신 청샹에게 보내줄 수 있어요? 이건 홍샤오양러우紅燒羊肉를 만드는 법인데 우리 외할머니한테 물어보고 자세히 적은 거예요. 외할머니가 그러는데 양고기가 기운을 북돋워준대요."

말을 마친 류스산은 그대로 몸을 돌려 걸어갔다. 눈에서 계속 눈물이 흘러내렸기 때문이다.

그때 뤄 선생이 큰소리로 류스산을 불러 세우더니 쪽지를 건넸다.

"청샹이 너한테 남긴 거야."

뤄 선생의 집을 나온 류스산의 귀에 CD 속 다른 노래가 들려왔다. 그는 워크맨과 용돈을 모아 산 카세트테이프가 있어 그 노래의 목소리가 쑨옌즈[26]란 걸 알아챘다. 쑨옌즈는 울먹이지

---

26 孫燕姿, 싱가포르의 화교 출신 여가수로 사랑 노래를 많이 부른다.

않았고 노래 가사도 단순했지만 류스산은 그게 더 슬펐다.

나도 알아.

하늘이 얼마나 아름다운지

네가 나 대신 봐줘.

하늘 위를 날던 연은 어디로 갔을까?

눈 깜짝할 사이에 사라졌네.

류스산은 청샹이 남긴 쪽지를 펼쳐봤다. 아주 짧은 몇 줄짜
리 글이었다.

야!

나 이제 개학이야.

내가 만약 살아나면 네 여자친구 해줄게.

어때, 의리 있지?

8

작은 진의 거리에 촉수가 낮은 노란 등에 불이 하나둘 켜지

고, 재봉점 아줌마는 연탄난로를 꺼내 달걀프라이를 팔기 시작했다. 목욕탕 앞에는 서너 사람이 줄을 섰는데 친씨 아줌마가 물바가지를 안고 깔깔대며 웃고 있었다. 류스산은 아무 말 없이 사람들을 지나쳤고 그를 이상하게 보는 마을 사람은 없었다. 그 역시 누구도 상관하고 싶지 않았다.

류스산이 집 마당에 들어섰을 때 복숭아나무에는 불을 밝힌 등이 걸려 있고, 그 아래에는 팔짱을 낀 외할머니와 잔뜩 풀이 죽은 채 팬티만 입고 있는 니우따텐이 있었다.

"거기 서."

외할머니가 입을 열었다.

류스산은 잽싸게 도망가기 시작했다. 외할머니는 긴 빗자루를 들고 쫓아오며 소리를 질렀다.

"너 이 자식 죽여버릴 거야! 내 양다리 어쨌어!"

니우따텐이 뒤에서 외쳤다.

"나 정말 양다리같지 않아요?"

류스산은 마당 문을 빠져나와 외할머니의 빗자루를 펄쩍펄쩍 뛰어서 피한 뒤 번개같이 도망가며 뒤를 보고 소리 질렀다.

"때려봐요, 때려봐! 맞아 죽으면 그만이지!"

9

2층 베란다에 돗자리를 깔고 앉아 있으면 복숭아나무는 물론이고 구불구불한 산맥과 활모양으로 굽은 산 사이에 슬쩍 걸친 달도 볼 수 있었다. 밤빛은 서서히 산과 들을 물들였고 그 안에는 숲과 시냇물뿐만 아니라 앵앵거리는 모기, 쉬고 있는 새, 마을사람들의 조상 묘도 있었다.

외할머니는 책상다리를 하고 앉아 담배를 한 모금 빨았고 그녀의 외손자는 무슨 생각을 하는지 난간에 턱을 걸치고 있었다. 외할머니는 젊은 시절 아주 먼 외지로 시집을 갔다. 듣기로는 바다와 가까운 곳이라고 했다. 남편이 세상을 떠난 뒤 그녀는 이곳에 돌아와 친정에서 남겨준 이 집을 물려받았다.

류스산은 아주 어렸을 때부터 고민을 숨기는 법을 배웠다. 아이는 고민을 숨긴 채 종종 이 베란다에 앉아 넋을 놓고 있었다. 그는 어른이 되기 전까지 교과서에 없는 문제는 외할머니에게만 대답을 들을 수 있었다.

"할머니, 난 아빠가 있어?"

"할머니, 엄마는 다시 돌아올까?"

하지만 열 살이 된 뒤로 류스산은 더 이상 묻지 않았다. 인생에는 이미 아무 문제가 없는 것 같았다. 그도 모든 것이 이렇게 흘러간다는 사실을 받아들였다.

이 여름, 달빛이 나무꼭대기에서 흘러넘쳐 작은 집을 말갛게 씻었고 큰 그림자 하나와 작은 그림자 하나가 어둔 밤 속에 잠겼다.

"할머니, 저 밖에 나가봤잖아. 산 저쪽은 뭐가 있어?"

류스산이 물었다.

"바다지."

외할머니가 대답했다.

류스산은 잘래잘래 고개를 흔들며 되물었다.

"그 얘기는 진짜 여러 번 했잖아. 우리 성[27] 어디에 바다가 있어? 나 어릴 때 속여먹던 거랑 뭐가 달라?"

외할머니는 진지하게 말했다.

"진짜 바다가 있어. 걷고 또 걷다 보면 바닷가에 닿는다니까. 배를 타면 섬에도 갈 수 있지. 거기는 주변이 죄다 바다야."

"외할머니는 배운 게 없으니까 혹시 나중에 내가 대학 떨어지면 이곳에 돌아와서 가게 볼게."

---

27 省, 중국 지방행정 구획의 명칭으로 우리나라의 '도'에 해당한다.

외할머니는 꽃무늬 셔츠에 떨어진 담뱃재를 툭툭 털고 눈을 가늘게 뜨며 말했다.

"내가 그때까지 살지 모르겠다."

"내가 꼭 대학 합격해서 할머니 데리고 좋은 구경 많이 시켜 줄게."

류스산이 말했다.

"난 젊어서 멀리 나가봤잖아. 이제 나이도 많고 그냥 고향에 있어야지."

"고향이 그렇게 좋아?"

류스산은 이해가 되지 않는 듯 물었다.

"할아버지, 할머니, 조상님들 다 여기에 묻혔으니까. 그래서 고향이라고 하잖아."

류스산은 외할머니의 말이 무슨 뜻인지 알 수 없었지만 더 이상 묻지 않았다. 고개를 돌린 채 한참 가만히 있다 외할머니를 보니 어느새 피우던 담배를 끄고 벽에 기대어 잠들어 있었다. 외할머니의 얼굴엔 주름이 깊게 패어 있었고, 그녀가 기댄 벽도 세월의 흔적이 남아 얼룩얼룩했다. 또한 그 벽에는 오래된 필름처럼 흔들리는 나무 그림자가 비쳤다.

류스산은 워크맨을 꺼내 녹음 테이프를 틀었다. 그는 테이프에 녹음된 말들을 둥신전자 공장의 종이를 모아 묶은 공책에 적어놓았다. 그는 공책 속표지에 자신의 모든 계획을 반듯하고 깔끔한 글씨로 썼다. 그는 좌우명보다 이 글을 마음에 더 깊이 새겼다.

그는 재생 버튼을 눌러 이미 오래 전 멀어진 목소리를 들었다. 녹음된 건 고작 몇 마디 말이 전부였지만 그에게는 너무나도 익숙한 목소리였다.

스산아, 엄마 간다.

외할머니 말씀 잘 듣기 바란다.

너무 놀지만 말고 열심히 공부해.

나중에 커서 칭화대학이나 베이징대학에 가.

엄마는 네가 도시에서 일자리 구하고 너 사랑해주는

여자 만나서 결혼하고 행복하게 살면 좋겠어.

많이 행복할수록 더 좋지.

스산아, 엄마가 참 미안해.

꿈속의 작은 진에는 비가 내리고, 꽃이 피고, 바람이 불고, 서리가 끼었다.

심지어 고구마를 굽는 냄새가 풍겼고

담 모퉁이마다 사람들의 웃고 떠드는 소리가 들렸다.

무단이 고개를 들었을 때 눈송이가 그녀의 말간 뺨에 떨어졌다.

그녀가 말했다.

"우리 헤어지자."

CHAPTER 3

내가 지금 꿈을 꾸고 있나?

1

이 세상 대부분의 감정 표현은 괜한 투정으로 취급받게 마련이다. 당신이 어디가 아픈지 이해하는 사람이 있다면 기본적으로 그는 '지기'라 할 수 있다. 류스산은 9년의 의무교육 중에 하마터면 니우따텐과 지기가 될 뻔했다.

니우따텐은 무단결석을 하고 학교를 그만두는 등 함부로 살다 결국 중점고등학교에 합격하지 못했다. 반면 류스산은 예습과 복습을 철저히 하며 최선을 다했지만 마찬가지로 중점고등학교에 합격하지 못했다.

계획에는 의지가 필요하다는 것을 류스산은 누구보다 잘 알고 있다. 그는 시장에서 모의고사 시험지를 샀지만 문제를 풀 능력이 없었다. 그렇다면 방법은 모든 문제를 외우는 것뿐이었다. 류스산은 공책에 '중점고등학교에 합격한다'라고 썼지만 이루지 못했고 여기에는 여러 객관적인 이유가 있었다.

하지만 공책에 쓴 '모의고사 시험지를 외운다'라는 한 줄은 죽을둥살둥 외우면 가능한 것이었기에 다른 어떤 변명도 필요하지 않았다.

늦은 밤, 졸음이 쏟아지자 문제 하나를 외우고 있던 류스산은 자신의 뺨을 한 대 쳤다. 아침에 밥을 먹으라며 부르러 들어왔던 외할머니는 눈앞의 광경에 깜짝 놀랐다. 류스산이 얼마나 양쪽 뺨을 때렸는지 볼이 발갛게 부어 있는데 그 와중에도 몽롱한 정신으로 뭔가를 외우고 있었다.

"밝은 빛이 어둠을 비추니 칼에 새겨진 푸른 뱀이 요동을 치고, 칼집에 새겨진 문양은 푸른 거북이 등껍질 비늘처럼 헤엄치는도다."[28]

외할머니가 방으로 들어섰을 때 류스산은 갈라진 목소리로 외쳤다.

"창문 열지 마! 난 아직 햇빛을 보지 않았으니까 날이 밝지 않은 거야. 날이 밝지 않았으니까 끝까지 다 외울 수 있어."

---

28 '精光黯黯青蛇色, 文章片片綠龜鱗.' 중국 당나라 때의 사람 곽진(郭震)이 지은 고검(古劍)에 관한 시의 한 구절이다.

류스산이 길고 긴 공부의 길을 버틸 수 있었던 것은 계획과 의지 덕분이었다. 계속되는 실패 속에서도 그가 이런 소중한 자질을 유지할 수 있었던 것은 단순한 신념 때문이었다.

　"나는 아직 고등학교를 졸업하지 않았으니까 다음에 시험 봐서 붙으면 된다."

　마치 도박꾼이 도박판을 떠나지 못하고 손에 패를 쥐고 있는 것처럼 류스산은 손에 시간을 쥐고 있었다. 도박꾼이 맞을 끝이 파산이라면 류스산이 맞을 끝은 대학 입학시험이었다. 대학 입학시험 점수가 나오고 류스산은 인생에서 가장 중요한 도리를 깨달았다.

　'본래 세상의 많은 일은 내게 계획과 의지가 있다고 다 이룰 수 있는 것이 아니다.'

　대학 등록을 위해 고등학교에서 출발한 버스 안에서 류스산은 누렇게 바랜 공책을 펼쳤다. 사실 중학교 때부터 공책에 적은 계획들을 점점 완수하기 어려워졌다. 그 때문에 계획을 완성했다는 표시도 점점 줄어들었다.

　사실 정말 중요한 계획은 속표지에 적은 한 줄, '칭화대학, 베이징대학에 합격한다'였다. 하지만 이 버스는 '징커우과학기술대학京口科技大學'으로 향하고 있었다. 류스산은 공책을 덮고, 진짜 인생을 펼쳤다.

2

고등학교를 졸업하고 맞은 여름방학은 류스산이 산에서 보내는 마지막 두 달이었지만 외할머니는 그리 대수롭지 않게 여겼다. 그녀는 도를 닦는 일에 빠져 매일 아침 꼴풀도 베지 않고 마당에 고요히 앉아 류스산에게 말했다. 단전에 정신을 집중하고 혀를 턱에 닿게 하면 인생의 깨달음을 얻게 돼 칭화대학이나 베이징대학의 가르침도 필요 없게 된다고 말이다.

류스산이 다가서서 보니 외할머니는 얼굴 전체에서 붉은 빛이 났다. 그녀는 일주일 중 마지막 날은 벽곡[29]을 했더니 몸에 모든 병이 없어지고 외손자의 봉양을 받을 필요가 없게 됐다고도 했다.

그날 아침 류스산은 매우 일찍 일어났는데 8월 말 숲속의 아침은 시원한 박하사탕같았다. 그의 집 마당에서는 산꼭대기의 교목 한 그루를 볼 수 있는데 진의 골목 가게부터 마을 끝까지 청벽돌로 이어져 있어 이 작은 길을 따라 비탈을 오르면 산에 오를 수 있다. 류스산은 이곳을 수도 없이 올랐고 그의 놀거리도 대부분 이 산길에 집중되어 있었다. 고구마 삶기나 새우 낚

---

29 僻谷, 곡식을 끊고 솔잎이나 대추, 밤 따위만 조금씩 먹는 일이나 생활을 가리킨다.

시, 매미 굽기같은 촌스러운 것 외에도 시냇가의 버드나무 가지를 잘라 양끝을 비틀어 하얀 나뭇고갱이를 빼내고 그 가지 껍데기에 입을 댈 부분을 살짝 깎아 납작하게 모양을 잡으면 근사한 버들피리가 된다.

원래는 외할머니가 트랙터로 시외버스터미널까지 데려다준다고 했지만 류스산에게 생활비를 주고 남은 돈으로 그의 여행 가방을 사주느라 트랙터에 넣을 기름을 사지 못했다고 했다. 그녀는 외손자에게 생활비를 조금 도로 토해내면 어떻겠냐고 물었지만 절약 정신이 투철한 류스산은 잠시 고민하더니 니우따텐에게 오토바이로 데려다달라고 하겠다고 말했다.

류스산은 외할머니의 방문 앞에서 잠시 서 있다 문짝 위에 작은 칼로 글자를 새겨넣었다.

'왕잉잉 짠순이!'

글자를 모르는 외할머니는 나중에 그게 무슨 글자냐고 물은 적이 있다. 류스산은 외할머니가 만년을 살 수 있게 해달라는 뜻이라고 했다. 그때 외할머니는 무심하게 그의 머리를 툭 치며 말했다.

"네놈 장가갈 때까지 살면 다행이지."

류스산은 자신이 새긴 글씨를 만져본 뒤 뒤돌아서서 자리를 떠났다. 그렇게 낡고 오래된 벽돌과 기와, 푸른 나무와 하얀 벽을 떠나며 작은 진에서의 소년 시절과도 천천히 작별을 고했다.

마당 문을 열고 첫 발을 내딛는 순간 류스산은 코가 시큰해지는 걸 느꼈다. 그는 속으로 외할머니가 만년은 살면 좋겠다고 생각했다. 외할머니 베개 밑에는 외손자가 어젯밤 몰래 넣어 놓은 5백 위안이 있었다.

밤새 뜬눈으로 지새운 외할머니는 몸을 뒤척이면서도 외손자가 방문 앞에 서 있는 걸 알고 있었다. 잠시 후 그녀의 귀에 살금살금 걸어가는 발소리와 드르륵 여행 가방 바퀴가 굴러가는 소리가 들려왔다. 곧이어 마당 문이 살그머니 닫히고, 이른 아침 일어난 새 몇 마리만 이따금 울어댔다.

외할머니는 문을 열고 나가 복숭아나무 아래에 앉았다. 그녀는 더 이상 도를 닦지 않았다. 대신 담배를 피워 물고 옅은 푸른빛 하늘이 점차 밝아오는 모습을 보며 한참이나 넋을 놓고 있다 눈물을 닦고 혼자만의 점심밥을 짓기 시작했다. 류스산의 여행 가방 주머니에는 돈이 없어 기름을 못 산 외할머니가 어젯밤 몰래 넣어 놓은 5백 위안이 있었다.

이 이별은 한 편의 꿈과 같았다. 대학생이 된 류스산은 강의 시간에 책상에 엎드려 자주 졸았다. 꿈속의 작은 진에는 비가 내리고, 꽃이 피고, 바람이 불고, 서리가 꼈다. 심지어 고구마를 굽는 냄새가 풍겼고, 담 모퉁이마다 사람들의 웃고 떠드는 소리가 들렸다. 류스산은 요리하는 외할머니를 보았다. 마당 안에는 사람들로 가득했고 모두 그를 축하해줬다.

"류스산이 그 어려운 시험에 붙었다며? 축하한다! 대학 입학시험 1등이라고! 우리 진에 이런 인물이 나오다니 네가 처음이다!"

류스산은 감격에 겨워 외쳤다.

"내가 바로 대단한 수재였어!"

쥐 죽은 듯 조용한 강의실에서 영어 4급 시험을 보던 학생들은 눈이 동그래져 갑자기 벌떡 일어난 류스산을 보며 문제를 풀던 손을 잠시 멈췄다. 시험 감독관 선생이 물었다.

"자네 지금 뭐하는 건가?"

류스산은 눈을 비비며 뒤늦게 대답했다.

"꿈이었나!"

3

류스산은 자신의 룸메이트 즈거를 보며 마음이 몹시 심란했다. 류스산은 그와 오랫동안 이야기를 나누며 새벽 5시에 머리

감고 젤워터를 뿌리지 말 것과 비가 올 때마다 산책 나가지 말 것, 지도원[30]에게 고백하지 말 것을 요구했다. 사랑을 이용해 재수강하지 않을 꿍꿍이인 걸 알지만 지도원은 남자가 아닌가.

그렇게 한참이나 이야기를 하고 있는데 갑자기 즈거가 스타킹 한쌍을 들어 보였다. 류스산이 깜짝 놀라 질색하며 어디서 났냐고 물었다. 즈거는 태연하게 기숙사를 관리하는 아줌마의 것을 훔쳤다고 했다. 류스산은 하마터면 뒷목을 잡고 쓰러질 뻔했지만 즈거는 다 써서 작아진 비누를 모아 스타킹에 넣으면 큰 덩어리로 뭉칠 수 있다며 빙긋 웃었다. 류스산은 초등학교 친구는 기껏해야 모자란 짓을 하지만 대학교 친구는 이런 쪼잔한 짓도 할 수 있음을 깨달았다.

2013년 동지에 류스산은 이미 대학교 3학년이었고 창밖에는 눈꽃이 휘날렸다. 즈거는 밖을 내다보며 한껏 분위기를 잡고 기타를 쳤다. 보기에는 꽤나 고상했지만 그의 책상 위에는 발 씻는 대야가 놓여 있고 그 안에서는 라면 네 봉지가 보글보글 끓고 있었다. 배가 고픈 류스산은 그 대야를 보며 군침을 흘려야 할지 질색을 해야 할지 알 수 없었다. 즈거는 발 씻는 대야에서

---

30 중국에서 학생들의 정치사상 교육이나 일상 관리, 취업 지도 등을 맡고 있는 교사

첫 번째 라면 가닥을 건져 올리며 류스산의 아픈 곳을 건드렸고 그는 더 이상 참을 수 없다는 듯 터져버렸다.

"스타킹으로 비누 모을 거라면서? 왜 다리에 신고 있는데!"

류스산이 물었다.

"난 계집애니까."

즈거가 뻔뻔하게 말했다.

류스산은 어이가 없어 가만히 있다 한마디를 던졌다.

"별 거지같은 소리하고 있네."

"너 나 무시하냐?"

"난 널 무시하는 게 아니라 받아들일 수 없는 거야."

"나는 너를 형제라고 생각했는데 넌 날 뭘로 보는 거야? 너 진짜 우웩이다."

류스산은 즈거의 말에 어이가 없어 되받아쳤다.

"그러는 넌 아니야?"

즈거는 긴장하며 말했다.

"그럼 너도?"

두 사람은 의미도 없는 말만 몇 번이나 주고받았고 결국 류스산이 이 대화를 포기하고 자신을 위로했다.

'사실 개인의 습관이야 내가 쟤를 닮아가거나 쟤가 나한테 물

드는 거지. 그래도 이제 저 자식이 배달 음식 먹을 때 일회용나
무젓가락 다시 씻어서 쓰지 않는 거 보면 내가 약간의 우위를
차지하게 됐다는 뜻이잖아.'

언젠가 한번은 자신의 룸메이트를 평가하는 숙제를 받은 적
이 있다. 류스산은 본래 즈거에 대해 이렇게 썼다.

'억지만 부리고, 성격이 괴팍하며, 오래 함께 살아서 쌓인 정
만 아니면 벌써 방을 옮겼을 것이다.'

그런데 잠시 후 그는 우연찮게 즈거가 자신에 대해 쓴 평가를
보게 됐다.

'똑똑하고, 지혜로운 녀석으로 복잡한 세상 속 아름다운 풍
경이다.'

양심에 큰 충격을 받은 류스산은 밤잠을 이룰 수 없었고 즈
거가 기타를 안고 잠든 사이에 몰래 일어나 그에 대한 평가를
고쳐 썼다.

'섬세하고, 따뜻하며, 강남에서 온 흰 옷 입은 소년같다.'

사실 류스산의 세계에서 그의 비밀을 알고 있는 사람은 즈거
뿐이었다. 2013년 동지 무단과 마지막으로 만나던 날, 류스산
은 책상 서랍에서 돈을 꺼내 하늘 가득 흩날리는 눈 속으로 자
신의 청춘과 작별하기 위해 나섰다.

4

학교 생활관 곁문에는 먹자거리가 연결되어 있었다. 사실 거리라고 할 것도 없고 길 양편에 간식거리를 파는 노점상이 쭉 있었는데 모두 저렴한 먹거리뿐이었다. 겨울방학이 가까워 오자 학교 여학생들은 비닐천막을 친 가게에 모여 앉아 마라탕을 먹었다. 류스산은 많은 여학생들 속에서 무단을 한눈에 알아봤다.

그날은 동지라 사람들로 북적거렸는데 무단은 말간 얼굴을 들고 젓가락에 붙은 가루를 불어내고 있었다. 그녀를 보고 있노라니 류스산의 귓가에 익숙한 소리가 들려왔다. 그 낡아빠진 워크맨의 재생 버튼이 다시 눌려진 것 같았다.

"너 사랑해주는 여자 만나서 결혼하고 행복하게 살면 좋겠어."

차가운 공기가 솟구치고 비닐천막에 누런 불빛이 비쳤다. 란티엔잡화점 문밖의 스피커에서 장궈룽張國榮의 노랫소리가 들려왔다.

당신에게 드릴 게 없어요.

하지만 이 노래를 빌려

비바람 속에서도 물러서지 않은 당신께 감사하고 싶어요.

기꺼이 나와 함께 해줬지만

오늘 잠시 이별을 고하는 그대여

하지만 나는 사랑의 불꽃으로

당신의 마음속에 살아

헤어져도 함께 있을 거예요.

그때 류스산은 사랑이란 거대한 미신에 빠져 있었다. 사랑이란 반드시 줘야 하는 것이다. 하지만 보통 젊은 사람들처럼 류스산도 아직 오지 않은 미래밖에는 줄 게 없었다. 무단과 밥을 먹을 때마다 그는 마음속에 바라는 삶을 그려보곤 했다.

"아침이면 밖으로 나가 노점상의 뜨끈한 김이 나는 훙탕만터우찐빵의 일종의 찜통 뚜껑을 열어젖히겠지. 네가 좋아하지 않는다면 또우장두유이랑 요우티아오튀긴 빵나 흰죽, 셴야단소금에 절인 오리알으로 바꿀 수도 있어. 아마 넌 메이화가오매화 모양의 빵이나 위피훈툰빵의 일종, 쑹화빙떡의 일종, 양자오쑤패스트리, 러우관단전의 일종은 먹어보지 못했겠지?"

이런 상상을 늘어놓을 때면 무단이 물었다.

"넌 도대체 아는 간식이 몇 개나 되는 거야?"

류스산은 젓가락을 내려놓고 머릿속으로 진한 바퀴를 돌며 진지하게 말했다.

"쉰아홉 가지."

무단은 쌓여 있는 꼬치구이를 보라는 듯 그의 접시를 두드렸다. 류스산이 그녀의 가늘고 긴 손가락을 쳐다보니 반짝반짝 빛나는 은반지가 끼워져 있었다. 무단도 류스산의 시선을 느꼈는지 괜히 웃으며 말했다.

"아빠가 보내주신 거야, 생일 선물."

그렇다. 그날은 무단의 생일이었다. 그래서 둘은 꼬치구이를 먹으며 축하하고 있었던 것이다. 30분쯤 지나자 즈거와 무단의 룸메이트도 모두 도착해 함께 노래방에 갔다. 양주 세트를 시키자 특별히 과일안주를 넣어줬다.

꼬치를 굽던 왕씨 아줌마가 허리를 굽혀 닭똥집을 얹어주며 쌀쌀맞게 말했다.

"빨리 먹어. 얼른 치우고 가야 돼. 눈 내리잖아."

"아줌마도 다른 데처럼 비닐천막 좀 치면 안 돼요?"

류스산이 투덜거렸다.

"돈 없어."

왕씨 아줌마는 단호했다.

"장사도 잘되는데 왜 돈이 없어요?"

"네가 뭘 알겠냐. 돈은 있을 때 아끼는 거야."

류스산은 닭똥집을 씹다 버럭 성질을 내며 말했다.

"이거 하나도 안 익었잖아요. 좀더 익혀주면 안 돼요?"

왕씨 아줌마는 꼬치용 쇠꼬챙이를 정리하기 시작했다.

"안 돼. 눈 내리잖아. 얼른 꺼져, 이놈아."

눈송이가 내려 무단의 머리카락 끝에 앉았다. 류스산이 손을 뻗어 닦아주려 하니 무단이 그의 손을 잡고 말했다.

"작년 생일 선물은 널 만난 거였어."

그녀는 잠시 말이 없더니 다시 입을 뗐다.

"올해 생일 선물은 다른 학교로 편입하는 거야. 내년에 난징으로 가잖아. 난 새로운 학교에 기대가 커."

줄곧 그녀 혼자 말했던 것 같다. 류스산은 자신이 무슨 말을 했는지 기억이 나지 않았다. 무단이 고개를 들었을 때 눈송이가 그녀의 말간 뺨에 떨어졌다. 그녀가 말했다.

"우리 헤어지자."

왕씨 아줌마는 수레를 밀고 떠나버렸다. 아마 서둘러 가느라 잊어버렸는지 두 사람이 앉던 의자가 그대로 남아 있었다. 눈발은 점점 더 거세졌고 두 사람의 몸에는 하얀 눈이 쌓였다. 그날 두 사람은 예전처럼 노래방에 갔고 함께 술에 취했지만 서로 이별이란 말은 더 이상 입에 올리지 않았다. 그 뒤, 이도 저도 아닌

관계로 철저히 일 년을 보내며 2013년 동지가 됐고 무단은 수속을 마치고 이 작은 도시를 완전히 떠나려 했다.

왜 하필 오늘을 선택했을까? 아마도 그녀는 올해의 생일 선물로 이별을 받고 싶었으리라.

사랑을 잃을 때까지 류스산은 자신이 그리던 미래가 사실은 과거였음을 알아채지 못했다. 그는 자신을 포함한 요즘 사람들이 어디에 잘 가는지 전혀 알지 못했다. 그는 공상과학소설 작가가 아니라서 자동차가 날아다니는 도시를 그릴 줄 몰랐다. 그는 생물학자가 아니라서 인체 기관이 교체될 수 있는 의료 환경을 그릴 줄 몰랐다. 그는 경제학자가 아니라서 투자 기회가 빠르게 대체되는 자본시장을 그릴 수 없었다. 그는 아는 것이 없어서 모든 사람이 만들어내는 미래 세계에서 자신의 가정을 어떻게 만들 수 있는지 그려낼 수 없었다. 그는 열심히 미래를 약속했지만 자신이 뿌리 내리고 살았던 조그만 진의 생활을 먼 미래인 것처럼 달력만 바꿔 되풀이해서 그리고 있을 뿐이다.

5

기차역 광장에서는 간단히 먹을 수 있는 갖가지 음식 냄새가 풍겨왔다. 사람들은 혼잡하게 밀려오고 밀려갔으며 허름한 옷과 값비싼 옷이 서로 스쳐 지나갔다. 예상대로 류스산은 무단을 한눈에 찾아냈다. 그와 달리 시력이 좋지 않은 무단은 고개를 들고 계속 바뀌는 열차 시간표를 전광판으로 자세히 보고 있었다. 류스산은 발뒤꿈치를 들고 서 있는 그녀의 모습이 시냇가에서 혼자 뒤뚱거리며 걷는 거위처럼 귀여워 보인다고 생각했다.

언젠가 즈거는 노랫말 하나를 쓴 적이 있다. 어쩌면 베낀 것인지 모르지만 즈거는 기숙사 베란다에서 기타를 치며 불이 꺼지는 여학생 기숙사를 향해 큰소리로 노래를 불러댔다.

사랑하는 사람아, 어디로 가든 날 데려갈 순 없을까?
나도 알고 있어, 네가 어디로 가려는지.
나도 알고 있어, 네가 날 데려갈 수 없다는 걸.

류스산은 어슴푸레 동이 터오던 어느 날 새벽 학교 문 앞에 선 차에서 무단이 폴짝 뛰어내리는 걸 본 적이 있었다. 그녀는 명랑한 발걸음으로 그에게 걸어왔다. 그때 그는 속으로 생각했다. 낭만적이면서도 처량하다고 말이다.

하지만 기차역은 사람들로 붐벼 류스산이 처량함을 느낄 새가 없었다. 그의 얼굴에는 온통 땀이 흘러 몰골이 말이 아니었다. 게다가 목도 어찌나 마른지 먼저 매점에 가서 물을 사야겠다고 생각했다. 물 한 모금으로 온몸의 갈증을 풀면 훨씬 산뜻한 숨결로 그녀를 만날 수 있을 테니까.

하지만 계획은 늘 마음먹은 대로 되지 않는 법, 매점은 금전등록기가 고장난데다 계산대 뒤의 주인이 느릿느릿 원고지에 계산을 하고 있었다. 시간이 흘러도 줄은 줄어들 줄 몰랐다.

류스산은 무거운 백팩을 발 옆에 내려놓았다. 안에는 외할머니가 보내준 간식거리인 돼지고기 소시지부터 고구마 말랭이까지 없는 게 없었다. 이것들을 무단에게 주면 미래처럼 그리던 과거를 그녀에게 주는 것과 같지 않을까.

류스산은 손에 든 물을 보며 어떻게 해야 좋을지 서둘러 가늠했다. 만약 물을 사지 않고 바로 간다면 지금껏 줄을 섰던 10분은 허투루 낭비하게 된다. 하지만 계속 줄을 서면 그녀를 배웅하지 못할 수 있다. 물론 류스산은 무단과 물 한 병 중 무엇이 더 소중한지 마음속으로 정확히 알고 있었다. 하지만 그가 여전히 줄에 서 있는 것은 그녀와의 헤어짐을 앞당기고 싶지 않았기 때문이다.

"그쪽 차례예요."

뒤에 있던 여자가 류스산을 쿡쿡 찔렀다.

그가 고개를 돌리니 주인이 그의 손에 쥔 물을 보며 말했다.

"한 병에 3.5위안, 두 병에 9위안."

두 병에 9위안이라고? 세상에 뭐 이런 말도 안 되는 계산법이다 있단 말인가. 하지만 류스산은 말싸움을 포기하고 10위안을 꺼냈다.

"잠깐만!"

주인이 다시 외쳤다. 류스산이 멈칫했다.

"검산 좀 합시다."

주인이 말했다.

빌어먹을, 물건 값 받는 게 무슨 과학 연구도 아니고 웬 검산이란 말인가. 류스산은 돈을 던지고 백팩을 집어 든 뒤 미친 듯이 뛰기 시작했다. 지금 무단을 만나는 것이 훨씬 중요하다는 것을 그는 정확하게 인지하고 있었다.

6

무단이 탈 기차가 역에 도착하려 하고 있었다. 방송은 아무런 감정도 없이 한 가지 사실만을 알리고 있었다.

"난징으로 가는 승객 여러분, 열차가 곧 도착해 역에 2분간 정차할 예정입니다."

류스산은 바들바들 떨며 무단 앞에 섰다. 무단은 한숨을 쉬는 것 같았다.

"왔어? 배웅 안 해줘도 되는데."

류스산은 열차표를 샀기 때문에 플랫폼에 들어와도 상관없었지만 무단은 이를 모르고 있었다. 류스산은 자신의 백팩을 무단에게 건넸다.

"알레르기약이 들어 있어. 너 기차에서 비염 때문에 고생할 수도 있잖아."

백팩을 보는 무단의 눈이 류스산에게 묻고 있는 것 같았다.

'가방이 6킬로그램은 되어 보이는데 이렇게 많은 알레르기약을 주는 의도가 뭐야?'

류스산이 서둘러 말했다.

"내가 집에 부탁해서 택배로 받았어. 너랑 전에 얘기만 하고 먹게 해준 적이 없잖아. 고구마 말랭이랑 메이화가오, 위피훈툰, 쑹화빙, 양자오쑤, 러우관단……. 보관하기 힘든 건 내가 진공 포장했으니까 열흘이나 보름은 상하지 않을 거야."

"나 안 먹어도 돼."

무단이 말했다.

"조금만 먹어봐."

류스산이 머뭇거리며 말했다.

"내가 어떻게 들고 가?"

그러고 보니 무단의 옆에는 커다란 여행 가방 두 개가 놓여 있었다. 그는 씁쓸한 생각이 들었다.

'겨우 난징에 가는 건데 짐을 이렇게 바리바리 싸가야 하나? 한 번 가면 안 올 것처럼. 맞다, 무단은 이제 가면 안 오는구나.'

류스산은 하는 수 없이 백팩을 품에 안았다.

"그럼 난징에 도착해서 시간 나면 나한테 주소 좀 보내줘. 내가 부쳐줄 테니까."

"그건 나중에 다시 얘기하자."

무단이 말했다. 류스산은 그래도 포기하지 않았다.

"저기, 네 휴대전화 내가 충전 많이 해뒀어. 3백 위안 충전했는데 데이터 걱정하지 말고, 나랑 영상통화도 할 수 있으니까……."

"나 난징에 가면 새 번호로 바꿀 거야."

"위챗 ID는 바꿀 필요 없잖아."

"휴대전화랑 같이 묶인 거라 한 번에 바꾸는 게 편해."

무단은 망설이며 류스산을 쳐다봤다. 류스산은 그녀를 향해 웃어 보였지만 눈에는 눈물이 맺혀 있었다.

"사실 휴대전화 심카드…… 벌써 그곳에 있는 친구한테 사달라고 했어. 휴대전화 번호 적어줄게."

무단의 말에 류스산은 연신 고개를 끄덕였다. 무단은 메모지를 꺼내 번호를 적은 뒤 류스산의 품에 있는 백팩에 넣어줬다.

"그럼, 나 갈게."

무단은 이렇게 두 사람의 대화를 끝내려 했다. 하지만 류스산은 마지막까지 질척거렸다.

"만약에 내가 난징에 너 만나러 가면 환영해줄 거야?"

그때 열차가 느리게 승강장으로 들어오며 진동 소리가 울리는 통에 류스산의 말은 묻혀버리고 말았다. 무단은 여행 가방을 밀고 객차로 들어갔다. 류스산은 짐을 들어주고 싶었지만 무단이 뒤를 돌아보며 손을 흔들었다.

"안녕."

무단이 말했다. 그 두 글자는 오직 그녀만이 할 수 있는 말이었다. 류스산은 기차 밖에서 차 안 무단의 발걸음을 따라가며 그녀가 차 창문 하나를 지나 짐을 실으려는 모습을 봤다. 열차는 역에서 2분 동안 정차한다고 했는데 어째서 그녀는 작별하는 데에 겨우 1분만 썼을까. 절대로 이렇게 끝낼 수는 없다. 아직 끝낼 수는 없다. 어떻게 이렇게 끝낸단 말인가. 류스산은 가쁜 숨을 내쉬며 두 사람이 바랐던 미래를 떠올렸다.

둘은 바다를 보고, 유성을 기다리며, 불꽃놀이를 하고, 나무집을 짓기로 했다. 산꼭대기 소나무 아래서 피크닉을 즐기고, 풍경 소리를 들으며, 할부로 산 차에서 음악을 틀고, 바비큐 그릴 위에서 주르륵 물이 흘러나오는 생굴을 굽기로 했다. 길고 긴 인생의 화면이 류스산의 눈앞에서 순식간에 지나가 단 몇 십 초 사이에 모두 흘러가는 것 같았다. 하지만 그 사이에 기차도 출발하려 했다.

류스산은 차창을 두드리며 일 년 전 동지에 하고 싶었던 말을 목구멍에서 내뱉었다.

"만약에 내가 그곳 대학원에 합격하면 우리 함께 할 수 있어?"

하지만 무단은 그의 말을 듣지 못했다. 지난 일 년 동안 류스산은 종종 강의실에서 혼자 밤새 공부하며 공책에 한 줄을 썼다.

'대학원에 합격해 그녀가 있는 도시로 간다.'

차창 유리에는 얇은 성에가 끼었고 무단이 고개를 돌려 류스 산을 정면으로 쳐다봤다. 그제야 그는 무단의 눈에 맺힌 눈물을 볼 수 있었다. 무단은 가만히 차창에 입김을 불더니 손가락으로 글씨를 썼다.

'울지 마.'

류스산의 얼굴은 온통 눈물범벅이었다. 어째서 할 수 없는 걸까. 어째서 공책에 쓰는 글들은 갈수록 멀어지는 걸까. 어째서 행복하지 않을까. 어째서 동지에는 늘 눈이 내릴까. 어째서 중요한 사람은 꼭 떠나려 할까.

기차가 움직이자 류스산도 뛰기 시작했다.

이 열차가 외할머니의 트랙터였다면 그는 두 걸음 만에 훌쩍 뛰어올랐을 것이다. 이것이 어린 시절의 바람이었다면 그는 여성용 자전거를 타고 나뭇잎을 휘날리며 얼마든지 쫓아갔을 것이다. 하지만 지금 그는 스스로 낼 수 있는 가장 빠른 속도로 달리고 있었다. 이 속도라면 윈벤진에서 목욕탕의 마지막 뜨거운 물 한 솥도, 진에서 아침에 가장 일찍 찐 만두도 그의 차지였을 것이다. 그곳에서라면 밤새 공부를 하고도 산에서 가장 먼저 빛을 뿜어내는 구름을 따라잡을 수 있었을 것이다.

스물한 살의 류스산은 백팩을 품에 안고 통곡하듯 울음을 쏟아내며 휘익 앞질러 가버리는 기차를 쫓았다. 하지만 그가 겨우 일고여덟 발자국을 뛰었을 때 기차는 이미 바람처럼 역을 떠나버렸다. 그의 가슴은 갈가리 찢어졌고 뜨거운 마그마가 흘러넘쳤다. 사랑은 바닥에 떨어져 얼어버렸고, 시간은 짓밟혀 조각났다. 눈꽃이 하늘하늘 내려와 그 위를 덮었다. 그가 아홉 번째 발자국을 뛰었을 때 뒤에서 누군가의 외침이 들려왔다.

"경찰 아저씨, 바로 저 사람이에요!"

슬픔이 북받친 류스산은 열 번째 발자국을 뛰다 양쪽에서 덮친 검은 그림자 때문에 앞으로 엎어지고 말았다. 백팩도 함께 앞으로 쏟아지면서 메모지가 솟구쳐 오르더니 번호가 앞뒤로 춤을 추며 철로로 날아갔다. 류스산은 습격자를 돌아볼 새도 없이 미친 듯이 메모지를 쫓아갔다. 외치던 사람이 또 소리를 질렀다.

"저 사람이 도망가려고 반항하는 거예요! 경찰 아저씨, 빨리 잡으세요!"

류스산은 메모지를 따라 뛰어내려 철로에 엎어졌다. 그러자 소리를 지르던 사람은 금세 태도를 바꿔 외쳤다.

"저 사람이 철로에 드러누우려나 봐요. 경찰 아저씨, 빨리 구해주세요!"

위로 끌려나와 바닥에 대자로 누워 슬픔과 분노를 삭이고 있는데 여자의 목소리가 들렸다. 그는 깜짝 놀라 그쪽을 쳐다봤다. 상대는 여자였는데 역광이라 윤곽이 또렷이 보이지 않았다. 다만 류스산은 그녀의 독특한 포니테일 머리를 정확히 볼 수 있었다. 그를 자빠뜨린 사람이 말했다.

"저희는 철도경찰입니다. 지금 당신은 절도 사건의 용의자로 의심되고 있으니 저희와 함께 가주셔야겠습니다."

7

파출소에 도착해서야 류스산은 일이 어떻게 된 것인지 제대로 알 수 있었다. 그 여학생이 매점에서 물건을 사고 있을 때 류스산이 그녀의 가방을 들고 도망갔다는 것이다. 여학생은 바로 뒤를 쫓아왔고 류스산이 플랫폼으로 들어가는 걸 보고 경찰에 신고했다. 류스산은 어이가 없어 자신의 백팩을 꼭 끌어안았다. 여학생은 엄숙한 표정으로 말했다.

"그쪽이 가져갔잖아요."

류스산은 코웃음을 치며 고개를 저었다.

"저는 절대로 가져가지 않았거든요."

하지만 가만히 생각하니 그가 매점을 떠날 때 조금 서두른 것 같긴 했다. 류스산이 행여나 하는 마음에 가방을 살펴보다 더듬거리며 말했다.

"뭔가 이상한데…… 색깔은 같은데 브랜드가 다르네……."

그가 책상에 가방을 엎어 보니 예상했던 고구마 말랭이, 소시지, 메이화가오, 위피훈툰, 쑹화빙, 양자오쑤, 러우관단 등이 아니라 여자 옷 몇 벌과 세면도구, 약병 한 무더기가 전부였다.

여학생은 흥분해서 언성을 높였다.

"제가 그랬죠! 저 사람이 훔친 거잖아요. 이러고도 인정 안 할 거예요?"

류스산은 몹시 놀라고 당황스러웠다. 지금 와서 경찰에게 자신이 잘못 가져갔다고 하면 너무 늦은 게 아닐까? 다행히 경험이 많은 경찰은 이 젊은 남자가 실수로 가져간 것을 눈치챘다. 다만 가방을 잃어버린 여자가 너무 흥분한 상태라 심문을 진행하기로 했다. 경찰이 책상을 치며 물었다.

"진술을 녹음할 겁니다. 이름, 나이, 연락처 대보세요."

류스산은 솔직히 대답했다.

"이름은 류스산이고, 징커우과학기술대학 3학년인데요."

그 순간 여자는 멍한 표정을 짓더니 질문을 더 하려는 경찰을 막고 물었다.

"이름이 뭐라고요?"

"류스산이요."

"글월문文에 선칼도 방刂을 쓰는 류劉에, 걸핏하면 울어대던 스산 말이야?"

"어디 아파요?"

류스산은 어이가 없어 되물었다.

"어, 어디 아파."

여자가 당황한 눈빛으로 쳐다보자 류스산은 용기를 내어 목소리를 높였다.

"내가 그쪽 물건 훔친 거 아니니까 사람 협박하지 마요."

여자는 언제 화를 냈냐는 듯 오히려 다정하게 물었다.

"알지 알아. 좀 전에는 왜 또 울고 있었어?"

"뭐가 또란 말입니까? 이것도 진술로 녹음되는 거예요?"

"아뇨. 하지만 저도 학생이 왜 울고 있었는지 궁금하긴 하네요."

경찰이 말했다. 류스산은 눈물을 머금은 채 설명했다.

"여자친구 배웅하러 간 거예요. 걔는 다시 돌아오지 않을지 모르고요."

여자는 잠시 생각하는 듯하더니 무심하게 말했다.

"그럼 이제 전 여자친구네."

그 말을 듣자 류스산은 마음속에 있던 일말의 기대마저 사라진 것 같아 두 손을 내밀었다.

"됐습니다. 저도 더 이상 무슨 진술이니 녹음이니 이런 거 하고 싶지 않아요. 더 말하고 싶지 않다고요. 경관님, 차라리 저 잡아가세요. 잡아가시라고요, 잡아가요."

경찰과 여자는 모두 깜짝 놀랐다. 심지어 여자는 자리에서 벌떡 일어났다.

"세상에 내가 억울한 누명 좀 씌웠다고 이렇게 자포자기하는 거야?"

류스산은 그녀를 거들떠보지도 않았다.

"제가 훔쳤어요. 제가 도둑이라고요. 양심도 없고, 정신도 썩어빠진 놈이에요."

현장에 있던 경찰들은 별난 풍경에 서로 눈을 마주치며 곤란해했다.

그러자 이번에는 여자가 마음이 급해져 잽싸게 자신의 옷이며 충전기, 약병, 경찰의 사인펜까지 죄다 가방에 쓸어 넣었다. 그녀는 이내 경찰의 사인펜을 꺼내 다시 돌려줬다. 가방을 멘 여자는 진지한 표정으로 말했다.

"경찰 아저씨, 너무 폐를 끼쳤네요. 이제 이 일은 다 해결됐어요. 제가 오해한 거니까 얘를 처벌하지 말아주세요. 저희 배웅해주지 않으셔도 돼요. 저희가 알아서 갈게요. 감사합니다."

여자가 허리를 굽혀 꾸벅 인사를 하자 경찰이 의자에 몸을 기댄 채 눈을 껌벅거리며 물었다.

"이게 무슨 상황입니까? 아, 그쪽이 죽여라 살려라 한 거 아닙니까?"

여자는 류스산의 목덜미를 잡고 말했다.

"얘가 누군지 알았어요. 제 남자친구예요."

류스산은 깜짝 놀라 우당탕 책상 밑으로 자빠졌다. 경찰도 깜짝 놀라 자리에서 일어섰다.

"저 친구가 좀 전에 여자친구랑 헤어졌다고 했잖아요."

여자는 해맑게 웃으며 말했다.

"쟤가 바람기가 있어서요. 제가 나가면 아주 호되게 가르치려고요."

류스산은 책상 밑에서 일어나려고 버둥거렸다.

"말도 안 되는 소리하지 마요! 난 그쪽 모르거든요!"

여자는 다시 그의 목덜미를 잡으며 친절하게 말했다.

"스산, 나 청상이야."

8

4학년 여름방학의 어느 오후, 덥고 답답했던 공기는 갑자기 상쾌해졌고 여자아이는 나무 그림자 속에서 걸어 나와 포니테일 머리를 흔들며 그의 곁에 앉아 싱긋 웃으며 말했다.

"난 청상이라고 해."

여자아이는 돌다리 위에서 기다란 빗자루를 이리저리 휘두르며 소리 질렀다.

"돈 내놔."

보리이삭 물결이 석양을 밀어올리고 저녁 바람에 부서지는 빛들이 휘말려 나뭇잎들이 나뒹굴며 황혼의 풍경을 바꿨다. 자전거 뒤에 앉은 여자아이는 자신의 얼굴을 눈물로 데인 적이 있는 그의 등에 대며 가만히 물었다.

"나 매일 집에 데려다줄 수 있어?"

그 애는 어릴 적 함께 놀던 친구이자 세상에서 사라진 청상이었다. 하지만 지금 그의 목덜미를 잡고 있는 커다란 키와 가녀린 몸매에 눈웃음을 짓는 여자는 자신이 청샹이라고 했다. 2013년 동지, 류스산은 지금까지 몇 번이나 울었는지 모른다. 그는 또 다시 울먹이며 물었다.

"내가 지금 꿈을 꾸고 있나? 청샹…… 너 죽은 거 아니었어?"

십 년이 흐른 어느 날, 류스산과 청샹은 다시 만났다.

겨울의 햇살은 따뜻하지 않았지만 평온하고 고르게 비췄다.

하지만 햇살 속 청상의 미소는 뜨겁기 그지없었다.

"난 안 죽어. 어때, 대단하지?"

1

류스산과 즈거는 서로 마주보며 바닥에 앉아 있었다. 두 사람 사이에 놓인 작은 인덕션 위에서는 포장해온 훠궈가 끓고 있었다. 즈거는 젓가락으로 냄비 속 재료들을 휘저으며 말했다.

"실연당해서 슬프냐?"

류스산은 고개를 끄덕였다.

"머릿속이 텅 빈 거 같아."

"그럼 술로 아픈 마음 좀 달래."

즈거의 말이 끝나자마자 "탕!" 하며 문이 열리더니 겹쳐진 맥주 두 박스가 공중에서 휘청거리며 기숙사 방 안으로 들어왔다. 즈거는 얼른 자리에서 일어났다.

"나 눈이 이상해진 거 아니지?"

류스산은 맥주 박스 아래로 부들부들 떨고 있는 가느다란 다리를 보며 낮은 소리로 말했다.

"아니야. 내 친구가 온 거 같은데."

도대체 청샹은 어디서 그런 힘이 났는지 칭다오 맥주 두 박스를 안고 기어코 목적지까지 도착했다. 즈거는 잽싸게 뛰어가 박스를 받아 바닥에 내려놓았다. 그러자 박스 너머로 청샹의 웃는 얼굴이 드러났다.

청샹은 땀을 닦으며 말했다.

"몇 층인지만 알아서 하마터면 못 찾을 뻔했어. 훠궈 냄새가 나기에 따라왔는데 다행히 제대로 왔네!"

그녀는 류스산의 어깨를 두드리며 말했다.

"나 보니까 진짜 반갑지 않냐? 하하하하하……."

류스산은 고개를 끄덕였다.

"그래, 그래. 하하하하하하……."

소리 내어 웃던 류스산은 갑자기 표정 관리를 했다. 술로 아픈 마음을 달래려면 지금 기분을 진정시켜야 하지 않겠는가. 사람이 이렇게 슬픈데도 그렇게 쉽게 웃음이 나다니 참 희한한 일이다. 그의 마음에는 슬픔 외에도 죄책감이 더해졌다.

맥주를 내려놓자 청샹의 하얗던 작은 얼굴이 발그레해졌고 눈이 반짝반짝 빛났다. 즈거는 흥분되는 감정을 주체하지 못하고 음이 이탈난 목소리로 물었다.

"안녕, 넌 이름이 뭐야?"

청샹은 맥주병을 들고 벌컥벌컥 마신 뒤 말했다.

"난 청샹이라고 해."

즈거는 갑자기 기타를 집어 들었다.

"난 즈거. 류스산의 형제나 다름없지. 처음 만난 기념으로 노래 한 곡 불러줄게. 제목은 '월량대표아적심'."

그런데 뜻밖에도 청샹은 연신 손을 내저으며 말했다.

"아니, 아니! 난 90년 이후에 태어났단 말이야. 요즘 노래로 바꿔주면 안 돼? 저우제룬周杰倫의 '반도철합' 들려줘."

즈거는 눈을 끔벅거리며 곤란해했다.

"그 노래는 내가 아직 연습을 안 해서…… 내가 악보를 좀 볼 테니까 기다려봐."

청샹은 손을 저었다.

"연습은 무슨, 술 많이 마시면 뭐든 부를 수 있어."

류스산이 아무 말도 하지 않았지만 두 사람은 바닥에 앉아 먹고 마시며 맥주를 몇 병이나 들이켰는지 모른다. 다른 사람들은 즐거운데 류스산 혼자 이 상황에 끼지 못했다. 류스산은 자신이 투정을 부리고 있다는 걸 잘 알고 있었다. 살다 보면 종종

그러지 말아야 할 때 투정을 부리게 된다. 이를테면 어린 시절 사람들과 캠핑을 갔는데 당신은 머리가 아프다. 하지만 당신은 아프다고 말하는 대신 입술만 삐죽거리고 있다. 사정을 모르는 사람들은 신나게 웃었고 그럴수록 당신은 억울한 기분이 든다. 사실 누가 당신에게 잘못한 것은 아니다. 일부러 당신을 괴롭힌 것도 아니다. 다만 당신에게 신경을 쓰지 못한 것뿐이다. 억울한 마음이 한계점에 다다르면 당사자는 엉엉 울음을 터뜨리고 주변 사람들은 어떻게 된 영문인지 몰라 어리둥절해한다. 분명 함께 캠핑을 와서 밥도 먹고 모닥불도 피웠건만 이 좋은 자연을 두고 어째서 울음을 터뜨린단 말인가. 근사한 풍경을 보니 괜히 감정이 격해져 우는 걸까.

류스산은 괜한 투정을 부리고 싶지 않아 아무렇지 않은 척 훠궈를 먹으며 허풍을 떨려 했다. 하지만 자꾸 억울한 마음이 들어 금방이라도 터져버릴 것 같았다. 아무것도 모르는 즈거는 흥분한 목소리로 했다.

"자, 여러분을 위한 새 노래 한 곡 들려드리겠습니다. 이 노래 제목은 '사랑'이야."

말을 마치고 그는 직접 기타를 치며 노래를 불렀다.

가만히, 나는 널 망칠 거야, 눈가의 눈물을 닦아.

네가 내게 물었지. 내가 언제 널 사랑할 거냐고.

지금은 아니야, 언제인지 몰라.

나는 아마도 너와 볼 일이 없을 거야.

잠시 후, 즈거는 뒤늦게 뭔가 잘못됐다는 걸 눈치챘다.

"스산, 너 왜 울어?"

훠궈의 연기가 모락모락 피어올라 그 위로 무단이 차창에 손가락으로 썼던 글자가 떠오르는 것 같았다. 류스산은 무단의 얼굴을 제대로 볼 수 없었고, 휘익 떠나가는 기차를 쫓아갈 수도 없었다. 청샹은 류스산의 머리를 쓰다듬었다.

"울지 마."

"나 안 울어."

이 말을 하자마자 그의 눈에서는 눈물이 펑펑 쏟아졌다.

그는 언젠가 즈거에게 남자는 나약하면 안 된다고 말한 적이 있다. 하지만 그는 다른 어떤 남자보다 눈물이 많았다. 즈거도 그에게 물은 적이 있었다.

"스산, 너 그렇게 울면 부끄럽지 않아?"

하지만 류스산은 즈거에게 말했다. 다른 사람들은 뭔가를 받아들이지 못해 울지만 그는 모든 아픔을 받아들일 수 있어 우는 것이며 눈물은 그러기 위해 장단을 맞추는 것뿐이라고 말이다.

류스산은 두 친구 앞에서 소리 내어 엉엉 울어댔고, 청샹은
요우멘진[31]을 입에 밀어넣으며 말했다.

"아이고, 괜히 무슨 바보같은 짓 할까 봐 걱정했는데 이렇게
우니 다행이네."

즈거는 잠시 말이 없다 입을 뗐다.

"스산, 너무 슬퍼하지 마. 내가 곧 있으면 난징에 가서 대회에
나갈 거거든. 네가 걔를 보고 싶어 하는 거라면…… 내가 볼 수
있게 도와줄게."

청샹이 물었다.

"그게 무슨 소용이 있는데?"

그녀의 한마디가 류스산의 마음에 와서 박혔다.

"그래, 그게 무슨 소용인데? 뭘 해도 아무 소용없다고."

그러자 청샹이 갑자기 젓가락을 탁 내려놓으며 말했다.

"왜 아무 소용이 없는데? 뭘 해도 소용이 없다면 난 벌써 죽
었을걸. 류스산, 넌 아직 살아 있는데 어째서 아무 소용이 없다
고 말하는 거야? 네가 그렇게 보고 싶으면 걔를 만나러 가."

---

31 油面筋, 밀가루나 전분을 반죽해 둥근 모양으로 만든 뒤 튀긴 간식

류스산과 즈거는 모두 청샹의 기세에 놀랐다.

"무단은 난징으로 갔는데."

즈거가 말했다. 청샹은 휴대전화를 들고 물었다.

"난징 어딘데?"

류스산은 무단의 새로운 학교 주소를 알려줬다. 청샹은 휴대전화 버튼을 몇 번 누르더니 화면을 류스산에게 보여주며 똑똑한 발음으로 말했다.

"징커우과학기술대학에서 장난사범대학까지 180킬로미터 거리야."

류스산은 눈물로 앞이 흐려진 채 화면을 쳐다봤다. 그녀의 말이 맞았다.

"하룻밤이면 오고 갈 수 있어. 가자! 우리 걔 보러 가자."

즈거도 덩달아 흥분하며 기타를 두드렸다.

"난징 가자, 난징 가!"

류스산은 무기력한 눈빛으로 두 사람을 쳐다보다 맥주 두 박스가 이미 동이 났음을 알아챘다. 언제 그 많은 술을 다 마셨는지 모르지만 둘 다 완전히 취한 게 분명했다. 류스산은 쓴웃음을 지었다.

"소란 좀 그만 떨어. 지금 기차가 어디 있어?"

청샹은 별안간 자리에서 일어나 류스산을 내려다봤다.

"내가 지금 너를 내려다보고 있다!"

그러면서 청샹은 발을 들어 류스산의 어깨에 척 올려놨다. 난데없이 즈거도 맞장구를 쳤다.

"나도 너를 내려다보고 있다!"

그러더니 즈거는 발을 들어 류스산의 반대편 어깨에 척 올려놨다.

양쪽 어깨에 발을 지고 있는 류스산의 모습은 마치 엎어진 향로처럼 보였다. 그는 천천히 입을 열었다.

"진짜 기차가 없다고."

그러자 청샹과 즈거가 짜기라도 한 듯한 목소리로 외쳤다.

"택시 타!"

두 발에 밟힌 신세가 된 류스산은 속으로 생각했다.

'이래서 사람들이 청춘은 무모하다고 하는구나.'

무모한 청춘 여럿이 모이면 작당 모의를 하게 마련이다.

2

만약 류스산 혼자였다면 분명 침대에 누워 밤새 눈물을 흘리며 허리가 끊어질 때까지 울다 잠이 들었을 것이다. 하지만 거

센 바람이 부는 먼 길을 세 사람이 함께 출발해 새벽을 달렸다. 이 길 끝에 분명 인생 로맨스가 탄생하리라.

고속도로 위의 겨울밤은 끝이 없고 서치라이트는 떨어지는 눈꽃 너머를 비췄다. 술에 잔뜩 취한 두 사람은 이미 차에서 곯아떨어졌고 류스산만 외로이 차창에 머리를 기대고 있었다. 그가 숨을 쉴 때마다 창 위가 밝아졌다 어두워졌다 하며 뿌예졌다. 시커먼 어둠은 꿈과 같아 그는 이따금 꿈을 꿨다. 꿈속에서 그는 터널로 달려갔다. 그 터널은 숲으로 만들어진 것인지 시멘트로 만든 것인지 알 수 없었지만 깊고 고요하기는 마찬가지였다. 하지만 그는 멈추지 않고 앞으로 걸어갈 수 있었다. 누군가 앞에서 버들피리를 불며 길을 인도했기 때문이다. 터널의 끝에 이르렀을 때 나무문 하나가 나타났다. 문을 열고 들어가니 부뚜막에 훙샤오위[32]가 끓고 있었다. 부뚜막은 류스산의 키보다 높았는데 앞서 길을 안내한 사람은 버들피리를 내려놓고 그에게 생선국과 센디아오메이마오[33]를 먹여줬다.

살얼음은 날리는 눈과 뒤섞여 갈수록 얇아졌고 난징에 들어설 무렵에는 부슬부슬 비가 되어 내렸다. 택시가 장난사범대학

---

32 紅燒魚, 기름과 설탕을 넣어 살짝 볶고 간장을 넣어 익혀 검붉은 색으로 익힌 생선 요리

33 鮮掉眉毛, 절인 생선과 죽순, 양상추 등을 넣어 끓인 요리

입구에 섰을 때 시간은 이미 아침 7시를 가리키고 있었다. 청샹은 류스산을 위로했다.

"우리가 여기 괜히 온 건 아니잖아. 잠시 뒤에 사라진 전 여자친구를 만나도록 현 여자친구가 도와줄게."

즈거는 자신을 포함한 세 사람의 외투가 너무 구겨진데다 흙이 잔뜩 튄 걸 보고 낮은 목소리로 말했다.

"우리 옷 좀 갈아입고 다시 오는 게 낫지 않을까?"

청샹은 단호하게 말했다.

"옷을 왜 갈아입어? 다 같은 스무 살 또래의 젊은 애들인데 우리를 빈티 나는 스타일로 볼 테면 보라지."

3

여학생 기숙사 앞에 서 있던 류스산은 부끄러운 듯 머뭇거리며 말했다.

"너무 시끄럽게 굴지 말고 옆에서 기다려."

류스산은 택시를 타고 오면서 무단을 만나는 게 좋은 일일지 아닐지 생각해봤다. 하지만 이곳에 두 친구가 있으면 괜히 마음에 없는 소리를 할지도 모른다. 아무래도 이런 상황에서는 혼자 무단을 만나는 게 나을 것이다. 그래야 진심을 제대로 전할 수 있을 테니 말이다.

그러나 청샹과 즈거가 그의 말을 들을 이유는 없다. 청샹은 걱정스러운 목소리로 말했다.

"언제까지 기다릴지 모르겠으니 만두나 사오고 싶은데 혹시 구경할 기회를 놓치면 어떻게 해?"

즈거는 안심시키듯 말했다.

"괜찮아. 갈 거면 내 것까지 두 개 사다 줘. 내가 잘 보고 있을게."

"만두는 너무 목이 멜까? 아님 호박죽을 좀 사와야 하나?"

청샹의 말에 류스산은 버럭 소리를 질렀다.

"차라리 삶은 달걀을 잔뜩 먹다 목 메여 죽지 그래? 너희 연극 보러 왔어? 뭐가 그렇게 신나?"

즈거는 무릎을 탁 치며 말했다.

"삶은 달걀도 좋네. 우리 같이 사러 가자."

두 사람은 정말 신이 나서 식당으로 향했다. 그때 주변에서 여학생들이 왁자지껄 떠들며 쏟아져 나왔고 류스산은 잠시 위기감에 입을 다물지 못했다. 류스산은 정신을 차리려고 고개를 흔들었다. 싸우러 온 것도 아닌데 솜털이 바짝 일어설 이유가 뭐란 말인가. 그때 곁을 지나가던 여학생 하나가 류스산을 곁눈질하며 말했다.

"저 남자 뭐해?"

다른 여학생이 말했다.

"누구 남자친군데 아침밥 전해주러 온 거 아냐?"

또 다른 여학생이 말했다.

"어장관리 당하는 애 아냐?"

기숙사에서 나오는 여학생들은 갈수록 많아졌고 수많은 시선이 당황하고 있는 류스산에게 쏟아졌다. 부슬부슬 내리던 비는 점점 거세져 바닥에 흙탕물이 흘렀다. 여학생들은 자기들끼리 신이 나 떠들어댔다.

"비가 이렇게 오는데 저 남자 안 갈까?"

"가면 말이 안 되지!"

비를 피하려던 류스산은 그 말을 듣고 할 수 없이 걸음을 멈추고 제자리를 지켰다.

"야, 안 가면 머리가 좀 모자란 거야."

류스산이 그 말을 듣고 몸을 움직이려는데 다른 여학생들이 큰소리로 말했다.

"난 저 남자가 안 움직일 줄 알았어!"

류스산은 할 수 없이 다시 걸음을 멈췄다. 이러지도 저러지도 못하게 된 그는 온몸이 흠뻑 젖고 말았다.

여학생들 사이에서 의견이 분분할 때 청샹과 즈거가 우산을 들고 뛰어왔다. 류스산은 기뻐하며 두 사람에게 달려가다 만두를 든 청샹과 비에 맞지 않게 머리를 사수하고 있는 즈거, 여학생 무리를 지나치는 하늘색 한 떨기 꽃같은 무단을 발견했다. 연한 노란색 머플러를 두른 그녀는 아침햇살을 한아름 안은 것처럼 환하게 빛났다.

그녀는 새하얀 얼굴이 투명할 정도로 얼어 있었지만 머리에 떨어진 빗방울을 털어내지 않았다. 그녀의 손은 한 남자의 손에 잡혀 있었기 때문이다. 무단의 손을 잡은 남자는 180센티미터 정도의 큰 키에 상고머리를 하고 있어 마치 중앙분리대의 차선 규제봉 같았다. 상고머리 남자가 무단에게 말했다.

"얼른 들어가. 내가 퇴근하고 데리러 올게."

"응. 돌아갈 때 운전 조심해."

무단이 상냥하게 말했다. 류스산은 이렇게 달콤한 목소리를 처음 들어봤다. 그것도 무단의 입에서 이렇게 달다 못해 속이 미식거릴 정도의 말이 나오다니. 그가 아는 무단은 이런 말 대신 "좋아"란 말을 자주 했다.

그녀는 늘 좋지도 싫지도 않은 목소리로 담담하게 "나 갈게"라고 말했다. 그녀는 질문도 대답도 거의 하지 않았다. 그녀가 류스산에게 가장 많이 한 말은 "어"였다. 하지만 아무 감정의 기복도 없어야 할 무단은 지금 고개를 들고 빗물을 맞으면서도 속눈썹까지 웃으며 부드럽게 말했다.

"응. 내가 자기 따라서 난징까지 왔는데 어디를 가겠어?"

빌어먹을 "응!"이라니, 그에게 했던 것처럼 "어"라고 해야 하지 않는가. 대체 언제부터 그녀가 새로운 이모티콘 모음을 얼굴에 장착했단 말인가!

류스산은 지난 기억에 빠져 좀처럼 걸음을 떼지 못했다. 만두 2인조는 류스산의 표정이 뭔가 이상하다는 걸 느끼고 그의 시선을 쫓다 순식간에 모든 상황을 알아챘다. 즈거는 혼잣말처럼 중얼거렸다.

"무슨 상황인지는 한눈에 알겠는데 어떻게 대처해야 좋을지 모르겠네."

성질 급한 청샹은 우산과 만두를 즈거에게 맡기고 작별 인사를 나누는 남녀에게 달려가려다 류스산에게 손목을 잡히고 말았다. 류스산은 억지 미소를 지으며 말했다.

"내가 직접 해결할게."

그 말에 청샹은 바로 방향을 바꿔 몸을 홱 돌렸다. 즈거는 그녀가 양쪽 방향으로 순식간에 몸을 트는 걸 보며 희한하다는 듯 물었다.

"어떻게 그렇게 돌아? 무슨 훌라후프 돌려?"

류스산이 무단에게 점점 더 가까이 다가가자 청샹이 즈거에게 물었다.

"끼어들면 안 되는데 네가 만약에 바람피우는 현장을 발견했어. 그럼 함께 현장을 덮치자고 하지 않을까?"

즈거는 심각하게 생각에 잠겼지만 그녀는 북 치고 장구 치듯 말했다.

"그래, 우리 기다리자. 남자의 일은 남자가 직접 해결하는 거야."

드디어 무단이 류스산을 보게 되었다. 그녀의 미소가 사라지고 류스산처럼 무표정해졌다. 둘 사이에 서 있는 상고머리 남자의 얼굴 표정은 꽤 볼만했다. 주위를 둘러싸고 있던 사람들은 불과 몇 초 사이에 그 남자의 표정이 의아하고, 아주 의아하고, 몹시 의아해지는 걸 볼 수 있었다. 마치 입체 기하학 문제를 푸는 것처럼 말이다. 무단이 물었다.

"어떻게 왔어?"

"이 남자는 누구야?"

류스산이 물었다. 상고머리 남자도 물었다.

"당신은 누구야?"

세 사람 중 누구도 응답하지 않았고 긴장된 분위기는 점점 더 고조되어갔다.

처마 밑의 여학생은 낮은 소리로 말했다.

"시작된다, 시작돼."

현장에 있는 모든 사람들은 마치 오페라의 막이 오르기를 기다리는 것처럼 고요했지만 기대감을 억누를 수 없는 표정이었다. 세 사람이 대치하며 침묵을 지키는 동안 여학생 기숙사 5층 창문이 죄다 열리더니 각종 헤어스타일의 머리가 나타났다 들어간 뒤 다시 우산을 켜고 고개를 내밀며 구경을 이어갔다. 상고머리 남자는 좀처럼 화를 가라앉히지 못했다.

"이 자식 누구야?"

무단이 말했다.

"예전 학교 친구야. 일이 있어서 온 거니까 자기는 먼저 가. 회사 지각하지 말고."

머리가 잘 돌아가는 상고머리가 이대로 갈 리 없었다. 대신 그는 류스산에게 말하기 시작했다.

"난 무단 남자친구인데 왜 찾아온 거야?"

그때 수건을 머리에 두른 2층의 한 여학생이 외쳤다.

"소리 좀 키워줘요!"

상고머리는 그녀의 말을 들었는지 정말 더 큰 목소리로 다시 말했다.

"난 무단의 남자친구인데 넌 왜 무단을 찾아온 거야?"

이 자상한 행동이 관람의 문턱을 낮추고 관중들의 호감을 얻었는지 누군가 말했다.

"저기 172센티미터쯤 되는 남자가 여자한테 몰래 작업 걸다 180센티미터 남자한테 들켰나 봐."

그러자 곁에 있는 다른 사람이 물었다.

"근데 왜 몰래 작업 걸던 172센티미터 남자가 더 슬퍼 보여?"

그 말에 누군가 바로 대답했다.

"잘 봐. 작업당하던 여자애가 저 남자를 별로 안 좋아했던 거야. 거절당했으니 당연히 슬프지."

류스산은 상고머리 남자를 상대하지 않고 무단을 빤히 보며 물었다.

"왜 나한테 말 안 했어?"

무단은 아무 말도 하지 않았고 류스산은 고개를 숙이며 말했다.

"네가 진작 말해줬으면 널 귀찮게 하지 않았잖아."

상고머리 남자는 화가 머리끝까지 치밀어 올랐다. 자신이 목소리를 키웠지만 눈앞의 두 사람은 그를 상대도 하지 않았기 때문이다. 결국 그는 몸의 언어를 행사해 류스산의 멱살을 잡았다. 주위에서 사람들의 환호하는 소리가 들려왔다. 상고머리 남자가 말했다.

"너 무슨 뜻이야?"

무단은 고개를 숙인 채 눈물을 뚝뚝 흘렸다. 류스산은 그런 그녀를 볼수록 마음이 아파 더 이상 따져 묻지 않고 상고머리 남자에게 상황을 설명하기 위해 노력했다.

"두 사람이 얼마나 만났는지 모르지만 어제까지 난 무단의 남자친구였습니다. 2년 동안 사귄 남자친구요."

류스산은 무단을 보며 웃었다.

"상관없어. 내가 찾아온 건 '안녕'이라고 말하고 싶어서였어. 어제 기차가 너무 빨리 가서 인사를 못했잖아."

류스산은 이 몇 마디 말로 두 사람의 관계와 그 동안의 사정에 대해 적절히 설명했으며 심지어 매우 예의를 지켰다고 생각했다. 하지만 주변의 관중들은 류스산의 역할 설정에 실망한 듯 웅성거렸다. 이는 상고머리 남자에게 다시 극을 끌고 나갈 수 있는 힘을 줬다. 그는 큰소리로 웃으며 말했다.

"너 지금 농담해? 네가 무슨 남자친구라는 거야? 무단은 대학 1학년 때부터 나랑 사귀었거든. 매일 밤 나랑 같이 잤는데 넌 대체 뭐하는 새끼야?"

상고머리 남자는 손가락으로 류스산의 가슴을 쿡쿡 찌르며 말했다.

"넌, 대, 체, 뭐, 하, 는, 새, 끼, 야?"

그 순간 류스산의 머릿속에 지난 2년 동안의 수많은 아침 풍경이 떠올랐다. 그 수많은 아침마다 그는 학교 입구의 정류장에서 무단이 돌아오길 기다렸다. 안개가 아직 걷히지 않은 아침, 그녀는 그 안개 속의 차에서 뛰어내려 그에게 사뿐사뿐 걸어왔다.

그는 어떻게 된 거냐고 한 번도 묻지 않았다. 어쩌면 학교를 다니며 밤새 일하는 것일 수도 있고, 친구 집에서 자거나 근처에 친척집이 있을 수도 있지 않은가. 괜히 물어볼 필요가 없다고 생각했다. 그는 문득 그 많은 아침에 자신이 왜 묻지 않았는지 깨달았다. 사실 그는 무단의 눈빛에서 '나한테 아무것도 묻지 마'라는 말을 읽었던 것이다. 만약 물었다면 다시는 정류장에서 버스를 기다릴 수 없다는 것을 알고 있었다.

그리움은 안개 속에서 떠돈다. 지난날 역시 그렇다. 하나같이 왜곡되고 흔들리며 텅 빈 화면을 드러내게 마련이다.

무단은 긴장한 얼굴로 상고머리 남자를 잡아당겼다.

"그만 얘기해. 먼저 가."

상고머리 남자는 류스산이 한마디 말도 없이 완전히 넋을 놓고 있는 걸 보고 계속 연설을 이어가기로 마음먹고 무단에게 말했다.

"너랑은 나중에 다시 얘기하자."

그는 류스산에게 말했다.

"내가 경고하는데 앞으로 다시 무단을 귀찮게 하면 얼굴 한 번 볼 때마다 한 대씩 맞을 줄 알아!"

그는 주위를 둘러싼 사람들에게도 말했다.

"보긴 뭘 봅니까? 여기 덜 떨어진 놈 뭐 볼 게 있다고. 나중에 다들 같이 밥이나 먹읍시다."

즈거는 자신도 모르게 적을 칭찬했다.

"쳇, 무슨 간통한 놈이 외교관같네. 별 얘기 다하잖아."

청샹이 말했다.

"저 남자가 아니라 류스산이 간통한 놈이야. 근데 어째 류스 산이 더 피해자같네."

빗소리가 맑게 들려오고 류스산은 상고머리 남자를 옆으로 밀어낸 뒤 무단의 손을 잡고 조용히 처마 밑으로 들어갔다. 류스산은 흠뻑 젖은 얼굴로 물었다.

"마지막으로 하나만 묻자. 왜 그랬어?"

대답을 채 듣기도 전에 상고머리 남자가 주먹을 날렸고 류스산의 콧대를 정통으로 맞췄다. 주위를 둘러싼 사람들은 우르르 단체로 뒤로 물러나며 더 넓은 무대를 만들어줬다. 상고머리 남자는 주먹을 휘두르며 말했다.

"쓰레기같은 놈이 어디서 계속 헛소리야! 얼굴 한 번 보면 한 대씩 맞는다고 했다! 첫 번째야! 잊지 마라!"

류스산은 본래 나약한 인간이었다. 어렸을 때 누가 길에서 싸우고 있으면 맞고 있는 사람이 가장 친한 친구인 니우따톈이라 해도 못 본 척하고 지나갔다. 어른이 된 뒤에도 사과할 수 있으면 사과하고, 굴러야 되면 굴렀다. 그는 무단과 2년을 사귀면서도 물어봐야 할 것조차 물어보지 못했으며 가장 용감했던 때가 바로 어제와 오늘이었다. 이렇게 나약한 자신이 비틀거리다 진흙탕에 자빠져 상고머리 남자에게 두들겨 맞고 있으니 류스산은 분노를 느끼기보다는 마음이 아렸다.

즈거는 뛰어가 도와주려 했지만 청상이 그를 막으며 냉정하게 말했다.

"스산이 직접 해결한다고 했잖아."

"스산이 맞는 것을 빤히 쳐다만 보는 것은 영 별론데. 내 명성에 흠집이 날까 봐 그러는 거지 쟤를 도와주기 위해서 그러는 건 아니다."

즈거는 괜한 허세를 부렸다. 류스산은 벌써 1분 넘게 얻어터

지고 있었지만 청상은 숨을 깊게 들이쉬며 결연하게 말했다.

"우리 류스산을 위해 파이팅을 외쳐주자!"

그러더니 그녀는 박자에 맞춰 박수를 치며 큰소리로 외쳤다.

"류스산 파이팅! 류스산 파이팅!"

그녀는 매우 진지하고 생동감 있게 양쪽 다리를 번갈아 구르며 빠른 장단을 맞췄다. 그 모습을 보고 있던 즈거도 자신도 모르게 함께 소리를 질렀다.

"류스산 파이팅!"

2년 넘게 같이 잤다는 말을 듣는 순간부터 류스산은 자신이 허공에 붕 떠오른 것을 느꼈다. 그는 비를 피하는 유기묘와 바닥을 뒹구는 지저분한 월계화 잎, 주위를 둘러싼 타탄 트랙을 보며 자신의 몸이 어떻게 고꾸라졌는지 또 어떻게 울고 있는지 차마 보고 싶지 않았다.

괴상한 '파이팅' 소리에 류스산은 정신을 차렸고 그제야 자신이 흠씬 두들겨 맞는 샌드백 신세가 됐다는 걸 깨달았다. 그와 동시에 그는 무심코 주먹을 휘둘렀다. 류스산이 맞받아칠 줄 몰랐던 상고머리 남자는 순식간에 한 방 맞고 말았다. 하지만 더 뜻밖이었던 것은 류스산의 주먹이 전혀 아프지 않다는 사실이었다.

류스산이 반격하자 관중들의 분위기는 들끓어 올라 청샹과 함께 외쳤다.

"류스산 파이팅!"

"근데 류스산이 누구야?"

누군가 물었다.

"알게 뭐야! 아무튼 응원만 하면 되지!"

또 누군가 대답했다.

외면을 받고 있던 무단도 기숙사로 돌아가 우산을 들고 나와 상고머리 남자 위에 씌워주며 말했다.

"이제 나랑 가자. 그만 싸워."

이 모습을 본 청샹은 알 수 없는 화가 치밀어 올라 곁에 있는 여학생에게 말했다.

"죄송한데요, 우산 좀 빌려주세요."

"왜요?"

여학생이 물었다.

"정의를 위해서요!"

청샹의 말에 여학생은 얼떨결에 우산을 건넸다. 청샹은 우산을 류스산에게 씌워주며 상고머리 남자에게 말했다.

"나쁜 새끼, 날 밝을 때까지 결전이다!"

청샹의 거친 도발에 상고머리 남자는 악에 받쳐 류스산을 멀리 걷어차버렸다. 청샹은 얼른 뛰어가 계속 류스산 위에 우산을 씌워주며 상고머리 남자에게 욕설을 내뱉었다.

"우리도 우산 쓰고 있거든. 와봐, 이 개자식아!"

무단은 발을 동동 구르며 말했다.

"괜히 끼어들지 좀 마요! 즈거, 네가 스산 좀 말려봐."

즈거는 침을 칵 뱉었다.

"때마침 너한테 할 말이 있었는데 꽤나 길어질 것 같네. 네가 이쪽으로 오면 천천히 얘기해주지."

무단은 더 이상 대꾸하지 않았고 상고머리 남자는 거칠게 류스산을 밟아댔다. 류스산은 이를 악물고 반격에 나서 그의 두 다리를 끌어안았다. 그 때문에 두 사람은 완전히 꽈배기가 되어 흙탕물에서 서로 뒤엉켰다. 상황이 엉망이 되자 즈거도 뛰어가 류스산에게 우산을 씌워줬다.

행동에 제한이 있는 두 남자는 몸을 엎치락뒤치락하며 움직였고 청샹과 즈거는 어떻게든 류스산의 머리 위에만 우산을 씌워주려고 했다. 류스산이 왼쪽으로 구르면 우산도 왼쪽으로 가고, 류스산이 오른쪽으로 구르면 우산도 오른쪽으로 가면서 상고머리 남자 위에는 절대 우산을 씌우지 않았다. 기숙사 건물 위에서 내려다보는 관중들은 이 상황이 답답하기 짝이 없었다. 전쟁터에서 우산 두 개만 백조처럼 춤을 추고 있으니 그 아래의 남자들이 어떻게 싸우고 있는지, 죽었는지 살았는지, 피는 얼마나 흘리는지 전혀 확인할 길이 없었다. 어느 단발머리 여학생은 안경을 벗으며 탄식했다.

"치열하게 싸우고 있는데 볼 수가 없네. 근데 저 우산들도 진짜 대단하긴 하다."

곁에 있던 룸메이트가 맞장구를 쳤다.

"그러게 말이야. 모두 저렇게 젖었는데 우산 몇 개가 무슨 의미가 있는지 모르겠네."

상고머리 남자는 어떻게든 벗어나려 했고, 류스산은 죽을둥 살둥 붙잡고 늘어졌다. 결국 상고머리 남자는 상대의 겨드랑이를 공략했고, 류스산은 웃음이 터지면서 맥이 빠지고 말았다. 상고머리 남자는 그를 무대랑[34]이라며 비웃었다. 류스산은 진용을 재정비하고 결국 상고머리 남자의 머리를 한 대 후려치는 데에 성공했다! 상고머리 남자는 분노에 차 소리를 질렀다. 류스산의 입가에서는 피가 나고 있었다. 두 사람의 모습을 보며

---

34 武大郎. 『수호전』과 『금병매』의 등장인물로 무송의 형이자 반금련의 남편이며 나약하고 무능한 남자를 비유하는 말이기도 하다.

무단도 울고, 청상도 울었다.

류스산은 때리느라 힘이 빠져 하늘을 본 채 뻗어버렸다. 그의 얼굴은 반쯤 흙탕물에 잠겼다. 두 여자는 우산을 받쳐든 채 비보다 더 하염없이 눈물을 뚝뚝 흘렸다. 무단은 상고머리 남자를 끌어안고 목 놓아 울었다.

"이제 그만 때려. 자기가 이러면 내가 너무 아프잖아."

상고머리 남자는 휘청거리며 말했다.

"너 졌어. 아니야?"

류스산은 웃으며 억지로 눈을 떴다. 하늘에서 떨어지는 수많은 눈물을 맞으며 그가 말했다.

"안녕."

'정말 졸리네.'

그는 생각했다.

'차라리 꿈이었으면 안녕.'

4

돌아오는 택시 안에서 내내 조용하던 류스산은 결국 아픔을 참지 못하고 야단법석을 떨었다.

"유턴해! 유턴! 나 병원으로 데려다줘! 호스피스, 호스피스!"

"얘 왜 이러는 거야?"

청샹은 눈을 동그랗게 뜨며 물었다.

"곧 죽겠다는 거지."

즈거가 대꾸했다.

"조금 다친 거 갖고 죽긴 뭘 죽어?"

청샹이 말했다.

"너무 창피하잖아. 부끄럽고 억울해서 죽겠다는 거랄까."

즈거가 설명했다. 류스산은 두 사람의 반응에 굴하지 않고
계속 외쳤다.

"너희는 사람도 아니야! 사람이 죽어가는데 구하지도 않아?
나 상처를 싸매야겠어!"

청샹이 물었다.

"어디를 다쳤는데?"

"잇몸에서 피가 난다고!"

"나도 잇몸에서 피가 나. 매일 아침에 양치질할 때마다 빨갛
게 부어 있는걸. 우리 엄마는 내가 딸기 맛 치약 사용하는 줄 아
셨다니까."

류스산의 말에 즈거는 대수롭지 않다는 듯 말했다.

"딸기 맛 치약 달달하지. 나도 몰래 쓰는데."

청샹이 말했다.

도움 받을 가망이 없다는 걸 안 류스산은 혼자라도 살겠다며 상처가 없는지 온몸을 더듬다 갑자기 디지털 손목시계를 꺼내들며 말했다.

"이 쓸모없는 것, 생긴 건 일회용 밴드랑 똑같은데 대체 무슨 기능이 있는 거야? 시곗줄이 플라스틱이라 피를 닦을 순 있겠군."

그때 갑자기 디지털 손목시계가 "띠띠띠!" 울려대기 시작했다. 류스산은 어리둥절한 표정을 지었다.

"이게 왜 갑자기 울리지?"

"알람 아니야?"

청샹이 말했다. 즈거는 류스산에게 버럭 화를 냈다.

"왜 대낮에 재수없게 알람을 맞춰놓고 그래? 다른 사람 잠 깨우면 어쩔래?"

류스산이 바보같이 웃으며 말했다.

"그러고 보니까 재시험에 지각할까 봐 시험 보기 한 시간 전으로 알람을 맞춰놓은 거야."

류스산의 한마디에 택시 안은 고요해졌다. 잠시 후 청샹이 호기심 어린 목소리로 물었다.

"무슨 재시험?"

즈거가 웃으며 말했다.

"쟤 오늘 오후에 재시험 봐야 된다고."

류스산은 떨리는 목소리로 택시 기사에게 물었다.

"아저씨, 날아갈 순 없나요?"

5

류스산이 강의실 문을 열고 들어갔을 때는 이미 시험지를 모두 나눠준 뒤였다. 시험 감독을 하던 교수는 얼굴이 붓고 코가 멍든데다 머리카락이 죄다 곤두선 류스산을 쳐다봤다. 그는 온몸이 흙으로 범벅이 되어 한 걸음씩 걸을 때마다 바닥에 발자국을 남겼다. 하지만 교수는 류스산에 대한 인상이 깊은 편이었다. 대학 생활 내내 류스산은 그의 강의를 들으며 열심히 필기했지만 매번 F학점을 받았다. 그런 류스산을 보며 교수는 썩은 나무에는 조각할 수 없다는 옛말이 무슨 뜻인지 확실히 깨달았다. 감독 교수가 말했다.

"늦었구먼. 서두르게."

류스산은 자리에 앉아 눈을 감고 잠시 숨을 골랐다. 그는 침착하게 시험지를 펼치고 눈을 부릅떴지만 한 문제도 풀 수 없었다. 그는 이런 현실을 도무지 믿기 어려웠다. 게다가 시험지를 다시 보니 심지어 모르는 글자도 있었다.

밤새워 택시를 타고 갔다가 무단에게 왜 그랬는지 묻고 싸우다 재시험이 있다는 것을 깨닫고 부랴부랴 학교로 돌아왔다. 지난 10여 시간 동안 그의 아드레날린은 그렇게 모두 소모되고 말았다. 갑자기 힘이 쭉 빠지면서 억눌렸던 슬픔이 온몸의 구멍에서 새어나왔다. 머릿속에는 무단이 돌아서던 모습과 빗속에서 흐르던 눈물이 스쳐지나갔다. 류스산은 그 화면들을 붙잡을 수 없어 그저 묻고 또 물었다.

'어째서? 왜?'

지금 이곳에 있지 않았다면 차라리 나았으리라. 잠을 잘 수도 있었고, 잠에서 깨 게임을 하거나 즈거와 뜀박질을 하러 나갔을지도 모른다. 그것도 안 되면 웅크리고 앉아 눈물을 펑펑 흘렸을 것이다. 하지만 그는 지금 시험장에 있고, 책상 위에는 펜이 놓여 있으며 펜 아래에는 시험지가 있고, 시험을 감독하는 교수가 빤히 그를 쳐다보고 있다.

이럴 때 인격을 분열할 수 있다면 얼마나 좋을까. 그럼 류스산 하나는 찢어지는 가슴을 부여잡고 사방을 구르고, 또 다른 류스산은 시험 문제를 푸는 데에 정신을 집중할 수 있을 텐데.

생각이 복잡한 와중에 류스산의 의식 속에서 뜬금없이 초읽기가 시작되더니 절에서 새해를 맞을 때 종을 치듯 "댕댕댕!" 소리가 그의 고막을 울렸다.

류스산이 손을 들고 시험을 포기하겠다고 하려 할 때 갑자기 창밖에서 누군가 큰소리로 외쳤다.

"류스산 파이팅!"

굳이 고개를 들어 확인하지 않아도 그는 그 누군가가 청샹이란 걸 알았다. 참 무서운 아이였다. 남들이 원하든 원하지 않든, 할 수 있든 없든 그녀는 마음대로 파이팅을 목이 터져라 외치지 않는가. 게다가 그녀는 입으로만 말하는 게 아니라 정말 상대를 질질 끌어서라도 열심히 하게 만들었다. 왠지 모르게 그녀와 함께 있으면 일상이 뒤죽박죽되는 것 같았다.

청샹의 외침이 끝난 뒤 류스산은 그녀가 누군가를 걷어차는 소리를 들었다. 곧이어 즈거가 큰소리로 외쳤다.

"류스산 파이팅!"

심지어 두 사람은 한목소리로 외쳤다.

"류스산 파이팅!"

갑작스러운 외침에 시험을 감독하던 교수는 밖으로 뛰어나갔다. 하지만 짙은 안개 속을 걷고 있는 것 같았던 류스산은 그 '파이팅' 소리가 희미하게 보이는 밧줄처럼 느껴졌다. 그는 이 밧줄을 따라 이리저리 부딪치면서도 힘을 내어 낭떠러지 위에 있는 시험지를 똑똑히 볼 수 있었다. 언제 이 밧줄이 끊어질지 모르지만 열심히 걷고 또 걸어 올라가면 되겠다고 생각했다.

청샹과 즈거는 죄송하다고 하며 교수를 피해 도망갔다. 류스산이 시험지를 한 문제 한 문제 찬찬히 보니 문득 안개가 걷히면서 눈앞이 밝아졌다. 갖은 노력을 하며 끝까지 포기하지 않겠다고 버텼건만 그는 한 문제도 풀 수 없었다. 눈에 똑똑히 보이는 것과 할 수 있는 것은 완전히 다른 일이었다.

류스산은 문제를 이해할 수 없었지만 꿋꿋이 펜을 잡고 답을 쓰기로 마음먹었다. 그는 반듯한 글씨체로 뭔가를 써내려갔다. 초등학교 때부터 그는 공책에 단정한 글씨체로 줄을 잘 맞춰 심사숙고한 뒤에야 글을 썼으며, 수정액 하나 사용하지 않았다. 각 글자의 행간에 새겨져 있는 것 모두 그의 확고한 목표였으며 해야 할 일이었기 때문이다. 하지만 류스산은 훗날 그것은 목표가 아니라 바람이라 불러야 하며, 늘 모자란 그에게는 더더욱 환상일 뿐임을 깨달았다. 류스산은 시험지에 깔끔하고 바른 글씨체로 한 줄의 문장을 썼다.

'파이팅! 나는 반드시 시험을 통과할 수 있다! 나는 일자리를 찾을 수 있다! 멋진 미래를 누릴 수 있다!'

하지만 이제 막 쓴 글자는 금세 모양이 일그러졌다. 류스산의 눈에서 커다란 눈물방울이 뚝뚝 떨어졌기 때문이다.

그는 지금껏 파이팅하며 지나칠 정도로 열심히 살아왔다. 그도 이런 인생을 살고 싶지 않았으니까. 재수없고, 무능하며, 볼품없는데다 지질하게 눈물이나 흘리는 이런 인생 말이다. 울면 안 된다. 그는 간신히 눈물을 참으며 목을 가다듬었다. 하지만 그럴수록 더 이상한 울음소리가 새어나왔다. 그것은 마치 열대우림 속 기이한 모습을 한 새의 울음소리 같았다. 교수가 의아한 표정으로 류스산에게 물었다.

"자네 괜찮나?"

류스산은 아주 괜찮았다. 그는 어려서부터 지금까지 오랜 세월 동안 사람들의 동정과 계속되는 상실에 맞서왔다. 뿐만 아니라 좋아하는 무언가가 그를 떠나는 일에 맞서왔다. 그는 환상을 잔뜩 써내려간 공책 한 권 덕에 고통에 익숙해질 수 있었다.

"괜찮습니다."

류스산이 말했다. 그러더니 불쑥 자리에서 벌떡 일어났다. 재시험을 보던 학생들은 의자가 드르륵 밀리는 소리에 깜짝 놀라 류스산을 쳐다봤다. 다음 순간 그들은 평생 잊을 수 없는 장면을 보게 됐다. 류스산은 시험장 한가운데 선 채 왜인지 알 수 없는 눈물을 펑펑 쏟아냈다. 그는 너무 울어 숨을 헐떡이면서도 손에 펜을 꼭 쥐고 있었다.

시험장 안에 있던 사람들은 도무지 뭘 어떻게 해야 좋을지 알 수 없었다. 류스산은 슬픔에 끝이 있다면 지금이 그때라고 생각했다. 앞으로도 이보다 더 비참한 일은 없겠지. 이렇게 다 울어버리고 나면 다시는 지금처럼 울지 않으리라. 그는 엉엉 울면서 큰소리로 외쳤다.

"나는 괜찮다. 나는 이보다 더 괜찮을 수 없다! 나는 새 사람이 될 거다! 절대로 다시는 실패하지 않을 거다!"

시험을 감독하던 교수는 자신의 질문에 이토록 격렬한 대답이 돌아올 줄은 미처 몰랐다. 류스산은 눈물을 줄줄 흘리며 계속 소리쳤다.

"나는 괜찮다. 나는 이보다 더 괜찮을 수 없다! 나는 새 사람이 될 거다! 절대로 다시는 실패하지 않을 거다!"

교수는 살짝 겁에 질린 얼굴로 말했다.

"잘 알겠네."

6

멀리서 청샹은 즈거와 밀크티를 마시다 시험장 밖에 있는 나무에서 새들이 후드득 날아가는 것을 보았다.

"아직도 걱정하는 거야?"

즈거가 물었다.

"저러다 죽으면 어떡해?"

청샹이 대답했다.

"에이, 사람이 그렇게 쉽게 죽나?"

즈거의 말에 청샹이 대꾸했다.

"어떤 사람들에겐 죽는 게 생각보다 쉬워. 우리 고모부는 장인어른이랑 싸우다 뇌출혈로 돌아가셨는걸."

즈거는 깜짝 놀랐다.

"류스산은 잘 울기는 해도 울수록 강해지는 놈이야."

청샹은 갑자기 백팩에서 약병을 하나둘 꺼내더니 돌 테이블 위에 늘어놓았다. 각 약병에서 몇 알씩 약을 꺼내니 어느새 그녀 손 위엔 수북하게 약이 쌓였다. 즈거가 눈이 동그래져 보는 사이 청샹은 약들을 한입에 털어 넣더니 밀크티를 마셔 간신히 삼켰다.

즈거는 입이 떡 벌어져 물었다.

"무슨 약 먹어?"

"항암제."

청샹이 태연하게 말했다.

"뭐? 하…… 항암……."

즈거가 더듬거리며 물었다. 청샹은 쩝쩝거리며 트림을 하더니 말했다.

"아, 배불러. 어렸을 때 검사하다 알게 됐어. 의사 선생님 말씀이 일 년 정도 살 수 있다고 했는데 지금도 살아 있지 뭐야."

즈거는 말을 잇지 못한 채 대뇌가 멈춰버린 듯 멍청한 얼굴로 청샹을 보며 웃었다. 그녀가 말했다.

"원래 여행하던 중이었는데 스산을 만날 줄 누가 알았겠어? 하하하하. 맞다! 나 이제 가야 돼. 나 대신 스산한테 이것 좀 전해줘."

얼이 빠져 있는 즈거를 보더니 청샹은 눈을 깜빡이며 물었다.

"나한테 묻고 싶은 거야? 얼마나 더 살 수 있냐고?"

즈거는 연신 고개를 흔들며 말했다.

"아니야, 아냐……."

청샹은 담담하게 말했다.

"나도 잘 모르지만 내일이라도 길에서 쓰러질 수 있어."

내리던 눈도, 비도 멈췄다. 겨울의 햇살은 따뜻하지 않았지만

평온하고 고르게 비쳤다. 하지만 햇살 속 청샹의 미소는 뜨겁기
그지없었다.

"난 안 죽어. 어때, 대단하지?"

즈거가 큰소리로 물었다.

"나중에 다시 올 거야?"

이미 멀어진 청샹은 햇빛 아래서 손을 흔들었다. 그녀가 나중
에 다시 보자고 하는 건지 볼 수 없다고 하는 건지 알 수 없었다.

7

즈거는 쪽지를 류스산에게 건넸다.

"청샹이 너한테 주는 거야. 난 아무래도 돌아가서 좀 자야겠어."

류스산은 혼자 복도에 서 있다 쪽지를 펼쳤는데 종이에는 짧
은 몇 줄의 글이 적혀 있었다.

스산!

이번은 없는 셈 치자.

만약에 내가 계속 살아서 나중에 다시 만나게 되면

예전에 말했던 약속 지킬게.

환한 얼굴의 학생들이 복도를 오갔지만 아는 얼굴은 몇 명 없었다. 재시험에 실패한 류스산은 속으로 생각했다.

'예전에 뭘 말했는데? 왜 이번은 없는 셈 치지?'

8

류스산은 재시험에 실패한 뒤 다시 재수강을 할 수밖에 없었다. 하지만 재수강한 과목 시험마저 또 망쳐 하마터면 졸업증도 받지 못할 뻔했다. 그는 지도교수에게 호주산 오렌지를 선물했다. 그러자 지도교수가 그에게 물었다.

"자네는 평소에 그렇게 성실한데 어째서 중요한 순간마다 삐끗하나? 뭐 때문에 그런지 원인을 좀 찾아보게."

류스산은 시험 운이 좋지 않아 들인 노력에 비해 결과가 별로라고 변명했다. 지도교수는 류스산이 학위증을 딸 수 있게 모자란 학점을 메꿔줬고 덕분에 그는 간신히 졸업을 할 수 있었다. 대학을 졸업한 류스산은 더욱 열심히 살며 깊은 밤이면 가끔 생각했다.

'청샹은 어디로 갔을까? 난데없이 나타난 것과 다시 사라진 건 별개의 일이겠지. 보통 암에 걸린 사람들은 머리카락이 다 빠져서 무슨 중요한 일들을 한다고 하지 않나? 그 영화 뭐였지? 아! 「버킷리스트」. 그런데 청상은 한가하게 날 데리고 싸움이나 하러 가고 삶의 긴박감이 하나도 없었잖아. 전화번호도 안 남기고, 요즘은 개나 소나 다 SNS를 하는데 얘는 바다에 병이라도 띄워서 찾아야 하나? 추리해보자면 아마도 걔가 걸렸다는 암은 만성적으로 증상이 나타나는 종류겠지. 어떤 사람들은 쌀 알레르기나 슬픈 젖꼭지 증후군[35]에 걸려서 치료가 안 돼도 잘만 산다고 하던데.'

류스산은 몸을 뒤척이며 또 생각했다.

'청상이 정말 죽은 건 아니겠지?'

하지만 그가 이런 생각을 한 횟수는 많지 않았다. 그런 생각을 할 시간에 신경 써야 할 다른 일들이 많았기 때문이다. 그중에서도 취업이 가장 고민이었다.

졸업하던 날 류스산은 공책에 반듯한 글씨로 이렇게 썼다.

'파이팅! 나는 일자리를 찾아 멋진 미래를 누릴 수 있다.'

---

35 Sad Nipple Syndrome, 자신이나 다른 사람이 젖꼭지를 만지면 우울해지고 무력해지는 증상

누군가는 울었고,

누군가는 웃었고,

누군가는 졌고,

누군가는 늙었지.

CHAPTER 5

도시에는 얼마나 많은 불이 있을까?

1

대학을 졸업한 뒤 즈거는 난징으로 가고 싶어 했다. 대도시에 일할 기회가 더 많지 않겠는가. 하지만 모아놓은 돈을 계산해보니 4선 도시[36]에서나 그럭저럭 먹고살 정도라 즈거는 이렇게 결정했다.

"우리 일단 여기서 아르바이트를 하고 일 년 동안 열심히 돈 모아서 난징으로 가자. 넌 어때?"

류스산은 무단이 거기 있으니 당연히 가고 싶었다. 그는 실연을 받아들이면서도 마음속으로는 틈만 나면 새로운 희망의 불

---

36 四線城市, 중국은 인구와 사회, 경제 발전을 기준으로 도시를 1, 2, 3, 4선 도시로 나누는데 1선은 인구 1천만 명 이상, 2선은 5백만 명 이상, 3선은 1백~2백만 명, 4선은 5십~1백만 명 도시를 가리키며 난징은 2선 도시에 해당한다.

씨를 지폈다. 어쩌면 시간이 어느 정도 지나면 무단과 다시 만날 수 있을지도 모른다. 그녀는 이미 결혼을 해서 아이가 있을 수도 있지만 아무 상관없다.

세상에 그보다 무단을 사랑하는 사람은 없으니까. 그녀는 언젠가 이혼을 할 것이다. 그즈음 난징 길거리에서 두 사람이 마주치고, 그녀의 손을 잡은 아이가 그의 신발에 아이스크림을 떨어뜨리고, 그녀가 연신 미안하다며 인사를 하다 고개를 들어 그의 얼굴을 보고…….

즈거는 류스산의 생각이 환상에 불과하다며 한숨을 쉬었다. 그날 밤 즈거는 PC방을 관리하는 아르바이트 자리를 구했다. 덕분에 류스산은 공짜로 회사 수십 곳에 이력서를 보낼 수 있었고 적지 않은 면접 통지를 받았다.

2

눈 깜짝 할 사이에 일 년이 지나갔고 류스산은 나름 눈에 띄는 성과를 얻어 연이어 몇몇 회사의 수습 기간을 거칠 수 있었다. 하지만 정작 정직원으로 채용될 기회는 얻지 못했다. 저녁에 셋집에 돌아오면 집안은 초미세먼지로 뿌예서 어두운 거리나 큰 차이가 없었다. 류스산이 스위치를 켜도 정전이라 불이 들어오지 않았다.

류스산은 베란다로 나가 불빛으로 번쩍이는 도시를 쳐다봤다. 두 사람이 돈을 모아 방세를 내면 전기세를 내기 어려웠다. 잠시 후 삐걱 문 여는 소리가 들리더니 즈거가 담배를 피워 물고 비틀거리며 들어와 류스산 곁에 섰다.

"잠 좀 자."

류스산이 말했다.

"출근하기 정말 힘들다. 문 하나 열었는데 체력이 바닥난 거 같아."

즈거가 말했다.

"너 야간 근무 아니었어?"

류스산이 물었다.

"그랬지. 분명 나한테는 야간 근무라고 했는데 내가 밤을 잘 새는 거 같으니까 이놈의 야간 근무가 18시간이나 이어지네. 밤에 나가서 밤에 돌아오는 거야. 이렇게 말하니까 금방 또 출근할 시간이 될 거 같은데."

"힘내. 넌 나보다 강하잖아."

즈거의 푸념에 류스산이 해줄 말은 이것뿐이었다. 즈거는 벽에 기대어 서서히 앉더니 완전히 어둠 속으로 모습을 감췄다.

"스산, 이렇게 열심히 일해도 전기세도 못 낼 정도라니 사는
게 너무 냉혹하지 않냐?"

류스산이 불쑥 물었다.

"네가 하는 게임에 나오는 홀리드래곤플레임 건이 얼마야?"

즈거는 발버둥치며 소리질렀다.

"그건 최상급 무기야. 알아? 최상급 무기! 값으로 환산할 수
없는 보물이란 말이야."

류스산은 발로 즈거를 툭 차고 거실로 갔다. 때마침 입금 완
료 문자가 떴다. 외할머니가 그에게 5천 위안이나 보낸 것이다.
류스산은 얼른 그녀에게 전화를 걸었다.

"할머니, 혹시 도박해?"

통화 너머 짜증난 외할머니의 목소리가 들려왔다.

"가게 수입 나눠준 거야. 이제 이 가게가 얼마나 중요한지 알
겠냐?"

류스산은 의심스러운 목소리로 물었다.

"그 작은 가게에서 언제 그렇게 많은 수입이 생겼지?"

외할머니가 대답하는 대신 화제를 돌렸다.

"돈 버는 게 쉬운 일이 아니다. 네가 받은 돈이 이 할미가 나
눠주는 마지막 수입일 게다."

"이렇게 보내준 게 처음이거든."

류스산이 말했다. 외할머니는 괜히 헛기침을 했다.

"이 할미 몸이 하루하루가 달라. 지금은 물건이 들어와도 박스 하나 못 옮겨. 네놈이 안 돌아오면 이 할미가 물려줄 게 하나도 없게 돼."

류스산은 오히려 외할머니를 설득했다.

"없어지면 없어지는 거지. 차라리 그 가게 팔고 도시로 올라와. 매일 함께 지단관빙[37] 먹으러 가자. 도시에서는 마작 두는 탁자도 전동이야."

"아는 사람도 없는데 마작은 둬서 뭐해?" 왕잉잉이 물었다.

"처음에야 다 모르는 사람이지만 몇 마디 하다 보면 친해지잖아."

류스산이 말했다.

"나보고 평생 사귄 친구들 버리고 도시에 가서 모르는 사람 사귀라고? 넌 어떻게 네가 가진 건 필요 없다고 하고 왜 없는 것만 갖겠다고 하냐?"

류스산은 외할머니의 말에 잠시 생각에 잠겼다 입을 뗐다.

"맨날 말해봤자 소용이 없어. 할머니는 절대 도시에 오지 않

---

37 雞蛋灌餅, 밀가루 전병에 달걀과 각종 채소를 넣고 둥글게 싸서 먹는 중국 간식

겠다고 하고, 난 절대 진에 돌아가지 않겠다고 하니 우리 앞으로
이 얘기는 하지 말자. 기분만 상하잖아."

"돈 이야기 빼고 우리가 할 말이 뭐 있냐?" 외할머니가 말했다.

류스산은 잠깐 말이 없다 다시 입을 열었다.

"할머니 잘 지내고 있어?"

"잘 있지. 너는?"

"나도 잘 있어."

1백여 킬로미터 떨어진 산속 진의 작은 가게는 몇 년이 흘러
도 그대로라 새로워질 것도 더 낡을 것도 없었다. 호박처럼 노란
달빛은 이 70제곱미터의 가게 자리를 비췄다.

계산대 앞 너덜너덜 종이로 바른 유리는 몇 번이나 깨졌는지
모른다. 샴푸병에는 짠지가 절여져 있고, 계화나무 향수병에는
수선화 한 송이가 심겨져 있었다. 그 중간에는 전화기가 단정하
게 자리잡고 있는데 전화기 몸체에는 사진 한 장이 붙어 있었다.
그 사진에는 전화기를 처음 놓던 날 수화기를 얼굴에 가져대고
입술을 삐죽거리는 어린 류스산이 담겨 있었다.

수화기를 내려놓은 외할머니는 혼잣말처럼 중얼거렸다.

"정말 안 돌아오려나 보네."

라디오에서는 월극이 흘러나오는데 그녀는 잠시 멍하니 듣고 있다 볶음밥 몇 술을 뜨며 말했다.

"아이고, 소금을 안 넣었구먼."

도라지와 치자나무가 연이어 피며 공기 속에서 연한 향기를 내뿜었다. 류스산의 방에는 빨아서 이제 막 말린 커튼이 걸려 있었다. 바람이 불면 커튼이 가볍게 흔들렸고, 책상 위에는 류스산이 썼던 숙제 공책들이 반듯하게 쌓여 있었다. 외할머니는 팔에 하고 있던 토시를 벗고 마당에 앉아 담배를 피우며 복숭아나무를 올려다봤다.

"너도 늙었구나."

그녀가 복숭아나무를 도닥인 뒤 허리를 굽혀 흙을 움켜쥘 때 라디오 소리가 끊겼다. 외손자가 그녀에게 준 것이었는데 너무 오래 사용해서 마을에 나가 부품을 몇 번이나 갈았다. 전기제품을 수리하는 천씨 영감은 어떻게든 고치려고 애쓰며 말했다.

"이놈은 너무 오래돼서 얼마 못쓸 거 같아."

모두 늙고 말았다. 눈물이 주름을 타고 넘쳐흘렀다. 작고 마른 외할머니는 소매로 뺨을 닦으면서도 손 안의 흙을 꼭 쥐고 말했다.

"스산아, 너 정말 안 돌아올래? 이 할미 정말 늙었다."

3

집주인 왕씨 아줌마는 광장무를 추고 난 뒤 류스산에게 일자리를 하나 소개해줬다. 한 보험회사의 오픈식에서 꽃바구니를 들고 홍바오[38]를 뿌릴 탈을 쓴 남녀 아르바이트를 구한다는 것이었다. 다음 날 류스산은 왕씨 아줌마와 함께 인형탈을 쓰고 보험회사 입구 앞에서 춤을 추며 노래를 불렀다.

본래 왕씨 아줌마는 솜씨가 별로였지만 여러 해 광장무를 춘 뒤로는 춤 동작이 좋아지고 박자도 곧잘 탔다. 하지만 류스산은 목숨을 걸고 춤을 췄다. 처음에는 왕씨 아줌마를 따라 스텝을 맞추는 정도였지만 나중에 보험회사 사장이 그곳에 온 걸 보고 매우 격하게 춤을 추며 왕씨 아줌마를 압도했다.

왕씨 아줌마가 꽃바구니를 손에 들면 류스산은 머리에 이었다. 또한 왕씨 아줌마가 뛰어서 홍바오를 나눠주면 류스산은 훌쩍 날아서 뿌렸다. 왕씨 아줌마가 왼쪽과 오른쪽으로 귀엽게 몸을 흔들면 류스산은 팔짝 뛰어 하트를 그리고 공중에서 몸을 비틀어 손키스를 날렸다.

동네에는 인형이 약 먹은 것처럼 미친 듯이 춤춘다는 소문이

---

38 紅包, 새해에 주는 세뱃돈을 넣은 붉은 봉투를 가리키며 중국에서는 경사스러운 일이 있을 때 돈이 든 홍바오를 나눠주는 행사를 하기도 한다.

나 보험회사 앞으로 점점 많은 사람들이 모여들었다. 류스산의 노력은 헛되지 않았고 보험회사 사장도 그를 주목하며 고개를 끄덕였다.

"저 인형 참 활력이 넘치는군."

류스산은 너무 기뻐 허리를 숙여 인사하다 무거운 인형탈 때문에 앞으로 꽈당 넘어졌다. 주위를 둘러싸고 구경하던 사람들은 무슨 새로운 동작인 줄 알고 아무도 도와주지 않았다. 류스산은 초조한 마음에 연신 발버둥치다 마침내 뭔가를 차고 몸을 뒤집는 데에 성공했다.

하지만 그 순간 사람들 사이에서 비명 소리가 터져 나왔다. 간신히 탈을 바로 쓰고 앞을 본 류스산은 순식간에 기분이 나락으로 떨어졌다. 그가 발로 차 날아간 무언가가 바로 보험회사 사장이었기 때문이다.

직원들은 서로 나서서 사장을 부축했다. 인형탈을 쓴 왕씨 아줌마는 환하게 웃으며 계속 춤을 추고 노래했다.

'이놈아, 혼자 그렇게 나대면서 잘 보이려고?'

사장은 대신 먼지를 털어주려는 직원에게 손을 저으며 너그러운 미소를 지었다.

"젊은이라면 이 정도의 패기는 있어야지!"

물론 사장은 화가 났다. 생각 같아서는 인형탈 안의 사람을 끌어내 어디에 묻어버리고 싶었다. 하지만 그는 사람들 앞에서 인형과 승강이를 벌이고 싶지 않았다. 사장의 이런 행동은 매우 고급 기술로 웬만한 톱스타도 하지 못했던 것이다. 연애 중인 톱스타 커플 사이에 문제가 발생하면 하루는 A가 B를 폭로하고, 다른 하루는 B가 A를 폭로한다. 서로에게 칼을 겨누면서 사람들의 관심을 불러모으지만 나중에 인지도를 이용해 돈을 버는 사람들은 둘이다. 결국 사람들은 "빌어먹을 한쌍"이라고 욕할 뿐이다. 그에 비해 보험회사 사장은 관대한 척한 덕에 사람들의 박수를 받았다.

그때 류스산이 사장 앞에 불쑥 다가가 인형탈을 벗고 말했다.

"사장님, 이 회사에서 사장님의 직원으로 일하고 싶습니다."

이런 난감한 상황이라니, 사장은 소스라치듯 놀랐고 구경하던 사람들은 말문이 막혔으며 왕씨 아줌마는 눈이 휘둥그레졌다. 사실 제일 난감한 사람은 류스산이었다. 평소와 다른 행동으로 그는 인생 최고의 수치심을 느꼈다. 사장이 간신히 핑곗거리를 찾아 말했다.

"우리 회사는 인원이 꽉 찼는데."

하지만 류스산은 물러서지 않았다.

"저는 이 회사의 스페어타이어가 돼도 상관없습니다. 사장님의 너그러우신 인품에 반했습니다. 곁에서 배우고 싶습니다."

텔레비전 드라마에서 보고 배운 이 말은 매우 효과가 있었다. 순간 마땅히 대처할 방법이 떠오르지 않은 사장은 사람들에게 모범이라도 보여야겠다고 생각했다.

"다들 보시다시피 우리 회사는 인재를 뽑는 데에 문턱을 두지 않습니다. 노력만 한다면 문은 활짝 열려 있습니다."

우레와 같은 박수가 쏟아졌지만 사실 사장은 영 마뜩지 않았다. 그나마 류스산이 대학을 나온 걸 안 뒤에야 마음이 좀 편해졌다.

"난 또 자네가 사기라도 치는 줄 알았네. 하하하하!"

사장이 말했다.

"제가 설마요."

류스산은 손사래를 쳤다. 하지만 사장은 조용히 말했다.

"난 여기서 테이프 커팅하고 바로 가니까 따라오지 말게. 꼭 여기 있게. 나 따라오지 마."

그렇게 말하면서도 류스산이 행여 들러붙을까 봐 중년의 사장은 몇 걸음 뒤로 물러나더니 잰걸음으로 자리를 빠져나갔다. 자부심에 가득차 있던 보험회사 직원들은 어물쩍 팀에 들어온 류스산을 보고 얼굴이 점점 어두워졌다.

4

수습 기간 3개월 동안 류스산은 사방에 전화를 걸고 전단지를 돌리며 집집마다 영업을 했지만 단 1건의 보험 계약도 성공하지 못했다. 매달 5건의 실적을 올려야 합격선인데 그는 3개월동안 15건이 부족했으니 아무 성과가 없었던 셈이다.

그나마 류스산이 열심히 하겠다며 맹세하고 통사정을 하는통에 회사는 수습 기간을 1개월 더 연장해줬다. 류스산은 회사의 배려에 감지덕지하며 퇴근했다.

다행히 그는 외할머니가 보내준 돈이 있었다. 최대한 아껴 쓰고 있는데 그렇다고 달리 쓸 곳도 많지 않았다. 류스산은 답답한마음에 즈거의 얼굴이라도 보며 속을 털어놓고 싶었지만 즈거의 야간 근무가 끝나지 않은 탓에 혼자 밥을 먹으러 가야 했다.

그의 셋집은 학교 근처의 좁은 거리에 있었는데 그는 배를 쓰다듬으며 늘 가던 꼬치구이집으로 향했다.

마침 학교를 마친 노점 손녀가 밀차 옆에 있는 플라스틱 의자에 앉아 숙제를 하고 있었다. 하나뿐인 비상등은 손녀의 머리위에 걸려 있고 할머니는 두꺼운 안경을 낀 채 얼굴을 들이밀고고기 꼬치에 커민 가루를 뿌리고 있었다.

"밥이요." 류스산이 말했다.

"귀찮게 하네. 기다려." 할머니가 투덜거렸다.

그녀는 넓은 치간 사이로 바람을 훅 뿜어내 커민 가루를 꼬치구이에 골고루 뿌렸으며 아래 있는 숯불의 불씨까지 살려냈다. 그걸 보고 있노라면 꼭 마술처럼 신기했다. 류스산이야 이미이 모습에 익숙했지만 처음 온 손님은 걱정이 될 것이다. 할머니 앞의 손님은 숨을 헉 들이쉬며 말했다.

"할머니, 너무 가까이 다가가지 마세요. 사람이 겁나서 밥 먹겠어요?"

손녀는 펜을 멈추고 류스산과 함께 한심하다는 듯한 눈빛으로 보며 농담 삼아 말했다.

"가까이 다가가지 않으면 고기가 타는지 아닌지, 고추를 제대로 넣었는지 아닌지 어떻게 판단하겠어요? 보니까 남부 지역 할머니가 하는 고기구이를 못 먹어보셨네. 세밀하기가 나노미터급인데 지금 하는 게 돋보기로 근접 조작하는 거예요. 좋으면 먹고, 먹기 싫으면 그냥 가시면 돼요."

사실 할머니는 손님의 불평을 귓등으로도 듣지 않았다. 노인의 삶의 지혜랄까. 불쇼가 위험하다고 자꾸 잔소리해봤자 할머니 뒷목만 잡을 것이다. 게다가 이만한 일로 도망가는 손님은 여태껏 한 명도 없었다. 류스산이 그 증인이었다.

그래도 손님은 걱정이 되는지 고개를 돌려 류스산을 보며 물었다.

"자주 먹어요?"

멋모르는 아이인 손녀는 이런 장면에서 분위기 파악을 하지 못하고 류스산의 대답을 낚아챘다.

"이 아저씨는 못 먹어요. 고기 꼬치는 비싸다고 싫어해요. 만날 볶음밥만 주문하는걸요."

류스산은 손녀의 발언에 속이 부글부글 끓어올랐다. 조그만 아이가 그를 망신 주려고 조금 전까지만 해도 함께 입을 맞추던 전우를 버리다니 이래서 새파랗게 어린애와는 일을 도모하는 게 아닌가 보다. 그런데 손녀가 또 말했다.

"사실 아저씨가 이거 먹고 싶어 한 지 오래됐는데 꼬치 안 드시면 반값에 이 아저씨한테 팔게요."

그 말에 손님은 얼른 돈을 치르고 꼬치를 들고 갔고, 손녀는 태연히 자리에 앉았다. 할머니는 솥에 달걀을 깨어 넣고 볶음밥을 만들 준비를 했다. 수학 문제를 풀던 손녀는 할머니를 흘 긋 쳐다보며 말했다.

"할머니, 달걀 하나 더 넣어줘요."

류스산은 순간 서글픈 기분이 들었다. 이거야말로 가난뱅이의 투쟁 아닌가. 지능지수로 비교하건 하찮은 달걀로 반격하건 류스산의 수완은 꼬맹이에 비해 궁색하기 짝이 없었다. 류스산이 괜한 감상에 젖어 있을 때 손녀가 말했다.

"숙제 좀 도와줘요. 달걀 값은 해야 될 거 아니에요."

류스산은 PC방에 들어섰을 때 즈거가 뺨을 맞고 있는 장면을 보게 됐다. 그는 고등학생들에게 둘러싸인 채 코피를 흘리면서도 환하게 웃는 얼굴로 해명을 하려 애썼다. 그 고등학생들을 보고 있으려니 류스산은 화가 치밀어 올랐다.

훤한 낮에 게임이나 하고 있는 저런 놈들과 달리 류스산은 고등학교 시절 새벽에 일어나 밤늦게까지 공부했다. 오죽했으면 외할머니가 일부러 불을 끌 정도였지만 그는 기어코 촛불을 켜고라도 단어를 외웠다. 그러나 그렇게 열심히 공부한 결과는 늘 참담했다.

"휴대전화 값 물어내요."

금발머리 학생이 말했다.

"내가 해줄 수 있는 일은 CCTV로 누가 그 휴대전화를 가져갔는지 확인해주는 것뿐이야."

즈거의 말에 금발머리 학생은 인상을 구겼다.

"CCTV는 봐서 뭐해요? 내가 이 PC방 와서 휴대전화를 잃어버렸으니 당연히 아저씨한테 물어달라고 하는 거죠."

"경찰에 신고하면 안 될까?" 즈거가 다급하게 물었다.

"경찰이 우리 잡아가라고요? 미성년자가 PC방 출입한다고 뭐라고 하면요? 빌어먹을, 내가 이놈의 거지같은 PC방부터 때려 부술 거야!"

금발머리 고등학생의 말에 다른 네댓 명의 아이들이 컴퓨터 모니터를 집어 들었다. 즈거는 코피를 닦고 얼굴을 들이밀며 말했다.

"이, 이러지 말고 차라리 화 풀릴 때까지 내 뺨을 때리는 게 어떨까?"

금발머리 고등학생이 외쳤다.

"야, 그냥 부숴!"

바로 그때 류스산이 그 학생 앞에 나서며 말했다.

"2천 위안. 그 이상은 못 줘."

PC방 후문에서 즈거는 우울한 얼굴로 담배 연기를 토해냈다.

"돈은 나중에 갚을게."

"천천히 줘." 류스산이 말했다.

"사장이 또 내 월급에서 깐다네."

즈거가 손으로 얼굴을 쓸어내렸다.

"그냥 때려치우고, 그 사장이란 인간 관이나 짜서 보내라."

"스산아, 나 가고 싶어."

즈거의 말에 류스산은 아무 대꾸도 하지 않았다.

"난 더 크고 더 세련된 도시에 가서 꿈을 펼쳐보고 싶어. 혹시 기억나? 우리 기숙사에 막 들어와서 처음 술 마셨을 때 내가 유행을 이끄는 가수가 되고 싶다고 했잖아. 그 꿈을 잊고 산 지 너무 오래된 거 같아. 그동안 나는 앞으로 나가지도 못했고, 그 꿈을 잊지도 못했어."

즈거는 잠시 말을 멈췄다 다시 입을 뗐다.

"어제 내 자신한테 물어봤어. 고향에 내려가서 좋은 아가씨 만나서 사투리로 이야기나 나누고 그렇게 살면 어떨까? 온 세상에 내 노래를 들려주는 것보다 한 여자의 박수를 받는 것도 괜찮지 않을까?"

즈거는 머뭇거리다 다시 말했다.

"아니. 그건 별로일 거 같아. 너도 고향에 돌아가면 작은 가게를 물려받을 수밖에 없잖아. 그럼 제수씨한테 계산대를 맡기고 넌 제수씨 근무 태도를 평가하며 면박이나 주겠지. 그건 네가 원하는 삶은 아니잖아. 네가 원하는 것은 좋은 일자리를 얻어 돈을 많이 벌어 집을 사고 사랑하는 사람과 결혼하는 거잖아. 그런데…… 내 꿈만으로도 벅차서 네 꿈까지 뭐라 할 여유가 없네."

류스산은 조용히 즈거의 말을 듣고만 있었다. 한참을 혼자 떠들던 즈거는 담배꽁초를 던지며 말했다.

"가자! 이 빌어먹을 PC방 어떻게 되든 알게 뭐야. 애들 망치고 돈이나 버는 가게같으니라고. 쳇!"

5

수습 4개월 차에 들어선 류스산은 사방으로 뛰어다녔지만 아무 성과도 얻지 못했다. 그러던 어느 날 그는 휴대전화로 같은 팀원인 우씨 아줌마의 위챗 메시지를 받았다. 월간회의가 있으니 회사에 빨리 복귀하라는 내용이었다.

회사에 돌아오니 사무실에 냉랭한 분위기가 감돌았다. 일회용 컵과 정수기가 준비되어 있었지만 컴퓨터에는 스파이더 카드놀이가 켜져 있었다. 이런 상태에서 대체 무슨 월간회의를 한단 말인가?

고등학교 모의고사에서 0점 받은 사람이 제일 뒤로 가야 하는 것처럼 하겠다는 건가? 그렇지 않아도 류스산의 자리는 창고 근처인데 더 뒤로 간다면 골목으로 나갈 수밖에 없다. 사실 그 골목도 나쁘지 않다. 맛있는 샤오룽샤[39]를 파는 곳이 많지

---

[39] 小龍蝦, 민물가재를 가리키며 사천 요리 중 하나로 보통 매운 양념으로 요리하는 것이 특징이다.

않던가.

류스산은 최악의 가능성을 생각하며 회의실로 향했다. 회의실 분위기는 몹시 이상했다. 평소엔 소소한 회의 같은 경우 동료들이 삼삼오오 모여 고객들을 욕하느라 바빴다. 그렇지 않으면 류스산의 흉을 보는 게 직원들의 낙이었다.

하지만 지금 회의실 안은 찬물을 끼얹은 듯 고요한데다 다들 반듯하게 앉아 있었으며 우씨 아줌마는 습관처럼 먹던 씨앗도 까먹고 있지 않았다. 류스산이 들어오는 걸 보더니 우씨 아줌마가 서둘러 말했다.

"허우 이사님, 다 왔는데요."

류스산은 소리를 따라 허우 이사의 뒷모습을 바라봤다. 소위 이사란 사람들은 모두 뒷짐을 진 채 창 너머로 한눈에 들어오는 도시의 전경을 쳐다보는 걸 좋아하는 것 같았다.

하지만 류스산의 회사는 1층이라서 창밖이라고 해봐야 오가는 사람과 차들이 전부였다. 어쩌면 허우 이사는 버스를 기다리는 아가씨를 몰래 훔쳐보고 있는지도 모른다. 허우 이사는 큰 키에 상고머리를 하고 우두커니 서 있었는데 그 모습이 꼭 창 앞에 차선 규제봉을 세워둔 것 같았다.

차선 규제봉을 닮은 상고머리라니, 류스산은 그 빌어먹을 사랑의 라이벌도 그렇게 생겼다는 게 기억났다. 그런데 맙소사, 허우 이사가 뒤를 돌아보는데 정말 그 사랑의 라이벌이었다.

한때 누군가가 무단의 손을 잡으며 말했다.

"얼른 들어가. 내가 퇴근하고 데리러 올게."

하늘색 한 떨기 꽃같은 무단은 연한 노란색 머플러를 두르고 아침햇살을 한아름 안은 것처럼 환한 얼굴로 고개를 들어 빗물을 맞으면서도 속눈썹까지 웃으며 부드럽게 말했다.

"응."

그날은 비와 눈이 섞여 내렸으며 날씨가 유난히 추웠다. 류스산은 얼떨떨한 와중에도 허우 이사를 빤히 쳐다보고 있었다.

"모두 앉으시죠."

허우 이사가 말했다. 그는 마치 아무 일도 없는 사람처럼 보여 류스산이 어떻게 해야 할지 더 헷갈렸다. 허우 이사는 시원시원하게 자기소개를 했다.

"모두 안녕하십니까? 처음 뵙겠습니다. 저는 화둥구를 책임질 이사입니다."

직원들은 모두 입을 맞춰 인사했다.

"허우 이사님, 안녕하십니까?"

그중에서도 우씨 아줌마는 유난히 더 잘 보이려 애썼다. 허우 이사가 다시 입을 열었다.

"우선 이곳 지점이 설립된 지 한 분기가 된 걸 축하합니다. 제가 조사해보니 다들 실적들이 좋으시더군요. 1등은 우멍자오 씨입니다."

허우 이사가 말한 사람은 바로 우씨 아줌마로 생김새가 정교금[40]을 닮은 편이었다. 우멍자오는 자신의 성공 경험을 이야기하며 열렬히 고객을 사랑하고 마음으로 소통하며 착실하게 성의를 보였다고 강조했다.

그러나 류스산은 그녀가 실적을 올리려고 무력을 동원한 것은 아닌지 의심하기도 했다.

"짧은 한 분기 동안 우멍자오 씨는 40여 건의 보험을 계약했습니다. 특히 새로 출시된 중증질환보험은 우멍자오 씨 혼자 힘으로 15건이나 계약해 새로운 경지를 개척해냈습니다. 그야말로 보험 영업계의 칭기즈 칸이라고 불러드려야 할 것 같네요."

이런 흐름이라면 다음에는 보험 영업계의 문성공주[41], 악비[42], 신공표[43], 유선[44] 등이 줄줄이 나올 판이었다. 별명의 등급이 낮

---

40 程咬金, 중국 당나라 초기의 장군으로 성격이 단순하고 난폭했는데 무예가 높진 않았으나 갑자기 사람을 죽여 상대방에게 위협을 가했다.

41 文成公主, 중국 당나라 황실의 딸로 티베트 왕에게 시집을 가면서 티베트에 불교를 전파했다.

42 岳飛, 중국 남송 시대의 무장으로 중국 역사에서 손에 꼽는 충신이다.

43 申公豹, 중국 명나라 때의 장편소설인 『봉신연의(封神演義)』에 등장하는 가상의 인물로 임금의 자리를 거부한 현인이었다.

44 劉禪, 중국 촉한의 제2대이자 마지막 황제로 나라를 망하게 한 어리석은 인물로 알려져 있다.

아지다 보면 중국의 8대 쓸모없는 인간도 나올 테고 류스산 차례가 되면 보험 영업계의 무대랑으로 불릴지도 모를 일이었다.

이런 추측을 하고 있던 류스산은 속으로 생각했다.

'내가 무대랑이면 당신은 서문경[45] 아닌가!'

하지만 가만히 생각하니 그것도 옳지 않았다. 무대랑은 서문경에 비해 더 재수가 없지 않았던가. 류스산은 곰곰이 고민하다 허우 이사가 차라리 자신을 보험 영업계의 니우따텐이라고 불러주면 좋겠다고 생각했다.

그런데 뜻밖에도 허우 이사는 별명을 얻고 싶어 하는 다른 동료들을 건너뛰고 바로 류스산의 이름을 불렀다.

"회사에서 수습 기간이 3개월이 넘었는데 아직 실적이 0에서 벗어나지 못한 사람이 있는 걸로 알고 있습니다."

그의 말에 수많은 눈길이 류스산에게 쏟아졌다.

"공교롭게도 제가 예전부터 이 사람을 알고 있는데 대학에 다닐 때도 참 별로였습니다. 저는 이 직원이 이 기회를 소중히 여길 줄 알았는데, 안타깝게도…… 다시 한 번 제게 그의 실패를 증명했을 뿐입니다."

---

45 西門慶, 『금병매』에 등장하는 인물로 무대랑의 아내 반금련과 바람을 피우고 그녀가 무대랑을 독살하게 만든 파렴치한이다.

허우 이사는 팔짱을 낀 채 창가에 서 있었다. 류스산은 순간 아주 묘한 기분이 들었다. 피차 비슷한 나이에 사지 멀쩡하고 지능지수도 큰 차이가 없는데 어째서 그중 한 사람은 자기 마음대로 다른 한 사람을 평가할 수 있단 말인가? 허우 이사는 자신을 성공한 사람의 표본이라고 생각하는 걸까? 여자에게 차이면 실패한 건가? 실적이 0이면 실패한 건가?

류스산은 분노가 끓어올랐지만 아, 정말 그런 것 같았다. 하지만 류스산은 허우 이사도 정말 성공한 사람은 아니란 생각이 들었다. 지금 허우 이사는 대놓고 그를 신경쓰며 회의 중에 그를 모욕하고 있지 않은가. 즈거는 대학 3학년 때 자동차 대리점에서 아르바이트를 한 적이 있는데 일시불로 차를 가져가는 손님도 많았다고 한다.

"한번은 어떤 손님이 시험 운전을 해보겠다며 산간 지역으로 가겠다는 거야. 그래서 이 차는 산길을 운전하긴 어렵고 평지만 다니는 게 좋을 거라고 말해줬어. 그랬더니 그 손님이 자기가 차로 길을 닦으면 되니 상관없다고 하더라. 그 순간 그 손님이 그렇게 잘생겨 보일 수가 없더라."

즈거의 말에 류스산이 물었다.

"그럼 그 손님은 너를 못생기게 봤을까?"

즈거가 천천히 입을 뗐다.

"성공한 사람들에게 우리 같은 사람은 눈에도 안 들어와. 너보다 강한 사람은 널 불쌍하게 여기거나 아예 무시하거든."

허우 이사가 류스산을 조롱하며 공격하려 애쓴다는 것 자체가 두 사람이 같은 층에 있다는 뜻이었다.

"듣자하니 정해진 수습 기간보다 한 달을 더 얻었다고 하던데 실적이 충족이 안 되면 안타깝지만 우리 회사는 류스산 씨를 받아줄 수 없습니다. 아니, 전혀 안타까운 일은 아니군요. 낙오자를 원하는 회사는 없으니까."

허우 이사의 말에 동료들은 하하하 소리 내어 웃었다.

"허우 이사님은 유머 감각도 좋으시네요."

"허우 이사님께서 주옥같은 말씀으로 저희를 채찍질해주시는군요."

우씨 아줌마는 류스산을 밀며 말했다.

"스산 씨도 몇 마디 해봐요. 결심을 보여줘야죠."

류스산이 꼼짝도 하지 않고 있자 우씨 아줌마는 억지로 허우 이사를 보고 웃으며 그에게 작은 소리로 말했다.

"몇 마디만 하면 그냥 지나가는 거야, 태도 좀 단정하게 하고."

류스산은 자리에서 일어나 분명한 발음으로 말했다.

"허우 이사님, 저는 실패하지 않았습니다. 아직 한 달이 남아 있으니까요."

우씨 아줌마가 서둘러 말했다.

"그, 그렇죠. 한 달에 5건 정도는 가, 가능하니까요."

그 말에 허우 이사가 미간을 찌푸리자 우씨 아줌마는 깜짝 놀라 바로 말을 바꿨다.

"하지만 류스산 씨라면…… 희망이 없죠. 전혀, 아주 희망이 없고말고요. 하나도 없죠."

"좋습니다. 한 달이라 제가 기다리죠. 그리고……."

허우 이사를 말을 하다 말고 류스산의 귓가에 얼굴을 들이밀며 말했다.

"우리 약혼했어."

이 말을 마친 뒤 허우 이사는 사람들 앞에서 양손을 깍지 끼고 겸손한 척하며 말했다.

"오늘 회의는 여기까지 합시다. 비행기 시간이 촉박해서 더 얘기하지 않겠습니다. 파이팅, 모두 힘냅시다."

류스산은 휘청휘청 한걸음씩 내딛었고 머릿속에서는 윙윙거리는 소리가 들려왔다. 그는 무단과 관련된 어떤 소식에도 더 이상 흔들리지 않을 거라고 생각했다. 심지어 무단이 다른 남자와 결혼하는 소식이라고 해도 말이다.

그런데 그 비 오던 날 무단의 손을 잡았던 상고머리 남자가 시공을 초월해 현실의 그에게 다가왔고 "우리 약혼했어"라고 말하는 순간 그의 가슴은 여전히 갈가리 찢어졌다. 우씨 아줌마는 류스산과 함께 걸으며 계속 조잘거렸다.

"스산, 수습 시작하고 지금까지 하루도 안 쉬었잖아. 차리라 이틀 정도 휴가를 내면 어때? 우리 업계가 사실 자유직이라 정해진 근무 방식이 없어. 거리에서 고객을 찾을 수 없으면 가장 친한 친구나 가족도 한번 생각해봐. 그 사람들도 스산의 미래에 투자하는 셈 치면……."

세상을 잃어버린 것 같은 류스산이었지만 우씨 아줌마가 좋은 뜻으로 말한다는 걸 알기에 고개를 끄덕이며 보험 증서를 들고 집으로 향했다.

건물 문 앞 구멍에는 물이 고여 있는데 이는 건물 벽에 달린 에어컨 실외기에서 새는 것이었지만 신경쓰는 사람이 아무도 없었다. 그가 사는 곳은 처음 지어질 때만 해도 소형 주택촌이라고 불리며 젊은 청년들을 위해 건설된 제법 근사한 건물이었다.

하지만 젊은 청년들은 소형 주택을 분양받을 수 없었고, 몇 년 뒤 세를 사는 사람들의 소굴로 전락했다. 건물 입구에 선 류스산은 바지 주머니 속 열쇠를 만지작거릴 뿐 꺼내지 못하고 있었다.

그의 손은 떨리고 있었다.

그의 다리도 떨리고 있었다.

그는 더 이상 서 있을 수 없어 문에 기대어 미끄러지듯 바닥으로 주저앉았다. 입가에 눈물 한 방울이 흘러내리고 숨소리는 거칠어졌으며 온몸이 떨려왔다. 몇 년 전 동지에 내렸던 눈처럼 눈물이 흘러내려 결국 그의 목구멍을 막아버렸다.

6

즈거는 짐을 다 싼 뒤 류스산의 퇴근을 기다리고 있었다. 즈거는 류스산에게 일자리를 찾아주지도, 돈을 빌려주지도, 집을 사주지도 못했지만 적어도 그를 존중해줬다.

아니, 만약 즈거가 앞선 세 가지를 해줄 수 있었다면 두 사람은 친구가 되지 못했을 것이다. 대신 류스산은 매일 즈거를 양아버지라고 불렀으리라.

류스산은 소박하고 성실한 사람으로 즈거가 밤새 노래를 불러도 참고 들어줬다. 즈거는 류스산이 재미는 없어도 성격은 참 좋다고 생각했다.

하지만 성격이 좋다는 그 장점은 지나고 보니 약점이 됐다. 지금 생각하니 류스산은 어느 면으로 보나 참 평범하기 짝이 없었다. 이런 친구를 원한다면 육교 위에 올라가 아래를 내려다보면 된다. 거기 오가는 사람 모두 류스산일 테니까.

즈거는 류스산을 모델로 노랫말을 쓴 적이 있는데 첫 구절은 이랬다.

'내게는 류스산이란 친구가 있어.'

하지만 더 이상 이어가지 못했다. 류스산에 관해 쓸 이야기가 전혀 없었기 때문이다. 즈거를 떠나보내기에 앞서 실패한 두 가난뱅이는 술을 마시며 이야기를 나눴다. 물론 대단한 화젯거리는 없었으며 탄식과 한숨이 교차할 뿐이었다. 가난한 친구들은 만사가 우울한 일뿐이니까. 하지만 두 사람은 자리를 정리할 무렵 짐짓 센 척하기 시작했다.

"나중에 잘되면 나 잊지 마."

즈거가 말했다.

"당연하지. 주소 주면 내가 나중에 시간 날 때 만나러 갈게."

류스산이 말했다.

"라이브 채널 등록했어. 술집 가수로는 눈에 띄기 힘드니까

72시간 동안 쉬지 않고 노래하는 거 생중계해보려고. 목에서 피 토할 때까지 목숨 걸고 부르면 팬들 좀 만들 수 있겠지."

즈거가 말했다. 두 사람이 술을 다 마신 뒤에도 즈거는 잠자리에 드는 대신 기타를 들고 '친구야, 울지 마'란 노래를 부르기 시작했다.

누군가는 울었고,

누군가는 웃었고,

누군가는 졌고,

누군가는 늙었지.

……

친구야, 울지 마.

나는 네 지친 영혼이 돌아올 곳이니까.

친구야, 울지 마.

너 자신의 길을 믿어.

류스산은 흐르는 눈물을 참을 수 없었고, 즈거는 울먹이면서도 끝까지 노래를 불렀다. 그는 노래를 마친 뒤 기타를 류스산에게 건넸다.

"기념으로 줄게. 다시 보려면 몇 년이 걸릴지 모르잖아. 돈 없을 때 팔아먹어도 돼. 사인이 들어 있는 기타라 얼마라도 더 쳐 줄 거야."

류스산은 기타를 끌어안고 취한 목소리로 말했다.

"2천 위안은 안 갚아도 돼. 나중에 네가 음반 내면 내가 20장 산 걸로 치자."

아침에 일어나니 즈거는 이미 떠나고 없었다. 이 도시에 류스 산은 이제 혼자 남겨졌다. 바닥에는 기타가 놓여 있고 방 안에 는 여전히 즈거의 노랫소리가 울리는 것 같았다.

'친구야, 울지 마. 너 자신의 길을 믿어.'

7

류스산은 마침내 1건의 보험을 계약했다. 보험 증서에 고객 이 사인을 하는 순간 그는 뜨거운 눈물을 흘렸다. 팀원들은 류 스산을 둘러싸고 한턱 쏘라며 한목소리로 말했다. 누구보다 우 씨 아줌마가 기뻐했다.

"피자헛 가자, 우리 아들이 제일 좋아하는 데."

머리가 벗겨진 동료는 류스산을 끌어안으며 말했다.

"피자헛은 술을 못 먹잖아. 쓰촨 생선요리집 가자! 바로 이 앞에 있어."

샹라도우구위 5근, 태국식 쏸라위 5근, 바이주 3병, 류스산이 주문을 하며 가격을 확인하니 다행히 술값이 그리 비싸지 않았다.

머리가 벗겨진 동료는 술을 많이 마셨는지 류스산을 안으며 말했다.

"어이, 사실 내가 자네 많이 미워했어."

"알죠, 알죠." 류스산이 말했다.

"그런데 난 내 자신이 더 밉더라고. 젊은 청년이 이제야 아주 작은 성과를 얻게 된 거잖아. 근데 그게 또 뭐 어때? 내가 자네보다 센 건 사실이지만 그렇다고 자네를 얕잡아보면 안 되는 거였어."

머리가 벗겨진 동료는 눈물을 뚝뚝 흘렸다.

"이해합니다. 다 이해하죠." 류스산은 어쩔 줄 몰라 했다.

머리가 벗겨진 동료는 두 팔을 펼치며 큰소리로 외쳤다.

"환영한다, 류스산! 환영해! 우리 보험업계에 들어온 걸 환영한다!"

짝짝짝 힘찬 박수 소리가 들리고 곧이어 동료들은 '돈 버는 춤'[46]을 공연하고, '이름 부르기 게임' 등을 하며 풍부한 기업 문화를 선보였다. 그런데 갑자기 한 명이 낯빛이 변하더니 다른 사람의 옷깃을 잡아당겼다. 머리가 벗겨진 동료는 분명 술에 취했는데 테이블 밑에서 휴대전화를 본 뒤 아무 일도 없는 것처럼 말했다.

"위에서 나보고 야근 좀 하라고 하네. 먼저 갈게."

얼마 지나지 않아 다른 동료들도 약속이나 한 것처럼 뒤도 안 돌아보고 자리를 떠났다. 우씨 아줌마는 마지막으로 자리를 떠나며 가게 문 앞에서 머뭇거리다 말했다.

"우리 팀 단톡방이 있어."

"예." 류스산이 대답했다.

"거기 스산 씨는 없어."

"예."

"허우 이사님이 돌아오셨나 봐. 노래방 가자고 부르시네."

우씨 아줌마가 말했다.

"예."

"나 먼저 갈게."

[46] 중국 직장인들 사이에 유행하는 춤으로 손으로 돈을 잡는 동작이 가미되어 돈을 많이 벌고 싶다는 의미를 담고 있다.

"그러세요."

류스산이 말했다.

류스산은 먹던 음식과 술병이 널브러진 테이블 옆에 한동안 멍하니 앉아 있었다. 잠시 후, 휴대전화 벨이 울렸다. 우씨 아줌마였다.

"스산아, 미안해. 허우 이사님이 내가 너한테 보험 계약 양보한 걸 아셨어. 실적을 다시 계산하라고 하시네. 나도 어쩔 수가 없다. 이 계약 내가 도로 가져가야겠어. 미안해."

류스산은 덤덤하게 대꾸했다.

"괜찮아요, 아주머니. 감사했어요. 제가 더 열심히 할게요."

그는 전화를 끊고 직원을 불러 계산을 했다. 마지막으로 남아 있던 2천 위안 중에 1천 6백 위안이 순식간에 사라졌다.

8

실적이 다시 0이 된 류스산은 걸어서 집으로 돌아가다 야시장 거리를 지나게 됐다. 대학 시절 즐비했던 푸른색 비닐 천막 가게들은 시의 정비 사업으로 대부분 정리됐지만 끝내 시 정부의 말을 듣지 않고 장사를 하는 가게도 몇 곳 있었다.

학생들은 여전히 작은 의자에 앉아 있었지만 숫자는 많지 않았다. 예전 가게들은 한물갔고 요즘은 테이크아웃 전문점이 더 인기가 있었다.

류스산은 문득 걸음을 멈췄다. 여기저기 흩어져 앉아 있는 학생들 중에 무단이란 여학생이 보이는 것 같았다. 그녀는 말간 얼굴을 들고 젓가락에 붙은 가루를 불어내고 있었다. 류스산의 귀에 자신이 한 말도 들려왔다.

"아마 넌 메이화가오나 위피훈툰, 쑹화빙, 양자오쑤, 러우관 단은 먹어보지 못했겠지?"

란티엔 잡화점 문밖 스피커에서 흘러나오던 노랫소리도 들리는 것 같았다.

당신에게 드릴 게 없어요.
하지만 이 노래를 빌려
비바람 속에서도 물러서지 않은
당신께 감사하고 싶어요.
기꺼이 나와 함께 해줬지만
오늘 잠시 이별을 고하는 그대여
하지만 나는 사랑의 불꽃으로
당신의 마음속에 살아

헤어져도 함께 있을 거예요.

멍청히 정신을 놓고 있던 류스산은 어디선가 들려온 갈라진 목소리에 현실로 돌아왔다.

"어이! 이놈아, 이리 좀 와봐."

사실 류스산은 배가 몹시 고팠다. 회식을 하면서 한입도 먹지 못했기 때문이다. 꼬치구이집은 항상 어두침침했는데 그나마 뒤쪽에 있는 백화점에서 새어나오는 빛에 의존하고 있었다. 하나뿐인 비상등은 숙제하는 할머니의 손녀를 비추고 있었다. 할머니는 류스산을 흘깃 보며 굽은 허리로 손짓을 하며 그를 불렀다.

"늘 먹던 볶음밥?"

"배 안 고파요." 류스산이 말했다.

"이놈 자식, 누굴 속여? 매일 물 한 병 들고 나가서 여기서 먹는 밥 한 끼가 전부잖아. 앉아, 그냥 가지 말고."

할머니의 말에 류스산은 아무 말 없이 자리에 앉았다. 숙제를 하던 손녀는 눈을 가늘게 뜨며 그를 보고 차가운 미소를 지었다. 류스산은 입술을 깨물며 말했다.

"나 돈 없다."

"저도 알아요. 아저씨는 쭉 돈이 없었잖아요."

손녀가 말했다.

"나 엄청 노력했어. 근데 월급을 받을 수가 없더라. 스스로 더 노력해야 한다고 다짐해보지만 해고당할지도 모르겠어."

류스산이 또 말했다. 손녀는 그의 말을 아예 무시하고 공책을 들이밀었다.

"숙제 검사나 해줘요."

류스산은 눈물을 줄줄 흘리며 말했다.

"난 정말 안 되는 걸까?"

그때 할머니가 볶음밥을 내려놓으며 말했다.

"일단 밥이나 먹어."

류스산이 고개를 숙이니 김이 모락모락 나는 볶음밥이 놓여 있는데 달걀에 햄, 팽이버섯이 더 들어가 정말 호화롭기 그지없었다. 귀염둥이 손녀가 말했다.

"틀린 답 고치는 거 도와주면 이 밥은 내가 사는 걸로 할게요. 할머니, 내 용돈에서 **빼요**."

"네가 사긴 뭘 사? 조그만 게 물 쓰듯이 돈이나 쓰고. 내가 그냥 주는 거야. 이놈아, 사람이 먹을 밥이 있는데 뭐가 겁나냐? 원래 밥 먹고 사는 게 그리 쉬운 일이 아니야."

류스산은 정말 배가 고파 밥 한 숟가락을 푹 퍼서 입에 밀어넣었다. 달걀 볶음밥 하나도 이렇게 풍성하고 고슬고슬하게 만들다니 남부 지역 꼬치구이집은 역시 대단하긴 했다.

영혼을 배부르게 하는 유채기름과 달걀 냄새에 가슴이 따뜻해진 그는 또 눈물이 날 뻔했다.

류스산은 마지막 4백 위안을 손에 꼭 쥐고 서둘러 란티엔 잡화점으로 들어갔다. 이제 막 가게 문을 닫으려던 주인에게 류스산이 물었다.

"설치도 해주세요?"

주인이 고개를 끄덕이자 류스산은 손을 펴 보이며 말했다.

"2백 위안은 전구 값이고, 입구 꼬치구이집에 설치해주세요. 1백 위안은 전선 값이고, 나머지 1백 위안은 전기 요금으로 할 테니까 쓸 수 있는 만큼 쓰게 해주시고요."

류스산은 멀리서 잡화점 주인이 줄 조명을 달고 있는 것을 봤다. 조그마한 전구 수십 개가 꼬치구이집 주위를 비췄다.

이 도시의 여름밤, 류스산은 4년이나 이 길을 다녔고 꼬치구이집은 그에게 작은 궁전이나 마찬가지였다. 사방이 반짝반짝 빛나자 할머니와 손녀는 신기한 듯 고개를 들고 가만히 쳐다봤다. 두 사람의 눈 속에서 별이 빛나고 있었다.

9

초등학교 6학년 때 학교에서 현도^{현 정부 소재지}의 천문대로 봄 소풍을 간 적이 있었다. 머리 위로 항성과 소용돌이가 가득했는데 선생님이 잠시도 쉬지 않고 떠들어대는 통에 마치 최면에 걸린 것처럼 류스산의 생각은 지구와 은하계를 떠나 멀고 먼 곳에 이르렀다.

그 순간 그는 두려움에 뒤를 돌아보다 밝은 점처럼 작아진 지구를 발견했다. 그의 눈에 보이는 지구는 너무나 작아 존재하지 않는 것이나 다름없었다.

류스산은 셋집에 누워 기억 속 드넓은 우주로 빨려 들어갔다. 끝이 없는 공간 위로 뭔가가 떠올랐는데 바로 어떤 아가씨였다.

그 아가씨는 포니테일을 하고 있는 것 같았는데 미소를 짓기도 하고, 기적 소리가 멀어지는 기차역에 뒷모습으로 서 있기도 했다.

류스산은 곡주를 몇 병이나 들이켰다. 그런데 대체 어디서 난 곡주지? 이상하네. 어떻게 외할머니가 그에게 말을 걸 수 있는 걸까? 하라면 하라지. 뭐 좋아, 좋아. 옛날 말에 노인을 공경

하라잖아. 자, 건배!

　2016년 초여름, 류스산은 어딘지 모를 곳에서 깨어났지만 어쩐지 고향에 돌아온 듯한 환상이 보였다. 햇빛이 위엄 있게 작은 창을 넘어 그의 눈꺼풀을 찔렀고, 공기 중에는 짠지와 볶은 양파 냄새가 실려 왔다.

"나한테 중요한 일이 있어.

이것도 지면

나는 정말 아무것도 없게 된다고."

CHAPTER 6

1,001부의 보험 증서

1

류스산은 외할머니의 트랙터 시속을 계산해봤다. 아무리 빨리 달려야 시속 30킬로미터 정도고 서둘러 마작을 둔 뒤 현 내에서 진으로 돌아오는 20여 킬로미터를 달리면 한 시간이 걸릴 것이다.

트랙터는 관리 상태가 아주 좋은 편이었다. 듣기로는 외할머니가 정부에서 주는 양로금으로 산 것이라 했다. 하지만 외할머니는 트랙터에 넣는 기름이 아까워 갈수록 모는 횟수를 줄였다.

정신이 몽롱한 채로 한참이나 트랙터를 탔더니 너무나도 익숙한 어린 시절로 돌아간 것 같았다. 류스산은 눈을 비벼봤지만 꿈이 아니었다. 그는 정말 자신의 작은 방에 있었다. 책상 위에는 포스터 하나가 붙어 있는데 체크무늬 셔츠를 입은 소년이 소파에 앉아 음악을 듣고 있고 머리 위에는 'JAY'란 알파벳 세 글자가 적혀 있었다.

침대 옆에는 짐들이 쌓여 있는데 셋집에 있던 물건들이 네댓 장의 마대자루를 꽉 채우고 있었다. 류스산은 말도 안 되는 상황이 벌어졌음을 눈치챘다. 바로 외할머니에게 납치된 것이다. 일흔 살의 외할머니는 자신의 최고 운행 기록을 깨고 트랙터를 몰아 그를 납치해 진으로 돌아온 것이다.

2

외할머니는 계산대에 앉아 강두를 까며 마작을 함께 두는 마을 친구들과 이야기를 나누고 있었다. 그들은 하나같이 호기심 어린 눈길로 마당 저편의 류스산이 있는 2층을 쳐다봤다.

한 할머니가 물었다.

"어떻게 아침 댓바람부터 내려왔대? 너무 갑작스러운 거 아닌가. 뭔 일 있어?"

사실 그녀의 속뜻은 '헤헤, 너희 외손자 뭔 재수없는 일 당한 거지?'였으리라.

또 다른 할머니가 물었다.

"차 몰고 온 거야? 차는 어디 세워 놨어? 출근 안 해?"

물론 그녀 역시 속으론 이런 생각을 했을 것이다.

'흥, 괜히 허세부릴 생각하지 마. 거짓말 늘어놓으면 다 까발려줄 테니까.'

외할머니는 마른 행주로 손을 닦더니 막힘없이 거짓말을 늘어놨다.

"회사에서 차로 보내줬어. 좀 쉬라고 했다네. 저기, 회사 윗사람들이 아주 서양 마인드야. 젊은 애들이 고생 좀 하는 게 뭐 대수야? 그런데도 회사에서 동량지재[47]가 피곤해서 회사일 제대로 못할까 봐 걱정을 했나 봐. 나한테도 외손자 이렇게 잘나게 가르쳐줘서 고맙다고 했다니까. 근데 고마워할 게 뭐야? 내가 뭘 가르쳤다고. 제 놈이 워낙 잘나게 타고난걸."

류스산은 벽으로 붙어 살금살금 걸어 마당을 빠져나가려다 마침 '동량지재'란 말을 듣게 됐다. 외할머니가 사자성어까지 쓰다니 외손자는 차마 발걸음이 떨어지지 않았다. 처음 외할머니에게 질문을 했던 할머니가 금세 또 말을 덧붙였다.

"그래. 스산이 어려서부터 뭐든 잘하긴 했지. 그래서 월급이

47　棟梁之材, 나라의 중임을 맡을 만한 큰 인재

얼마나 돼?"

외할머니는 전혀 당황하지 않고 청산유수로 떠들었다.

"월급은 안 물어봤네. 무상주를 받는다던가. 돈이야 쓰라고 있는 거고, 나는 우리 외손자가 어떻게 사는지가 궁금하지. 자기 말로는 끼니마다 배달 음식으로 샥스핀과 해삼 요리를 먹는다고 하더라고. 근데 한 끼에 몇 백 위안씩 되는 걸 먹어도 바깥 음식은 건강에 안 좋잖아."

다른 할머니가 외할머니의 말 속 허점을 잡아 반격을 시작했다.

"그럼 가정부를 왜 안 둬?"

외할머니는 여유로운 미소를 지으며 지지 않고 말했다.

"우리집 스산이 위치 정도 되면 지켜야 될 회사 기밀이 많아서 누구랑 함께 살 수가 없어. 가정부는 없고 비서만 있다네."

외할머니의 거짓말은 완벽해 다른 할머니들은 빈틈을 찾을 수 없었고 류스산은 하마터면 성질이 나 죽을 뻔했다.

"출근하는 게 무슨 스파이 노릇도 아닌데 뭘 그렇게 비밀스럽대?"

한 할머니가 말했다.

"자네 회사에 다녀봤어?"

외할머니가 물었다.

"아니."

"그럼 말을 말아."

외할머니가 의기양양하게 말했다.

외할머니가 전승을 거두고 있는 동안 류스산은 몇 번이나 뛰어들어 말을 끊을까 생각했지만 다른 할머니들의 초조한 모습과 외할머니의 뿌듯한 표정을 보니 한 가지 생각이 떠올랐다.

'짐 무게만 4~50킬로그램, 내 몸무게가 80킬로그램 가까이 되는데 할머니는 어떻게 트랙터에 실었을까?'

류스산은 한동안 생각에 잠겼다 다시 자기 방으로 돌아가 양복에 셔츠로 갈아입었다. 그는 허리를 곧추세우고 천천히 걸어가 할머니들의 설전에 참전했다. 류스산은 신뢰감이 느껴지는 목소리로 말했다.

"자오씨 아주머니, 친씨 아주머니, 장씨 할머니 전부 계시네요. 죄송합니다. 제가 계속 야근을 해서 늦잠을 잤습니다."

할머니들은 "그래, 그래"라며 류스산과 인사했다.

"회사 생활이 그렇지. 건강 조심하고."

"우리는 스산이 봤으니 가야겠네, 가야겠어."

동네 할머니들이 모두 돌아가고 서로를 보며 웃고 있던 외할머니와 손자는 이내 표정이 바뀌었다. 류스산은 성질이 바짝 난 얼굴로 언성을 높였다.

"할머니! 날 여기 끌고 오면 어떻게 해!"

외할머니는 강두를 들고 부엌으로 향하며 중얼거렸다.

"저런 빌어먹을 놈, 안 끌고 오면? 밖에서 죽어도 모르겠더라 이놈아! 어제 그 집에 들어갔더니 꼴이 얼마나 불쌍한지……. 너무 불쌍해서 내 가슴이 아프더라."

류스산은 외할머니의 꽁무니를 쫓아다니며 엄숙하게 말했다.

"시끄러. 괜히 우는 소리 하지 마. 내가 어디 사는지는 어떻게 알았어? 누가 말해줬는데? 오래전부터 계획을 꾸미고 있었던 거 아냐?"

"관둬라, 이놈아. 난 가서 강두 볶을 거야. 하늘나리꽃이 아주 붉게 물들었더라."

대화가 통하지 않자 류스산은 방으로 돌아가 휴대전화를 충전하다 아직 읽지 않은 수백 개의 SNS 메시지를 발견했다. 잠시 후 만신창이가 될 그가 회사 단톡방에 초대된 것이다.

하지만 아직 아무것도 모르는 그는 회사 동료들의 단톡방에 들어가게 됐다는 사실만으로도 가슴이 뛰었다. 자신도 한 팀으로 인정받은 것처럼 느껴졌기 때문이다.

단톡방의 글들은 빠르게 위로 올라갔는데 하나같이 홍바오를 받았다는 소식뿐이었다. 그 사이사이에 다른 직원들이 이모티콘과 함께 '허우 이사님 축하합니다', '백년해로 하세요', '얼른 예쁜 아기 낳으세요' 같은 글들을 올렸다.

글을 확인하던 류스산은 손가락을 멈칫거렸다. 단톡방 시작 부분으로 거슬러 올라가 확인해보니 사진 한 장이 올라와 있었다. 근사한 노래방에서 한 남자가 여자에게 반지를 끼워 주는 사진이었다.

류스산은 살면서 이토록 감각이 예민해진 적이 한 번도 없었다. 그는 순간 숲에서 불어오는 바람 소리를 들을 수 있었다. 가볍고 부드럽게 꽃과 나무 하나하나 어루만지는 촉촉한 그런 바람이었다. 바람 속에 작은 시냇물이 졸졸 흐르는 소리가 들렸기 때문이다.

잠시 후 그 바람 소리가 썰물처럼 빠져나가고 아침 매미 소리가 웅웅 울려왔다. 그는 마치 살갗을 찌르는 마대자루에 들어간 것처럼 눈앞이 캄캄하고 답답했다.

그때 다시 귀울림이 시작됐다. 몸 안에서 교향곡이 연주되는데 가장 주요한 악기는 심장이었으며, 피가 빠르게 돌면서 입술이 저릿하고 머리가 쪼개질 것 같았다. 류스산은 처음에는 전 여자친구가 결혼한다는 사실에 슬픔을 느꼈지만 점차 자기 스스로도 뭐라 설명할 수 없는 분노에 사로잡혔다.

그는 화를 분출하는 것이 아무 의미가 없다고 어린 시절부터 자신을 타일러왔다. 하지만 지금 그는 극도의 분노를 넘어 온 몸이 터져버릴 것 같았다. 즈거의 말을 빌리자면 화가 난 나머지 개새끼가 됐다.

회사 단톡방에는 새로운 글들이 올라왔다.

'허우 이사님, 오늘 저녁 회식 몇 명 예약할까요?'

'우멍자오 씨가 알아서 하세요. 다만 수습은 올 필요 없고.'

'알겠습니다, 허우 이사님. 마침 류스산 씨도 휴가입니다.'

'휴가요? 연차인가? 그럼 차라리 일 년 쭉 쉬라고 하세요.'

'류스산 씨는 현재 월급을 받지 않아서 오래 쉬어도 회사에 영향을 주지 않습니다.'

'그렇군요. 새로운 시대의 경영자로서 전 류스산 씨에게 일 년의 휴가를 주기로 마음먹었습니다. 이 일 년 동안 류스산 씨가 1건이라도 보험 계약을 성사시킨다면 제가 회사를 대표해서 류스산 씨가 회사로 돌아오는 걸 환영할 겁니다.'

회사 단톡방은 몇 초 정도 정적이 흐르더니 "딩동딩동!" 하며 글들이 우르르 올라왔다.

'허우 이사님, 역시 대장의 풍모가 있으십니다.'

'대장의 풍모라뇨? 진시황이나 한무제와 다름없으시죠. 허

우 이사님을 그런 걸출한 인물들에 포함시켜야 하는 거 아닙니까?'

'일 년에 1건이라니 전 허우 이사님이 경영자신 줄 알았는데 알고 보니 자선가시네요. 허우 이사님, 정말 대단하십니다.'

'다들 칭찬을 해주시니 몸 둘 바를 모르겠군요. 전 이렇게 생각합니다. 만약 일 년에 계약 1건을 성사시킨다면 아주 미미한 성공을 이루게 되는 거죠. 반대로 일 년에 1건도 성사시키지 못한다면 유례를 찾아볼 수 없는 실패가 될 겁니다. 그럼 류스산 씨도 자신의 주제를 똑똑히 알고 일찌감치 남은 인생을 계획할 수 있겠죠.'

류스산은 숨을 깊이 들이쉰 뒤 글을 쓰기 시작했다.

'그건 별로인 거 같습니다. 일 년이나 시간을 주신다면 그냥 1천 건으로 하시죠.'

회사 단톡방은 또 다시 정적이 감돌았다.

류스산은 다시 글을 올렸다.

'허우 이사님이 말씀하신 1건을 보태 1,001건으로 하면 되겠네요.'

'류스산 씨, 패기가 있어 좋군요. 만약 류스산 씨가 1,001건을 성사시킨다면 내 이사 자리를 넘겨주죠.'

'그건 필요 없습니다. 그냥 아버지라고나 한번 불러주십시오.'

'얼어죽을! 류스산 씨가 성사시키지 못한다면 무릎 꿇고 나를 할아버지라고 불러야 될 겁니다.'

'농담입니다. 허우 이사님과 가족으로 얽히고 싶은 생각도 없고요. 제가 성사시키지 못하면 회사를 떠나겠습니다. 아니, 이 도시 자체를 떠나죠. 만약 제가 성사를 시킨다 해도 허우 이사님께서 뭘 해주시지 않아도 됩니다. 이건 제 자신이 정한 목표니까 허우 이사님과는 상관이 없습니다.'

마지막 글을 올린 뒤 류스산은 더 이상 메시지를 보지 않고 휴대전화 화면을 껐다. 그런 다음 창가로 걸어가 멍하니 밖을 바라봤다.

3

장작을 때는 부뚜막은 이미 오래전에 쓸모가 없어져 후추부터 커민까지 각종 양념을 넣은 병들이 빼곡히 놓여 있었다. 인덕션 위에는 볶은 강두와 끓고 있는 참마갈비탕이 있었고, 외할머니는 뒤집개를 든 채 가스레인지 옆에 서서 솥에 있는 생선에 정신을 집중하고 있었다. 그것은 파오자오장투안泡椒江團이었다! 서류 가방을 품에 안은 류스산은 몰래 외할머니에게 작별 인사를 하고 먼 곳으로 떠나 1,001개 보험 증서의 계약을 성사시킬 작정이었다. 하지만 솥에 있는 생선을 보노라니 저도 모르게 침이 꼴깍 넘어갔다.

집에서 만드는 생선은 1근 반 정도가 맛이 배기 좋다. 일단 이 요리는 생선 배를 70% 정도 가르고 그 안에 조리용 술과 간장을 부은 뒤에 소금을 뿌린다.

그런 다음 묶은 대파 한 덩이와 얇게 저민 생강, 통마늘을 생선 배 안에 밀어넣고 2시간 정도 냉장고에 숙성시킨다. 가스레인지에 불을 켜고 식용유가 적당히 달궈지면 산초나무 열매를 넣고 볶은 뒤 생선을 넣고 앞뒤로 노릇하게 굽는다.

거기에 쓰촨 조미료인 파오자오와 삭힌 두부 한 국자를 넣고 생간장, 설탕, 후추를 조금 넣은 뒤 중불에서 끓이면서 그 국물을 생선에 끼얹기를 반복한다. 어느 정도 졸면 반 컵 정도의 물을 붓고 약한 불로 끓이는데 생선을 솥에서 꺼낼 때의 불의 세기와 시간은 외할머니만 알고 있다. 비장한 심정으로 나섰던 류스산은 생선 요리 하나에 결심이 무너졌다.

"다 됐다."

외할머니가 말했다.

"그럼 먹고 가야겠네."

류스산이 대꾸했다.

"도망가겠다고? 이놈아, 노인네 버리고 갔다고 고발할 거야."

"그렇게까지 할 일이야?"

류스산이 깜짝 놀라 물었다.

"흐흐. 내가 천안문 앞에 가서 무릎 꿇고 네놈이 한 짓을 다 고발할 거다."

외할머니의 말에 류스산은 한 걸음 물러서 박수를 치며 말했다.

"대단하네. 내가 할머니를 겁낼까 봐? 어차피 절도죄는 몇 년 살지도 않아!"

그 말에 외할머니가 깜짝 놀라 물었다.

"네 이놈, 얼마나 훔쳤어?"

류스산은 손가락으로 허공에 숫자를 쓰며 말했다.

"5천 위안."

왕잉잉은 류스산을 위아래로 훑어보며 말했다.

"말도 안 되는 소리하고 있네. 돈통에 2천 위안 조금 넘게 있는데. 이놈아, 내가 방금 셌다."

류스산은 헤헤 웃으며 말했다.

"외할머니가 돈통 잠가놔서 침대 협탁 안에 있는······."

말을 채 마치기도 전에 뒤집개가 날아왔다.

"탕!" 하고 마당 문이 열리더니 류스산이 구르다시피 뛰쳐나와 문 앞에 서서 외쳤다.

"할머니! 사회적인 이미지도 생각해야지. 내가 진짜 경고하는데 나 좀 놔주면 안 돼?"

그때 구멍이 숭숭 뚫린 국자가 날아와 류스산의 머리를 정통으로 맞췄다. 그는 머리를 움켜잡고 소리질렀다.

"할머니, 연세를 그만큼 잡쉈으면 손을 쓸 때도 뭐가 중한지는 가려서 해야지!"

외할머니가 듣고 보니 류스산의 말도 일리가 있었다. 손을 본답시고 너무 강도가 약하지 않았던가. 그녀는 섬뜩한 빛이 나는 삼지창을 꺼내들고 이랑신[48]같은 분위기를 풍겼다. 외할머니가 든 삼지창은 납육을 만들 때 쓰는 쇠몽둥이로 이미 정식 무기나 다름없었다. 이 무기에 맞설 힘이 없는 류스산은 두말하지 않고 부리나케 도망치기 시작했다. 외할머니는 삼지창을 들고 먼지를 일으키며 류스산의 뒤를 쫓았다. 류스산은 비명을 지르며 먼 길을 번개같이 뛰어갔다.

---

48 二郎神, 도교에서 추앙하는 치수를 담당하는 무신으로 삼지창을 주요 무기로 쓴다.

류스산이 둘러싼 담 위에 쪼그리고 앉아 있는데 오래전에 들었던 수업이 끝났다는 맑은 종소리가 들렸다. 고개를 돌려보니 운동장이 보였다. 쫓기고 쫓기다 초등학교까지 온 것이었다. 외할머니는 쇠몽둥이를 지팡이처럼 짚고 굽은 허리에 가쁜 숨을 내쉬었다.

"너 이리 내려와, 이놈아!"

"내려오라면 내려가야지."

류스산은 2미터 높이의 담을 훌쩍 뛰어내렸다가 앞으로 고꾸라지면서 무언가를 꽉 붙잡았다. 얼마나 세게 넘어졌는지 정신이 얼떨떨했다. 바닥에 얼굴을 박은 류스산은 아무 말도 나오지 않을 정도로 아파 똑바로 설 수도 없었다. 그리고 손엔 꽃무늬 천이 쥐어져 있었다.

하교하려고 나와 있던 아이들은 줄을 서서 멍한 표정으로 류스산을 쳐다봤다. 류스산이 고개를 들어보니 매끈한 허벅지가 보였다. 계속 위로 쳐다보니 팬티가 보이고, 더 올려보니 잔뜩 화가 나 얼굴이 새빨개진 청샹이 보였다. 류스산이 꽃무늬 천을 들고 머뭇거리며 물었다.

"네 거야?"

"내 치마야."

청샹은 차갑게 대답했다. 류스산은 어색하게 꽃무늬 천을 청샹에게 건넸다.

"진짜 오랜만이네. 아직 안 죽었구나……."

청샹은 치마를 낚아채 한쪽에서 입으며 말했다.

"이런 양아치! 빌어먹을 양아치 같으니라고! 너 내 손에 죽었어……."

그때 학교 입구에서부터 외할머니가 쇠몽둥이를 들고 달려왔다. 류스산은 당황해 뒤로 물러서며 횡설수설했다.

"치마 값은 내가 배상해줄게. 다만 내가 지금 많이 위험해서 나중에 전화할게……."

청샹은 주먹에서 우두둑 소리를 내며 한 걸음 한 걸음 다가왔다.

"넌 내 전화번호도 모르잖아. 지금 치마 값 물어내!"

"거기 서, 이놈아!"

외할머니가 소리를 질렀다.

"내가 너 죽일 거야!"

청샹이 외쳤다. 류스산은 외할머니가 쇠몽둥이를 치켜든 모습을 보고 펄쩍 일어났다. 하지만 그 순간 붕하는 바람 소리와 함께 청샹의 주먹이 눈앞에 다가왔다. 결국 그는 두 눈을 질끈 감으며 큰소리로 외쳤다.

"아미타불!"

4

30분 뒤 류스산은 온몸의 통증을 느껴야 했다. 입을 벌린 채 정신을 차린 그는 자신이 움직일 수 없다는 걸 알고 비참한 심정으로 말했다.

"할머니, 결국 하나뿐인 외손자를 반신불수로 만들었군. 나중에 할머니가 거동을 못할 정도로 늙으면 나라도 옆에서 돌봐야 할 텐데 그때 가서 후회할 거야!"

외할머니는 후회는커녕 환한 미소를 지었다.

"깼냐? 청샹아, 우리가 좀더 꽉 묶어야겠다."

이 세상 도덕이 땅에 떨어졌나? 눈을 돌려보니 류스산은 의자에 앉은 채 밧줄에 묶여 있었다.

"할머니, 지금 내 앞길을 망치고 있는 거야! 청샹, 친구끼리 남의 집 문제에 끼어드는 건 아니지!"

류스산은 버럭 화를 냈다. 청샹은 그의 서류 가방을 뒤집어 서류 한 무더기를 끄집어냈다. 외할머니도 고개를 들이밀고 조용히 물었다.

"이게 뭐냐? 이놈이 애지중지하는 건가 본데. 그렇게 맞으면서도 품에 꼭 안고 있었잖아."

청샹이 깜짝 놀란 표정을 지으며 말했다.

"할머니, 류스산 실적표예요. 뒤에서 1등인데요!"

외할머니와 청샹은 함께 자료를 보며 이러쿵저러쿵 신이 나서 떠들어댔다. 심지어 청샹은 류스산이 실연당한 일을 부풀려서 이야기했다. 외할머니는 가만히 생각하다 입을 뗐다.

"그러니까 이놈이 도시에 남은 게 아무것도 없다는 거잖아. 일자리도 떨어져나갈 판이고. 잘됐네. 네 이놈! 이러고도 안 돌아와?"

류스산은 코웃음을 쳤다.

"하늘은 노력하는 사람을 저버리지 않는 법! 월나라 병사 3천 명으로도 강성한 오나라를 삼킬 수 있다고 했거늘."

그때 청샹이 짝짝짝 박수를 쳤다.

"3천이라는 말이 나왔으니까 말인데 내 치마 프라다 신상이거든. 그게 3천 위안이야. 돈 내놔."

"할머니가 얘기 좀 잘해봐. 우리집에 3천 위안도 없잖아."

류스산이 외할머니에게 말했다.

"누가 그래? 나 있다. 그래도 네놈한텐 못 줘."

외할머니가 태연하게 말했다. 청샹은 다시 서류 가방을 뒤져 둥신전자 공장에서 쓰는 원고지로 묶은 공책을 꺼냈다. 이 공책이 어떤 의미인지 아는 세 사람은 순간 침묵에 빠졌다. 잠시 후 류스산이 입을 열었다.

"날 도시로 돌려보내면 두 사람이 원하는 거 뭐든지 이 공책에 쓸게."

"난 네놈이 여기 남으면 좋겠다."

외할머니가 말했다.

"다른 거요."

류스산이 말했다.

"그럼 1천만 위안만 다오."

외할머니가 바로 대꾸했다.

외할머니가 이렇게 쉽게 소원을 바꿀지 몰랐던 류스산은 이를 악물며 말했다.

"그래요!"

"얼른 써라, 얼른 써."

외할머니가 재촉했다. 외할머니는 외손자 공책의 신통력을 믿어 의심치 않았다. 여기에 쓴 글에 대해 외손자는 늘 목숨 걸고 최선을 다했기 때문이다. 이를 모르지 않았던 청샹도 희색이 만면했다.

"빨리! 빨리요! 할머니. 제 치마도 적어요. 할머니가 알파벳을 못 쓰시니까 제가…… PRADA……."

두 여자가 꿍짝이 맞아 사기를 치는 통에 류스산은 어쩔 수 없이 백기를 들었다.

"농담이에요, 농담. 날 묶는 게 좋으면 묶어요! 어차피 할 일도 없고. 내가 이야기나 하나 해줄게요. 옛날에 황금 달걀을 낳는 닭이 있었어요. 낳을 수 있는 황금 달걀의 수는 무한대였죠. 일 년만 그대로 놔두면 엄청난 부자가 됐을 거예요. 그런데 지금 할머니는 동네 처자랑 한 패가 돼서 닭의 궁둥이를 묶어버리면……. 어휴, 그러니까 둘이서 날 쑤셔서 뭐하려고요? 남의 상처 들쑤셔서 어쩌게!"

외할머니는 외손자의 말에 한숨을 내쉬었다.

"어려서부터 네놈은 어떻게든 도시에 가려고 했지. 나도 말리지 않았고. 그러면 이 할미가 마음을 놓을 수 있게 해줘야지……."

류스산은 고개를 푹 숙이고 작은 소리로 중얼거렸다.

"나한테 중요한 일이 있어. 이것도 지면 나는 정말 아무것도 없게 된다고."

5

복숭아나무 아래에는 접는 의자 세 개가 놓여 있고, 류스산의 이야기를 듣던 청샹은 또 다시 정의감에 불타올라 이리저리 서성거렸다.

"또 그놈의 상고머리가!"

그녀가 쭉 찢어진 치마 옆선을 붙잡고 오락가락하는 통에 외할머니와 외손자는 눈앞이 어지러울 지경이었다. 그러다 갑자기 청상이 제자리에 우뚝 서더니 팔을 휘두르며 말했다.

"할머니, 우리가 류스산을 도와줘야 돼요. 만약 스산이 두 번이나 박살이 나면 정신병이 생길지도 몰라요. 그게 오래되면 불임이 될 수도 있고요."

외할머니는 청상의 말을 매우 큰일이라 여겼기에 머릿속으로 재빨리 주판알을 굴리며 생각했다.

"그래, 도시로 돌아가라. 근데 거기서 보험을 못 팔면……. 차라리 우리 진에서 네놈 운을 시험해보는 건 어때냐? 우리 진 인구가 2만 명이 넘으니 집집마다 찾아가면…… 1,001건 보험도 가능하지 않을까? 그래, 그게 낫겠다. 우리나라는 모든 게 인맥으로 되지 않냐? 네놈의 인맥은 다 여기에 있고!"

"나의 가장 큰 인맥은 외할머니인데 그럼 먼저 하나 팔아주던가."

류스산이 말했다.

그러자 외할머니는 냅다 소리를 지르며 욕을 퍼부었다.

"이 상놈의 자식, 난 네놈 외할머니야. 어디 내 돈을 가져가려고 해!"

청샹은 잠시 생각하는 듯하더니 입을 열었다.

"그래, 니우따텐을 찾아가자. 걔 이 동네에 도박장 열었잖아. 어차피 부정한 돈인데 보험이나 들라고 해!"

'니우따텐이 도박장을 열었다고? 진에서 도박이라고 하면 고작 마작이 다였는데. 잠깐! 부정한 돈? 그럼 니우따텐이 큰돈을 벌었단 말이야?'

류스산이 무언가를 물으려는 순간 청샹이 그의 공책에 무언가 쓰기 시작했다.

"청샹, 너 뭐해?"

류스산이 물었다. 공책에 '업무 파트너 청샹'이란 글을 쓴 그녀는 립스틱을 손가락에 묻히더니 지장을 찍었다. 그녀는 공책을 류스산 품에 안겨주며 비장하게 말했다.

"이건 신성하고 반드시 지켜야 하는 계획이니까 절대로 포기하면 안 돼. 절대! 보험 1,001부야. 맞지? 아자!"

외할머니는 고개를 끄덕이며 청샹을 칭찬했다.

"네놈이 니우따텐 하나도 어쩌지 못할까 봐 청샹이 이렇게 굳은 결심으로 도와준다는 거 아니냐. 이런 친구가 있다니 너도 운 좋은 줄 알아. 가자, 샹아. 가서 파오자오장투안이나 먹자꾸나."

류스산은 온몸이 저릿저릿했다. 하지만 이것이 너무 오래 묶여 있었기 때문인지 청샹의 기백에 놀라서인지 알 수 없었다.

6

세 사람이 함께 점심을 먹는 동안 청샹은 윈벤진에 다시 오게 된 사정을 이야기했다. 그 이유는 뤄 선생 때문이었다. 뤄 선생은 학생들의 종합적인 개발을 위해 학교 시스템을 개혁해야 한다고 주장했고 교장을 설득해 여름방학 보충수업반에 회화 과목을 추가시켰다.

이 소식을 들은 청샹은 자진해서 천 리가 되는 먼 길을 달려와 미술 보조교사를 맡기로 했다. 청샹은 젓가락을 내려놓고 기지개를 켜며 말했다.

"여기는 10년 전이랑 하나도 바뀌지 않은 거 같아. 진짜 예뻐. 여기서 산다는 것은 그냥 돈을 버는 거야."

"그럼 너랑 나랑 신분 좀 바꾸자. 네가 윈벤 사람 해."

류스산이 중얼거렸다.

"엉덩이도 다 보여줬는데 이미 윈벤 사람 다 된 거 아니냐?"

외할머니가 눈치 없이 말했다. 그녀의 말이 불편했던 류스산이 흘깃 보니 청샹의 얼굴이 다시 험악해지고 있었다. 류스산은 얼른 진화에 나섰다.

"무슨 소리야! 청샹은 팬티 입고 있었어."

"무슨 색이었는데?"

청샹이 물었다.

"너무 예뻐서 눈이 부시더라고. 잘 못 봤어."

류스산이 둘러댔다.

"오랜만에 다시 만나니까 즐거워?"

청샹이 차가운 미소를 흘리며 물었다. 류스산은 밥그릇을 든 손을 덜덜 떨며 말했다.

"즈, 즐겁지."

외할머니는 두 사람을 번갈아 쳐다보더니 작은 소리로 중얼 거렸다.

"오랜만에 다시 만났는데 보자마자 치마를 벗겼으니 당연히 즐겁겠지."

류스산은 깜짝 놀라 밥그릇을 툭 떨어뜨렸다.

"아, 아니야. 안 즐거워! 대신 아주 따뜻하고 향기롭다고나 할까. 이 여름이 따뜻해진 거 같아. 하하하……."

청샹은 턱을 쓰다듬으며 생각에 잠겼다.

"여기가 너무 더워서 나 피부 탄 거 아냐?"

화제가 바뀌자 류스산은 그제야 한숨을 돌리며 젓가락으로 생선살을 집어 들었다.

"그럴 리가, 네가 얼마나 하얀데."

"보라색은 나한테 안 어울리는 거 같아."

청샹이 말했다.

"아니야. 덕분에 다리가 더 하얗게 보이던데."

류스산이 무심코 대꾸했다.

"아주 자세히 보셨나 보네?"

청샹이 조용히 되물었다. 류스산은 반찬을 집으려던 손을 멈추고 미친 듯이 머리를 굴렸다. 상황이 묘하게 돌아가는 걸 눈치챈 외할머니는 슬그머니 자리를 피하려 했다. 청샹은 라러우를 만들 때 쓰는 쇠몽둥이를 집어 들었고 류스산은 눈이 동그래져 외쳤다.

"할머니, 가지 마요!"

하지만 외할머니는 간사한 미소를 지으며 청샹에게 말했다.

"집에 빨간약 있으니까 다칠까 봐 걱정하지 말고 마음껏 때려라."

7

윈벤진의 여름방학은 매우 여유로워 날이 아무리 더워도 계곡에 흐르는 물이 항상 얼음장처럼 차가웠기에 아무 나무 그늘이나 찾아 누우면 하루 종일 잘 수 있었다. 초등학교 시절 류스산과 니우따텐은 반바지만 입고 물에 들어가 물고기를 잡았고, 그 물고기를 외할머니에게 가져다주면 맛있는 요리를 해줬다. 두 아이는 마당에 앉아 수박을 먹으며 저녁식사를 기다렸다.

중학교를 졸업한 뒤 니우따텐은 더 이상 공부하지 않았다. 대신 통로완[49]으로 가고 싶어 했다. 류스산이 통로완은 홍콩에 있으며 바다를 건너야 한다고 하자 니우따텐은 낡은 자동차 타이어를 가지고 매일 수영 연습을 했다.

류스산이 고등학교에 다니고 있을 때 니우따텐은 홍콩에 갈 방법이 없자 대신 안후이安徽로 갔다 유괴를 당하고 말았다. 나쁜 놈은 본래 니우따텐을 훈련시켜 자동차 절도를 시키려 했으나 그가 너무 밥을 많이 먹는 바람에 차비를 쥐어주며 윈벤진으로 돌려보냈다.

---

49 銅鑼灣, 홍콩에 있는 상업지구인 코즈웨이베이를 가리킴

류스산은 니우따텐의 보험 가입 가능성을 점쳐보다 조금 맥이 빠졌다. 평생 노력하는 것이 자신의 소임이라고 여겼지만 전쟁터가 갑자기 도시에서 조그만 진으로 바뀌니 일순간 적응이 되지 않았다.

다음 날 니우따텐이 있는 곳으로 가는 길에 동행한 청샹은 쉬지 않고 조잘거렸다.

"니우따텐은 개념이 없는 애라 주먹을 쓸 수도 있어. 그럼 넌 가망이 없겠지."

류스산은 얼굴에 온통 일회용 밴드를 붙인 채 말했다.

"나랑 니우따텐은 죽마고우야. 성의를 다하면 계약은 문제도 아니라고."

청샹은 뒷짐을 지고 걸으며 폴짝폴짝 뛰었다.

"사람은 변하는 거야."

산속의 자줏빛 운무가 가라앉고 청샹은 오후 6시에 학교를 나섰다. 류스산은 제시간에 맞춰 학교 앞에서 기다리고 있다 함께 출발했는데 니우따텐을 만나기도 전에 벌써 하늘에 황혼이 물들었다.

예전의 기름집이었던 곳은 간판만 바뀐 상태였고, 철문을 여니 음침한 분위기가 감돌았다. 류스산은 바짝 긴장하며 침을 꿀꺽 삼켰다.

"니우따텐은 대체 무슨 생각인 거야? 도박장을 열려면 나뭇
간에 마작 테이블을 둬야 하는데……. 각 테이블당 10위안도
받지 못하겠어."

청샹은 류스산을 한심하게 쳐다보며 말했다.

"네가 말하는 규모는 도박장이 아니라 노인정 수준이야."

류스산은 발걸음을 늦추며 말했다.

"가만히 생각해보니까 니우따텐이 하는 짓은 위법이잖아. 아
무래도 그 녀석과는 선을 그어야겠어. 오늘 만나지 않는 게 좋
겠다."

청샹은 류스산을 붙잡아 안으로 밀어넣으려 했다.

"둘이 죽마고우라며? 걔가 범법 행위를 하고 있으면 너도 공
범이야. 얼른 들어가! 우리도 검은돈 좀 만져보자."

류스산은 손바닥을 뒤집어 청샹의 손목을 잡으며 낮은 소리
로 말했다.

"누가 싸운다."

길거리에 앉은 채로 쓰러져 있는 중년 부인은 머리가 산발이
됐는데도 한 남자의 옷깃을 꽉 붙들고 울면서 외쳤다.

"가지 마! 돈 가져가는 건 상관없는데 도박은 안 돼……."

남자는 있는 힘껏 여자의 손을 뿌리쳤다.

"내 손에 들어왔으면 내 돈이지. 너랑 무슨 상관이야? 꺼져, 꺼지라고!"

하지만 중년 여자는 이를 악물고 남자를 놔주지 않았다. 남자는 여자의 뺨을 내리치려다 여자가 눈을 질끈 감자 손을 멈추며 말했다.

"넌 어쩜 이렇게 천박하냐? 내가 진짜 비는데 앞으로는 나 찾아오지 마라."

중년 여자는 아무 소리도 내지 않고 울기만 하면서도 남자를 놔주지 않았다. 남자는 이마에 핏발이 잔뜩 서서 말했다.

"이런 제기랄, 이 손 안 놔? 이, 손, 놔, 라!"

그는 한 글자에 한 대씩 중년의 여자를 거세게 걷어찼다. 그렇게 네 번을 걷어차고 난 뒤에야 남자는 여자를 떼어낼 수 있었다. 걷어차인 중년 여자의 손은 흙으로 범벅이 됐고 눈물을 닦자 눈가에 검은 자국이 얼룩덜룩 남았다. 그녀는 흐느끼는 소리로 말했다.

"내가 천박하다고? 네가 어떻게 나한테 천박하다고 할 수 있니?"

"내가 널 어떻게 보는지 알아?"

남자가 말했다.

그는 악독한 눈빛으로 여자를 노려보다 뭐라 말하는 대신 그녀의 몸에 칵 침을 뱉었다.

청상이 주먹을 불끈 쥐며 앞으로 나서려 할 때 도박장의 보안요원이 나와 그 남자를 밖으로 밀어냈다.

"마오즈지에, 적당히 좀 해라. 오늘 이 꼴이 됐으면 게임은 하지 마."

"너 뭐야? 장사 안 해?"

마오즈지에는 언성을 높였다.

"이제 곧 날도 어두워지잖아. 가서 가게나 열어. 사람들 야식도 못 먹게 하지 말고 내일 다시 와."

마오즈지에는 콧방귀를 뀌며 오토바이를 타고 횡하니 떠나버렸다. 중년 여자는 휘청거리며 일어났고, 그녀를 흘깃 본 보안요원은 고개를 절레절레 흔들며 물 한 병을 건넸다. 여자가 연신 고맙다며 고개를 숙이자 보안요원이 말했다.

"같은 진 사람인데 고마울 게 뭐 있나. 마오즈지에는 그냥 신경쓰지 마. 걔는 구제불능이야."

그 말에 중년 여자는 물병을 바닥에 탁 내던지며 말했다.

"왜 구제불능이야? 너희들이 아니었으면 우리 즈지에가 그렇게 됐겠어?"

보안요원은 뜻밖의 반응에 정신이 멍해 있다 돌아서며 중얼거렸다.

"저런 미친년, 내가 앞으로 상관하나 봐라."

청샹이 그 여자를 부축해주자 그녀는 억지로 꼿꼿이 서며 말했다.

"창피하네요. 아까 걔는 제 남동생이에요. 우스운 꼴 보였네요. 죄송합니다."

청샹은 자신의 상식으로는 너무 이해가 되지 않아 다시 물었다.

"친동생이라고요? 친동생이 어떻게 누나를 이렇게 때릴 수 있어요? 저희가 병원에 모셔다드릴게요."

여자는 고개를 저으며 말했다.

"괜찮아요. 고맙습니다."

류스산이 보니 그녀는 얼마나 차였는지 광대뼈 부분이 잔뜩 부어 있었다. 얼굴을 닦으라고 휴지라도 건네주려 주머니에 손을 넣던 류스산은 문득 그녀를 쳐다봤다.

"마오팅팅? 팅팅 누나?"

그녀의 얼굴은 너무나 많이 늙어 있었다. 한때 마오팅팅은 윈 벤진 제일의 미녀로 손꼽히며 이발소를 운영했다. 류스산의 기억 속 그녀는 눈썹이 깔끔하게 정리되어 있고 부드러운 머리가 어깨까지 내려와 한 치의 흐트러짐도 없는 모습이었다.

하지만 지금 그녀는 양쪽 살쩍에 흰머리가 나고 옷은 먼지를 뒤집어쓴데다 얼굴은 온통 흙투성이였다. 마오팅팅은 여전히 맑고 아름다운 눈을 동그랗게 뜨더니 이내 미소를 지었다.

"스산, 너 돌아온 거야?"

그녀는 미소를 지으면서도 상처 때문에 아파서 눈물을 흘렸다. 류스산은 도무지 어떻게 반응해야 할지 알 수 없었고, 마오팅팅도 서둘러 말했다.

"그럼, 얼른 일봐. 난 먼저 갈게."

그녀는 허둥지둥 자리를 떠났고, 류스산은 도박장 정문을 바라보며 어쩐지 앞에 놓인 길이 생각보다 험난하겠다는 생각을 했다.

산들 부는 산바람은 달빛 아래 파도가 치듯
따뜻하고 부드럽게 시간의 뒤편에 머물다
어린 시절 듣던 이야기가 됐다.
멀고 먼 도시, 낯선 땅에는
그가 본 적 없던 산과 바다가 있다.

1

7월의 날씨는 황혼도 맑고 투명해 푸른색이 바스러지며 붉은 노을이 일어나고, 공기가 매끄럽게 가슴으로 들어와 숨을 쉴 때마다 하늘의 여운을 느낄 수 있었다. 작은 진의 거리는 좁고 긴데 사거리 정중앙에 우물이 있어 간혹 누군가 시원한 물을 떠 마시기도 했다.

영화관을 지나다 류스산은 잠시 걸음을 멈췄다. 일고여덟 개의 낮은 돌계단을 올라가면 얼룩덜룩 포스터가 붙은 벽이 있는데 월극 공연단의 공연을 알리는 것도 붙어 있었다. 이 모든 것은 작은 진에서만 볼 수 있는 풍경으로 류스산의 어린 시절에 멈춰 선 것처럼 류스산의 걸음보다 더디게 움직였다.

즈거가 언젠가 류스산에게 유행 문화에 대해 이야기해준 적이 있는데 1선 도시는 현재를 살고, 2선 도시는 거기서 3년이 뒤처져 있으며, 그 이하의 도시는 거기서 다시 3년이 더 뒤처져 있다고 했다. 또한 현에 속한 작은 진들은 적어도 그보다 3년이 더 뒤처져 있다고. 따라서 산속 마을의 유행이 일어나면 이미 도시에선 유행이 한참 지난 뒤인 셈이다.

즈거는 우울한 목소리로 이는 드넓은 우주와 같아 내가 보는 찬란한 별들이 마음을 사로잡지만 사실 그 별은 무수한 광년을 넘어온 것으로, 자신이 볼 때는 이미 오래전에 사라진 뒤일 수도 있다고. 그래서 즈거는 무수한 광년의 빛을 거슬러 올라 1선 도시에서 성공하고 싶다고, 꿋꿋하게 말했다.

오늘은 바람이 세게 불어 햇살까지 흔들리는 것 같다고, 류스산은 생각했다. 청샹은 그를 붙들고 도박장 안으로 들어갔다. 안에는 천샤오춘陳小春의 '사랑 바이러스'가 흐르고 있었고, 인테리어 스타일도 어딘가 낯이 익었다. 분명 니우따텐이 어린 시절 많이 보던 홍콩영화에서 영감을 받았을 것이다.

도박 테이블은 한곳에서 사지 않았는지 배열이 엉망이었지만 실내는 사람들로 바글바글했다. 길을 안내하는 민머리 보안요원이 물었다.

"니우 회장님을 찾으신다고요?"

"예. 저희는 초등학교 동창으로 사이가 아주⋯⋯."

류스산이 자세히 설명하려 했지만 민머리 보안요원은 의심한 번 없이 열정적으로 그를 끌어안았다.

"니우 회장님의 형제면 제 형님이죠! 이쪽은⋯⋯ 형수님이시군요? 형님과 형수님, 고향에 친지들 만나러 오셨습니까? 머무실 곳은 있습니까? 호텔 가시지 말고 저희 집에 오십시오. 아주 넓습니다!"

류스산이 도박장 정보에 대해 물으려 할 때 민머리 보안요원이 먼저 알아서 떠들어댔다.

"여기는 원래 기름집이었던 곳을 도박장으로 바꿨는데 실내가 넓고 평평한데다 겨울에는 따뜻하고 여름에는 시원합니다. 니우 회장님은 사실 간단한 카드 게임이나 하는 시설을 만들려고 하셨는데 나중에 보니까 여기가 파출소에서 꽤 멀더라고요. 그래서 '사람들 노름 돈 좀 벌어보자!' 이렇게 마음을 바꾸신 거예요. 물론 단속도 여러 번 당했는데 그 뒤에 니우 회장님이 전면적인 개혁을 하셔서 간식거리로 점수를 계산하는 법을 개발하셨어요. 예를 들어 땅콩 한 알은 50, 누에콩 한 알은 100, 이렇게요. 경찰이 들이닥치면 그냥 테이블 위에 있는 간식거리를 주워 먹으면 되는 거죠. 하하하하! 이렇게 좋은 도박상에, 이렇게 번뜩이는 창의력이라니 니우 회장님은 우리 진이 낳은 걸출한 인물이시라니까요."

민머리 보안요원은 니우 회장이 성공한 뒤에도 자신의 뿌리를 잊지 않고 윈벤진의 직업이 없는 청년들을 거둬 보안요원으로 취직시켜줬다며 감사해마지 않았다. 심지어 그는 득의양양한 얼굴로 니우 회장을 위한 패방[50]을 세우려 한다고 했다.

"광장 저쪽에 커다란 바위가 있기에 우리가 밤에 옮겨왔어요. 보세요!"

정말 구석에 커다란 비석이 하나 세워져 있는데 '물을 절약하자'라는 반듯한 글씨 오른쪽 아래에 삐뚤삐뚤한 글씨로 '니우 회장님 만세'라고 새겨져 있었다. 청샹은 심각한 얼굴로 물었다.

"이건 훔친 거잖아요?"

민머리 보안요원은 정중한 목소리로 대답했다.

"주웠다고 봐야죠. 밖에 아무렇게나 놓여 있는 걸 보면 쓸모없는 거잖아요."

한쪽 테이블에서는 도우디주[斗地主, 중국식 카드 게임] 열기가 무르익고 있었다. 청샹은 갑자기 그 테이블을 탕 내리치며 외쳤다.

"니우따텐은 있는 거야, 없는 거야?"

---

50 牌坊, 어떤 사람의 덕행을 널리 알리기 위해 세운 중국 전통적 건축양식의 하나로 차이나타운 입구에 많이 세워졌다. 대개 거리의 요충지나 명승지에 세워진다.

도우디주 판에 몰려 있던 사람들은 분노에 찬 눈으로 그녀를 노려봤지만 그녀는 전혀 개의치 않았다.

"저 털보가 카드 훔친다!"

사람들이 획 돌아보자 털보는 멋쩍게 스페이드 A를 집은 채 숨기지도 던지지도 못하는 난감한 처지가 됐다. 사람들이 테이블을 뒤집어엎으려 할 때 청샹이 다시 소리를 질렀다.

"대체 니우따텐은 여기 있는 거야, 없는 거야?"

사람들은 먼저 테이블을 엎어야 할지 대답을 해야 할지 알 수 없어 혼란에 빠졌다. 사람들의 어정쩡한 모습에 청샹은 무거운 한숨을 내쉬었다.

"도박하는 사람들은 다 머리가 안 돌아가나?"

청샹이 도박장에 있는 사람들 모두를 모욕하자 류스산은 불안에 떨며 일순간 별별 생각을 다했다.

'얘는 뭘 믿고 이래? 예쁘면 개념이 없어도 되나? 그렇기도 하겠지만 원래 돈 있는 사람들은 더 개념이 없지 않나? 얘는 맞을까 봐 걱정도 안 되나?'

보아하니 그녀는 겁이 뭔지도 모르는 것 같았다.

류스산은 부드럽게 말했다.

"저기, 우리는 여기 손님으로 온 거야. 조용히 보안요원 따라

니우따텐에게 가면 된다고. 괜히 여기 있는 사람들을 어수선하게 만들어서 좋을 게 뭐 있겠어?"

그러자 청샹이 낮은 소리로 말했다.

"내가 일부러 여기 어수선하게 만드는 거야. 저기 할아버지는 이미 너무 많이 잃어서 뒷목 잡고 쓰러질 판이고, 그 오른쪽에 있는 남자는 여자 지갑을 들고 왔다고. 아마 아내 지갑을 훔쳤겠지. 그리고 저 아줌마가 전화로 하는 소리 못 들었어? 자기 자식을 욕하더라고. 밤에 먹을 밥 없으니까 일찍 자라고. 나도 이 사람들을 말릴 수 없다는 거 알아. 이런 장면은 매일 반복되겠지. 하지만 오늘은 내가 여기 왔잖아. 그러니까 난 기꺼이 난장판을 만들어야겠어."

류스산이 말했다.

"나도 그래. 경찰에 신고해서 저 사람들 다 잡아가라고 하고 싶어. 하지만 충동적으로 행동할 수 없어. 왜냐고? 다 큰 어른이 어떤 일을 할 때는 어떤 후환이 있을지 고려해야 하니까."

"스산, 괜히 창피해할 필요 없어. 네 스스로 핑곗거리 찾지 않아도 돼. 나랑 넌 다르니까. 난 이것저것 많이 따질 시간이 없어. 내가 만약 모든 일을 이리 재고 저리 재며 생각이 분명해지길 기다리다가는 아무것도 하지 못할 거야."

그녀의 이야기를 듣고 나니 이 난장판이 매우 위대하게 보였다.

2

민머리 보안요원은 두 사람을 회장실로 데리고 가 문을 열며 보고했다.

"회장님, 초등학교 동창 분이 오셨습니다."

눈앞에는 초등학교 책상의 확대판인 테이블이 놓여 있고 뚱뚱한 몸에 셔츠와 양복을 간신히 껴입은 큰 얼굴에 큰 입, 짧은 팔에 짧은 다리의 남자가 소파에 책상다리를 하고 앉아 옥수수를 씹고 있었다. 니우따텐은 두 사람을 보더니 멍한 표정을 짓다 이내 옥수수를 내팽개치고 양복에 손을 닦은 뒤 단숨에 플라스틱 슬리퍼를 신었다.

류스산이 양팔을 활짝 벌리자 니우따텐도 양팔을 활짝 벌렸다. 두 소꿉동무는 웃으며 서로에게 다가갔다. 동그란 머리의 니우따텐을 보며 지난날이 떠오른 류스산은 뜨거운 눈물을 흘릴 뻔했다. 두 사람의 거리가 점점 가까워지면서 류스산이 반가움이 가득한 말을 꺼내려 할 때 니우따텐이 그대로 그를 스쳐지나간 뒤 청샹을 꽉 끌어안고 울먹이는 소리로 말했다.

"너 맞아? 나는……."

하지만 니우따텐이 채 말을 마치기도 전에 둥그런 봄뚱이가 휙 날아오르더니 바닥에 "쾅!" 하며 내리꽂혔다. 바로 청샹이 완벽한 업어치기 기술을 선보인 것이다. 류스산은 살기등등한 청샹을 말리기 바빴고, 니우따텐은 천정을 보고 바닥에 누운 채 끙끙거리며 일어나지 못했다. 민머리 보안요원은 평소에 훈련이 잘되어 있는지 바로 소형 무전기를 꺼내들었다.

"구멍3? 구멍3! 여기는 구멍7이다. 카푸치노가 뿌려졌다. 요원들 모두 데려와 마사지하라."

류스산은 그가 하는 말이 암호임을 알아챘다. 아마 도박장에 위급한 상황이 발생하면 '카푸치노가 뿌려졌다'라고 하고, '마사지'는 손을 쓰라는 뜻 같았다. 그때 니우따텐이 소리를 질렀다.

"괜찮아. 오해야, 오해."

그러더니 그는 휘청거리며 일어나 얼굴에 미소를 지었다. 류스산은 그런 니우따텐을 보며 조금 놀랐다. 그에게 얼마나 대단한 꿍꿍이가 있기에 엎어치기를 당한 뒤에도 음흉한 미소를 짓는단 말인가.

"청샹, 너 힘이 정말 세다. 진짜로 오랜만이네. 어, 옆에 계신 분은 네 사촌이야?"

류스산은 다시 한 번 놀라지 않을 수 없었다. 자신의 발육 상태가 그렇게 좋았단 말인가? 니우따텐은 청샹만 알아보고 그는 전혀 알아보지 못한 것이다. 류스산은 할 수 없이 자기 얼굴을 손가락으로 가리키며 말했다. "나야, 류스산."

류스산의 손짓에 뭔가 기억이 났는지 니우따텐은 생각이 잠긴 표정을 지었다.

류스산은 그런 니우따텐을 보니 문득 시 한 편이 떠올랐다.

'오랜 세월이 흐른 뒤 널 다시 만난다면 나는 어떻게 인사할까? 말없이 눈물로.'

하지만 니우따텐은 '말없이 눈물로'가 아니라 '홀리 쉿Holy Shit'을 선택했다.

"홀리 쉿 류스산, 너 스페인에서 큰돈 벌어 섬 산 거 아니야? 언제 날아왔어?"

"홀리 쉿, 할머니가 한 말을 다 믿었어?"

"그럼 넌 돈이 없어?"

"당연히 가난하지!"

니우따텐이 "하하하" 큰소리로 웃자 순식간에 분위기가 친밀해졌고 류스산은 저도 모르게 그의 어깨를 툭 쳤다. 류스산은 이것이 예전과 같은 친밀함의 표현이라고 생각했다. 하지만 니우따텐은 자신의 어깨에 올라온 류스산의 손을 보며 싸늘한 미소를 짓더니 소형 무전기를 꺼냈다.

"구멍3? 구멍3! 나 구멍8이다. 카푸치노가 뿌려졌……."

깜짝 놀란 류스산이 손을 번쩍 들고 투항하자 니우따텐은 코웃음을 치며 무전기를 거둬들였다.

"류스산, 네가 가난하다는 걸 안 뒤에 분위기가 달라진 거 같은데."

청샹이 말했다.

"어떻게 달라졌는데?"

"처음에는 널 친구로 본 거 같은데 지금은 네가 안중에도 없는 거 같아."

류스산은 예전에 즈거가 말했던 강한 사람에 관한 이론을 단번에 이해할 수 있었다. 니우따텐은 이제 성공한 인물이고 류스산은 별 볼 일 없는 청년이니 어린 시절 우정이 아무리 대단했다 한들 두 사람의 사이는 멀어질 수밖에 없었다.

"니우 회장님, 농담도 잘하시네. 니우 회장, 좀 앉아봐. 내가 오늘 부탁이 있어서 이렇게 찾아왔어."

류스산은 최대한 자연스럽게 보험 계약서를 꺼내놓으며 청샹의 눈빛을 무시하려 했다. 몹시도 의아한 청샹의 눈빛에 류스산은 가슴이 쓰렸다.

니우따텐은 보험 계약서를 넘겨보며 물었다.

"청샹, 어떻게 둘이 함께 온 거야?"

"네가 지금 보는 것은 중대재산보험으로 큰 사업하면서 자잘한 사무를 신경쓸 수 없는 사람에게 딱 적당한 거야."

류스산이 말했다.

"며칠 전 진에 있는 초등학교에 임시 보조교사로 왔다는 얘기는 들었어. 한번 가보려고 했는데 너무 바빠서 말이야. 언제 같이 밥이나 먹을래?"

니우따텐은 청샹에게만 말을 했다.

"네가 지금 보는 것은 근로자보험으로 니우 회장한테 구멍3, 구멍7 뭐 그런 직원이 많으니까 꼭 필요한 거야."

류스산이 말했다.

"차라리 지금 먹을까?"

니우따텐이 말했다. 류스산은 그제야 그가 보험보다 청샹에게 관심이 더 많다는 걸 눈치챘다. 그는 마지막 시도를 했다. 류스산은 계약서를 청샹의 손에 건네며 진지하게 말했다.

"파트너, 네가 고객과 소통하는 게 낫겠다."

청샹은 그 계약서를 받지 않고 깜짝 놀라 딸꾹질을 하기 시작했다.

"저 자식이 나한테 수작 거는 거 안 보여?"

"보이지. 그래서 뭐? 네가 날 때리지만 않으면 나도 너한테 수작 걸지 몰라."

"나는 내 미모를 팔고 싶지는 않거든!"

"네가 미모 빼고 팔 게 뭐 있는데?"

청샹이 곰곰이 생각하니 류스산의 말도 일리가 있었다. 그녀는 보험 계약서를 들고 니우따텐에게 다가갔다.

"니우 회장, 네가 보험에 사인하면 내가 같이 밥 먹어줄게."

"얼만데?"

"보험 하나에 3천 위안."

니우따텐은 그녀의 말을 듣자마자 소형 무전기를 꺼내들었다.

"구멍3? 구멍3! 여기는 구멍8이다. 카푸치노가 뿌려졌……."

청샹은 상황이 불리하게 돌아가자 얼른 무전기를 잡으며 말했다.

"안 사면 그만이지 사람은 왜 불러?"

그러자 니우따텐이 버럭 화를 냈다.

"난 너랑 꼬치구이 정도나 먹으려고 한 건데 네가 3천 위안을 불렀잖아. 네가 무슨 자오야즈라도 되냐? 쳇! 그리고 나 지금은 자오야즈 안 좋아해!"

청샹은 한 발 뒤로 물러서며 얼른 류스산에게 속삭였다.

"망했어, 내 미모가 꼬치구이 정도밖에 안 됐나 봐. 보험은 못 팔겠어."

"너 자신에게 물어봐. 최선을 다했어?"

류스산이 물었다. 류스산은 최선을 다하면 아쉬울 게 없다고 말할 작정이었는데 말하기도 전에 청샹이 두 눈을 반짝이며 자리에서 벌떡 일어섰다.

"나한테 방법이 있어! 니우따텐! 너 이 보험 안 사주면 내가 경찰에 신고해서 너희 도박장 싹 쓸어버릴 거야!"

니우따텐은 무전기를 들고 큰소리로 외쳤다.

"구멍3, 구멍4, 구멍5, 구멍6, 구멍7! 철관음이 뿌려졌다!"

잠시 후 회장실 문이 쾅 소리를 내며 열리더니 도박장의 보안 요원들이 떼로 밀려들어왔다. 류스산이 쭉 훑어보니 대부분 아는 녀석들이었다. 초등학교 때 꼴찌에서 몇 등 하던 놈들이었는데 어른이 된 뒤에도 끼리끼리 다니는 모양이었다.

그들도 류스산을 알아봤고, 서로 어색하게 인사를 했다.

"스산, 돌아왔냐?"

"어, 돌아왔지. 우이, 너 살 많이 쪘다. 차오 형! 아이고, 형만 안 불편하면 내가 진짜 한번 안아보고 싶은데."

"지금은 불편하네. 이리로 오지 마. 그냥 이게 좋다."

초등학교 동창회는 니우따텐 때문에 막을 내렸다. 그는 두 손을 휘저으며 말했다.

"둘 다 잡아! 우리를 경찰에 신고한단다."

보안요원들은 서로 눈치를 보며 망설였고 아주 더디게 발걸음을 내딛었다. 류스산은 그나마 니우따텐보다 정이 남아 있는 친구들에게 살짝 감동했다. 아마 그들도 류스산처럼 가난하기 때문이리라. 류스산은 보험 증서를 천천히 거두며 말했다.

"날 기억 못해도 상관없고, 날 모르는 척해도 상관없어. 너나 나나 다 실패한 인생인데 이런 게 다 무슨 의미가 있냐? 나는 보험 하나 팔지 못하는 놈이니 진짜 실패한 거 맞지? 너는 나보다 강한 놈인 줄 알았어. 근데 이제 보니까 이 조그만 진 사람들, 어르신들 등쳐서 돈 버는 너도 참 불쌍하다."

보안요원들은 류스산을 말렸다.

"그만해! 니우 회장님이 화나서 정말 때리면 어쩌려고."

류스산은 서류를 다 정리한 뒤 청샹을 잡아당기며 말했다.

"가자."

그는 초등학교 시절 단짝을 다시 돌아보며 말했다.

"니우따텐, 너 정말 후져졌다."

니우따텐은 펄쩍 뛰며 외쳤다.

"니우따텐이라고 부르지 마. 난 니우하오난이야! 우리 아버지가 무식했다고 내가 내 이름도 못 바꾸냐? 너도 내가 무식하다고 생각해? 대학 나와서 겁나 좋겠다! 너 이 자식, 다시는 날 니우따텐이라고 부르지 마. 난 니우하오난이야!"

"알았다 알았어, 니우따텐."

류스산이 말했다. 니우따텐은 이마에 파란 핏줄을 세우며 주먹을 꽉 쥐고 우두둑 소리를 냈다.

"너 한 번만 더 불러라."

"알았다 알았어, 니우따텐."

류스산이 대꾸했다. 그러자 니우따텐은 단숨에 뛰어와 류스산의 멱살을 잡았다. 청샹이 니우따텐의 손목을 잡고 엎어치기를 하려 했지만 넘어가지 않았다. 이 와중에 보안요원들이 모두 달려들면서 방 안은 엉망진창이 됐다. 류스산은 뒤통수를 한방 맞고 눈앞이 아득해져 휘청거리다 결국 자빠졌다. 그는 어떻게든 일어나려고 발버둥을 쳤지만 보안요원들이 거세게 위에서 눌러댔다. 꼼짝할 수 없게 된 류스산은 입으로 계속 외쳤다.

"니우따텐! 넌 교장 선생님 집의 오리를 훔쳤어! 니우따텐, 넌 진장 아저씨네 화장실을 홀랑 태워버렸어!"

이때 청샹이 보안요원들의 팔을 잡아떼며 말했다.

"놔줘, 류스산 놔주라고!"

"너 한 번만 더 말해봐라." 니우따텐이 말했다.

"니우따텐!" 류스산이 외쳤다.

"쳐!" 니우따텐이 말했다.

그 순간, 청샹이 종이 한 장을 들어올리며 큰소리로 말했다.

"니우따텐, 잡혀가는 게 겁나면 순순히 우리를 가게 놔줘."

니우따텐은 어이가 없어 코웃음을 쳤다.

"내가 올해 스물네 살인데 태어나서 보험 계약서로 날 위협하는 사람은 처음 봤다."

네모반듯하고 새하얀 종이는 청샹의 손 안에서 조금씩 흔들리고 있었다. 그녀는 다시 큰소리로 말했다.

"너 그 눈깔 크게 뜨고 잘 봐. 이건 병세가 위급하다는 통지서야!"

병세가 위급하다는 통지서란 말에 회장실 안은 쥐죽은듯이 고요해졌다. 대체 그 통지서가 지금 이 상황과 무슨 관련이 있는지 알 수 없지만 병이 위급하다는 말만으로도 경거망동할 수 없었다.

사방이 조용한 가운데 청샹만 목소리를 높였다.

"여기 써져 있다고. 내 병은 감정이 격해져도 안 되고, 몸이 세게 부딪쳐도 안 된다고 말이야. 만약 내출혈이 일어나 여기서 죽게 되면 당신, 당신, 당신, 당신 그리고 당신! 모두 살인범이 되는 거야!"

니우따텐은 입을 쩍 벌린 채 아무 말도 하지 못했다. 청샹은 그를 가리키며 서슬이 퍼렇게 말했다.

"니우따텐, 네가 주범이야! 교도소에 가면 두 달 안에 총살 당할 거라고!"

니우따텐은 깜짝 놀라 얼이 빠진 채 손으로 턱을 쓰다듬었다. 그때 니우따텐이 입은 셔츠 배 부분의 단추가 훅 날아갔지만 그는 주우려 하지 않았다.

"진작 말하지 그랬어. 이게 어떻게 된 일이야? 정말이야? 아님 거짓말이야?"

류스산은 멍청하게 청샹을 바라봤다. 그녀는 새빨개진 얼굴로 어떻게든 엄숙함과 진지함을 잃지 않으려고 애썼다. 그녀는 외할머니가 꿰매준 치마를 입고 있었는데 안쪽으로 바느질이 되어 있었기 때문에 거의 표가 나지 않았다. 눈가에 눈물이 맺히자 청샹은 몰래 손으로 훔친 뒤 병세가 위급하다는 통지서를 높이 치켜들었다. 그 모습은 마치 혁명투사처럼 장렬해 사람들이 아무 말도 할 수 없었다. 류스산은 그런 청샹을 보고 있으려니 가슴이 아프고 헛헛해 부스스 자리에서 일어나 보안요원을 밀치고 그녀의 손에 있는 종이를 가져왔다. 가만히 보니 의사의 직인이나 사인, 병원의 인장 등이 모두 진짜였다. 지금까지 그녀는 한 번도 거짓말을 한 적이 없었다. 청샹은 언제든 죽을 수 있다.

"그럼 너희가 부르고 싶은 대로 날 불러. 아참, 배 안 고프냐?

구멍3? 구멍3! 가서 꼬치구이 좀 사와라."

3

모든 나무의 나뭇가지와 잎이 바람 속에서 쏴쏴 소리를 냈다. 봄에 태어나 가을에 스러지는 그들의 삶은 영원히 계속되리라. 들판 옆 작은 길 위, 소년은 여자아이를 자전거 뒤에 태운채 달리고 있었다. 여자아이는 말했다.

"난 아주 심각한 병에 걸렸어. 곧 있으면 죽는 병. 작은이모가이곳 공기가 좋다고 해서 내가 몰래 찾아온 거야."

청샹은 잠시 머뭇거리다 말했다.

"난 어쩌면 내일 죽을지도 몰라. 우리 엄마가 울면서 그렇게말하는데 아빠가 안아주더라. 나도 문밖에 숨어서 듣고 있다가울었어."

청샹은 아주 낮은 목소리로 속삭이듯 말했다.

"너도 나 좋아하지 마. 난 곧 죽을 거니까. 널 홀아비로 만들어 욕먹게 할 순 없잖아."

류스산은 아무 말도 할 수 없었다. 그의 등이 축축하게 젖어있었기 때문이다. 그렇게 무덥던 여름날, 소년의 등은 여자아이의 슬픔에 데어 구멍이 났고 바로 심장까지 관통했다. 수없이 많은 계절의 바람이 이 통로를 넘나들었고 반딧불이 한 마리가 바람 속에서 깜빡깜빡 춤을 췄다.

4

청샹은 조그만 영화관의 문 앞 계단에 앉아 있었다. 가로등이 시멘트 바닥을 비추고, 담 모퉁이에는 월계화가 만발해 있었다. 그녀가 말했다.

"작은 진은 참 따뜻해."

류스산은 그녀와 나란히 앉아 머리를 긁적였다.

"방금 싸우다 봉변당할 뻔했는데 따뜻하긴 뭘."

청샹이 고개를 드니 허공에 달이 걸려 있고 진을 둘러싼 높고 낮은 산봉우리 위로 은백색이 어른거렸다. 근처 어느 집에서 밥을 짓는지 음식 냄새가 바람에 실려 오자 그녀는 코를 킁킁거리며 말했다.

"감자닭볶음인가? 고추 냄새도 나는데."

"내일 할머니한테 만들어달라고 할게."

청샹은 고개를 돌려 류스산을 보며 눈을 깜박거렸다.

"이러니까 작은 진이 따뜻하다고 하는 거야."

아무렇지 않은 청샹을 보며 류스산은 어떻게 해야 할지 감이 오지 않았다. 언제든 사라질 수 있는 여자 앞에서 무슨 말을 해야 할지도 몰랐다. '한 생명의 시작과 끝'이란 주제는 류스산에겐 너무 거대한 문제라 쉽게 떠올리기 힘든 화제였다. 기껏해야 남들이 주절거리는 철학적 이치를 논할 수는 있겠지만 초등학교 4학년 때 보고 이렇게 오랜만에 만난 친구에게 무슨 질문을 할 수 있겠는가. "청샹, 너 죽어? 얼마나 더 살 수 있대? 의사 선생님은 뭐래?" 이런 질문들은 그저 아무 쓸모없고 우스울 뿐이라고 생각했다.

그때 청샹이 기지개를 켜며 말했다.

"근데 나 이런 거 많아."

"뭐?"

"병세가 위급하다는 통지서 말이야. 어렸을 때부터 지금까지 한두 번 받은 게 아니거든."

류스산은 어떻게 받아들여야 할지, 심지어 어떻게 반응해야 좋을지 생각이 나지 않아 벽에 튀어나와 있는 붉은 벽돌만 하염없이 쳐다봤다. 청샹은 그런 그를 말없이 보다 물었다.

"내일 다시 팔자. 반드시 첫 번째 보험 증서를 팔아보는 거야.

어때? 자신 있어?"

류스산은 눈썹을 찡그린 채 붉은 벽돌만 멍하니 노려보고 있었다. 그러자 청샹은 버럭 화를 내며 류스산을 걷어찼다.

"너 뭐야? 보험 계약 하나 망가졌다고 나한테 눈치 주는 거야?"

"내가 언제 너한테 눈치를 줬어?" 류스산이 말했다.

"안 줬으면 됐고. 저기 길목에 국수집 있는데 괜찮더라. 국수나 먹으러 가자."

류스산이 뭐라 해명하기도 전에 그녀는 이미 국수집을 향해 걸어가고 있었다. 순식간에 벌어진 상황에 류스산은 뒤를 따르며 저도 모르게 생각했다.

'누군지 청샹이랑 사귀면 되게 편하겠네.'

이를테면 바람피다가 걸렸을 때 청샹이 "너 그 여자애랑 무슨 관계야?"라고 물어보면 "친구 사이"라고 대답할 테고 "친구면 됐고. 우리 국수나 먹으러 가자"라고 말하겠지. 아마 이런 상황도 가능하리라.

"너 낮에 왜 나 무시했어?"

"일하느라."

"일하느라 그랬으면 됐고. 우리 국수나 먹으러 가자."

5

국수집의 나이는 류스산보다 많았다. 그 세월만큼 이곳 사람들에게 생활의 일부가 된 가게였다. 국수를 만드는 과정 역시 이곳 사람들의 입맛에 맞춰져 있었다. 일단 기계로 민 건면을 끓는 물에서 고루 휘저어주고 국수 그릇에 넣은 뒤 각종 고명을 얹는다.

고명으로는 홍샤오다창[51]과 충요우다파이[52], 메이간차이러우스[53], 샹요우지차이[54], 칭차이뉴러우[55] 등 여덟 가지를 국수 위에 올리고 달걀프라이나 수란 중 하나를 선택할 수 있었다.

류스산과 청샹은 너무 배가 고픈 나머지 이제 막 고명을 올린 국수를 들고 각자 구석으로 가 쪼그리고 앉아 먹기 시작했다. 가게 안의 테이블은 이미 자리가 꽉 차 기다릴 수 없었다. 포니테일 머리를 꽉 졸라맨 청샹은 치마 차림으로 쪼그린 채로 허겁지겁 국수를 먹으며 우물우물 말했다.

"진짜 맛있다. 하하하하. 나중에 돈 벌면⋯⋯ 내 치마 잡아당

---

51 紅燒大腸, 돼지 대장을 노릇하게 구운 것

52 蔥油大排, 파기름으로 튀긴 돈가스

53 梅干菜肉絲, 매실 줄기와 돼지고기를 잘게 썰어 볶은 것

54 香油薺菜, 냉이를 참기름으로 무친 것

55 靑菜牛肉, 소고기에 청경채를 넣고 볶은 것

기지 마!"

"뭐라고?"

"내 치마 잡아당기지 말라고!"

청샹이 벌컥 화를 내며 옆을 보니 류스산은 조금 떨어진 곳에서 묵묵히 국수를 먹고 있는 게 아닌가. 류스산은 청샹의 고함에 놀라 고개를 돌리다 말고 국수를 씹던 것을 멈췄다. 그의 이상한 눈빛을 따라 아래로 시선을 주던 청샹은 웬 여자아이를 발견했다. 작은 손에 눈물 어린 큰 눈을 가진 여자아이는 조그만 입술을 내밀며 그녀를 불렀다.

"엄마."

일순간 식당 안은 찬물을 끼얹은 듯 고요해졌다 갑자기 뭔가 탕 터지는 소리가 들렸다. 류스산의 뒤에서 식당 주인이 국자로 솥 안을 두드리며 환호하듯 박자를 맞추는 소리였다. 몹시도 괴이한 분위기 속에서 청샹은 한 손으로는 조심스럽게 치맛자락을 잡고 다른 한 손으로는 국수 그릇을 든 채 횡설수설했다.

"너 뭐, 뭐하는 거, 건데?"

아이는 다시 울먹이는 소리로 말했다.

"엄마, 나 배고파."

류스산은 차가운 공기를 들이마셨다. 모든 상황이 단번에 설명이 됐다. 청샹이 왜 그렇게 동분서주했는지, 무엇 때문에 진으로 돌아왔는지 말이다.

알고 보니 그녀가 낳은 딸이 여기에 있었던 것이다. 그녀는 멀리 도망갔지만 자신의 양심은 저버릴 수 없었던 모양이다. 엄마와 딸이 이렇게 만나다니 참으로 서글픈 일이 아닌가. 도대체 아이의 아빠는 어디에 있단 말인가! 그런데 아이가 이번에는 쭈뼛거리며 류스산에게 말했다.

"아빠."

류스산은 깜짝 놀라 온몸을 부르르 떨었다. 아이는 다시 말했다.

"아빠, 나 배고파요."

아이는 안에 다파이가 반 토막이나 남아 있는 류스산의 그릇을 군침을 흘리며 쳐다봤다. 류스산은 별 수 없이 그릇을 아이에게 건넸다.

"애야, 밥은 그냥 먹어도 되지만 말은 함부로 하면 안 돼. 청샹, 네가 책임지고 아저씨라고 부르게 해."

하지만 아이는 배시시 웃으며 말했다.

"아빠, 고마워요. 아빠가 최고야."

심지어 아이는 쪼그리고 앉아 있는 류스산에게 다가와 뺨에 뽀뽀를 했다. 식당 주인은 "탕!" 국자로 솥을 두드렸다.

"축하합니다. 온 가족이 모였네!"

아이는 연기에 물이 올라 까치발을 들며 반 토막 남은 다파이를 청상의 그릇에 놓아줬다.

"엄마, 먼저 먹어."

청상은 손에 든 그릇을 덜덜 떨며 말했다.

"꼬마야, 난 네 엄마가 아니야."

"저 사람은 네 엄마일 수도 있겠지만 난 확실히 네 아빠가 아니야!"

그러자 아이는 어쩔 줄 몰라 하며 입술을 샐쭉거리더니 눈물을 또르르 흘렸다.

"엄마아빠, 날 또 버리는 거예요? 정말 치우치우를 몰라요?"

아이의 이름까지 나오자 상황은 더 심각해졌다. 식당 안의 손님들과 주인은 류스산과 청상이 정말 친자식을 버리기라도 한 것처럼 혀를 끌끌 차며 탄식했다. 한 테이블의 중년 남녀는 짠지를 집어먹으며 열띤 대화를 나눴다.

"죄 짓는 거지. 젊은 사람들이 마음이 아주 모지네."

중년 남성이 말했다.

"그렇게 마음이 여리면 당신이 가서 저 애 데려와."

중년 여성이 퉁명스럽게 대꾸했다.

"온가족이 만나는 기쁜 날인데 뭘 화를 내? 국수나 먹어."

다른 중년 남성이 말했다.

세상에서 제일 재밌는 것이 뒷담화라고 하지만 사람들이 하나같이 청샹을 주목하고 있는 걸 보며 류스산은 씁쓸한 미소를 짓다 자신은 좀 멀리 있는 게 낫겠다고 생각했다. 하지만 사람들의 입방아에 오르내리던 청샹은 류스산을 꽉 붙잡았다.

"나 농담 아니야. 얘는 진짜 내 애가 아니야."

"그럼 네 애는 어디 갔는데?"

류스산이 물었다. 청샹은 너무 화가 나 딸꾹질을 하기 시작했다.

"나 애 없다고!"

"일단 네 말을 믿어줄게. 그러니까 네가 걔 좀 붙들고 있어. 난 계산 좀 할게."

음흉한 류스산은 그 틈을 타 식당 입구로 달아나려 했지만 바짓가랑이를 잡히고 말았다. 아래를 내려보니 치우치우란 꼬마애가 무정하게 입을 열었다.

"아빠, 가지 마."

청샹은 그 모습을 보고 하마터면 웃음을 터뜨릴 뻔했다. 두 피해자가 번갈아 봉변을 당하고 있으니 해결 방법이 전혀 없었다. 치우치우는 왼손으로 류스산을 잡고, 오른손으로 청샹의 허벅지를 안고 있었다. 아이는 어린 나이에도 연기가 얼마나 대단한지 실눈이 될 정도로 한껏 미소를 지었다.

그 순간 류스산은 깨달았다. 이 여자아이는 사기꾼이며 그것도 상습범이란 사실을 말이다. 식당에 있는 다른 사람들도 이미 이 사실을 알고 있으리라. 그는 마음을 다잡고 벼랑 끝에서 반격을 하듯 치우치우에게 말했다.

"그래! 그럼 집에 같이 가야지."

그러면서 그는 치우치우를 안아들고 식당 밖으로 성큼성큼 걸어나갔다.

"저거, 치우치우가 위험한 거 아닌가?"

"이게 어떻게 된 거야? 평소에는 10위안만 주면 끝날 일이었는데."

"죄 짓는 거야!"

중년 남성이 긴 한숨을 내쉬었다. 그러자 중년 여성이 젓가락을 내팽개치며 말했다.

"내가 보기에는 자기가 오늘따라 너무 나대네!"

6

거리에는 오가는 사람이 많지 않고 하늘이 어슴푸레해 자신이 청벽돌을 밟는 걸음 소리도 들릴 것 같았다. 청샹은 류스산을 빙빙 돌며 물었다.

"정말 집에 데려갈 거야?"

류스산은 아이를 품안으로 안으며 말했다.

"당연하지. 애가 공짜로 생겼는데 싫어할 사람이 어디 있냐?"

뜻밖의 상황에 당황한 치우치우는 몸부림을 치고 발로 걷어차며 외쳤다.

"내가 경고하는데 아이를 유괴해서 팔아넘기면 총살이야. 이 옆이 바로 파출소인데 이렇게 함부로 하면 안 되지!"

그 말에 류스산이 바로 파출소로 들어가자 치우치우의 눈이 휘둥그레졌다.

원벤진 파출소 초소에는 불이 밝혀져 있었다. 류스산은 초소 앞을 쓸고 있는 청소부 할아버지에게 인사하고 건물 1층으로 들어갔다. 현지 경찰에게 이 황당한 상황을 알리면 어떻게든 해결이 되지 않겠는가. 하지만 안타깝게도 오늘밤 당직하는 경찰은 외지에서 부임한 지 6개월도 안 된 사람이었다.

그 경찰이 보기엔 무식한 아빠에 어린 엄마, 울었는지 눈가가 붉게 부은 아이까지 세 사람이 분명 한 가족으로 보였을 것이다. 경찰은 기록부를 덮고 가족 간의 갈등을 조정해보기로 마음먹었다.

상황이 복잡하게 돌아가자 치우치우는 자신에게 승산이 있음을 알고 눈을 반짝였다. 이는 '늑대인간 게임'과 비슷했다. 본래 이 판에는 두 명의 신神과 늑대인간 하나뿐이라 늑대인간이 지는 게 확실한 게임이었는데 갑자기 마을 사람이 나타났다. 그런데 마을 사람이 아무것도 모르는 바보라 일에 전환점이 생긴 것이다.

외지에서 온 경찰이 물었다.

"두 사람은 무슨 사이입니까?"

그러자 치우치우가 먼저 답을 가로챘다.

"아빠랑 엄마예요."

"부부다 이거죠?" 경찰이 확인했다. 류스산은 상황을 만회하려 애썼다.

"저 거짓말쟁이 꼬마 말 믿지 마세요. 우리는 그냥 친구예요."

치우치우는 지지 않고 말을 보탰다.

"둘이 싸웠어요."

외지에서 온 경찰은 안됐다는 듯 치우치우의 머리를 쓰다듬으며 말했다.

"그럼 갈등이 있는 부부겠구나."

류스산은 열불이 나서 미칠 것 같았다. 호적을 조사하면 깔끔하게 해결될 일인데 한가하게 꼬마 이야기나 들어주고 있는 이유가 뭐란 말인가. 그는 신분증을 꺼내 경찰에게 건네줬다.

"말이 서로 다르면 사실을 확인해보면 되는 거 아닙니까? 자요, 제 신분증 보시면 알 거 아닙니까?"

청샹은 흥분한 류스산을 말렸다. 상황이 복잡해지자 그의 머리가 잘 돌아가지 않았다. 대신 청샹은 논리정연하게 이 사태를 분석했다.

"저희 둘의 관계는 그리 중요하지 않아요. 이 아이는 저희를 붙잡고 엄마, 아빠라고 하는데 저희는 이 아이를 모릅니다. 사람을 잘못 봤거나 농담하는 것일 수도 있는데 지금 이 아이의 진짜 부모님은 얼마나 애가 타겠어요?"

류스산이 필사적으로 고개를 끄덕였다. 하지만 경찰은 설득되기는커녕 되레 화를 냈다.

"어른끼리 싸웠다고 애한테 화풀이를 하면 안 되죠. 두 분 다 조용히 하시고 일단 냉정을 되찾으세요."

본래 냉정했던 청샹이 류스산의 팔을 꽉 붙들었는데 그 손이 얼마나 떠는지 하마터면 그의 팔이 부러질 뻔했다.

외지에서 온 경찰은 아주 친절한 목소리로 물었다.

"애야, 너희 아빠 이름이 뭐니?"

"류스산."

치우치우가 말했다. 대체 언제 그의 이름을 알았단 말인가. 류스산은 정말 미칠 지경이었다. 외지에서 온 경찰은 엄숙하게 그에게 물었다.

"당신은 이름이 뭡니까?"

"저는 류아핑입니다."

류스산은 단호하게 말했다. 그러자 경찰이 책상을 탕 내리쳤다.

"여기 당신 신분증에 '류스산'이라고 적혀 있지 않습니까!"

'무슨 신분증? 아, 내가 좀 전에 경찰 손에 쥐어줬구나.'

류스산은 넋이 빠져 아무 대꾸도 하지 못했다. 경찰은 차를 한 모금 마시고 컵을 내려놓았다.

"어떻게 된 상황인지 이해가 됐습니다."

그는 살뜰하게 치우치우를 안아 올리며 말했다.

"두 분 모두 서로에 대한 미움은 내려놓고 부모로서 이 아이를 좀 보십시오."

류스산과 청샹이 치우치우를 보니 아이는 입꼬리를 씩 올리며 건방지게 웃고 있었다. 하지만 경찰은 동정어린 시선으로 치우치우를 바라보며 말했다.

"설령, 제 말은……. 설령 두 사람이 아이를 버린다 해도 아이가 이렇게 철이 들어 울지도 않잖아요. 젊은 부부가 자기감정만 생각하면 아이의 어린 시절에 얼마나 악영향을 주겠습니까! 저는 외지에서 왔는데 어릴 때 집이 못살아서 부모님이 툭하면 싸우셨습니다. 얼마나 겁나게 싸우는지 집의 물건이 다 박살날 정도였죠. 그럴 때마다 저는 베란다에 숨어 귀를 막고 계속 울었습니다. 제가 지금 경찰이 됐다고 아무 일도 없을 거라고 생각하지 마십시오. 밤이면 아직도 악몽을 꾸면서 '엄마, 울지 마요', '아빠, 때리지 마세요'라고 외친다고요."

외지에서 온 경찰의 이야기가 들을수록 얼마나 슬픈지 청샹과 류스산은 마음이 좋지 않았다. 류스산은 마지막 노력이라도 해보려고 했다.

"경찰……."

하지만 경찰은 자리에서 벌떡 일어나며 목소리를 높였다.

"전 밤마다 깬다고요! 이 아이가 저와 같은 비극을 반복하고 있지 않습니까! 이러니 제가 참을 수 있겠습니까?"

류스산과 청샹은 고개를 절레절레 저었다.

"제 이름은 옌샤오원입니다. 잘 기억해두십시오. 만약 두 분이 이 아이를 버리는 걸 제가 다시 보게 된다면 그때는 엄한 법의 처벌을 받게 될 겁니다. 절대 용서하지 않고 먼저 유치장에 집어넣을 거라 이 말입니다. 거기 들어가면 24시간은 갇혀 있어야 돼요. 아셨습니까?"

경찰의 엄포에 두 사람은 얼른 고개를 끄덕였다.

"알겠어요, 알겠습니다!"

경찰은 컵을 탁 내려놓으며 두 사람을 손가락으로 가리켰다.

"싸우지 말고 돌아가세요! 시간 날 때 제가 집에 찾아갈 겁니다. 아이가 안 좋다고 한마디만 하면 두 분을 먼저 잡아갈 겁니다! 유치장에서 24시간 동안 구류된다고요! 아시겠어요?"

"알겠다니까요, 알았어요."

"애 데리고 집에 안 가고 뭐 합니까!"

7

작은 진의 마당이 있는 집은 모두 담이 낮고 그 위에 전등이 설치되어 있어 가로등이 비추지 못하는 곳에 빛을 비추고 있다. 또한 높다란 전봇대 위에는 백열등이 알루미늄 링에 감겨 달려 있다. 전선의 그림자는 길바닥에 드리우고 집집마다 담 아래에는 꽃이 피었는데 집을 지키는 개는 문턱에 앉아 심드렁하게 가끔 짖어댄다.

치우치우는 류스산의 등에 업혀 머리를 그의 어깨에 기댄 채 손에는 청샹이 방금 사준 초콜릿을 들고 의기양양한 표정을 지었다.

"엄마, 나 재밌는 이야기 듣고 싶어."

치우치우가 말했다. 청샹은 잠시 숨을 고른 뒤 말했다.

"옛날에 산속에 어린 곰 한 마리가 있었는데 어느 날 토끼떼를 만나게 됐어. 어떻게 됐을까?"

치우치우는 웅얼거리는 소리로 말했다.

"어, 어떻게 됐는데?"

"다 죽었어." 청샹이 태연하게 대꾸했다.

류스산은 깜짝 놀라 청샹을 쳐다봤다.

"그렇게 말하는 건 좀 아니지 않아?"

청샹이 입으로 뒤를 가리켜 류스산이 고개를 돌려보니 아이는 이미 지쳤는지 새근새근 숨소리를 내며 잠들어 있었다. 류스산은 고개를 갸웃거렸다.

"이제 어떡하지?"

청샹이 늘어지게 하품을 했다.

"시간이 이렇게 늦었는데 일단 집에 데려가고 내일 다시 얘기
하자."

류스산은 청샹의 말을 바로 받아쳤다.

"이 꼬마가 먼저 찾은 건 너잖아. 네가 이 애 엄마라고. 그러니
까 네가 데리고 가."

하지만 청샹은 숨도 쉬지 않고 거절했다.

"내일 수업이 있어서 난 시간이 없어. 엄마면 어쩌라고? 이 녀
석이 널 아빠라고 했잖아."

두 사람이 조금 언성을 높인 탓에 치우치우가 몽롱한 채로
깨어 눈을 비비며 말했다.

"아빠 엄마, 싸우지 마……. 치우치우 무서워."

두 사람은 얼른 목소리를 낮췄다.

"아냐. 싸우는 거 아냐."

치우치우의 목소리는 점점 희미해졌다.

"아빠와 엄마가 있으니까 치우치우는 너무 행복해."

소리는 이내 아주 작아져 들리지 않게 됐고 아이는 다시 잠
이 들었다.

"이 녀석 참 안됐다. 찾는 어른도 없고. 집에 데려가서 할머니
한테 한번 여쭤봐." 청샹이 말했다.

"지금쯤이면 할머니는 자고 있을 텐데."

"그럼 내일 물어보면 안 돼?"

류스산은 할 수 없이 허락했다. "알았어."

치우치우는 자면서도 중얼거렸다. "아빠."

류스산은 아이를 고쳐 업으며 대답했다.

"아빠, 여기 있어."

8

류스산은 반팔 셔츠를 고르고 잠옷 바지를 무릎쯤에서 잘라 잘 갠 뒤 욕실에 넣어주고 물을 받아 치우치우가 샤워를 하게 해줬다. 그가 치우치우의 머리를 쓰다듬어주자 아이는 졸린 눈으로 웅얼거렸다.

"어른 옷은 너무 안 예뻐."

"조용히 해."

류스산은 문을 닫고 나와 아이의 작은 옷을 빨았다. 잘 널어놓으면 내일 아침이면 마르리라. 샤워를 마친 치우치우는 류스산이 준 옷을 입었는데 잘 맞지 않아 반팔 셔츠가 바닥에 끌릴 지경이었다. 하지만 아이는 류스산의 침대에 기어오르더니 머리가 닿자마자 바로 잠이 들었다.

복숭아나무 아래 대나무 의자에는 할머니가 잊고 간 재떨이가 놓여 있었다. 살랑살랑 불어오는 바람에 열매 몇 개가 흔들리고 귀뚜라미가 우는데 어느 집에서 틀어놓았는지 드라마 소리가 드문드문 낮게 들려왔다. 주방문이 열려 있고 조리대 위에는 쟁반으로 덮어놓은 홍샤오러우紅燒肉가 놓여 있었다. 류스산은 자신의 저녁밥으로 남겨진 홍샤오러우에 비닐랩을 씌워 냉장고에 넣었다.

모기장을 찾아 네 귀퉁이를 복숭아나무 가지에 걸어 대나무 의자 위를 가렸다. 류스산은 시원한 바람을 쐬며 자신의 서류가방을 들고 의자에 편하게 기대어 앉아 우씨 아줌마가 보내준 보험 교재를 꺼내들었다. 작은 전등 하나뿐이었지만 마당은 충분히 밝았다. 그는 보험 교재를 잠시 읽다 펜을 찾으려고 가방을 뒤집었는데 그의 인생 목표 계획이 적힌 공책에서 떨어진 듯한 쪽지가 하나 나왔다.

2년 전, 쪽지가 기차역 철로에 떨어졌을 때 그는 필사적으로 쫓아가 쪽지를 주웠다. 그 위에는 숫자가 쭉 적혀 있었는데 그 번호를 외우고 또 외웠다. 하지만 한 번도 전화를 걸지는 못했다. 그는 휴대전화 메모장에 그녀에게 보낼 글을 적고 틈틈이 내용을 고치며 언젠가 그 내용을 그 번호로 보내려 했다. 첫 달에는 글을 아주 길게 썼다가 둘째 달에는 일부 내용을 삭제했다. 또한 셋째 달에는 생각나는 대로 다시 썼는데 가장 길었을 때가 3천여 자였다. 그렇게 2년이 흐르고 글을 줄이고 고치다 보니 메모장에는 네 글자만 남았다.

넌 잘 지내?

하고 싶은 말이 점점 줄어든 게 아니라 할 수 있는 말이 점점 적어진 것이었다. 심지어 이 네 글자조차 모두 군더더기일 뿐이었다.

2012년 동지, 한밤중 노래방에서 친구들은 모두 술에 취했고 류스산은 내내 무단을 바라보고 있었으며 무단은 내내 노래방 화면만 보고 있었다. 그는 숨을 깊게 들이쉬며 물었다.

"내가 부족해?"

"넌 아주 좋아. 공부도 열심히 하고 힘든 일도 잘 참고. 넌 좋아. 다 좋아."

무단이 말했다.

"네가 싫으면 내가 고칠게."

그가 말했다.

"넌 진짜 좋아. 그런데 고칠 수 있는 게 아니야. 시간이 어울리지 않을 뿐이지."

"어디가 어울리지 않는데?"

"넌 언젠가 성공할 수 있어. 네 인생의 첫 번째 성공을 얻게 되면 그때 넌 누군가에게 어울리는 좋은 사람이 될 거야."

류스산은 무단의 말이 무슨 뜻인지 이해할 수 없었다. 그는 사랑을 위해 자신의 모든 청춘을 바칠 수 있었지만 정작 줄 수 있는 게 하나도 없었다. 이 이치를 깨닫고 나니 2012년 동지는 너무 멀어져 있었다. 깊고 깊은 밤, 노래방 밖에는 큰 눈이 펑펑 날려 연인들이 걸었던 발자국과 앉았던 계단, 지났던 풀밭, 어느 거리에 남겨진 눈물까지 눈꽃으로 모두 덮었으리라.

그때 휴대전화의 진동이 울렸다. 류스산은 쪽지를 잘 넣은 뒤 SNS를 확인했다.

'류스산 씨, 오늘 보험 계약 990건이라도 했습니까? 아무튼 보고하세요.'

'이런 늦은 시간에도 허우 이사님은 직원의 실적에 관심을 가져주시네요.'

'정말 뛰어나십니다. 아니, 위대하다고 해야 할까요?'

'어차피 다 자지 않으니 제가 모바일로 여러분께 보너스를 쏘겠습니다. 류스산 씨를 위한 작은 격려도 되겠군요. 일 년 동안 모두 열심히 노력해 멋진 미래를 만듭시다.'

'허우 이사님께 절이라도 합시다!'

류스산은 휴대전화를 만지작거렸다. 그에게 인생의 첫 번째 성공은 이토록 어렵고 터무니없는 일일까. 지금 다른 사람들의 SNS 메시지에 답을 한다 해도 창피만 더 당할 뿐 아무 의미가 없었다. 그는 다시 보험 교재를 들고 열심히 읽기 시작했다.

9

휴대전화의 진동이 울리는 통에 정신이 몽롱해졌던 류스산은 눈을 부비며 SNS를 확인했다.

'모든 일이 시작이 어려운 법이야. 포기하지 말고 파이팅! 숙제 채점하느라 밤이 깊어졌네. 내일 학교 끝나면 갈 테니까 첫 번째 계약 꼭 해내자!'

'나 그렇게 쉽게 포기하는 사람 아니야. 근데 넌 왜 나보다 더 열심히…….'

답장을 쓰던 류스산은 SNS 위에 불빛이 반짝이는 걸 보고 상대가 글을 입력 중인 걸 알았다. 그는 청상이 이야기한 뒤에 다시 답을 해야겠다고 생각했는데 잠시 후 몇 글자가 도착했다.

'졸려죽겠다! 잘 자.'

그 글을 보고 류스산은 이미 썼던 글을 지우고 다시 답장을 했다.

'잘 자.'

외할머니에게 붙잡혀 고향으로 돌아온 둘째 날이 어느새 끝나 버렸다. 산 아래의 작은 진은 산속에 숨겨진 것 같았다. 하늘로 가리고 구름으로 걸치니 진은 고요하고 따뜻했다. 그래, 따뜻했다. 류스산은 대나무 의자에 앉아 잠들기 전에 생각했다.

'청샹 말이 일리가 있어. 정말 따뜻하네.'

산의 이쪽은 류스산의 어린 시절이고, 산의 저쪽은 외할머니의 바다였다. 산들 부는 산바람은 달빛 아래 파도가 치듯 따뜻하고 부드럽게 시간의 뒤편에 머물다 어린 시절 듣던 이야기가 됐다.

이곳은 그가 한때 밤낮으로 만났던 산과 바다다.

멀고 먼 도시, 낯선 땅에는 그가 본 적 없던 산과 바다가 있다.

기다리기만 하는 것도

노력이라고 할 수 있을까?

상대가 떠나기를 기다린 걸까

아니면 스스로 포기하기를 기다린 걸까?

CHAPTER 8

물에 흘러온 소식,
바람에 실려 온 소리

1

이른 아침, 마당에는 나비들이 나풀나풀 날고 있었지만 복숭아나무 아래에서 하룻밤을 잔 류스산은 머리가 혼란스러웠다. 외할머니가 치우치우를 보고도 전혀 놀라지 않았기 때문이다. 하지만 외할머니가 이 조그만 거짓말쟁이를 알고 있었다면 일이 좀더 쉽게 풀릴 것이다. 이렇게 생각하니 류스산은 한숨을 돌릴 수 있었다. 다만 이것은 류스산의 일방적인 바람이었다.

"저 사람이 누구야?"

"아빠."

"그럼 나는?"

"외할머니."

"아니지. 나는 아빠의 외할머니니까 너는 날 뭐라고 불러야 되지?"

치우치우는 깜짝 놀라 만두를 입에 문 채 애먼 손가락만 꼽으며 중얼거렸지만 적당한 호칭을 찾을 수 없었다.

"아빠의 외할머니는 외증조할머니라고 부르는 거야."

외할머니가 말했다. 그러자 치우치우가 얼른 따라했다.

"외증조할머니."

외할머니는 실눈을 뜨고 웃으며 말했다.

"그렇지, 이런 예쁜 것."

류스산은 양치질을 하다 하마터면 거품을 뿜을 뻔했다.

"그렇긴 뭐가 그래? 난 쟤 아빠가 아니라니까!"

"남이 널 아빠라고 불러주는데 기쁘지 않아? 그럼 넌 언제 아빠가 될 건데? 네놈이 아빠는 될 수 있냐?"

외할머니는 분명한 논리로 진심이 담긴 세 가지 질문을 연이어 던졌다. 류스산은 외할머니의 진실을 인정하고 싶지 않아 칫솔을 휘두르며 말했다.

"내가 왜 못되는데?"

외할머니는 두유를 한 모금 마시며 코웃음을 쳤다.

"그럴 능력이 있으면 해보든가."

치우치우도 만두를 베어 물며 코웃음을 쳤다.

"그럴 능력이 없으면 관두든가."

할머니와 꼬맹이가 먹고 마시며 함께 코웃음을 치니 정말 한 가족처럼 보였다.

류스산은 외할머니를 대나무 의자에 앉힌 뒤 부들부채로 바람을 부쳐주며 짐짓 엄숙한 표정으로 알랑거렸다.

"할머니, 함부로 얘기하지 말고 대체 저 꼬마 누구네 애인지 알아, 몰라? 집에 안 보내주면 할머니만 귀찮아진다니깐. 쟤가 먹고 쓰는 건 다 할머니 재산이라고. 혹은 애를 납치해서 팔아먹는다고 신고당할지도 몰라."

"그럼 그렇게 하라고 하지 뭐."

외할머니가 말했다. 대체 뭘 그렇게 한단 말인가. 외할머니가 혹시 치매에 걸린 건 아닐까. 성질이 난 류스산은 부채를 내팽개치고 씩씩거리며 아무 말도 하지 않았다. 치우치우는 이리저리 두리번거리며 다가와 그의 옷깃을 당겼다.

"아빠, 나 공짜로 먹고 쓰는 거 아냐. 치우치우가 얼마나 능력이 있다고. 아빠한테 무슨 일이 있으면 내가 다 도와줄게."

"그냥 가! 이 거짓말쟁이야!"

류스산이 버럭 소리를 질렀다. 외할머니는 담배에 불을 붙이며 말했다.

"가만 너 보험 파는 거 아니었어? 애 데리고 다니면서 함께 팔아. 사람들 마음이 약해져서 계약할지도 모르잖니."

류스산은 외할머니와 치우치우를 번갈아 쳐다보다 문득 두 사람이 애초에 아는 사이였고 자신을 음모에 빠뜨린 게 아닌가 하는 의심이 들었다.

잠시 후, "탕!" 하며 마당 문이 열리더니 청샹이 기세등등하게 들이닥쳤다.

"할머니, 안녕하세요. 오늘 따라 예쁘고 분위기 있어 보이시네요."

치우치우는 만두를 들어 보였다.

"엄마, 아침밥 먹어요."

청샹은 만두를 받아들면서도 류스산에게 눈을 부라렸다.

"너도 참, 어떻게 일처리가 이렇게 허술하냐? 작은 일 하나도 해결하지 못하고. 소심하긴."

"내가 뭘 어쨌다고!"

마침 서류를 정리하고 있던 류스산은 머리에서 화가 치밀어 서류가방을 탁 내려놓고 말대꾸를 하려 했다. 하지만 아무도 그에게 반격할 기회를 주지 않았다. 외할머니는 담배를 문 채 재고를 조사하기 시작했고, 청샹은 만두와 요우티아오를 집어 들고 얼른 나갔다.

"나 수업 가야 돼. 학교 끝나고 올게. 할머니, 안녕히 계세요."

2

오랜만에 돌아오니 진에는 여러 대를 이어온 국수집 외에도 새로 문을 연 꼬치구이집과 초밥집, 밀크티를 파는 가게가 눈에 띄었다. 심지어 어느 집 얼빠진 자식이 공부를 마치고 내려와 차렸는지 디자이너숍까지 자리잡고 있었다. 어쩐지 망할 기운이 강하게 느껴졌다.

외할머니의 말에 따르면 몇 년 전 진에서 큰돈을 들여 하수도를 설치하고 집집마다 수세식 변기를 쓰게 되면서 더 이상 오물이나 폐수를 개천에 배출하지 않아 강물을 보호할 수 있게 됐다고 한다. 수양버들이 흔들리는 작은 진은 여전히 밝고 맑았으며 살면 살수록 장수할 수 있게 된 것이다.

하지만 류스산은 이곳에 한가롭게 여행 온 문학청년이 아니었기에 그런 말이 사실인지 실감이 나지 않았다. 오히려 그는 길가의 회색 담벼락과 검은 기와, 나무문을 보며 속으로 중얼거렸다.

'정말 고향 친척들과 어르신들을 찾아서 보험 증서 1,001부

를 팔 수 있을까?'

류스산은 치우치우와 나란히 길을 걸었다. 키 작은 치우치우
는 어떻게든 류스산의 발걸음을 쫓아가려고 애쓰며 말했다.

"니우따텐을 찾아가. 지금이 9시 30분이니까 도박장에는 없
을걸."

류스산은 반신반의하며 물었다.

"니우따텐이 어디 있는지 네가 알아?"

치우치우가 코웃음을 쳤다.

"아니면? 그럼 우리가 만난 게 우연인 거 같아?"

이 녀석은 텔레비전 드라마를 너무 많이 본 게 분명했다. 이
런 극적인 대사라니. 류스산은 불안해하며 물었다.

"우연이 아니란 말이야?"

"바로 우연이지."

치우치우가 말했다. 류스산은 어이가 없어 고개를 돌렸다.

진의 사람들은 하나둘 일어나 출근할 사람은 출근하고 빈
둥거릴 사람은 빈둥거렸다. 나이가 많은 어르신들은 류스산과
그 뒤에서 걸음을 맞추느라 종종대는 꼬맹이를 보며 맛있게
밥을 먹었다. 꼬맹이는 뒷짐을 지고 마치 노인네처럼 거드름을
피웠다.

"사실 우리 진에서 가장 돈 많은 사람은 니우따텐 아저씨가 아냐. 아빠 이웃인 리씨 할아버지라고. 할아버지가 하루 종일 고장난 시계나 고치고 있다고 우습게 보지 마. 캐비닛 안에 있는 시계 하나에 몇 천 위안씩 한다더라. 미장일 하는 후씨 아저씨는 마누라가 하는 장사가 잘돼서 아저씨를 무시하는 통에 두 사람이 지금 이혼하려 한대. 쩡지위안 아줌마는 얼마나 대단한지 온 집안 식구들이 그 아줌마 말만 듣는다더라고. 류강 아저씨는 도박하느라 빚을 져서 소리 소문 없이 트럭을 팔았다지. 개를 보면 그 집 사람을 알 수 있다고 차오웨이이가 키우는 커다란 검둥이는 성질이 난폭해서 나중에 커서 시집도 못 갈 거야."

류스산은 쏟아지는 정보에 정신이 멍해졌다.

"넌 매일 동네 소문이나 듣고 공부는 안 하냐?"

치우치우는 짐짓 관심 없는 척 말했다.

"난 학교 가는 거 싫어."

그러자 류스산이 물었다.

"11의 제곱은 뭐야?"

지금까지 계속 재잘거리던 치우치우는 별안간 꿀 먹은 벙어리가 됐다. 류스산이 다시 물었다.

"ABCD 다음은? '해는 산으로 기울고'[56] 다음 구절이 뭐야?"

치우치우는 창피한지 괜히 더 버럭 화를 냈다.

"니우따텐 아저씨 만나러 갈 거야 말 거야? 안 가면 난 그냥 가서 더 잘 거야."

꼬맹이가 세상일을 다 아는 것처럼 굴더니 지식은 영 모자란 것 같아 류스산은 괜히 기분이 좋아졌다. 안타깝지만 미장일 하던 후씨 부부가 이혼하게 됐다는 소식을 안들 저 꼬맹이가 나중에 직장을 찾을 때에 무슨 도움이 되겠는가. 3개월마다 직장을 옮기며 인턴 기간만 늘리는 꼴 아니겠는가.

류스산은 신이 난 얼굴로 말했다.

"창피해할 필요 없어. 첫 번째 보험 계약만 성사되면 내가 너한테 책가방 선물해줄게. 가장 최신으로 네가 직접 골라."

치우치우는 눈을 흘기며 의심스러워했다.

"정말?"

"내가 꼬맹이 하나 속여서 뭐하겠냐?"

류스산이 대꾸했다. 치우치우는 얼른 새끼손가락을 걸라고 했다. 류스산이 손을 내밀자 아이는 진지하게 자신의 새끼손가

---

56 白日依山盡, 중국 당나라 시인 왕지환(王之渙)의 시 '등관작루(登鸛雀樓)'의 한 구절로 '황하는 바다로 흘러간다(黃河入海流)'라는 구절이 이어서 등장한다.

락을 걸며 엄지손가락으로 류스산의 엄지손가락에 도장도 꾹 찍었다. 류스산은 약속에 공을 들이는 치우치우를 보며 문득 아이가 정말 학교에 가본 적이 없었거나 책가방을 사본 적이 없었다는 것을 알아차렸다. 아이의 두 눈에는 어젯밤 국수를 바라볼 때보다 더 강렬한 바람이 담겨 있었다. 치우치우는 기대감에 부푼 얼굴이었다.

"책가방 사준다고 손가락 걸고 약속했으니까 백년은 변하지 말아야 돼."

류스산이 고개를 끄덕였다.

"그래. 손가락 걸고 약속했으니까 백년은 변하지 않는다."

치우치우는 고사리같은 손을 휘두르며 말했다.

"오케이. 이제 보험 계약은 나한테 맡겨. 자, 출발!"

3

저축은행 입구에서 치우치우는 류스산을 잡아 세우더니 입 모양으로 '쉿!' 하며 조용히 하라고 했다. 두 사람은 나무 뒤에 몸을 숨겼다. 여기는 예전에 공소합작소가 있던 곳으로 어린 시절 류스산은 학교가 끝나면 이곳으로 달려왔다. 바닥에 찰싹

엎드려 긴 자로 계산대와 바닥 사이의 빈틈을 훑으면 평균 2~3일에 몇 위안은 손에 넣을 수 있었다. 그런 곳을 밀어버리고 저축은행을 세운 것이다. 하지만 저축은행에 저금된 돈 중에 자신의 돈은 한 푼도 없다는 생각에 류스산은 아쉬운 마음이 들었다. 그가 감상에 젖어 있을 때 치우치우가 말했다.

"왔다."

은행 유니폼인 셔츠를 입고 목에는 실크 스카프를 둘렀으며 하얀 가죽구두를 신은 단발머리 여자가 봉투 하나를 손에 들고 거리 저편에서 걸어왔다. 저 여자가 누구냐고 류스산이 물어보려 할 때 그녀의 뒤편 멀지 않은 곳에서 누군가 쭈뼛거리며 따라오는 게 보였다. 치우치우가 입으로 뒤를 가리켰다.

"저봐, 니우따텐 아저씨잖아. 진짜 겁쟁이."

류스산은 그 모습을 보고 혼자 중얼거렸다.

"니우따텐 저놈, 어제는 완전 안하무인이더니! 자기 스타일대로라면 좋아하는 아가씨한테 막 밀어붙일 텐데 왜 저렇게 머뭇거려?"

그 말을 들은 치우치우가 차근차근 설명했다.

"앞에 걸어가는 언니가 친샤오첸인데 대학생이었어. 아빠처럼 학교가 그저 그랬는데 도시에서 잘 지내지 못하고 돌아와 은행원이 됐대. 근데 사람같지도 않은 니우따텐이 저 언니를 짝

사랑하는 거 같아."

'역시 짝사랑이었군. 짝사랑이면 따라다니는 수밖에 없지.'

류스산은 고개를 끄덕였다. 그 순간 그는 호기심이 발동해 보험 계약 따위는 까맣게 잊어버렸다.

"친샤오전은? 저 아가씨는 니우따텐을 좋아한대?"

치우치우가 한숨을 푹 내쉬었다.

"남자들이란 보면 몰라?"

류스산은 오기가 나서 벌컥 화를 냈다.

"뭐래? 난 보면 알 수 있거든!"

친샤오전은 평온한 얼굴로 은행으로 들어가면서 뒤도 한 번 돌아보지 않았다. 그 모습을 빤히 보던 류스산은 깜짝 놀라며 말했다.

"와, 아무리 봐도 모르겠네."

"그럼 여자들은 보면 알 수 있나?"

류스산이 물었다. 그러자 치우치우는 미소를 지으며 대답했다.

"난 여자가 아니라 여자애잖아."

류스산은 절레절레 고개를 흔들며 치우치우와 대화하겠다는 마음을 접었다. 그때 니우따텐이 은행 입구에서 걸음을 멈추더니 또 다른 나무 뒤편에 숨었다.

오가는 사람이 많지 않은 길가에는 키가 작은 치자나무가 무성하게 자라 있는데 맑은 향기가 코를 찔렀다. 잠시 지켜보던 류스산이 참지 못하고 뭔가 말하려 할 때 니우따텐이 행동에 나섰다. 그는 한 걸음 성큼 내딛더니 이내 멈춰 서서 땀을 닦고 다시 은행으로 돌진했다. 그때 은행 입구에 사람 그림자가 보이더니 친샤오전이 여전히 손에 봉투를 든 채 밖으로 걸어 나왔다. 은행 안으로 돌진하려던 니우따텐은 그녀를 보고 급하게 몸을 틀었지만 이리저리 비틀거리다 바닥으로 구르고 말았다.

"저기!"

친샤오전이 니우따텐을 불렀다. 그러자 니우따텐은 몸을 뒤집어 발딱 일어나더니 꼿꼿이 서서 아무 일도 없는 척했다.

"벼, 별 일 아닙니다. 아, 안녕하세요?"

"받아요."

친샤오전이 손을 내밀었다. 니우따텐은 무심코 그녀가 건넨 것을 받아들었다.

"이게…… 뭡니까?"

"주말에 월극 보러 가요."

친샤오전이 말했다.

"예?"

니우따텐은 깜짝 놀랐다.

"극장에 포스터가 붙어 있더라고요. 「오녀배수[57]」를 한다는
데 같이 보러 가요."

니우따텐은 손가락으로 자신의 코를 가리켰다.

"나, 나요?"

"표는 다 줬어요."

친샤오전이 말했다. 니우따텐은 평소와 다름없는 낯빛으로
말했다.

"그래요."

말을 마친 그는 몸을 돌려 걸어갔지만 몇 걸음도 채 못 가 다
리가 풀려 얼른 나무를 붙잡았다. 그는 숨을 고르려 애썼지만
다시 다리가 풀려 고꾸라지고 말았다. 친샤오전은 몇 마디 더 하
려 했지만 니우따텐이 이미 길바닥에 누운 뒤였다. 그녀는 싱긋
웃으며 빈 봉투를 들고 은행으로 들어갔다.

4

친가 찻집은 몹시 떠들썩해 아침 차를 마시려는 사람들로 실

---

57 五女拜壽, 월극의 대표적인 작품으로 양계강(楊繼康)과 다섯 딸에 관한 이야기이
며 친딸이 아닌 셋째 딸의 효심을 통해 진정한 부모와 자식 간의 사랑이 무엇인지 보여준다.

내가 북적거렸다. 또한 처마에는 새장이 걸려 있고, 길가에도 노점이 벌여져 있었다. 담 모퉁이에는 지역 특산물이 가득 쌓여 있고, 채소 장사도 소리를 지르는 대신 멜대를 내려놓고 채소가 담긴 바구니를 덮어놓은 뒤 가게에 들어가 두유와 요우티아오를 주문했다. 류스산은 깨끗한 테이블을 골라 앉은 뒤 서류가방을 내려놓았다. 니우따텐은 아직도 얼떨떨한 얼굴로 말했다.

"나한테 피망이 있어."

"피망? 너 어디 아프냐?"

류스산과 치우치우는 니우따텐이 얼굴을 쓸어내리며 다시 말하자 그제야 제대로 알아들었다.

"나한테도 희망이 있다고!"

류스산이 차를 따르며 말했다.

"축하한다. 사랑을 위해 보험 하나 드는 건 어때?"

니우따텐은 조금 의심스럽다는 듯 류스산을 쳐다봤다.

"사랑도 보험이 있어야 돼?"

"나중에 너희 두 사람이 결혼을 했다고 쳐봐. 미리 중병보험, 재산보험, 개인상해보험 등을 다 사두면 네가 파산을 하거나 교통사고를 당하고 암에 걸려도 친샤오전 씨는 풍족하게 살 수 있다고. 일종의 사랑 증명이라고도 할 수 있지."

예전에 류스산은 고객에게 이런 말을 다 하기도 전에 문밖으로 쫓겨나기 일쑤였다. 반면 니우따텐은 다 듣고 난 뒤에도 화를 내기는커녕 매우 의기소침해졌다.

"불가능한 일이야. 내가 파산을 하거나 교통사고를 당하고 암에 걸리는 게 불가능하다는 게 아니라 샤오전 부모님이 우리 결혼을 허락해주는 게 불가능하다고."

"일리가 있군."

류스산이 말했다. 니우따텐은 기대에 찬 눈으로 류스산을 바라봤다.

"스산아, 만약에 네 보험을 통해 내가 친샤오전과 결혼할 수 있다면 얼마가 됐든 다 계약할 수 있어."

류스산이 그런 보험은 없다고 말하려는 찰나 치우치우가 끼어들었다.

"내 생각에는 각자 한 발씩 물러나서 아저씨가 보험을 계약하고 우리가 친샤오전 언니랑 사귈 수 있게 도와주면 될 거 같아."

그 말에 니우따텐은 테이블을 탕 내리쳤다.

"오케이. 그렇게 하자!"

류스산은 연신 고개를 저었다.

"이 애 말을 믿어? 난 못해."

니우따텐은 코웃음을 쳤다.

"네가 할 수 있을 거라고 생각하지도 않았어. 난 치우치우의 능력을 믿는 거야."

류스산은 치우치우를 빤히 쳐다봤다. 도대체 이 꼬마가 누구기에 진 사람들 모두를 찜 쪄 먹는단 말인가. 어차피 모두의 생각이 일치됐다면 행동에는 계획이 필요하다. 한가하게 앉아만 있을 게 아니라 의견을 나눠야 했다.

류스산은 월극을 보는 날 극단 단장에게 돈을 주고 「오녀배수」의 클라이맥스에 니우따텐이 무대에 등장해 장미 아홉 송이를 선물하면 친샤오전이 거부할 리 없을 것이라고 말했다. 치우치우는 씨앗 껍질을 퉤 뱉었다.

"촌스러워."

"그럼 장미를 아홉 송이가 아니라 아흔아홉 송이로 하지."

류스산이 말했다.

"촌스러워."

니우따텐도 고개를 저었다. 류스산은 단숨에 차를 들이켜더니 찻잔을 테이블에 탁 놓으며 큰소리로 말했다.

"니들은 니들이 아주 대단한 거 같지? 그래, 어디 무슨 아이디어가 있는지 얘기나 들어보자."

치우치우가 고개를 갸웃거리며 니우따텐에게 물었다.

"왜 화를 내는 거야?"

니우따텐은 뒤통수를 긁적이며 말했다.

"제풀에 화가 난 거지."

치우치우는 씨앗을 까며 물었다.

"니우따텐 아저씨, 아저씨가 친샤오전 언니 좋아하는 거, 그 언니는 알아?"

니우따텐은 깜짝 놀라며 더듬더듬 대답했다.

"아마…… 알고 있겠지……."

치우치우가 고개를 끄덕였다.

"하긴 매일 출근할 때마다 그렇게 쫓아다니는데. 그 언니 아플 때는 마당에 약 떨어뜨리다 개에 물렸지? 그 언니 생일에는 강가에서 불꽃놀이하다 하늘 위로 팡팡 터지게 하고. 그 언니도 그거 봤겠지. 그러니까 내 생각엔 그 언니도 아저씨가 자기를 엄청 좋아하는 걸 분명 알고 있을 거야."

류스산은 니우따텐에게 그런 재주가 있다는 사실에 깜짝 놀랐다. 대학에 다녔던 자신도 못해본 일들이 아닌가. 덩치 큰 어른 둘이 꼬마 하나만 눈이 빠져라 쳐다보고 있을 때 치우치우가 작은 주먹을 꼭 쥐더니 테이블을 "탕!" 치며 단호하게 말했다.

"이번에 아저씨는 친샤오전 언니를 위해서라면 뭐든 할 수 있다는 걸 알려야 돼. 그러려면 일단 도박장 문을 닫아. 월극이 재미있으면 얼마나 재미있겠어? 젊은 사람이 낭만이 있어야지. 월극은 본다고 말만 하고 아저씨는 그날 도박장에 불을 질러 다 태워버려. 그렇게 해서 아저씨의 사랑에 대한 약속이 얼마나 뜨거운지, 아저씨의 사랑에 대한 열정이 얼마나 대단한지 보여주라고."

테이블은 삽시간에 고요해졌다. 류스산은 식은땀을 주르륵 흘렸다. 역시나 나이가 너무 어린 탓일까 치우치우는 해서는 안 될 말을 계속 지껄이고 있었다.

'니우따텐에게 전 재산을 불태우라고? 차라리 경찰서에 가 자수를 하라고 하지. 저러다 새로운 사람이 돼서 내년에 대입 시험도 보고 진에서 알아주는 지식인이 되라고 하겠네. 흥!'

니우따텐은 어떤 대꾸도 하지 않았다. 아무 생각 없는 어린 시절이라니 얼마나 부러운 일인가. 치우치우는 계속 씨앗을 까며 말을 이어갔다.

"어느 집에서 배운 것도 없는 건달에게 딸을 주겠어? 언니 부모님이 아저씨에 대한 인상을 바꿀 수 있어야 돼. 그러려면 아저씨가 반드시 도박장을 불태우고 새로운 사람이 되서 내년 대입 시험도 치고 진에서 알아주는 지식인이 되어야 한다고."

한참이나 말이 없던 니우따텐은 빤히 치우치우를 쳐다보다 힘겹게 입을 열었다.

"그 방법밖에 없을까?"

키 작은 치우치우는 의자에서 뛰어내리며 말했다.

"입만 열면 사랑을 위해 뭐든 희생할 수 있다면서 큰 대가는 치루고 싶지 않은 거잖아. 아빠, 가! 우리 보험은 니우따텐 아저 씨한테 못 팔겠어."

그제야 류스산은 치우치우가 단순히 허세를 부리고 있음을 알아챘다. 이로 열심히 씨앗을 까는 것도 심리적인 압박감을 줄 이기 위해서였다. 니우따텐이 미간을 잔뜩 찌푸리자 치우치우 는 탁탁탁 씨앗을 세 개나 연이어 까댔다.

아이는 스스로 눈치채지 못했지만 씨앗을 까는 속도는 점점 더 빨라지고 있었다. 뿐만 아니라 아이는 짧은 다리를 심하게 떨 고 있는데 예전에 류스산이 고객의 반응을 기다릴 때보다 더 긴 장한 것 같았다. 류스산은 치우치우가 정말 이 계약에 집중하 고 있다는 걸 새삼 깨달았다.

니우따텐은 한참이나 생각에 잠겨 있었다. 류스산은 덩달아 넋을 놓고 있었고, 치우치우는 테이블 가득 씨앗을 깠다. 결과 가 어떻게 되든 이 계약은 류스산에게 가장 성공한 사례가 될 것 같았다. 지금까지 수많은 영업을 했지만 이야기가 다 끝나도 떠나지 않은 고객은 니우따텐이 유일했기 때문이다.

그는 그동안 어떤 고객도 니우따텐처럼 고민하고 생각하게 만들어보지 못했다. 입만 열면 목표를 위해 모든 걸 희생할 수 있다고 하면서도 그는 대체 어떤 대가를 치를 각오가 되어 있었던 걸까? 계약 1건을 성사시키면 5백 위안의 수수료를 받을 수 있는데 그는 상대를 알기 위해, 상대와 가까워지기 위해, 상대를 설득하기 위해 열흘이라도 시간을 쏟아 부은 적이 있었던가.

류스산은 어렴풋이 무단과 2년에 걸친 동지가 떠올랐다. 그는 무단에게 밤이면 어디를 가느냐고 물어볼 수도 있었고, 그녀에게 들려줄 노래와 기타를 배울 수도 있었으며, 무단이 그를 좋아하지 않는다는 사실을 깨달을 수도 있었다. 하지만 그는 사실 기다리는 일에만 자신의 모든 힘을 썼다. 기다리기만 하는 것도 노력이라고 할 수 있을까? 상대가 떠나기를 기다린 걸까 아니면 스스로 포기하기를 기다린 걸까?

류스산도 니우따텐도 생각이 많아졌다. 그 사이 치우치우는 샤오롱바오를 슬쩍 주문했다.

5

초등학교는 세 번을 리모델링하고 두 번을 증축했으며 운동장 주위에는 차밭이 빙 둘러 있어 녹음이 무성했다. 여름방학 보충수업에 참여한 4학년 이상의 학생들은 수가 많지 않았는데 종종 교장실에서 엄청나게 큰 포효 소리가 들려왔다. 뤄 선생에서 뤄 교장이 된 뤄쑤주엔은 가르침에 대한 열정이 마작에 대한 열정을 뛰어넘어 소리를 지르다 보면 안경이 떨어질 지경이었다.

"지각한 게 몇 번째냐? 어제는 꼴풀을 벤다, 오늘은 꼴풀을 먹는다, 너희 집에 동물원 차렸니? 뭘 고개를 끄덕여? 그럼 내가 저녁에 가정방문하면 입장권 사서 들어가야 되니?"

"오( )십( ), 이게 얼마나 쉬운 사자성어냐. 오광십색五光十色이 생각이 안 나서 오원십건五元十件을 적어? 어떤 가게에서 물건을 겨우 5위안元에 10개나 파냐! 지어내려면 제대로 지어내던가!"

"돌아! 운동장 돌라고! 뛰면서 이렇게 외쳐. 옹정의 아버지는 강희다! 건륭의 아들은 가경이다!"

청상은 뤄 교장이란 전선을 넘어 담임선생을 찾았다.

"리 선생님, 제가 저번에 말씀드렸던 미술대회 있잖아요. 혹시 찬성해주실 수 있어요?"

이제 막 혈압약을 먹으려던 리 선생은 기운 없는 소리로 말했다.

"청 선생, 문화 관련 수업은 우리한테 좀 버거워. 현에서 여는 미술대회는 그냥 포기해."

"학업 성적이 좋은 게 영예면 미술대회에 나가는 것도 영예죠. 우리 학교 애들이 대체로 공부 머리는 안 좋지만 잔머리는 좋잖아요. 장점을 잘 살려주면 예술 방면에서 뛰어난 학교가 될 수도 있어요."

청샹이 말했다. 리 선생은 헛기침을 하며 완곡하게 말했다.

"제가 동의한다고 해도 학생들이 공부에 방해될까 싫어할 거예요."

그 말에 청샹은 신이 나서 얼른 종이 한 장을 내밀었다.

"리 선생님, 걱정 마세요. 제가 뽑은 애들은 다 성적이 밑바닥이라 공부에 방해될까 봐 싫어하지 않을 거예요."

리 선생은 가슴이 갑갑해 또 약을 먹고 싶었다. 그런데 그때 갑자기 교무실이 괴이한 고요함에 빠졌다.

"경비원은?"

"얼른 쫓아내!"

"사람 살려!"

살려달라는 외침에 청샹과 리 선생은 얼른 고개를 돌렸다. 그

때 산발이 된 머리에 제멋대로 자란 수염을 기른 남자가 대바구니를 메고 다 떨어진 팬티만 걸친 채 교무실 안으로 걸어 들어왔다. 얼핏 보면 홀딱 벗은 것이나 다름없는 모습이었다. 깜짝 놀라 눈이 휘둥그레지는 청상을 보며 리 선생이 한숨을 쉬었다.

"우리 진에 있는 미친놈이야. 동에 번쩍 서에 번쩍 하는데 여기 또 왔네…… 사람 살려!"

남자는 곧바로 리 선생 앞으로 걸어오더니 손에 있는 걸 보여줬다. 깜짝 놀란 리 선생의 비명소리가 건물을 울렸고 청상도 덩달아 비명을 질렀다.

대바구니에는 온통 양똥이 들어 있는데 남자는 하나를 꺼내 손바닥을 펼쳐 리 선생에게 보여줬다. 리 선생이 소리를 다 지른 뒤에도 남자는 바보같이 웃기만 할 뿐 다른 행동을 하지 않았다. 리 선생은 벌벌 떨면서 물었다.

"뭐…… 뭐하시는 거예요?"

팬티만 걸친 남자는 다시 바보같이 웃으며 말했다.

"선생님, 제 딸 학비예요."

그는 양똥을 흔들며 말했다.

"보세요. 저한테 돈이 많이 있어요. 이거면 되나요? 부족하면……."

리 선생은 침착함을 되찾고 말했다.

"이건 돈이 아니에요. 돈은 종이로 한 장, 한 장 되어 있다고요."

남자가 멍한 표정을 짓고 있을 때 청상이 슬쩍 말했다.

"리 선생님, 정말 대단하세요. 이런 상황에서 어떻게 저런 사람한테 설명을 해주세요?"

그러자 리 선생이 낮은 소리로 말했다.

"학기마다 한 번씩 와서 습관이 됐어…… 사람 살려!"

리 선생은 다시 비명을 질렀다. 남자가 양동을 몇 개 더 꺼내 책상 위에 늘어놓았기 때문이다.

"돈이 아니라고요? 제가 찾아 볼게요."

그는 대바구니를 뒤적거리더니 오래된 신문에 싸인 직사각형의 반듯한 종이를 찾아냈다.

"선생님 보세요. 돈이 엄청 많아요. 여기 5천 위안, 또 여기 2만 위안, 여기 3만……."

청상이 가만히 살펴보니 여러 장의 종이에는 다른 글씨체로 다양한 금액의 숫자와 돈을 빌린 사람의 서명이 적혀 있는데 본래 하얗던 종이가 누렇게 바래 있었다.

리 선생은 한숨을 쉬면서도 화를 내는 대신에 부드럽게 말했다.

"왕용 씨, 돈은 은행에서 거래할 수 있는 걸 말해요. 사람 머리 있는 거요. 이건 그냥 쪽지라 쓸모가 없어요."

남자는 억울한 듯 말했다.

"이것은 돈이 아니라고요?"

"돈이기는 하죠. 근데 이건 은행에서도 안 바꿔주고, 학교에서도 안 받아요."

리 선생이 말했다. 그래도 남자는 미련을 버리지 못했다.

"선생님이 돈은 종이로 한 장, 한 장 된 거라고 하셨잖아요. 이것도 종이로 된 건데."

정신병이 있는 사람에게 정확히 어떻게 설명을 한단 말인가. 리 선생은 또 한숨이 쉬고 싶었다. 그때 서둘러 교무실 안으로 들어오던 뤼 교장은 상황이 좋지 않자 고개를 돌려 자리를 떴다. 청샹이 그런 뤼 교장을 붙잡았다.

"작은이모, 저 사람 뭐야?"

"왕용은 외지에서 우리 진에 내려와 가구점을 열었던 사람이야. 아내가 많이 아팠는데 전에 돈을 꿔간 사람이 도망가서 갚지 않았어. 결국 가게까지 팔았는데 돈을 다 쓰고도 병을 고치지 못했어. 아내는 한밤중에 강물에 뛰어들어 죽었고."

청샹은 가만히 듣고 있었다.

"그때까지만 해도 괜찮았는데. 왕용에겐 당시 세 살이 좀 안 된 딸이 하나 있었어. 그 딸을 데리고 매일 돈을 꿔간 사람을 찾으러 다녔는데 충격을 받았는지 점점 이상해졌어. 딸이 여섯 살

때부터인가 가끔 학교에 오는데 벌써 2년째네. 나름 딸을 학교에 보내야 한다는 책임감이 있는지…… 선생님들이 돈을 모아서 주긴 했는데 아버지랑 딸이 받기를 거절했어. 딸은 자기가 알아서 하겠다고. 몇 살이나 됐다고……."

원하는 결과를 얻을 수 없게 된 남자는 화가 났는지 얼른 쪽지를 모아 대바구니에 넣더니 고함을 질렀다.

"내가 전에 왔을 때 돈이 있어야 된다면서! 그래서 돈을 가져왔더니 이번에는 은행 돈이 필요하다고? 당신은 내 돈을 갚고 싶지 않은 거야. 그냥 내 돈을 갚고 싶지 않은 거라고! 당신은 늘 핑곗거리만 찾았지. 처음에 내 돈 빌려갈 때 뭐라고 했어? 자금 회전이 되면 금세 준다고 했잖아! 그러고 벌써 7년이야! 도대체 무슨 장사가 7년째 자금 회전이 안 돼?"

선생들은 마음이 무거워졌지만 한편으로 '망했다'는 생각이 들었다. 팬티만 걸친 남자가 혼자만의 채무극에 빠져들었기 때문이다.

쩌렁쩌렁한 소리에 머리가 어질어질해진 리 선생은 눈물을 주르륵 흘리며 말했다.

"진정 좀 하세요. 제가 돈을 빌린 것도 아니잖아요. 저랑 상관없는 일이란 말이에요."

리 선생의 눈물을 본 남자는 오히려 당황했다.

"왜 울고 그래? 정말 그렇게 어려우면 며칠 있다 다시 얘기해. 나 그렇게 안 급해. 우리 집사람도 요즘 몸이 좀 좋아졌어. 며칠 은 괜찮을 거 같아."

남자가 혼란스러워할 때 경비원이 도착했다.

"거기 서! 제기랄, 바닥에 이게 뭐야? 내가 밟은 게 뭐야?"

경비원이 전쟁터의 상황을 아직 제대로 파악하지 못하고 있을 때 남자가 경비원에게 양똥을 던졌다. 얼굴에 온통 양똥을 뒤집어쓴 경비원은 눈물을 쏟으며 외쳤다.

"뭐야? 이게 뭐냐고!"

6

초등학교에서 멀지 않은 거리 모퉁이에는 도시락을 파는 노점이 있다. 정오가 가까워 오자 도시락을 만드는 마오쯔지에는 채소를 볶아 각각의 작은 에나멜 단지에 채워 넣었다. 팔자수염을 기른 그는 카키색 러닝셔츠를 입고 귀 뒤에는 담배 한 개비를 꽂았는데 헝클어진 머리는 온통 땀으로 젖어 있었다. 한창 바쁘게 반찬을 만들고 있을 때 멀리서 미치광이 왕용이 어깨가 축 처져 돌아오는 걸 보고 그는 얼른 솥뚜껑을 닫았다. 왕용은 대바구니를 내려놓더니 벽에 기대어 쪼그리고 앉아 머리를 감싸 안고 엉엉 울었다. 결과야 뻔했지만 마오즈지에는 그래도 한 번 물어줬다.

"등록했어?"

왕용은 고개를 저었다.

"내 돈을 못 알아보고, 날 때렸어."

마오즈지에는 코웃음을 쳤다.

"당연하지. 너같은 놈은 그냥 맞아 죽는 게 제일 나아. 너 하나 죽으면 다 끝나는 거라고."

그가 밥그릇에 밥을 담아 건네자 왕용이 맨손으로 밥을 잡다 뜨거운 나머지 바닥에 밥그릇을 떨어뜨려 깨버리고 말았다. 머리끝까지 화가 치솟은 마오즈지에는 뒤집개로 미치광이의 머리를 때리며 말했다.

"잡긴 뭘 잡아! 뜨거운 줄도 모르면서 무슨 밥을 먹냐고!"

뒤집개로 머리를 맞아 탕탕 소리가 났지만 미치광이 왕용은 신경도 쓰지 않고 엎드려 밥알을 집어 입안에 밀어넣는 일에만 집중했다. 흰밥에 진흙이 묻고 모래가 섞이는 걸 보려니 자기 입안이 까끌거리는 것처럼 느껴진 마오즈지에는 아예 발로 밥을 걷어찼다. 미치광이는 급한 마음에 마오즈지에의 다리를 때렸고, 마오즈지에는 그의 머리를 내리쳤다.

"누가 좋은 놈인지 나쁜 놈인지도 모르고 나한테 달려들어!"

그러자 미치광이가 마오즈지에의 다리를 꼭 끌어안았다. 마음이 약해진 마오즈지에는 다시 밥을 퍼서 줬다.

"얼른 먹고 꺼져. 이 몸은 장사해야 하니까."

미치광이는 바보같은 미소를 지었다.

"아무 맛도 안 나. 반찬 좀 얹어줘."

마오즈지에가 감자볶음을 한 국자 퍼서 얹어주자 미치광이가 진지하게 말했다.

"너무 싱겁네. 이래가지고는 못 팔겠어. 소금을 좀 더 넣어."

채를 썬 고기를 볶고 있던 마오즈지에는 그의 말에 아무 반응도 보이지 않았다. 그러자 미치광이가 대바구니에 있던 양동을 집어 솥에 넣었다.

"이제 됐네."

순식간에 고추고기볶음이 못쓰게 되자 마오즈지에는 그 자리에서 굳어버렸다. 미치광이는 순진한 미소를 지으며 마오즈지에의 고생을 단번에 물거품으로 만들었다. 제대로 열이 받은 마오즈지에는 솥을 발로 차 엎어버리고 뒤집개로 미치광이 왕용을 때리기 시작했다.

7

청샹은 걸어오다 이 장면을 보게 됐다. 팬티만 걸친 남자는 머리를 감싼 채 이리저리 피해 다니고 음식은 바닥에 흩어졌으며 마오즈지에는 노발대발하고 있었다. 청샹은 저도 모르게 소리를 질렀다.

"때리지 말아요. 망가진 건 제가 배상할게요!"

마오즈지에는 그제야 손을 멈추고 청샹을 빤히 쳐다봤다. 세상에 이 작은 진에 아직도 이런 봉이 다 있다니. 이런 천금같은 기회가 왔는데 바가지를 씌우지 않아서야 되겠는가. 그는 손을 펼치며 말했다.

"그렇게 말하니 엉망이 된 음식에 못쓰게 된 솥까지 3백 3십 위안은 받아야겠소."

청샹은 눈이 휘둥그레졌다.

"이 음식이 3백 위안이 넘어요?"

마오즈지에는 그녀를 불쌍하게 쳐다보며 말했다.

"음식이 5십 위안, 솥이 2백 8십 위안이요."

청샹은 조용히 5십 위안을 꺼내들었다.

"이건 음식 값이요. 솥은 제가 새 걸로 가져다드릴게요. 잠깐만 기다려주세요."

청샹이 자리를 떠나자 마오즈지에는 못마땅한 듯 돈을 들고 욕설을 내뱉었다. 그가 잠시 한눈을 파는 사이 미치광이가 그의 돈을 들고 도망갔다. 미치광이는 지폐를 햇빛에 비춰보며 중얼거렸다.

"종이로 만든, 한 장 한 장으로 된 거, 꽃도 있고 사람 머리도 있고, 중국인민은행, 이게 돈이야."

그때 마오즈지에가 미치광이 손에 있던 지폐를 빼앗아갔다.

"이건 내 돈이야!"

미치광이는 마오즈지에의 손에 들린 뒤집개를 겁내면서도 눈이 빠져라 지폐를 쳐다보며 작은 소리로 말했다.

"우리 딸 학교에 등록하려면 돈이 필요한데. 4백 위안 빌려주면 안 돼?"

마오즈지에는 노점을 정리하며 인상을 팍 썼다.

"내가 빌려주면 갚을 수나 있고? 딸 봐서 얘기해주는 건데 그 조그만 게 사람들 속여서 밥 얻어먹고 다니고 너같은 정신병자까지 먹여 살리고 있어."

미치광이는 아무 대꾸도 하지 않고 실실 웃으면서 마오즈지에에의 험한 말을 다 듣고 있었다. 마오즈지에는 눈길도 주지 않고 통에서 물을 떠 솥을 닦으며 말했다.

"진에서 누가 당신 딸 키우고 싶다고 했다던데 걔가 당신 때문에 안 간다고 했어. 내가 솔직히 말해주는데 진짜 당신이 딸을 위한다면 빨리 죽어야 돼. 당신만 죽으면 걔도 무거운 짐 벗는 거라고. 사람 하나 죽어서 너도 좋고 나도 좋고 얼마나 좋아?"

그는 독한 말을 내뱉으면서도 솥을 닦는 손이 점점 무거워지고 있었다. 그 이야기는 꼭 미치광이에게만 하는 말이 아닌 것 같았다.

청샹은 뤄 교장의 집에서 솥을 훔쳐 낑낑거리며 들고 돌아왔다. 그 사이 미치광이는 어디론가 가버렸는지 보이지 않았고 마오즈지에는 얼굴색 하나 변하지 않고 원래 솥에 재료를 볶고 있었다. 게다가 그는 새로운 솥을 보더니 아주 뻔뻔하게 받아들였다. 청샹은 잠시 생각을 하다 물었다.

"저기, 누나는 왜 때리시는 거예요?"

마오즈지에는 얼굴을 잔뜩 찌푸리며 뒤집개를 들고 청샹에게 욕을 퍼부었다.

"이런 빌어먹을, 그년 얘기는 꺼내지도 마. 내 누나 아니야!"

8

저축은행 옆 광장 시장에는 많은 가게가 바쁘게 장사를 한
다. 꽃가게는 천막을 치고 화분을 나르는데 동백나무가 잘 자
라 있었다. 청샹은 많은 사람들을 지나 차와 꽈배기나 비스킷을
파는 노점, 등롱 가게를 지나다 문득 멈춰 서서 깊이 숨을 들이
쉬었다. 그녀는 이곳에서 왕성한 생명력을 느낄 수 있었다.

류스산은 여기 진 사람들이 게을러서 발전할 수 없다고 종
종 말하지만 청샹은 이곳이 좋았다. 사람들이 먼 미래를 보기
보다 지금 이 순간에 집중하면서 먹고 마시며 하루하루를 보내
지 않는가. 도시에선 보너스를 받고 쇼핑하러 가야 즐거움이 생
기는데 진에선 흐리고 비 오는 날 박꽃이 피는 것만 봐도 좋다.
물론 이런 즐거움은 어느 것이 좋다거나 나쁘다고 말할 수 없
겠지만.

친가 찻집에서 니우따텐은 여전히 넋을 놓고 있었다. 류스산
역시 생각에 잠겨 있었고 그 사이 치우치우는 씨앗을 얼마나 먹
었는지 부른 배를 두드리며 행복하게 졸고 있었다.

"잘되고 있어?"

청샹이 물었다. 그녀는 류스산에게 물었지만 니우따텐이 대

답했다.

"잘 안 되고 있어! 도박장을 불태우면 직원들은 어떻게 해? 난 뭘 가지고 앞으로 살지?"

청샹은 믿을 수 없다는 듯 물었다.

"도박장을 불태운다고?"

니우따텐은 완전히 넋이 빠져 말했다.

"그 방법밖에 없을까?"

그는 초점 없는 눈으로 의자 뒤에 걸친 외투를 들더니 처량한 모습으로 찻집을 떠났다. 니우따텐이 떠난 뒤에야 정신을 차린 류스산은 씩씩거리며 외쳤다.

"거래가 성사되지 않아도 지킬 건 지켜야지. 계산도 안 하고 그냥 가?"

치우치우는 문밖으로 쫓아나가 소리를 질렀다.

"아저씨, 그렇게 안 하면 친샤오전 언니랑 결혼할 기회도 없어져!"

아이는 그렇게 소리를 지르며 어느새 슬그머니 사라져버렸다.

류스산과 청샹이 서로 얼굴만 쳐다보고 있을 때 주인이 다가와 기회를 놓치지 않고 말했다.

"오전부터 오후까지 아침식사, 점심식사 두 번해서 총 2백 5

십 6위안인데 2백 5십 위안만 받겠습니다."

"나 돈이 없는데."

류스산이 중얼거렸다.

"나는 좀 전에 돈을 다 썼는데."

청상이 말했다. 류스산은 할 수 없이 주인에게 말했다.

"왕잉잉 작은 가게 아시죠? 거기 가서 저희 외할머니한테 돈 받으시면 돼요."

그러자 주인이 씩 웃으며 대꾸했다.

"왕잉잉 할머니 손자구나. 할머니 몸은 어떠시냐?"

"펄펄 날아다니세요."

류스산이 말했다. 주인은 계산서를 가져가며 말했다.

"할머니한테 몸 좀 좋아지면 마작이나 한번 두자고 전하렴."

류스산은 가게를 나온 뒤에야 요즘 외할머니가 마작을 두는 모습을 본 적이 없다는 것을 떠올렸다. 그가 고향에 돌아온 뒤 외할머니는 작은 가게에만 머물며 온전히 일에만 매달렸다. 아마 할머니도 사회적 위기감을 느끼는 것이리라. 류스산과 청상이 몇 걸음 걷지 않을 때 치우치우가 울면서 달려왔다.

"아빠! 엄마! 나 길을 잃어서 여기 찾아오는데 엄청 고생했어."

그러면서 치우치우는 두 사람 사이에 서더니 작은 손으로 양쪽 손을 하나씩 잡고 팔을 앞뒤로 흔들어댔다. 배 터지게 물을 마신 류스산은 졸음이 와 머리가 몽롱해지면서 세 사람이 정말 한 가족이 된 것 같은 기분을 느꼈다. 마치 초여름 반짝이는 햇살 아래 신선한 공기를 마시며 아내와 아이를 데리고 신나게 친척집을 찾아가는 것 같았다. 그때 청샹이 불쑥 입을 열었다.

"이런 거였구나."

"뭐가?"

"결혼, 아이 낳는 거, 엄마라고 불리는 느낌 말이야."

청샹은 치우치우의 부드러운 머리를 쓰다듬으며 말했다.

"나는 이런 거 경험해볼 기회가 없을 줄 알았어."

그러더니 그녀는 류스산을 보고 웃으며 그의 팔짱을 꼭 꼈다.

"애아빠, 집에 갑시다."

류스산은 순간 온몸이 얼어붙었지만 저도 모르게 대답했다.

"그래."

9

물론 가스레인지나 전기 인덕션이 편리하기는 하지만 때로 어떤 요리는 연탄난로가 있어야 완벽해질 수 있다. 왕잉잉은 난

로의 작은 문을 열고 활활 타오르고 있는 연탄 두 장을 넣은 다음 그 위에 잿빛이 된 연탄을 올렸다. 이래야 불길이 너무 세지지 않으면서 온도가 적당한 속도로 올라가 잘 익은 지단을 부칠 수 있다.

우선 국자에 유채기름을 얇게 바르고 달걀물을 부었다. 왕잉잉이 가볍게 손목을 움직여 원을 그리며 달걀물을 국자 벽까지 고루 흔들어주니 작은 공기만한 크기의 지단이 노릇노릇하고 말랑하게 부쳐졌다. 이 지단을 젓가락으로 집어 대나무로 짠 둥글고 바닥이 평평한 바구니에 담아놓았다

가스레인지 위에는 낮부터 삶은 소힘줄이 부드럽고 쫀득해져 고소한 기름 냄새를 풍겼다. 왕잉잉은 시간에 맞춰 마지막 달걀물을 국자에 따르고 연탄난로의 온도를 높이기 시작했다. 그녀는 제시간을 딱 맞춘 것이 흐뭇해 고개를 끄덕였다.

사기로 만든 사발에는 요리술과 참기름, 소금으로 절인 다진 고기가 가득 담겨 있는데 왕잉잉은 잘게 썬 실파를 넣고 섞은 뒤 다시 잘 다진 올방개를 넣어 고루 저어줬다. 이 소를 숟가락으로 퍼서 동그란 지단 안에 넣은 뒤 달걀물로 테두리를 막았다. 둥글고 통통한 딴지아오[58]가 하나 둘 넓은 대나무 바구니를

---

58 蛋餃, 달걀피로 만든 중국식 달걀 만두

가득 채웠다. 류스산이 집에 돌아올 때 소힘줄을 삶은 국물에 딴지아오와 고기완자, 누에콩 한 사발 내놓으면 배불리 맛있게 먹곤 했다.

딴지아오는 소박하지만 품이 많이 드는데 다 먹지 못한 것은 위생팩에 담아 냉동실에 얼렸다 스산이 학교에서 돌아올 즈음 꺼내놓으면 간편하게 먹을 수 있었다. 스산은 라면을 끓일 때 딴지아오를 하나 넣으면 라면도 잘 익고 딴지아오도 풀어져 그냥 먹는 것보다 고급스러워 보인다고 했다. 지금 생각해보니 왕잉잉의 외손자는 더 이상 어린 학생이 아니었다.

그때 누군가 마당 문을 두드려 왕잉잉이 손을 닦고 나가보니 전기상의 샤오쑨이 전동자전거를 타고 와 직사각형 모양의 작은 상자를 건넸다.

"할머니, 말씀하시던 게 이거예요?"

왕잉잉이 상자를 받아 열어보니 서양식 요상한 모양의 펜이 있는 게 아닌가.

"내가 말한 건 녹음기인데. 목소리 녹음할 수 있는 그런 거. 나한테 펜을 줘서 뭐하게? 이건 필요 없어."

샤오쑨은 웃으며 말했다.

"이건 녹음펜이란 거예요. 요즘은 다 이걸로 녹음해요. 텔레비전 나오는 기자들도 이런 거 써요."

왕잉잉은 이리저리 펜을 뒤집어 봤지만 사용법을 알 수 없었다.

"어떻게 쓰는 거야?"

"설명서 보면 금방 알아요. 아주 간단해요."

샤오쑨이 말했다. 왕잉잉은 그의 뒤통수를 때렸다.

"난 글 몰라! 문맹한테는 서비스 안 하냐?"

그러자 샤오쑨은 전동자전거에서 내려 손으로 직접 녹음펜의 사용법을 알려줬다. 왕잉잉이 두 번 시험 삼아 써보니 꽤 쓸모가 있었다. 샤오쑨이 얼른 가고 싶어 하는 걸 눈치 챈 그녀는 서둘러 말했다.

"좀 기다려!"

그녀는 잽싸게 집으로 들어가 휴대용 카세트 플레이어를 들고 나왔다.

"이거 고칠 수 있는지 없는지 좀 봐다오."

샤오쑨은 물건을 이리저리 살펴봤다.

"너무 오래됐는데요. 하지만 이런 건 작동 원리가 간단하니까 고칠 수 있을 거예요."

그 말에 왕잉잉은 기대에 찬 눈으로 샤오쑨을 바라봤다.

"그럼 안에 있는 카세트테이프는?"

샤오쑨은 카세트테이프를 꺼내보고 깜짝 놀랐다.

"이 카세트테이프 몇 년이나 된 거예요? 이 자기 테이프는 금방 끊어질 것 같은데요. 이건 손만 탁 대도 망가질 수 있어요."

왕잉잉은 진지하게 부탁했다.

"그러니까 고칠 수 있겠어?"

"자기 테이프는 복구할 수 없어요. 아시겠어요?"

왕잉잉은 멍한 얼굴로 휴대용 카세트 플레이어를 안고 있었다.

"정말 방법이 없어? 너처럼 똑똑하고 과학도 잘 아는 놈이 방법이 하나도 없어?"

샤오쑨은 마음이 약해져 잠시 생각하다 물었다.

"테이프 안에 있는 게 굉장히 중요해요?"

왕잉잉은 심각하게 고개를 끄덕였다.

"진짜진짜 중요한 거야."

샤오쑨은 휴대용 카세트 플레이어와 카세트테이프를 받아들었다.

"가게에 가져가서 사장님께 말씀드려볼게요. 혹시 복사를 할 수 있는지 볼 건데 고칠 가능성은 크지 않아요. 망가져도 제 탓 하시면 안 돼요."

왕잉잉은 연신 고개를 끄덕였다.

"아이고, 당연히 네 탓 안 하지. 고맙다, 고마워, 샤오쑨."

샤오쑨이 전동자전거를 타고 출발해 10여 미터나 갔는데 왕잉잉은 뒤에서 계속 외쳤다.

"운전 조심해! 고맙다, 샤오쑨!"

왕잉잉은 마당으로 돌아와 의자에 앉았다. 가지와 나뭇잎이 무성한 복숭아나무가 바람이 불 때마다 사라락사라락 소리를 내며 산속 숲에서 소식을 실어 오는 것 같았다. 그녀는 어쩐지 바람 속 냄새를 맡을 수 있을 것 같아 흐뭇하게 코를 킁킁거렸다. 그것은 산과 재를 넘고 세월을 건너온 파도가 모래사장에 가볍게 부딪치는 냄새였다.

뭉게뭉게 피어난 구름 하나가 천천히 산꼭대기에서 미끄러져

바람을 타고 하늘가에 닿았다.

류스산은 나중에야 깨달았다.

어떤 헤어짐은 그것이 마지막 만남임을 말이다.

CHAPTER 9

세상의 노을

1

류스산은 꿈에서 즈거를 봤다. 두 사람은 대학 졸업 전날 밤 작은 식당에 앉아 얼굴이 벌게지도록 술을 마셨다.

"내가 진짜로 하고 싶은 음악은 로큰롤이야. 온몸과 마음을 다해 시대에 대한 외침을 흔들어보는 거지."

즈거가 말했다. 류스산이 되물었다.

"로큰롤이 고급이야, 우리나라 민요가 고급이야?"

"그 문제에 대해선 나도 아직까지 잘 모르겠어. 예전에 국어 선생님이 직업에는 귀천이 없고 누구나 다 평등하다고 하셨거든. 근데 며칠 뒤에 학부모 회의에선 그 선생님이 교사는 신성한 직업이라고 하시니깐 다양한 직업을 가진 학부모들이 너도나도 고개를 끄덕이더라고."

즈거가 말했다.

"아이들을 가르치는 일이 신성한 일이란 건 나도 동의해. 하지만 직업에 귀천이 없다면 모든 직업이 신성한 거 아냐? 엘리베이터에서 뜨개질하면서 층수 버튼 눌러주는 아줌마를 포함해서 말이야."

즈거는 계속 말을 이어갔다.

"근데 나중에 보니까 신성한 일이 점점 더 많아지는 거야. 의사, 농민, 과학자 너나 할 것 없이 신성하더라고. 올림픽 중계방송을 보니까 거기 해설자도 신성한 올림픽 정신이라고 몇 번이나 반복해서 말하던걸. 원고를 쓰는 작가도 신성한 직업윤리에 대해 말하더라. 그렇다면 그 사람 책에서는 번쩍번쩍 금빛이 뿜어져 나와야겠지. 작가는 제단에서 글을 써야 하고. 그뿐인가? 영화나 그림, 문학도 신성해. 평론을 쓸 때는 정확한 논조로 날카롭고 히스테릭하게 글을 써야 돼. 손에 붉은 피로 물든 깃발을 쥐고 있는 것처럼 말이야."

즈거는 열변을 토했다.

"그런 걸 보면서 난 큰 깨달음을 얻었어. 세상 모든 사람들은 신성한 영역에 있다는걸. 믿고 안 믿고는 네 마음이지만 네가 믿는다면 그게 바로 신앙인 거야. 하지만 논리적으로 봤을 때 너는 너 자신 하나만 믿을 수밖에 없어. 어차피 모두가 신과 같은 반열에 올랐으니까 넌 부동산 중계나 온라인 마케팅, 보험 영업을 하는 사람을 네 앞에 무릎 꿇게 할 순 없어. 그들도 다 저마다의 신성이 있으니까. 신성한 올림픽 정신처럼 말이야. 그런 일을 하는 회사의 대표에게 물어봐. 그런 일이 어디가 신성한지 너한테 알려줄 테니까."

즈거의 일장연설에도 류스산은 가만히 듣고만 있었다.

"말이 나왔으니까 하는 말인데 나는 신성한 사유재산을 침범할 수 없다는 데에 동의한다. 너는 어때?"

"나도 동의하지."

류스산이 고개를 끄덕였다. 그러자 즈거가 엄숙하게 말했다.

"오케이! 네가 동의한다니까 오늘 먹은 건 더치페이하자. 사유재산은 신성한 거니까 누군가 한 사람만 낼 수는 없는 거야."

꿈이 변증법적인지 정신이 몽롱했다. 류스산이 깨었을 때는 날이 이미 밝아 있고 늘어진 손에는 보험 교재가 들려 있었다. 펜은 벌써 침대 아래로 떨어진 지 오래였다. 요즘 치우치우와 함께 자고 있는데 툭하면 그의 머리 위에 있다가 배로 이동하면서 그의 수면의 질이 날이 갈수록 떨어지고 있었다. 류스산이 침대에서 일어나 앉으니 치우치우가 책상에 무릎을 꿇고 앉아 작은 손을 창틀에 대고 정신을 집중하며 창밖을 내다보고 있었다.

류스산이 뭔가 싶어 다가가니 치우치우가 말했다.

"쉿! 살살 움직여. 남의 말 엿듣는 게 뭔지 알아?"

"뭐?"

"잘 모르면 나한테 배워. 이제 우리 둘이 할머니가 무슨 말하는지 엿듣는 거야."

2

복숭아나무 아래 할아버지 한 사람이 서 있는데 머리가 하얗고 금테 안경을 쓰고 흰 반팔 셔츠에 잘 다린 양복바지를 입고 있었다. 외할머니가 바닥을 쓸며 다리를 좀 들어보라고 눈짓을 하자 할아버지는 한 걸음 물러선 뒤 다시 바른 자세로 섰다.

"리씨 할아버지잖아. 너도 알아?"

류스산이 낮은 소리로 물었다. 그 말에 치우치우가 혀를 차며 대꾸했다.

"우리 진의 큰 부자라고 했잖아, 시계 수리하는."

류스산은 괜히 경계하며 말했다.

"리씨 할아버지가 할머니를 마음에 두고 있지는 않겠지?"

치우치우는 턱을 쓰다듬으며 말했다.

"할아버지가 아빠 외할아버지가 된다면 난 설날에 세뱃돈 많이 받겠네."

류스산은 치우치우의 뺨을 꼬집었다.

"시끄러!"

치우치우는 얼굴을 꼬집힌 와중에도 눈을 동그랗게 뜨며 류스산의 말을 반박했다.

"리씨 할아버지가 얼마나 돈이 많다고. 보험도 엄청 많이 사줄지 몰라. 생각해봐. 돈 많은 외할아버지가 나쁠 게 뭐가 있어?"

류스산은 가만히 생각하다 치우치우의 얼굴에서 손을 뗐다.

"일리가 있네."

"형수님, 저는 돌아가서 추석을 쇠야 할 거 같아요. 여동생이 일흔두 살 되는 해 추석엔 꼭 돌아오라고 했거든요. 근데 시간이 얼마나 빠른지 벌써 5, 6년이 후딱 지나 제가 벌써 일흔두 살이 됐네요."

외할머니는 빗자루를 담벼락 한쪽에 놓더니 앞치마의 먼지를 털며 쪼그리고 앉아 물건 재고를 셌다.

"그러셔야죠. 비행기가 편하니까 그거 타고 일찍 내려가세요."

리씨 할아버지는 안경을 벗고 눈을 비비며 말했다.

"어젯밤에는 늦게까지 잠을 못 자고 내내 생각했는데요. 늙으면 다 그렇더라고요. 근데…… 이번에 가면 여기로 돌아오지 못할 수도 있을 거 같아요."

리씨 할아버지는 머뭇거리다 다시 말했다.

"만약에 돌아오지 못하면 제가 바다 저편에서 죽은 줄 아세요."

외할머니는 잠시 멈췄다가 이내 상자를 뜯고 라면을 한 봉지 한 봉지 꺼내며 말했다.

"옛말에 나뭇잎은 떨어지면 뿌리로 돌아가고, 사람은 죽음을 피할 수 없다고 했잖아요."

"많은 일들이 바로 어제 일어난 일처럼 떠오르네요. 형이 남들 몰래 형수님 데리고 어머니 제사에 왔다 형수님 잃어버렸잖아요. 온 집안 식구들이 나서서 날이 어두워질 때까지 찾았는데 형수님은 바닷가에서 주무시고 계셨죠. 두 사람 결혼하던 날도 고향 풍속이 화환을 선물하는 거였는데 형수님이 그거 보고 어찌나 울어대시는지 아무리 달래도 멈추지 못하셨잖아요."

리씨 할아버지의 목소리는 조금 울먹이고 있었다.

"형이 너무 일찍 가셨어요. 제가 형수님 잘 돌봐드린다고 약속했는데 형수님은 기어코 괜찮다고 하셨죠. 그 시절이 며칠 전인 것 같은데 돌아보니 한평생이 다 지나갔네요."

외할머니는 이것저것을 뒤적이며 리씨 할아버지의 말을 끊었다.

"아이고, 맞다! 여기 특산품 좀 가져가세요. 갈치는 못 보내니까 찻잎이 낫겠네요. 거기 식구들도 차 마시는 거 좋아하잖아요."

그때 리씨 할아버지가 발 옆에 뒀던 봉지를 들더니 종이상자를 꺼내며 말했다.

"고향집에서 보내온 거예요. 20년 넘게 못 드셨죠? 한번 맛 좀 보세요."

외할머니는 그 종이상자를 보고 잠시 멍해졌다 금세 침착하게 받아들였지만 손이 조금씩 떨리고 있었다. 그녀는 얼른 상자를 진열장에 올려놨다. 류스산이 자세히 보니 상자는 옅은 노란색의 크라프트지로 만든 것이었는데 얇은 끈으로 몇 바퀴 묶여 있고 위에는 '펑리수'라고 쓰여 있었다. 리씨 할아버지는 고개를 들어 복숭아나무를 바라보더니 깊은 숨을 내쉬며 말했다.

"갈게요."

"예."

외할머니는 대꾸했다. 리씨 할아버지는 몸을 돌려 마치 등이 굽은 것처럼 천천히 걸어가다 문가에서 고개를 돌렸다.

"한 가지 부탁 좀 드릴게요."

그 말에 외할머니가 손을 흔들었다.

"그럼요. 뭐든 말씀하세요."

"시계포는 가져갈 수 없으니까 부탁 좀 드릴게요. 저 대신 잘 좀 살펴주세요."

"당연하죠."

리씨 할아버지의 말에 외할머니가 고개를 끄덕였다. 그러자 리씨 할아버지가 다시 말했다.

"집문서랑 증여증서를 펑리수 밑에 넣어서 같이 묶어놨어요. 제가 돌아오지 못하면 형수님 드릴게요. 팔아버리셔도 되고, 갖고 계셔도 되니까 알아서 하세요. 형수님, 저 갈게요."

나뭇잎이 바람에 가볍게 흔들리고 햇살이 부서지는데 들릴 듯 말 듯한 매미 소리가 먼 곳의 조수潮水 같았다. 뭉게뭉게 피어난 구름 하나가 천천히 산꼭대기에서 미끄러져 바람을 타고 하늘가에 닿았다. 류스산은 나중에야 깨달았다. 어떤 헤어짐은 그것이 마지막 만남임을 말이다. 하지만 그 순간 그가 들은 소식이 너무 충격적이라 얼른 치우치우에게 물었다.

"리씨 할아버지 시계포가 얼마나 하지?"

치우치우는 확실하다는 듯 말했다.

"아마 카드 게임 가게 세 개는 될걸."

카드 게임 가게가 돈으로 얼마나 되는지 치우치우는 전혀 모를 것이다. 하지만 그 가게가 세 개라는 말은 아이가 표현할 수 있는 매우 높은 금액이리라. 류스산은 집 안에서 몇 걸음 왔다 갔다 하다 흥분한 목소리로 말했다.

"가게를 팔면 내가 진 사람 전부 보험을 계약해줄 수가 있어. 보험 1,000건이 모두 해결되는 거라고. 세상에 내 성공이 이렇게 쉽게 이뤄질 줄이야."

치우치우도 책상에 뛰어내려 덩달아 흥분했다.

"우리 부자 되는 거야?"

류스산은 신이 나면서도 살짝 양심에 걸렸다.

"어휴, 그래도 남의 걸 거저 가질 수는 없지 않을까?"

치우치우는 돈에 눈이 멀어 거기서 헤어나지 못했다.

"고향 친지와 이웃들에게 보험 좀 들어주겠다는데 뭐가 나빠! 리씨 할아버지 대신 착한 일을 하는 거야! 할아버지도 아빠를 이해해줄 거라고!"

3

마당 문을 닫고 리씨 할아버지가 멀어져 갔다. 외할머니가 멍하니 있다 잠시 후 고개를 돌려보니 류스산과 치우치우가 수상

쩍은 표정으로 몸을 배배 꼬고 서 있었다. 외할머니는 "흥" 하며 콧방귀를 뀌었지만 평소와 달리 무기를 들어 외손자를 때리지 않았다. 류스산이 잰걸음으로 다가가 그녀의 어깨를 주무르며 말했다.

"할머니, 리씨 할아버지가 좋은 거 줬죠? 같이 좀 나눕시다."

외할머니는 퉁명스럽게 그의 손을 뿌리치며 말했다.

"나누긴 뭘 나눠? 남의 거야."

치우치우는 더 해보라며 눈짓을 했고 류스산은 계속 아양을 떨었다.

"내가 다 들었어. 증여증서도 있다며? 그럼 바로 할머니 거지."

하지만 외할머니는 단호하게 말했다.

"나보고 가게 좀 대신 봐달라고 한 거야. 세상에 돈 필요하지 않은 사람이 어디 있어? 아무리 그래도 남의 돈 거저먹으려고 하면 죽어서도 마음이 편치 않은 거야, 이놈아."

그녀의 말 한마디에 부자가 되겠다는 류스산과 치우치우의 꿈은 홀랑 날아갔다. 다행히 하나는 모자라고 다른 하나는 어린 터라 외할머니가 차려준 양차오허방탕[59]과 화차이둔러우[60]에 두 사람의 불만은 순식간에 사라졌다.

---

59 秧草河蚌湯, 거여목과 민물조개로 끓인 국

60 花菜燉肉, 콜리플라워와 고기를 넣고 찐 요리

4

류스산의 일상생활은 이미 고정적인 패턴이 생겨 진 주민의 자료를 수집하고 평가한 뒤 보험 영업에 성공할 확률이 높은 사람을 골라 융단 폭격을 펼쳤다. 치우치우와 외할머니가 자료를 제공하고 청샹이 분석하면 류스산이 행동에 나섰다. 며칠이 지나도록 업무 실적은 눈에 띄는 상승이 없었지만 류스산은 윈벤진에 대해 다시 알게 됐다. 어린 시절의 어른들은 모두 살쩍이 허연 노인이 됐고, 젊은이들은 대부분 타지로 나가 남은 사람들은 차밭에서 일하고 소수는 가업을 물려받아 작은 가게를 꾸리고 살았다.

밀레니엄이었던 2000년 이전만 해도 월극 극단이 진에 오는 것은 아주 큰일로 영화관에서 공연을 한다고 하면 관람객들로 인산인해를 이뤘다. 당시 영화관은 영화를 틀어도 학교에서 단체 관람을 하지 않는 한 만석이 되는 일이 드물었다. 수익이 형편없던 영화관 사장은 평소 극장 안에 비디오방을 만들어놓고 단상에 텔레비전을 놓은 뒤 1인당 2위안씩 받고 자신이 직접 고른 영화 VCD를 보여줬다. 당시 수업을 빼먹은 아이들이나 할 일 없는 청년들은 까먹는 씨앗을 들고 와 오후 시간을 보내곤 했다.

하지만 밀레니엄 이후 진에 PC방과 노래방이 많아지면서 영화관은 정식 영화만 틀게 됐고 월극 극단이 오는 일도 적어졌다. 그 때문에 유명했던 여자 배우들의 이름도 점점 흐릿해지더니 끝내 잊혀졌다. 다만 류스산은 남장을 했던 그녀들이 열심히 공부해 장원급제를 하고 의기양양하게 돌아오던 월극 속 한 장면만은 지금도 기억하고 있다.

류스산은 주말 광장 앞에 사람들이 이렇게 많이 몰릴 거라고는 전혀 생각지 못했다. 듣자 하니 평소 표를 구하기 힘든 저장성 유명 극단의 공연이라 윈벤진 사람들도 열띤 호응을 보인 모양이었다.

5

황혼이 산을 덮을 무렵 윈벤진 영화관에서는 "퉁탕탕, 챙챙챙!" 징과 북 소리가 들려왔다. 사람들이 연이어 극장 안으로 들어가고 표를 검사하는 할아버지가 한 장 한 장 표 반쪽을 뜯으며 이따금 밖을 쳐다봤다.

'은행에서 일하는 친샤오전 아닌가? 밖에서 30분 넘게 서 있는데 누굴 기다리나 보네.'

회화나무 아래에 선 친샤오전이 손목을 들어 시간을 확인하니 벌써 6시 30분이었다. 그녀는 동쪽을 자꾸 쳐다봤는데 그곳에는 옷가게 거리와 우진 식료품점, 더 먼 곳에는 목욕탕과 찻집이 있었다. 여름의 태양이 느지막이 산으로 넘어가는 사이 붉디붉은 지평선이 드러나고 하늘은 푸른색 잉크를 풀어놓은 것 같았다. 그녀가 바라보는 곳은 금빛이 부서지듯 하나둘 불빛이 켜지는데 기다리는 사람은 오지 않았다.

'오지 않는 걸까?'

친샤오전은 이런 생각을 하며 샌들로 바닥을 밟아 원을 그렸다. 그럼 어쩐다? 안으로 들어갈 수 없는 걸까? 괜히 표 두 장만 낭비했다고 생각하니 서글픈 기분이 들었다. 그녀가 가벼운 한숨을 내쉬고 있을 때 멀지 않은 곳에서 발걸음 소리가 들려왔다. 반가운 기색으로 고개를 들었던 그녀는 이내 실망하고 말았다. 그녀가 기다리는 사람이 아니었기 때문이다. 하지만 그녀가 아는 사람임은 분명했다.

"샤오전, 아직 안 들어가고 뭐하니?"

질문을 건넨 사람은 친샤오전의 엄마로 새로 말은 파마를 뽐내며 부들부채로 모기를 쫓았다. 친샤오전의 아빠는 딸이 아무 말도 하지 않자 주위에 의심스러운 사람이 없는지 둘러봤지만 전혀 찾을 수 없었다. 친샤오전의 아빠는 헛기침을 하며 말했다.

"가자, 가. 함께 들어가자."

친샤오전은 아까 보던 방향을 슬쩍 쳐다보며 내키지 않는 목소리로 대꾸했다.

"안이 갑갑해서요. 조금 있다 들어갈게요."

친샤오전의 엄마가 벽에 붙은 포스터를 보며 첫 번째 공연은 「오녀배수」이고, 두 번째 공연은 「취타금지醉打金枝」, 세 번째 공연은 「진주탑珍珠塔」인 걸 확인하고 딸에게 말했다.

"너희 작은이모한테 전화가 왔는데 보고 싶은데 표가 없다더라. 마침 널 만나서 다행이다. 너 표 두 장 끊었으니 작은이모한테 한 장 줘."

아버지도 거들고 나섰다.

"그래. 한 장 더 있잖아. 이리 줘봐. 아빠가 전화해서 부를게."

친샤오전은 입술을 깨물며 핑곗거리를 찾으려 했지만 의심 많은 아빠가 정색을 하며 물었다.

"표는?"

"잃어버렸어요."

"잃어버려? 봉투 안에 넣어둔 걸 어떻게 잃어버려? 너 어제만 해도 테이블 위에 놔뒀잖아."

엄마가 미간을 찌푸렸다.

"잃어버렸으니까 잃어버렸죠. 표 한 장뿐인데 작은이모 필요하시면 이거 드릴게요."

친샤오전은 조금 전만 해도 누군가 빨리 오길 바랐지만 지금은 그가 오지 않았으면 하는 마음이 간절했다. 친샤오전의 아빠는 퇴직한 엔지니어로 예측 능력이 매우 뛰어난 사람이라 딸의 표정만 보고도 상황이 어떻게 돌아가는지 추측해냈다.

"표를 니우따톈한테 줬니?"

친샤오전의 엄마는 그제야 눈치를 채고 딸이 평소엔 때가 탄다며 잘 입지 않던 새하얀 원피스를 입었다는 걸 발견했다. 심지어 친샤오전은 눈썹도 그리고, 옅은 립글로스도 바르고 있었다. 그녀는 딸을 원망하듯 말했다.

"샤오전, 너 이러는 건 어디서 배웠니? 니우따톈은 가망이 없는 놈이야! 됐다! 월극 안 봐도 돼. 집에 가자, 얼른 집에 가."

친샤오전의 엄마는 딸의 손을 잡아끌었다. 친샤오전은 입을 꾹 다물고 제자리에 선 채 고개를 숙였다.

6

친샤오전이 선 회화나무 근처에는 다른 회화나무가 있었는데 그 아래 보험 3인조가 서 있었다. 낯빛이 어두워진 친샤오전 가족의 모습을 보며 류스산이 말했다.

"저 집 식구들은 좋은 구경하러 왔다 오히려 구경당하게 됐네."

"세 사람이 싸우고 있는 거 같은데 아버지가 욕하시나 봐. 내가 니우따텐을 찾아와야겠어."

청샹이 말했다. 그 말에 류스산은 눈살을 찌푸리며 핀잔을 줬다.

"지금 집안에 갈등이 생겼는데 네가 니우따텐을 잡아오면 거기에 외부의 갈등만 더해주는 거잖아. 그러다간 단순히 말다툼으로 끝나는 게 아니라 진짜 치고받고 싸우게 되는 거야."

청샹은 콧방귀를 뀌며 대꾸했다.

"그럼 너는 얼마나 대단한 고견이 있는데?"

류스산이 그리 멀지 않은 곳의 친샤오전을 보니 부모를 따라가려 하지도, 그렇다고 뭐라 말을 하지도 않았다. 그가 많은 고객들을 상대한 경험에 비춰보자면 이런 여자는 혼자 폭발하든지 아니면 아예 다 같이 장렬히 전사하는 스타일이다. 류스산은 곰곰이 생각하다 말했다.

"우리가 치우치우를 보내서 말을 전하면 어때? 일단 집에 가서 한밤중에 귀중품이랑 옷같은 거 챙겨 나오면 니우따텐이랑 사랑의 도피를 할 수 있게 도와준다고 말이야."

류스산의 말이 끝나자마자 청샹이 발을 들어 날아 차기를 했고 류스산은 하마터면 회화나무 너머로 넘어질 뻔했다. 그는 엉덩이를 부여잡고 눈을 부라렸다.

"뭐야?"

청샹은 코웃음을 치며 말했다.

"너 지금 니우따텐이랑 부녀자를 납치하겠다는 거잖아. 친샤오전 가족이 너희를 절대 가만두지 않을걸."

치우치우는 재미난 구경이라도 난 것처럼 튀밥을 먹으며 말했다.

"아빠, 엄마! 침착하시고 몸 생각도 좀 하세요."

친샤오전의 엄마는 더 이상 부채질도 하지 않고 딸의 마음을 돌리려 애를 썼다.

"샤오전, 나랑 아빠는 그래도 이 진에서 개방적인 사람이라 너한테 뭘 강요해본 적이 없다. 하지만 니우따텐은 안 돼. 우리가 그 녀석이 어떻게 커왔는지 다 봤잖니. 하다못해 그놈이 욕심을 내서 전문대 시험이라도 보고 옳은 일이라도 할 수 있으면 모를까."

그때 어디선가 시무룩한 목소리가 들려왔다.

"꼭 공부만이 옳은 일인가요?"

니우따텐이 드디어 모습을 드러냈다. 위기가 고조되는 순간에 갈등의 당사자들이 모두 현장에 모인 것이다. 니우따텐이 약속에 늦어 발생한 친샤오전과의 갈등, 니우따텐이 친샤오전 부모에게서 딸을 빼앗아가려는 갈등, 친샤오전과 부모 사이에 벌어진 연애의 자유에 대한 갈등, 이 세 갈등이 대립하면서 류스산과 청샹, 치우치우는 숨조차 제대로 쉴 수 없었다.

니우따텐에게 감정이 좋을 리 없는 친샤오전의 엄마는 미간을 잔뜩 찌푸렸다.

"난 다른 집은 어떤지 모르겠지만 우리집 사위는 적어도 대학은 나와야 돼."

류스산은 자신이 친샤오전 집안 기준에 도달했다는 사실에 놀라면서도 기분이 좋았다. 청샹은 류스산을 쿡쿡 찔렀다.

"너희 집도 기준이 있어?"

류스산은 어이가 없다는 듯 말했다.

"당연히 있지. 우리집 며느리가 되려면 적어도 통장에 20만 위안은 있어야 돼."

그 말에 치우치우가 물었다.

"아빠 집 아이가 되려면?"

류스산이 곰곰이 생각하다 말했다.

"애는 경제적 활동을 못하니깐 19만 위안만 있으면 되겠다."

어른과 아이 두 여자가 잔뜩 눈을 흘기자 류스산이 빙글빙글 웃으며 말했다.

"두 사람이 나한테 물었으니까 다행이지 할머니에게 물어봤으면 가격이 2배로 뛰었을걸."

"이런 속물. 널 보니까 친샤오전 집의 요구는 굉장히 합리적인 거네."

청샹이 말했다. 류스산이 마음이 상했다는 듯 말했다.

"사실 니우따텐은 차라리 친샤오전 부모님이 몇 십만 위안만 달라고 하기를 바랄걸. 저 녀석한테는 공부가 가난보다 더 겁나는 일이니까. 치우치우, 너도 나중에 '궁즉사변窮則思變'이란 말을 배우게 될 거야. '궁하면 변화를 원한다'는 뜻인데 사실 이 고사성어는 '돈이 궁하면 돈을 원하고, 돈이 많으면 변화를 원한다'라고 해야 맞아."

옆에서 듣고 있던 청샹이 한마디를 덧붙였다.

"아빠가 헛소리하는 거야."

7

친샤오전의 아빠는 니우따텐에게 눈길 한번 주지 않고 애원하는 딸을 잡고 데려가려 했다. 니우따텐은 급한 마음에 소리를 질렀다.

"아버님, 천천히 이야기 좀 나누시죠. 제가 만족스럽지 않다는 거 압니다. 하지만 제게도 기회를 좀 주십시오. 꼭 만족시켜 드리겠습니다!"

니우따텐의 그럴듯한 말에도 친샤오전의 아빠는 좋은 얼굴 한번을 보여주지 않고 돌아서며 말했다.

"기회 같은 건 없네. 난 절대로 내 딸을 도박장이나 하는 놈에게 줄 수 없어. 우리 집안에 경찰서 드나든 사람은 하나도 없으니까 자네도 알아서 하라고."

니우따텐은 입만 벌린 채 아무 말도 하지 못했다. 친샤오전은 한 걸음씩 끌려가며 천천히 니우따텐에게서 멀어졌다. 그 모습을 보던 니우따텐이 결국 고함을 쳤다.

"기다려주십시오!"

그 소리가 얼마나 컸던지 모두 걸음을 멈출 수밖에 없었다. 니우따텐은 허리를 굽히고 고개를 숙였다. 앞으로 깍지를 낀 두 손에 얼마나 힘을 줬는지 손가락 마디마디에 핏기가 사라질 정도였다. 심지어 니우따텐은 선고를 기다리는 피의자처럼 바들바들 떨고 있었다. 하늘에는 점점 황혼이 물들고 가로등이 켜지기 시작하는데 니우따텐은 이마에 온통 식은땀이 맺힌 채 한마디 말도 못하고 있었다. 아마도 말이 목에 걸려 한마디도 뱉을 수 없는 것 같았다.

니우따텐이 침묵을 지키고 있는 몇 초가 그곳에 있는 사람들에게는 일 년처럼 느껴졌다. 류스산은 어쩐지 니우따텐이 안타깝게 느껴졌다. 눈이 내리던 동지에 그 역시 비슷한 침묵에 빠졌던 적이 있었다. 공기조차 얼어붙은 그때, 그는 정신을 차린 뒤에야 숨을 쉬어야 한다는 걸 알았다.

류스산은 앞에 있는 두 사람을 흘깃 보다 문득 부러운 마음이 들었다. 친샤오전의 행동이나 표정이 니우따텐과 다르지 않았기 때문이다. 두 사람과 류스산은 달랐다. 그는 슬픔의 침묵이었지만 두 사람은 고집의 침묵이었다. 슬픔의 침묵은 시간이 깨주며 두 줄기 강물이 서로 다른 방향으로 흐르게 한다. 반면 고집의 침묵은 스스로 깨야 하며 그들의 고집으로 인해 강물이 마를지라도 가로막힌 둑을 무너뜨리겠다는 뜻이다.

니우따텐은 숨을 헐떡이며 자신을 바라보는 친샤오전 가족의 눈길에 맞서 말했다.

"제가 바꾸겠습니다."

류스산은 친샤오전의 부모가 어떤 대답을 할지 상상이 됐다.

하지만 그들이 채 입을 열기도 전에 곁에 있던 사람들 몇 명이 남쪽을 가리키며 소리를 질렀다.

"어어!"

친샤오전의 가족은 물론이고 류스산과 청샹, 치우치우, 작은 광장에 있는 사람들 모두 고개를 들어 남쪽을 쳐다봤다.

황혼 속에 불꽃이 피어오르더니 노을로 물든 구름과 하나로 잇닿아 기다란 유성처럼 저녁 하늘을 갈랐다. 불길이 거세게 위로 타오르고 무수한 불꽃이 박자나 원칙도 없이 "투둑! 탕탕" 터졌다. 뜻밖의 장면에 사람들은 너나 할 것 없이 넋을 놓고 쳐다봤다. 마치 정월대보름처럼 작은 진의 남쪽은 불타오르고 있었다. 멍하니 보고 있던 친샤오전의 눈은 반짝이는 불꽃이 비치더니 이내 서서히 눈물을 흘렸다. 친샤오전의 엄마는 천천히 고개를 돌리며 작은 소리로 말했다.

"뭐야! 쟤 또 불꽃을 놓은⋯⋯."

그런데 그녀가 문득 하던 말을 멈췄다. 류스산 역시 뭔가 이상하다고 생각하다 저도 모르게 한마디를 내뱉었다.

"이런 미친 새끼!"

류스산의 심장은 미친 듯이, 정말 미친 듯이 쿵쾅쿵쾅 뛰기 시작했다. 마치 망치로 내리치듯 묵직하고 빠르게 뛰어 가슴이 아프다 못해 쪼개질 지경이었다. 모든 사람이 다 침묵만 하거나 기다리기만 하는 것은 아니다. 어느 누군가는 폭약 가방을 가슴에 품고 높고도 두터운 성벽에 붙어 기꺼이 몸이 으스러지면서 뼈가 가루가 되기도 한다.

하늘은 갈수록 붉어지고 또 밝아졌다. 남쪽의 단층 건물은 예전에는 기름집이었지만 나중에 도박장으로 바뀐 곳이다. 니우따텐은 무릎을 꿇고 울먹이는 목소리로 말했다.

"아버님과 어머님이 저를 싫어하는 거 잘 압니다. 제가 도박장을 운영하는 것도 싫어하실 테지요. 그게 옳지 않은 일이라고, 그 일을 하는 저도 나쁜 사람이라고 생각하시잖아요. 하지만 샤오전을 위해 제가 오늘 저 도박장을 남김없이 불태우기로 결심했습니다."

친샤오전의 부모는 엄청난 충격으로 아무 말도 하지 못했다.

"하지만!"

니우따텐은 계속 말을 이어갔다. 그의 말에 감동하고 있던 주위의 사람들은 진실된 고백이 아니라 갑작스러운 '하지만'의 등장에 깜짝 놀랐다. 니우따텐은 비처럼 눈물을 줄줄 흘렸다.

"하지만! 기름집은 국가 재산이라 제가 불을 내면 방화범이 된다고 합니다. 제가 불을 지르면 총살당할 거라고 직원들이 울면서 말렸습니다. 그래서 전 할 수 없이 마작 테이블과 포커 카드, 주사위 통을 건물 뒤에 있는 밀밭으로 옮겨서 태웠습니다. 다만 옮길 물건이 너무 많았습니다. 소파와 의자, 술 수십 상자를 직원들이랑 하루 종일 옮기다 보니 조금 전에 끝나서…… 제가…….”

친샤오전은 주르륵 눈물을 흘렸다. 니우따텐은 더 큰소리로 가슴을 치며 울었다.

“샤오전, 미안해요. 내가 늦었어요. 첫 번째 데이트인데 내가 늦고 말았어요. 미안해…….”

류스산은 붉게 물든 노을을 보며 한참이나 얼이 빠져 있었다. 그 때문에 자신이 청샹의 왼손을 잡고 있다는 것도, 청샹이 오른손으로 눈가의 눈물을 닦고 있다는 것도 알지 못했다.

친샤오전의 부모도 눈시울을 붉히며 입술을 씰룩거리고 있었다. 니우따텐의 행동에 감동했으면서도 그렇지 않은 척하고 있는 게 분명했다. 니우따텐은 여전히 무릎을 꿇은 채 말했다.

“아버님과 어머님, 저 정말 샤오전을 좋아합니다. 샤오전을 위해서라면 전 뭐든지 할 수 있습니다. 제발 저희 두 사람이 사랑할 수 있도록 허락해주십시오!”

그러더니 그는 쾅 소리가 나도록 머리를 조아렸다. 네 사람을 둘러싼 관중들은 너나 할 것 없이 숨을 죽였다. 월극을 보러 극장 안에 들어갔던 사람들도 다시 뛰어나왔으며, 검표를 하던 노인도 손에 든 담배가 다 타들어가도 모를 정도로 숨을 죽이고 있었다. 수백 명의 사람들이 까치발을 들고 목을 길게 뺀 채 아무 소리도 내지 않았다. 다만 극장 안에서 들릴 듯 말 듯 공연을 알리는 소리가 들려올 뿐이었다.

"공연이 곧 시작되오니 관객 여러분은 시간 안에 차례대로 입장하셔서 좌석 번호에 맞게……."

불꽃 몇 방이 위로 솟아 하늘을 맴도는데 친샤오전의 아빠는 이마를 짚고 있고 엄마는 옷깃이 뜯어질 만큼 꽉 쥔 채 연신 한숨만 내쉬다 간신히 한마디를 건넸다.

"너도 참 곧이곧대로 했다. 물건은 팔면 되지 불태우면 어떡하니? 다 돈 낭비잖아. 소파나 술은 놔두면 쓸 수 있는데……."

그 말에 청샹과 치우치우는 눈빛을 반짝이며 류스산의 옷깃을 잡아 흔들었다.

"이야!"

그 순간, 류스산이 말했다.

"난 들었어, 희망이 있다고."

니우따텐은 도박장을 여러 해 운영했기에 눈치를 살피는 데는 선수였다. 친샤오전의 엄마가 한발 물러난 투로 말하자 얼른 자리에서 일어섰다.

"낭비라뇨? 그럴 리가요. 아직 다 태우지도 않았습니다. 천천히 보시면 됩니다. 이리 와보세요. 아버님과 어머님, 여기서 잘 보입니다."

8

니우따텐은 결국 월극 공연을 보지 못했고 친샤오전은 표를 작은이모에게 줬다. 하지만 니우따텐은 자신 앞에 펼쳐진 사랑의 길에 덩실덩실 춤을 추듯 기뻐했다. 니우따텐은 얼마나 좋았는지 단번에 보험 4건을 계약했다. 류스산 또한 얼마나 좋았는지 니우따텐의 서명이 적힌 보험 증서 4장을 끌어안고 내려놓을 줄 몰랐다. 늦은 밤이 되어서야 류스산은 오늘이 주말임을 깨달았다. 그때 마침 휴대전화의 진동음이 울렸고 회사 단톡방에 직원들이 주간 실적 보고를 하기 시작했다.

'우밍치아오, 26건으로 다시 1등을 차지했습니다.'

'쉬룽, 궈광, 만만 셋이 힘을 합쳐 20건의 성과를 올렸습니다!'

직원들이 즐거워하고 있을 때 허우 이사가 물었다.

'그리고 누가 또 보고를 안 했습니까?'

그러자 단톡방 안이 갑자기 조용해졌다 다시 너도나도 떠들어댔다.

'류스산이 아직 안 했습니다.'

'류스산, 허우 이사님이 찾으시잖아.'

오늘은 류스산도 지난날과 달리 보고할 것이 생겼다.

'4건 계약했습니다.'

뜻밖의 소식에 사람들은 비웃어야 할지 감탄해야 할지 알 수 없어 일단 이모티콘을 띄웠다. 다들 허우 이사의 마음을 알 수 없으니 함부로 움직일 수 없었다. 그때 허우 이사가 한마디를 했다.

'1,001건이라고 하지 않았나?'

그제야 동료들은 벌떼같이 달려들어 평가를 했다.

'40건인 줄 알았네.'

'이런 속도라면 류스산이 쉰일곱 살은 돼야 목표를 달성할 수 있겠는데.'

'오, 대단한데. 무슨 계산을 그렇게 빨리해?'

머리를 들이밀고 옆에서 지켜보던 청샹은 류스산의 휴대전화를 빼앗아 글을 썼다.

'헛소리 그만하고, 앞으로 두고 봐라.'

어둠 속에서 한 점 한 점 불빛이

서서히 꿈틀대며 숲이 빽빽한

산속에 작은 길을 만들었다.

CHAPTER 10

슬픔과 희망, 모두 한줄기 빛

1

7월은 매우 빠르게 지나갔다. 서글프게도 류스산은 자신이 고향의 따뜻하고 여유로운 생활 리듬에 다시 익숙해졌음을 깨달았다. 몇 시에 일어나도 큰 상관이 없었다. 오전 10시 전에만 일어나면 외할머니의 아침밥을 먹을 수 있었다. 고향 사람들에게 보험 영업을 하는 일은 진전이 크지 않았지만 어느 집에 가던 문전박대를 당하는 일은 없었다. 또한 사람들은 계약을 하든 하지 않든 밥을 먹고 가라며 류스산을 붙들었다.

날씨는 갈수록 더워지고 비가 내린 뒤 황혼이 내렸는데 류스산이 밥그릇을 들고 고개를 들어보니 하늘에 무지개가 걸려 있었다. 촉촉한 공기와 짙은 초록빛 산과 들, 반투명한 하늘과 구름에 여유롭게 걸려 있는 무지개까지 탁자 위의 국그릇에 모두 비칠 듯했다.

청샹과 치우치우는 시간에 맞춰 찾아와 하루 세 끼를 꼬박 얻어먹었다. 어른과 아이 두 여자가 낯짝이 두꺼웠지만 외할머니의 뒤를 따라다니며 작은 가게에 물건을 들여놓거나 가게를 보기도 했기에 거저 밥을 먹는 건 아니었다. 류스산은 인생을 좀먹고 있다고 느꼈지만 청샹은 이것이 아름다운 인생이라고 말했다.

마당에서 밥을 먹은 뒤 외할머니는 토마토를 따러 가야 한다며 담배를 물고 사라졌다. 류스산이 설거지를 하고 있을 때 청샹이 다가왔다.

"너한테 깜짝 놀랄 만한 걸 보여줄게."

그녀는 식탁 위에 종이 한 장을 펼쳤다.

"내가 그동안 보험의 특징을 연구해서 고객 가치 계산표를 만들어봤어."

그녀는 꼬깃꼬깃하고 낡은 종이를 가리켰다.

"이 표를 보면 간단하게 이 사람이 고객이 될 가능성이 얼마인지를 계산할 수 있어."

치우치우는 무슨 말인지 모르면서도 있는 힘껏 박수를 쳤다.

"엄마, 진짜 대단하다!"

류스산은 손을 비비며 의심스러운 눈길로 쳐다봤다.

"무슨 원리인데?"

"예를 들어 너의 상황을 대입해볼게."

청샹이 펜을 들고 설명을 시작했다.

"표에 정확하게 표기되어 있는데 만약 연수입이 10만 위안을 초과하면 성공률이 10% 플러스가 되고, 10만 위안 미만이면 10% 마이너스가 되는 거야. 네 연수입은 5만 위안이 안 되니까…… 20%를 빼야 돼. 다시 말해 지금 네가 고객이 될 가능성은 마이너스 20%지."

류스산이 항의하려 했지만 청샹은 말을 이어나갔다.

"네 나이를 고려하면 서른 살이 안 되니까 가능성은 다시 20%를 빼야 하는데…… 이게 무슨 말인지 알겠지? 젊은 사람은 죽음을 두려워하지 않으니깐 보험을 잘 계약하지 않아. 알겠어?"

치우치우가 대신 대답을 했다. "알겠어!"

류스산은 아니라고 말하기 민망해 그저 고개만 끄덕였다. 청샹은 계속 계산을 해나갔다.

"여기에 너의 성별과 가족 구성, 성격 등의 변수를 넣으면…… 오케이! 결론이 나왔다. 만약 류스산이 영업 대상이라면 성공할 가능성은 마이너스 280%야. 정확해? 아니면 아니야? 말해봐!"

류스산은 잠시 생각을 하다 입을 열었다.

"일리가 있는 거 같긴 하지만 그게 무슨 소용이 있어?"

청샹은 그럴 줄 알았다는 듯 득의양양한 미소를 지었다.

"그게 포인트지. 그래서 내가 7월에 치우치우와 너희 외할머니가 제공해준 자료를 정리해서 윈벤진 사람들의 빅데이터를 만들었어."

그녀는 두꺼운 프린트 용지 무더기를 식탁에 "탁!" 올려놨다.

"모든 사람의 자료를 표에 대입해서 얻은 성공률이야. 한번 봐봐."

류스산은 빽빽한 자료를 보며 숨을 헉 들이쉬었다.

"다 너 혼자 한 거란 말이야?"

청샹과 치우치우는 허리에 양손을 척 올리며 큰소리로 웃어 댔다.

"하하하하하. 당연하지!"

류스산은 자료를 넘겨보다 깜짝 놀라 머리가 띵해졌다. 특판팀 내부의 파일과 별 차이가 없었기 때문이다.

차이위안/ 나이 48세/남(男) -성공률 40%	기계공장 직원 ǀ 연수입 8만 위안 ǀ 가족 구성원 8명 ǀ 취미 도박과 음주 ǀ 건강 상태 불명확, 기침을 자주 함 ǀ 우선적으로 생명보험을 추천할 것
류지/ 나이 62세/여(女) -성공률 50%	농민 ǀ 연수입 5만 위안 ǀ 가족 구성원 7명 ǀ 성격 불같고 검소함 ǀ 간염, 요추간판탈출 ǀ 우선적으로 생명보험을 추천할 것
왕리더/ 나이 27세/남(男) -성공률 70%	차밭 기술공 ǀ 연수입 14만 위안 ǀ 가족 구성원 5명 ǀ 취미 인터넷 게임, 여행, 신체 건강 ǀ 교통사고로 다리에 골절상 당한 적 있음 ǀ 우선적으로 상해보험 추천할 것

각 사람들의 자료는 상세하고 구체적이었는데 그 수가 수백 명에 이르렀다. 류스산은 이 통계를 내려고 청샹이 얼마나 많은 시간을 투자했는지에 대해서도 감탄했지만 외할머니와 치우치우의 머릿속에 있는 사람들에 관한 소문의 용량에 훨씬 더 놀랐다.

한참이나 자료를 넘겨보던 류스산이 고개를 돌려보니 청샹과 치우치우는 이미 식탁에 엎드려 잠이 든 뒤였다. 복숭아나무가 그늘을 흔들고 구름 그림자가 마당에 드리울 때 두 사람은 쩝쩝거리며 곤히 잠에 빠졌다. 두 사람을 깨우고 싶지 않았던 류스산은 자료의 첫 페이지를 펼쳐 성공 가능성 1위를 확인했다. 그 사람은 바로 마오팅팅이었다.

마오팅팅은 나이 40세에 미혼으로 자영업자다. 연수입 3만에서 10만 위안 정도로 균등하지 않고, 부모가 뜻밖의 사고로 세상을 떠났다. 남동생은 마오즈지에로 술과 도박을 좋아하고 간단히 인간쓰레기라고 적혀 있었다. 경제적으로 마오팅팅에게 의존하고 있는데 마오팅팅의 인간관계는 단순하다. 성격은 착하면서도 온화하고 나쁜 취미가 없다. 성공률은 90%다.

90%의 성공률이란 것은 보험에 들도록 권하는 과정 없이 계약서만 들이밀어도 계약할 수 있다는 뜻이다. 마오팅팅과 예전부터 친분이 있었던 류스산에게 이 임무는 혼자 힘으로 얼마든지 완수할 수 있는 일이었다. 그는 신이 나서 혼자 집을 나섰다. 하지만 그는 이 페이지의 뒤편에 손으로 써놓은 한 줄을 미처 읽지 못했다.

'자료 보충이 필요, 직업이 특수해 가능성은 위아래로 90%가 왔다 갔다 할 수 있음.'

2

팅팅 미용실과 딩차오 옷가게는 담 하나를 사이에 두고 있는데 재봉사 천씨는 오후에 에어컨 바람을 쐬며 라디오 드라마를 듣고 있었다. 그러다가 밖을 보니 류스산이 미용실 문 앞에서 한참이나 서 있다 창문으로 미용실 안을 훔쳐보는 게 아닌가. 천씨는 밖으로 나가 친절하게 설명했다.

"이 가게 문 닫았어. 이제 안 해."

류스산은 깜짝 놀라 물었다.

"마오팅팅 누나가 머리를 안 자른다고요?"

"몇 년 전에 팔이 부러져서 병원에 갔는데 뼈가 잘 안 붙어서 머리를 자를 수 없게 됐어."

천씨의 말에 류스산은 불안한 예감이 들었다.

"그럼 지금 뭐하는데요?"

"상갓집에서 대신 울어주는 일을 하지."

천씨가 말했다. 류스산은 심장이 덜컥 내려앉는 것 같았다.

"직업이 상갓집에서 대신 울어주는 거라고요?"

재봉사 천씨가 고개를 끄덕이며 손목시계로 시간을 확인했다.

"지금쯤이면 아마 한씨네에 있을걸. 한씨네 큰아버지가 돌아가셔서 사흘 울어주기로 했어. 아, 젊은 사람들은 잘 모르지?

우리같은 나이든 세대는 사람이 죽으면 스님이랑 도사 말고도 악대랑 대신 울어주는 사람을 부르거든. 경제적으로 여유가 있으면 가수를 부르기도 하고."

망했다! 마오팅팅이 직업을 바꿔 자영업자에서 민간 예술인이 됐다니 그녀의 수입이 어떨지 모르는 것 아닌가. 류스산은 조마조마한 마음으로 물었다.

"상갓집에서 대신 울어주면 돈을 많이 버나요?"

천씨는 머그잔을 들어 차를 한 모금 마셨다.

"하루에 1백 5십 위안이라던가. 처음부터 끝까지 울기만 하는 거니까 엄청 진이 빠지지. 현에서 안 되면 근처 다른 진도 간다던데. 근데 사람이 매일 죽는 것도 아니니까. 미용실 할 때보다 수입은 별로일 거야."

3

오후엔 길에 오가는 사람이 많지 않았지만 류스산은 다시 힘을 내어 보험 영업을 할 만한 고객들이 있을까 찾아보려 했다. 그런데 갑자기 재봉사 천씨가 자신의 가게로 황급히 들어가며 류스산을 부르는 게 아닌가.

"자네도 숨는 게 어때?"

류스산이 뭔가 싶어 돌아보니 마오즈지에가 손에 쇠지레를 들고 리어카를 끌며 살기등등하게 걸어오고 있었다. 그는 얼른 옷가게로 몸을 피해 천씨와 함께 머리만 내민 채 밖을 관찰했다. 마오즈지에는 미용실로 뛰어들어 쇠지레로 두세 번 만에 문을 따더니 그 문을 박차고 안으로 들어갔다.

"이게 무슨 상황이에요?"

류스산이 불안한 표정으로 물었다. 천씨는 진지하게 말했다.

"전형적인 가족 간의 갈등이지. 아이고, 한씨네 전화해서 팅팅한테 와보라고 해야겠네."

류스산이 얼떨떨해하는 사이에 미용실 안에서는 쿵쾅쿵쾅 소리가 나더니 얼마 지나지 않아 마오즈지에가 욕설을 내뱉으며 문을 열고 서랍장을 끌어내 리어카에 실었다. 몇 미터 떨어진 곳에서 류스산은 마오즈지에의 입에서 튀어나오는 "온통 싸구려지", "빌어먹을 년" 같은 육두문자를 똑똑히 들을 수 있었다. 서랍장을 실은 뒤 마오즈지에는 쇠지레를 휘두르며 다시 가게 안으로 들어갔다. 몇 초 뒤 벽 너머에서 폭죽이 터지듯 "펑!" 하는 소리가 들려왔다. 류스산은 깜짝 놀라 눈이 휘둥그레졌고 재봉사 천씨는 허리를 굽힌 채 왔다 갔다 하며 휴대전화를 흔들었다.

"받지를 않네. 누나랑 동생 사이에 저러다 화를 당하지. 4월
이랑 5월에도 마오즈지에 저놈이 와서 도박한다고 돈을 달라
고 하니까 팅팅이 주지 않더라고. 그때 저놈이 때려서 팅팅이 바
닥에 자빠졌는데 손으로 바닥을 짚었기에 망정이지 하마터면
머리가 깨질 뻔했어."

천씨의 간단한 이야기만으로도 류스산은 지저분한 판에서
발을 빼야겠다는 생각이 들었다. 그가 핑계를 대고 도망가려
할 때 천씨가 눈빛을 반짝였다.

"팅팅이 왔네."

마오팅팅은 상복을 입은 채 전동자전거를 타고 오며 외쳤다.

"마오즈지에, 너 뭐하는 거야!"

마오즈지에는 쇠지레를 들고 말했다.

"돈이 없으니까 서랍장이라도 실어가야지."

마오팅팅은 자전거를 세우고 침착하게 말했다.

"서랍장을 잘도 때려 부쉈네. 이거 원래 너한테 주려던 거야."

마오즈지에는 코웃음을 쳤다.

"괜찮은 척하기는. 내가 바라는 건 이 가게야. 네가 뭔데 부모
님이 물려주신 가게를 혼자 갖고 있어?"

"어머니와 아버지한테는 이거 하나뿐이었어. 네가 도박으로 날려 먹을까 봐 못 주는 거야."

마오팅팅이 말했다. 마오즈지에가 쇠지레를 치켜들자 마오팅팅이 얼른 팔로 머리를 막았다. 그 모습을 본 마오즈지에는 쇠지레로 때리는 대신 그녀를 밀치며 말했다.

"꺼져! 길 막지 말고."

마오즈지에는 리어카를 끌면서 가버렸고 마오팅팅은 그 뒷모습을 보며 넋을 놓고 있었다. 류스산은 잠시 생각을 하다 결심한 듯 그녀에게 다가갔다.

"팅팅 누나, 이런 뜻밖의 재산 손실도 보상받을 방법이 있어요."

마오팅팅이 류스산을 쳐다보며 말했다.

"무슨 방법인데?"

그녀는 이내 미용실 안으로 들어갔고 손등으로 눈물을 닦았다. 류스산과 호기심 많은 천씨도 함께 가게로 따라 들어갔다. 세 사람이 가게에 들어서니 바닥에는 온통 은백색 파편이 흩어져 있었고 가운데에 깨진 형광등이 놓여 있었다. 조금 전 펑 하고 뭔가 터지더니 바로 마오즈지에가 형광등을 깨면서 나는 소리였던 모양이다.

가게 안의 수납장, 의자, 테이블은 모두 어지럽게 엎어져 있었지만 마오팅팅은 무표정한 얼굴로 하나하나 일으켜 세웠다. 스산은 벽 한쪽에 세워둔 빗자루를 들고 묵묵히 유리 파편을 쓸었다. 그는 도무지 어디서부터 보험 영업을 해야 좋을지 알 수 없었다. 재봉사 천씨는 가구를 세우는 일을 도와주며 마오팅팅에게 말했다.

"너희 남매는 이 진에서 평생을 살 텐데 언제까지 이렇게 때리고 얻어맞아야 하나? 누구 하나가 죽어야 끝나는지……. 해결 방법을 좀 생각해보는 것은 어떠니? 달리 해결할 방법도 없지. 이 가게 그놈 주면 순식간에 없어지니 그냥 이 악물고 경찰에 신고해라. 마오즈지에 그놈도 잡혀가서 한 일이 년 살면 정신 차릴지 몰라."

마오팅팅은 고마워하며 천씨를 보고 웃다 류스산이 생각났는지 고개를 돌려 물었다.

"스산, 나 찾아온 거야? 우스운 꼴만 보여서 미안하네. 좀 전에 뭐라고 했지?"

류스산은 말하기가 난감했지만 직업 정신을 발휘해 입을 뗐다.

"제가 보험회사에서 일하는데 누나도 혹시 관심이 있나 물어보려고……."

그는 어렵사리 말을 꺼냈지만 마오팅팅은 오히려 진지하게 대답했다.

"보험? 안 그래도 계속 가입하고 싶었는데."

류스산은 자신이 혹시 잘못 들은 게 아닌가 의심했지만 이내 심장 박동이 빨라지면서 눈빛이 반짝였다. 마오팅팅은 손에서 일을 놓고 말했다.

"천씨 아저씨, 고맙습니다. 전 한씨네 가야겠어요. 나머지 정리는 갔다 와서 해야겠네요."

그러더니 그녀는 다시 류스산을 보며 말했다.

"지금은 좀 어려운데 내일 괜찮니?"

류스산은 행여 꿈이 멀어질까 봐 그녀의 곁에 바싹 다가가며 친절하게 말했다.

"한씨네 간다면서요? 어려울 상황은 아닌 것 같으니 같이 가요. 누나는 그냥 울면 되고 저는 옆에서 설명하면 되죠."

4

류스산은 어린 시절 종종 모래밭에 앉아 반쪽짜리 자석을 들고 철가루를 찾는 장난을 많이 했다. 위쪽의 모래는 햇빛의 열을 받아 푸슬푸슬하지만 깊은 곳의 모래는 촉촉하고 무거웠다. 이런 모래 속을 몇 번 헤집으면 자석 위에 가는 철가루가 붙어 나왔다. 류스산은 두 학기 동안 이렇게 철가루를 모아 봉지에 넣어 팔아봤지만 1위안도 채 안 됐다. 마오팅팅은 마치 인간 자석처럼 갖가지 자질구레하고 골치 아픈 일들을 끌어당겼다. 부모는 모두 돌아가시고 친동생과는 사이가 안 좋고 전동자전거는 매일 고장 나고…… 상갓집에서 우는 일은 그에게 돈벌이일 뿐만 아니라 답답한 마음을 풀 수 있는 일 같았다. 류스산은 보험 계약서를 안은 채 마오팅팅을 멍하니 쳐다봤다. 출근한 그녀는 남의 관을 붙들고 목 놓아 울고 있었다.

"이렇게 가시면 안 돼요! 가시려거든 이 효심 지극한 자식이랑 손자도 같이 데려가세요!"

마오팅팅은 울면서 소리 높여 외쳤다.

류스산이 장례식장을 둘러보니 가족과 친척들은 평안하게 가셨다는 인사말을 나누고 있었고, 젊은 사람들은 삼삼오오 모여 게임을 하고 있었다. 이곳에서 가슴 미어지게 우는 사람은 돌아가신 분과 아무 상관없는 마오팅팅 하나뿐이었다. 류스산은 조금 더 기다려야겠다고 생각했다. 마오팅팅은 얼마나 실력 발휘를 하는지 눈물이 목을 타고 흐르는데다 목젖을 울리며 소리쳤다.

"이렇게 가시면 안 돼요! 이렇게 가시면 안 돼요오요오요오우오오!"

그녀는 프로답게 보는 이의 심금을 울렸으며 얼굴이 시뻘게

지도록 울다 시를 읊기도 했다.

"원앙을 수놓으니 쌍쌍이 날아가려 하네."

마오팅팅은 역할에 몰입하기 위해 종종 텔레비전 드라마의 장면을 참고한다고, 나중에 류스산에게 설명했다. 예를 들어 영정 속 죽은 사람의 얼굴이 드라마 「사조영웅전」의 주백통과 닮았으면 그녀 자신은 주백통과 함께 나오는 약간 모자란 여자 사고가 됐다고 상상하는 것이다. 그럼 관 앞에서 정신이 바짝 나면서 복숭아나무 숲에서 함께 무공을 연마했던 세월이 그리워지고 주백통 뒤의 사람들은 다 농민으로 보여 슬픔이 절로 우러나온다고 했다. 류스산은 호기심 어린 목소리로 물었다.

"그렇게 번거롭게 하는 것보다 누나가 처한 상황만 생각해도 비참하지 않아요?"

그 말에 마오팅팅은 한숨을 내쉬었다.

"예전에는 내 인생만 생각해도 눈물이 났지. 근데 그것도 시간이 지나니까 코웃음만 나오더라고. 한번은 어느 상갓집에 일하러 갔는데 계속 울다 보니까 갑자기 코웃음이 나는 거야. 그 집 사람들은 내가 귀신 들린 줄 알더라고. 거기 있던 한 도사가 나한테 닭 피를 뿌리더라."

마오팅팅의 업무가 바로 끝날 것 같지 않았지만 류스산은 끝날 때까지 기다리기로 마음먹었다. 그는 상갓집에 차려져 있는 팥죽과 땅콩차, 홍탕주단[61] 등 이것저것을 먹어댔고 결국 상갓집 가족 눈에 띄고 말았다. 마오팅팅은 그때까지 계속 울고 있었다.

"외가에서 오셨습니까? 부의금은요?"

상갓집 가족이 물었다. 류스산은 상황이 불리하게 돌아가고 있음을 느꼈다. 만약 자신이 친척이라고 하면 부의금을 내야 하고, 친척이 아니라고 하면 상갓집 음식을 거저먹고 있는 꼴이 되고 만다. 애경사에 끼어들 때도 요령이 있게 마련이다. 결혼이나 생일, 대학 입학과 같은 잔치에 가면 주인이 신이 난 터라 선물로 주는 사탕까지 받을 수 있다. 하지만 장례식에 맨입으로 끼어들면 무덤 도굴범이나 다름없는 상놈으로 전락하고 만다. 류스산은 상놈이 되고 싶지도 않고 부의금도 없었기에 금방이라도 개망신을 당할 위기에 처해 있었다. 그때 마침 마오팅팅이 다가와 그를 구해줬다.

"제 동료예요."

마오팅팅이 해명하며 한마디를 덧붙였다.

"실습 중이라 돈은 안 주셔도 돼요."

그러면서 그녀는 류스산을 끌고 관 앞으로 데려와 속삭였다.

---

61 紅糖煮蛋, 흑설탕으로 끓인 물에 삶은 달걀

"무릎 꿇고 앉아."

털썩, 류스산은 아무런 염치없이 얼른 무릎을 꿇었다. 아마도 상갓집에서 대신 울어주는 게 그의 타고난 재능이었던 모양이었다.

5

슬픈 곡조에 맞춰 두 사람은 어깨를 나란히 한 채 무릎을 꿇고 있었다.

"아무래도 여기서는 어려울 거 같은데."

마오팅팅이 말했다.

"괜찮아요. 제가 자료를 가져왔으니까 천천히 설명해드릴게요."

류스산이 대답했다. 울음소리가 멈추자 장례를 책임지고 있던 도사가 마뜩잖은 눈빛으로 쳐다봤다. 눈치가 보인 류스산은 우는 척했지만 우는 소리만 낼 뿐 아무런 대사가 없어 몹시 아마추어처럼 보였다. 마오팅팅은 서둘러 울며 류스산에게 말했다.

"나 따라해. 한니우 큰아버지!"

"한니우 큰아버지!"

류스산도 따라했다.

"어쩌다 이런 일이 다 있나요!" 마오팅팅이 목소리를 높였다.

"어쩌다 이런 일이 다 있나요!" 류스산도 덩달아 외쳤다.

마오팅팅은 주변 사람들의 주의력이 흩어진 걸 보고 작은 소리로 류스산에게 말했다.

"내가 너무 바빠."

류스산은 큰소리로 외쳤다.

"내가 너무 바빠!"

마오팅팅은 깜짝 놀라 하마터면 앞으로 고꾸라질 뻔했다. 다행히 도사의 귀가 좋지 않은지 두 사람을 탓하지 않았다. 그 사이 그녀는 재빨리 류스산에게 말했다.

"오늘은 시간이 안 되니까 내일 보자고."

류스산은 마오팅팅의 일이 끝나면 마오즈지에에게 얻어맞느라 바쁠 것 같아 서둘러 말했다.

"팅팅 누나, 자료 볼 시간이 없으면 제가 말해줄게요. 몇 마디만 들으면 끝나요."

마오팅팅은 소리를 고조시켜 높은 음으로 울먹이다 숨을 잠시 끊으며 아주 기술적으로 웅얼거리듯 말했다.

"한니우 큰아버지! 뭔데? 그럼 얼른 말해봐."

류스산은 울상을 하고 흐느끼는 소리로 말했다.

"제가 자료를 정리해봤는데 누나는 결혼을 안 해서 출산보험은 적당하지 않고 양로보험이랑 상해보험이 적합할 것 같아요. 요즘 누나 하루가 멀다 하고 맞잖아요. 뜻밖의 사고에 받을 수 있는 보험금이 얼마나……."

도사의 헛기침에 류스산이 설명을 멈추고 억지로 우는 소리를 내자 마오팅팅이 귀띔했다.

"눈물, 얼른 쥐어짜."

류스산은 워낙 천성적으로 눈물을 잘 흘리기 때문에 그리 어려운 일도 아니었다. 다만 주변이 몹시 어수선한데다 도사가 계속 중얼거리며 부적을 그리는 통에 제대로 실력을 발휘할 수 없었다. 류스산은 머뭇거리며 마오팅팅에게 물었다.

"누나, 혹시 바르는 파스나 고추기름같은 거 있어요?"

마오팅팅은 그런 게 굳이 필요 없다며 역할에 몰입하는 방법을 전수해준 뒤 류스산을 격려했다.

"네가 살면서 가장 비참했던 일을 떠올려봐. 파이팅!"

류스산은 그 말을 듣자마자 무단을 떠올렸다. 그는 무단이 남자친구와 우산 하나를 받쳐 쓰고 있던 장면을 기억해내려 애썼다. 당시 들었던 말 한마디 한마디는 수치스럽지 않은 것이 없었다. 그런데 이상하게 가슴은 저린데 눈물이 한 방울도 나오지 않았다.

그의 눈물은 아마도 재시험을 보던 그날 모두 쏟아버렸고 슬픔은 말라붙어 그저 어두운 밤이 됐던 모양이다. 그는 흩날리는 눈발 사이로 고속철도가 질주하는 그 끝도 없는 밤을 절뚝절뚝 걸으며 발자국마다 지난날의 눈물이 배어들게 할 수 있을 것 같았다. 하지만 지금은 단 한 방울의 눈물도 흘릴 수 없었다. 시험장에 갔던 그날 슬픔은 극에 달했고 밤은 굳어버렸으며 그는 죽을힘을 다해서라도 한줄기 빛을 잡고 싶었다. 그날 이후로도 그에겐 비참하고 힘든 날이 많았지만 더 이상 울고 싶지 않았다.

6

장례의 마지막 순서는 산 위에 등을 다는 것이었다. 도사는 도구를 다 챙겨 제자와 붉은 깃발을 들고 방울을 흔들며 행렬의 가장 앞에 섰다. 상을 당한 가족들은 상복을 입고 긴 줄을 만들어 그 뒤를 따랐다. 사람들은 종이돈이 가득한 바구니를 한쪽 팔에 걸고 다른 손에는 등롱을 들고 있었다. 마오팅팅과 류스산은 줄의 가장 끝에 있었는데 이때는 울음소리가 그리 클 필요가 없어 적당히 시늉만 하면 됐다. 진에서 산으로 오르는 길목까지 가면 일은 얼추 끝이 났다. 목이 쉰 마오팅팅은 고개를 들고 눈에 안약을 넣었다. 류스산이 그 모습을 보고 말했다.

"팅팅 누나, 그렇게 자주 울면 눈에 안 좋아요. 의료보험 자료에 보면 그런 이야기가 나오는데 많이 울면 망막이 벗겨질 수도 있대요. 자료를 드릴 테니까 보세요. 얼마나 자세히 나와 있다고요."

마오팅팅은 진지하게 물었다.

"무슨 말인지 모르겠지만 그냥 하나만 묻자. 혹시 도박 못하게 하는 보험은 없니?"

류스산은 입이 딱 벌어져 아무 대꾸도 하지 못했다. 그는 어쩐지 머리가 지끈지끈 아픈 것 같았다. 마오팅팅은 류스산의 대답을 기다리는 대신 고개를 저으며 말했다.

"당연히 없겠지. 그런 보험이 없다면 완벽하게 나를 도와줄 수 없어. 그러니까 괜찮아. 그냥 네가 말한 상해보험이랑 의료보험, 재테크 뭐 그런 거 다 계약할게. 만약 보상금이 나오면 그 돈은 누구한테 가니?"

류스산은 속으로 분명 마오즈지에가 될 거라고 생각했지만 차마 입으로 말하지 못했다.

"우리 동생한테 줘. 근데 그 녀석이 도박을 끊지 않으면 돈도 죄다 도박판에 흘러 들어갈 텐데."

마오팅팅은 침착하게 말했지만 부은 눈 안에 깊은 슬픔이 숨겨져 있었다. 류스산은 완강하게 말했다.

"팅팅 누나, 너무 비관적으로 생각하지 마요. 어쩌면 누나가 낸 보험금이 허투루 쓰일 수도 있지만 그래도 이 기회에 동생과 가까워질 수도 있잖아요."

이런 말이 나오다니 보험 판매원의 직업 정신이 발휘된 것이리라.

마오팅팅은 류스산의 고집에 감동한 것인지 실제로 그렇게 생각하는지 씩 웃으며 말했다.

"그래. 그럼 내가 몇 개 계약할 테니까 수익자는 마오즈지에로 해줘."

류스산은 신이 나 보험 증서를 집어 들었지만 마오팅팅이 자신의 체면을 봐서 계약해주는 게 아닐까 싶어 기본적인 의료보험과 상해보험만 꺼내 말했다.

"우선 여기 사인하면 진행은 제가 하겠습니다."

그런데 뜻밖에도 마오팅팅이 말했다.

"좀 전에 재테크랑 투자 뭐 그런 것도 있지 않았어? 그냥 다 줘."

류스산이 의아한 표정을 짓자 마오팅팅은 잠시 말이 없다 입을 열었다.

"줄 수 있는 건 주려고. 그 녀석이 더 이상 날 탓하지 않으면 좋겠어."

한 무더기 보험 계약서에 서명을 마친 뒤 남은 것은 마오즈지에의 서명을 받는 일이었다. 이 일만 마치면 류스산은 큰 성과를 올리게 된다. 보통 이런 경우라면 기뻐야 정상일 텐데 류스산은 어쩐지 가슴이 답답했다. 마오팅팅은 서명을 하는 동안에도 마오즈지에게 얻게 되는 이익에 대해서만 자세히 물어볼 뿐 자신에 관한 문제는 하나도 묻지 않았다.

7

산으로 오르는 길목은 사람들로 소란스러웠다. 청샹은 치우치우의 작은 손을 잡고 류스산을 맞았다. 그녀는 류스산의 옷깃을 꽉 붙들며 말했다.

"나는 왜 안 데려갔어? 나한테 보너스 나눠주기 싫어서 그런 거야? 재봉사 천씨 아저씨가 입이 가벼웠기에 망정이지 못 찾을 뻔했잖아. 이 배은망덕한 인간같으니라고."

"미녀에게 장례는 어울리지 않잖아."

류스산이 말했다. 그 말에 청샹은 금세 만족스러운 미소를
지었다.

"아, 마오팅팅 누나가 보험 계약서에 사인했어."

류스산이 말했다.

"진짜? 축하해! 얼굴이 굳어 있기에 못한 줄 알았는데. 뭐야,
넌 안 기뻐?"

청샹이 흥분해서 말했다. 류스산은 조금 답답한 표정으로
대꾸했다.

"보험 수익자가 마오즈지에야. 재정 관리로 이윤이 남아도
다 마오즈지에가 갖게 돼."

류스산은 문득 마오팅팅이 마오즈지에의 계좌번호를 정확
히 알려주지 않았다는 사실이 떠올랐다. 아무래도 내일 마오즈
지에를 찾아가야 할 것 같았다. 청샹은 이야기를 듣고 입을 삐
죽거리며 화제를 돌렸다.

"근데 여기 사람들 뭐하는 거야?"

도사가 부적을 그려 불을 켜더니 횃불에도 불을 붙였다. 그
런 다음 그 횃불로 상주의 등롱에 불을 붙여주었다. 그러자 다
른 친척들도 따라서 불을 붙였다. 얼마 지나지 않아 긴 행렬의
사람들에게서 붉은 불빛이 빛나기 시작했다.

이는 원벤진의 풍습으로 청샹은 처음 보는 것이었다.

"우리 진에선 사람이 죽으면 영혼이 하늘로 올라가 빛난다고 믿어. 근데 하늘에 있는 영혼은 나중에 집으로 돌아올 때 길을 잃고 산에서 떠돌기 쉽다는 거야. 그래서 윈벤진에선 장례를 치를 때 가족과 마을 사람들이 산길을 따라 산꼭대기까지 등롱을 달아. 영혼이 집으로 돌아오는 방향을 찾을 수 있게 말이야."

류스산이 자세히 설명해줬다. 청샹은 그의 이야기를 귀 기울여 들으며 등롱을 켠 사람들을 바라보았다. 등롱의 불이 흔들리더니 어둠 속에서 한 점 한 점 불빛이 서서히 꿈틀대며 숲이 빽빽한 산속에 작은 길을 만들었다.

8월의 여름, 산에는 저녁 안개가 짙어졌다 흐려졌다 하며 피어나고, 긴 목걸이처럼 보이는 불꽃도 밝아졌다 어두워졌다 했다.

"한씨네는 자손이 많아서 빨리 달면 자정도 안 되서 산 위까지 등롱을 달 수 있을 거야."

류스산이 말했다. 짙은 안개가 움직이자 치우치우가 조금 떨리는 목소리로 물었다.

"그럼 만약에…… 만약에 등롱이 없어도 영혼이 돌아올 수 있어?"

류스산은 본래 치우치우를 놀려줄 심산으로 돌아올 수 없다고, 아무도 찾지 못하고, 기억하지 못한다고 말해주려 했지만 차마 그럴 수 없었다. 막상 그렇게 말하려니 그의 마음이 떨렸기 때문이다. 대신 그는 잠시 생각을 하다 입을 뗐다.

"사실 죽은 사람에게는 세상에 남아 있는 소중한 사람들 모두가 가장 빛나는 등롱이래. 하늘의 영혼들은 늘 그 사람들을 걱정하고 찾으니까 꼭 돌아올 수 있을 거야."

치우치우는 코를 벌름거리며 말했다.

"그럼 다행이고."

그때 청상이 손가락을 꼽으며 말했다.

"내가 조금 전에 나한테 소중한 사람을 세보니까 너무 많은데. 만약 내가 죽어 영혼이 되면 매일 마라톤을 뛰어야 하나?"

그녀는 눈빛을 반짝였다.

"앞으로 두 사람은 재미있는 데 좀 많이 가. 그럼 내 영혼도 두 사람을 따라다니며 즐길 수 있잖아."

치우치우는 그녀를 따라 웃었지만 류스산은 청상을 가만히 바라봤다. 병세가 위급하다는 통지서가 떠올랐기 때문이다. 류스산의 마음속에 뭐라 표현할 수 없는 불안이 솟아났다. 그때 한 노인이 세 사람에게 손전등으로 빛을 비추며 외쳤다.

"뭘 놀고 있어? 안개 낀다. 여기저기 흩어지지 말고 손전등 들고 산 위로 올라가."

치우치우는 호기심 어린 목소리로 말했다.

"우리도 등롱 보러 가자."

8

세 사람이 산으로 올라가니 산꼭대기에 등롱들이 점점이 반딧불이처럼 빛나고 있었다. 발아래를 비추는 손전등의 하얀 빛은 서로 교차되어 거미줄처럼 산 위를 덮고 있었다. 등롱은 위쪽에 얇은 철삿줄이 있어 나뭇가지에 매달면 됐는데 청샹이 보기에는 굉장히 신기한 광경이었다. 하지만 걸려 있는 등롱 중 몇 개는 벌써 타버려 손전등으로 비추니 고운 잿개비가 날려 8월의 어느 모퉁이에 검은 눈이 내렸다.

"그만 보고 가자."

류스산이 말했다. 아래로 내려오던 세 사람은 산허리에 몰린 사람들을 발견했다. 그들은 등롱을 거는 일로 감정이 격해져 목청을 높여 싸우고 있었다.

"무슨 일이야?"

청샹이 물었다. 류스산이 목을 내밀고 보니 사람들이 떼로 움직이는 통에 제대로 보이지 않았다.

"잠깐 기다려봐. 내가 가서 보고 올게."

류스산이 앞쪽으로 밀고 들어가니 사람들 사이에 경찰 몇 명이 두 팔을 벌리고 서서 등롱을 거는 일을 막고 있었다. 선두에 선 경찰은 윈벤진에 새로 부임했다는 그 사람이었다. 치우치우를 데리고 파출소에 갔을 때 그들을 맞아줬던 옌샤오원 말이다. 당시 류스산은 옌샤오원이 자신의 의견을 피력하는 것을 좋아하는 것 같다고 느꼈는데 이번에도 역시 일장연설을 하고 있었다.

"여러분, 제가 이미 분명히 말했습니다! 위에서 통지가 내려 왔어요. 산불을 막아야 한다고요! 다들 속으로 계산이 되시잖아요. 이 구태의연한 풍습 때문에 이 산에 불이 난 게 몇 번입니까?"

그러자 상갓집 식구 중 하나가 목소리를 높였다.

"세 번!"

사람들은 웃음을 터뜨렸다. 누가 봐도 젊은 경찰을 우습게 여기는 게 분명했다. 류스산을 데리고 산 위에 올랐던 노인도 쉰 목소리로 외쳤다.

"어이! 젊은 경찰관 나리, 자네는 윈벤진의 풍습을 전혀 모르고 있는 거야. 파출소에 가서 청뚜이한테 물어봐. 그 사람은 이곳에서 오래 근무하면서도 등롱 다는 거에 대해 뭐라고 한 적이 없다고!"

옌샤오원 경관은 못마땅한 얼굴로 말했다.

"예! 뭐라고 한 적이 없으시죠. 그래서 지난번에 산불 났을 때 숲이 300평이나 타고 사람이 둘이나 다쳤잖아요! 솔직히 말씀드리면 청뚜이 경관님은 이런 일을 관리하지 못해서 잘리신 겁니다!"

사람들은 여전히 소란스러웠고 옌 경관은 다시 말했다.

"좋은 말로 해도 못 알아들으시면 할 수 없죠. 실시해!"

젊은 경찰 몇 명이 나무에 걸린 등롱을 떼어내 입으로 불었지만 불이 꺼지지 않자 할 수 없이 발로 밟았다. 그러자 새하얀 상복을 입은 상주가 뛰어나와 성난 목소리로 외쳤다.

"우리 아버지 등롱이야! 이놈들 어디 한번만 더 손대봐라!"

옌샤오원은 총집에 손을 대며 영화 속 등장인물처럼 소리쳤다.

"물러나, 뒤로 물러나! 아니면 경찰을 습격하는 걸로 간주하겠다!"

상황이 심상치 않게 돌아간다고 느낀 류스산은 행여 싸움이라도 나면 정말 큰일일 것 같아 얼른 옌샤오원을 붙잡고 말했다.

"옌 경관님, 제 말 좀 들어주세요."

옌샤오원은 류스산을 흘깃 보며 말했다.

"어, 당신? 요즘도 아내하고 싸웁니까?"

옌 경관의 이 말 한마디로 아무것도 모르는 사람들에게 류스산은 나쁜 놈이 돼버렸다. 그 순간, 류스산은 경찰이 어떻게 되든 말든 그냥 갈까 생각했다. 하지만 그럴 수는 없는 일이었다. 이 현장에서 충돌을 막을 수 있는 사람은 대학을 나온 그 하나뿐이지 않은가. 그라도 나서서 고향 사람들의 체면을 세워 줘야 했다. 류스산은 옌샤오윈에게 말했다.

"옌 경관님, 꼭 이 일을 하셔야 한다면 사람들 내려간 뒤에 몰래 와서 집행해도 되는 거 아닙니까. 우리 원벤진에선 일대일로 상대하면 혼자서도 맞설 수 있지만 사람이 많아지면 아무도 말릴 수 없습니다. 경관님께서 감당할 수 없다고요."

류스산은 그럴듯하게 설득했지만 노인들은 마뜩지 않은지 중얼거렸다.

"누구네 아들이야? 경찰들이랑 한패야?"

류스산은 노인들이 있는 곳으로 다가가 고향말로 말했다.

"아저씨, 저는 왕잉잉 할머니의 외손자인데 얼마 전에 돌아 왔습니다. 제가 경관이랑 얘기한 건 외지 사람이라 여기 일을 잘 몰라 겁을 먹은 거 같아서 그런 겁니다. 일을 크게 만들어서 좋을 게 뭡니까? 유치장에 들어가는 게 좋은 일은 아니잖아요. 그렇지 않습니까?"

그러자 옌샤오위안도, 노인들도 아무 말이 없었다. 이제 남은 건 한씨네의 상주인 큰아들뿐이었다. 류스산은 자신이 좌우의 갈등을 막고 이제 곧 평화통일을 이루게 됐다고 생각했다. 그는 한씨네 큰아들 쪽으로 다가가며 자신만만하게 말했다.

"형님……."

하지만 류스산이 본론을 꺼내기도 전에 한씨네 큰아들은 불이 붙은 횃불을 들고 빙빙 원을 돌리며 갈라진 목소리로 외쳤다.

"누구든지 우리 아버지 등롱 건드리면 죽여버릴 거야!!"

현장은 순식간에 혼란에 빠져 경찰은 등롱을 끄려고 시도했고, 가족들은 등롱을 지키려고 혈안이 됐으며 일손을 돕던 마을 사람들도 소리를 질렀다.

"움직이지 마. 건들지 말라고!"

불꽃이 이리저리 튀면서 사람들은 서로 밀치고 밟아댔다. 그 와중에 어떤 이들은 산 위로 올라가 계속 등롱을 달았고, 어떤 이들은 산 밑으로 도망갔으며, 어떤 이들은 경찰과 몸싸움을 벌였다. 류스산은 잽싸게 뒤로 빠지다 손전등마저 놓치고 말았다. 그는 비틀비틀 걸어 간신히 제자리로 돌아왔지만 이내 정신이 멍해졌다. 사람들끼리 밀고 밀리면서 청샹과 치우치우가 언제 사라졌는지 모습이 보이지 않았기 때문이다.

여름밤의 노랫소리도, 동지의 노랫소리도
모두 수면을 스쳐 지나며 물결무늬를 만들더니
마치 하늘에서 떨어진 눈물처럼 다시 하늘로 돌아갔다.
사람들이 지나는 소리로 했던 어떤 말들은 담 모퉁이에 떨어져
바람이 불어도 날리지 않고 햇빛이 비춰도 타지 않은 채
홀로 깊이 잠들어 있었다.

CHAPTER 11

산속의 밤배

1

산길에서의 싸움이 절정에 이르는 동안 류스산은 사람들을 피해 얼른 휴대전화를 꺼냈지만 신호가 잡히지 않았다. 그는 고개를 돌려 이리저리 찾다 마음이 급해졌다. 한밤중에 산에서 사람을 잃어버리면 찾을 방법이 없지 않은가. 그는 이를 악물고 바짓단을 걷은 뒤 가장 튼튼해 보이는 나무를 타고 위로 올라갔다. 나무의 반쯤 올라갔을 때 휴대전화 알림음이 울리면서 문자 두 통이 연달아 도착했다.

안녕하십니까? 8월 9일 21시 현재, 고객님의 통화료 잔액이 20위안밖에 되지 않으니 빨리 금액을 충전하시기 바랍니다.

안녕하십니까? 8월 9일 21시 현재, 고객님의 통화료 잔액이 10위안밖에 되지 않으니 빨리 금액을 충전하시기 바랍니다.

신호는 두 칸으로 늘어났지만 곧 있으면 휴대전화가 정지될수도 있었다. 류스산은 서둘러 청상에게 전화를 걸었고 다행히 연결이 됐다. 하지만 그가 채 입을 떼기도 전에 상대편에서 질책이 빗발쳤다.

"너 도대체 어디로 간 거야? 얼마나 기다린 줄 알아? 나랑 치우치우랑 하마터면 사람들에 밀려 넘어질 뻔했단 말이야!"

"어?"

"어는 뭐가 어야? 남자가 자기 마누라랑 딸도 못 지키면서 무슨 싸움 구경을 가? 내가 어쩌다가 이런 남자한테 눈이 멀었는지 모르겠다!"

류스산은 그녀의 억지에 부아가 치밀었지만 안타깝게도 곧 있으면 휴대전화가 정지될 것 같았다. 그렇지 않았다면 그는 전화로 날이 샐 때까지 청상과 입씨름을 했을지 모른다. 그는 성난 목소리로 외쳤다.

"여보세요!"

"뭐?"

류스산은 단호하게 말했다.

"미안해."

뜻밖의 사과에 청샹의 목소리는 한결 누그러들었다.

"빨리 와. 나 치우치우네 집에 있어."

"치우치우네 집이 어딘데?"

"저수지 근처인데 너 저수지 알아? 난 동서남북이 어디인지 잘 모르겠어. 달이 왼쪽에 있는데…… 여기 달이 두 개야. 하늘에 하나, 물속에 하나. 우리는 물속에 있는 달 왼쪽인데……."

류스산은 청샹의 밑도 끝도 없는 소리에 어이가 없어 나무에서 떨어질 것 같았지만 간신히 참으며 물었다.

"특별히 눈에 띄는 것은?"

"치우치우 말이 선착장에서 50미터 떨어진 곳이래."

전화를 끊은 뒤 류스산은 굵은 나뭇가지에 걸터앉은 채 고개를 돌려 산속 갈림길의 반대편을 바라봤다. 나무 그림자 사이로 거울같은 물이 반짝였다. 물의 이쪽은 사람들 소리로 요란했지만 저쪽은 몹시도 고요했다. 모든 나무와 바람은 연한 하얀색 달빛을 안고 산과 들에서 세레나데를 불렀다. 산허리에 둘러진 거대한 비취가 물 위에서 반짝이며 자잘한 세포처럼 분열하는 모습은 마치 달의 모래시계처럼 보였다. 그 어둡고도 푸

른 물은 깊은 밤에도 산봉우리의 그림자를 비춰 일 년 또 일 년
을 응고시키고 있는 것 같았다.

류스산은 어린 시절 저수지에 여러 번 와봤다. 그의 기억 속
저수지는 가을과 겨울에는 물안개가 자욱하고, 봄과 여름에는
물이 햇빛을 반사해 여러 빛깔로 아름답게 빛나는 곳이었다.
낮에는 물결이 고요하고 부드러웠지만 깊이를 알 수 없었다. 저
수지는 아이들에게 물 위를 둥둥 떠다니게도 해줬지만 사람을
잡아먹는 괴물이 숨어 있다는 전설을 숨기고 있기도 했다. 사실
류스산도 이런 깊은 밤에 저수지에 가는 것은 처음이었다.

2

저수지는 산비탈 한쪽에 붙어 있는데 비좁은 길옆에 시멘트
막대가 박혀 있고 외로이 전구 하나가 걸려 있었다. 전구는 옅은
빛을 내며 우뚝 솟은 헛간을 비췄다. 헛간은 나무 기둥 몇 개를
박아 비닐천을 받치고 석면 슬레이트로 지붕을 인데다 종이상
자와 널빤지로 몇 겹씩 옆을 두른 뒤 헝겊과 비닐봉지로 묶어 벽
을 만들어놓은 상태였다.

청샹과 치우치우는 헛간 앞에서 류스산을 맞았다. 그는 멍한

표정을 짓다 물었다.

"치우치우, 너 여기 살아?"

그의 의심스러운 말투는 사실 동정이었고, 이는 치우치우의 마음을 아프게 찔렀다. 치우치우는 애써 아무렇지 않은 척 허리에 양손을 척 얹더니 뒤에서 흔들리는 나무문을 보며 당당하게 말했다.

"그래. 진짜 예쁘지?"

그때 땡그랑땡그랑 문에 걸린 풍경이 울렸다. 치우치우가 유리병과 깡통따개를 모아 만든 것이었다. 류스산은 입꼬리를 올리며 웃었다.

"예쁘네."

어린 소녀는 정성을 다해 지붕과 벽의 모든 빈틈을 막아놓았다. 아이는 이 헛간이 분명 반짝반짝 아름답게 빛나고 있다고 생각했다.

하지만 치우치우는 류스산이 진심으로 감탄하지 않는다고 생각하며 허름한 문을 열었다.

"안에는 훨씬 더 예뻐."

안은 굉장히 밝고 반짝거렸는데 바닥에는 스티로폼이 잔뜩 깔려 있었다. 자세히 보니 쉬는 곳과 주방도 구분되어 있었다.

한쪽에는 침대만한 크기로 소파 방석이 반듯이 놓여 있고, 다른 한쪽에는 스테인리스 진열대가 있는데 그 위에 쌀 한 통과 조미료 병, 각종 부엌 용품이 놓여 있었다. 그것들은 치우치우의 살림살이로 어디선가 주워 온 것들이었지만 전혀 지저분하지 않았으며 모두 깨끗이 씻은 것 같았다.

공간도 그리 작지 않아 세 사람이 안에서 몸을 돌릴 수 있을 정도였다. 치우치우는 구공탄을 하나 꺼내 난로에 넣더니 익숙한 손놀림으로 물을 끓이기 시작했다.

"치우치우, 너 여기에 혼자 사니?"

류스산이 물었다. 치우치우는 고개를 잘래잘래 흔들었다.

"아빠는 외출하셨어. 서 있지 말고 앉아."

류스산은 치우치우의 아빠가 세상을 떠난 게 아님을 알고 그나마 한숨을 돌렸다. 그렇다면 괜찮다고 아이에게 위로해줄 수 있지 않겠는가. 사실 위로는 그가 가장 자신 없어하는 일이었다. 치우치우는 어디선가 편평한 곰 인형 두 개를 꺼내더니 잠시 의자 대신 사용하라는 듯 바닥에 놓아줬다. 아이는 곰 인형 머리를 탁탁 치며 말했다.

"따화, 샤오화, 너희가 이 집을 위해 뭔가 할 수 있는 날이 왔다."

잠시 후, 치우치우는 달그락거리며 진열대에서 라면을 찾아냈다. 하지만 물이 채 끓기도 전에 헛간 안은 구공탄 연기로 자욱해져 류스산과 청샹은 연신 쿨럭거렸다. 치우치우는 미안한 표정으로 말했다.

"평소에 난로를 밖에 두는데 요즘 습기가 차서 그래."

청샹은 기침을 하며 말했다.

"괜찮아. 라면은 생으로 먹어도 맛있는데."

두 사람이 처음 자신의 집에 왔는데 초라하게 대접하고 싶지 않았던 치우치우가 입을 삐죽거리며 말했다.

"나가자. 내가 좋은 데 데려다줄게."

3

류스산은 품안에 치우치우가 챙겨준 양파, 라면, 고수, 달걀 등 각종 식재료를 잔뜩 안고 있었다. 잠시 후, 세 사람은 집에서 멀지 않은 저수지에 도착했다. 치우치우가 길게 자란 갈대들을 헤치고 나가니 낡아빠진 작은 배 하나가 모습을 드러냈다.

류스산은 이런 배가 그리 낯설지 않았다. 사실 저수지는 원벤 진 사람들이 여름에 가장 즐겨 찾던 곳으로 예전엔 여자들은 부력이 좋은 큰 고무대야를 타고 들어가 마름 열매를 건져냈고, 남자들은 "두두두두" 소리를 내는 작은 모터가 달린 배를 타고 저수지로 들어가 어망을 펼치면 금세 살찐 물고기를 한가득 잡을 수 있었다. 하지만 훗날 나라에서 저수지 치어 양식을 금지시키면서 류스산이 중학교에 들어간 뒤로는 이런 여름 풍경을 보지 못하게 됐다.

치우치우가 그들에게 보여준 작은 배는 매우 오래된 것이었는데 선체가 닳아서 하얗게 되고 군데군데 갈라진 틈이 있었다. 모터에 덮어둔 돗자리를 치우니 시커먼 모터가 보였는데 아직 쓸 수는 있을 것 같았다. 모터 옆에는 주유통 하나와 낚싯대가 놓여 있고 배 가운데에는 작은 알코올버너가 놓여 있었다. 아마도 날씨가 좋은 날이면 치우치우는 밤톨만 한 몸으로 배에 비스듬히 기대어 낚싯대로 뭐든 낚아 알코올버너에 구워 먹는 모양이었다. 하지만 그렇게 해서는 배가 부를 리 없다.

치우치우는 배에 뛰어올라 모터를 켰다. 신이 난 청샹이 뱃머리로 팔짝 뛰니 순간 작은 배가 격렬하게 출렁거렸다. 치우치우는 뒤쪽에 앉아 어떻게든 누르려고 했지만 여전히 배 뒤쪽은 높게 들려 있었다. 청샹이 제대로 서지 못하고 휘청거리자 류스산이 소리를 질렀다.

"굴러! 뒤로 구르라고!"

청상이 아등바등 뒤로 기어간 뒤에야 선체는 균형을 회복했고 세 사람은 알코올버너 앞에 둘러앉았다.

달빛이 모든 자연을 씻어내 한밤의 산허리는 밝고도 맑았다. 평온한 수면에 모터가 부릉거리니 배 양쪽으로 물길이 그어졌다. 여러 해 동안 한산했던 저수지에는 수초가 하늘거렸으며 안에는 작은 물고기와 새우가 움직여 이따금 보글보글 기포가 올라왔다.

살면서 이렇게 감성적인 여름밤이 있었을까? 세 사람은 이 밤의 분위기에 젖어 아무 말도 하지 않았다. 냄비의 물이 찰랑거리고 알코올버너의 파란불이 냄비 바닥을 핥으니 가스통에서 쉭쉭 소리가 났다. 예전 류스산은 주위가 조용해지면 분위기가 썰렁해지는 게 싫어서 무슨 말이든 하려고 했다. 물론 그의 말 때문에 분위기가 더 난감해지기도 했지만 말이다.

그런데 지금은 이상하게 그와 치우치우, 청샹이 알코올버너 앞에 둘러앉아 아무 말 없이 있어도 세 사람의 표정은 한결같이 여유로웠다. 류스산은 사람과 사람 사이의 관계가 편해지면 내내 말하지 않다가도 언제든 다시 말할 수 있다는 사실을 깨달았다.

그의 머릿속은 흔들린 수면처럼 수많은 기억과 생각이 파문처럼 천천히 확장되다 결국 사라졌다. 남은 것은 텅 빈 듯한 기분과 가벼운 말 한마디뿐이었다.

"정말 좋구나."

"아!"

갑자기 청상이 입을 열었다.

"저거 사수자리 아닌가?"

류스산이 고개를 들고 삐딱하게 보며 말했다.

"난 별자리는 잘 모르는데."

청상은 한심하다는 듯 고개를 저었다.

"그런 것도 모르다니 여자애들한테 말을 걸 기회를 놓친 거야. 별자리 어쩌고 하는 게 유치하기는 해도 처음 만났을 때 꺼내기 좋은 허튼소리거든."

류스산은 그렇게 생각하지 않았지만 청상은 앞으로 손을 척 뻗으며 말했다.

"상관없어. 내가 너한테 말을 걸어볼게. 안녕! 난 청상이라고 해. 1월 30일, 물병자리야."

류스산은 저도 모르게 얼른 손을 잡으며 말했다.

"난 류스산, 6월 말에 태어났으니까 게자리인 것 같은데."

청상은 마치 별자리 전문가처럼 그럴듯하게 분석했다.

"게자리 남자는 얼핏 보면 가정을 잘 보살피고 성실한데다 여자친구에게 따뜻하고 자상한 것 같지만 사실 마음이 아주 닫혀 있어."

"마음이 닫혀 있다고? 그렇게 심각해?"

청샹은 확실하다는 듯 고개를 끄덕였다.

"게자리는 다른 사람의 감정에 관심을 갖지만 자신의 걱정거리는 마음 깊은 곳에 숨겨두고 꺼내려 하지 않지. 너도 그런 거 아냐?"

류스산은 곰곰이 되짚어보다 여자란 참 무서운 존재란 생각을 했다. 자신의 과거를 다 알면서 시치미 뚝 떼고 저렇게 말하다니 그가 눈치가 빨랐기에 망정이지 하마터면 청샹의 계략에 넘어갈 뻔했다. 그가 어떻게 말해야 하나 머뭇거리고 있을 때 냄비를 뚫어져라 쳐다보고 있던 치우치우가 물이 끓자 라면 봉지를 뜯어 면과 수프를 넣고 달걀을 깨서 넣으며 한마디를 보탰다.

"나는? 나는? 난 봄에 태어났는데 무슨 자리야?"

"넌 생일이 몇 월 며칠인데?"

청샹이 물었다. 치우치우가 입술을 삐죽거렸다.

"아빠가 말해준 적이 없는데."

청샹은 치우치우의 머리를 쓰다듬으며 말했다.

"봄이라……. 네가 먹는 걸 좋아하는 걸 보면 황소자리인가 보다."

치우치우는 눈이 휘둥그레졌다.

"말도 안 돼! 내가 얼마나 조금 먹는다고! 기다려봐! 내 생일이…… 음력 4월이라고 했는데……."

꼬맹이가 심사숙고하는 동안 류스산이 먼저 청샹에게 질문을 던졌다.

"네가 먼저 말해봐. 넌 요즘 걱정거리가 뭔데?"

청샹은 배에 몸을 기대고 하늘의 별을 바라봤다. 달빛이 그녀의 얼굴을 물들여 머리카락이 은백색으로 반짝였다.

"내 걱정거리? 요즘 걱정거리는 집에 곧 돌아가야 한다는 거야."

"너 집이 어딘데?"

"싱가포르."

류스산은 자세를 고쳐 앉으며 의아한 표정으로 물었다.

"너 외국인이야?"

청샹은 눈을 감고 바람과 달빛을 받으며 부드러운 목소리로 말했다.

"부모님 대학교 동창이 그곳에 있는 병원 원장님이라서 이민 갔어. 그런데 그곳에 살다 보니 병원이랑 집만 왔다 갔다 하고 다른 데 갈 일이 없더라고."

그녀는 눈을 감은 채 미소를 지었다.

"내가 집을 딱 세 번 떠나봤는데 이번이 세 번째야. 그런데 부모님이 빨리 돌아오라고 재촉하시네."

멍하니 청샹을 보고 있던 류스산은 갑자기 마음이 무거워졌다. 어린 시절 만났던 여자아이는 그의 자전거 뒤에 타고 작은 얼굴을 그의 등에 기댄 채 눈물을 뚝뚝 흘리며 자신은 곧 죽는다고 말했다. 두 사람은 이제 어른이 됐고 여자아이는 더 이상 울지 않았다.

하지만 그녀는 여전히 밤의 반딧불이가 밝아졌다 어두워졌다 하며 날아다니는 것처럼 언제 어둠 속으로 사라져 영원히 보이지 않게 될지 알 수 없었다.

바람에 흩날린 갈대꽃이 수면에 둥둥 떠서 흘러오는 모습은 마치 몸을 펼친 해파리같았다. 청샹은 눈을 반짝 뜨더니 이내 반가운 얼굴로 바닥에 굴러다니는 바이주를 집어 들었다.

"누가 배에 이런 걸 흘렸지?"

그녀는 옷으로 술병을 닦으며 미소를 지었다.

"잘됐다! 우리 게임이나 하자."

치우치우가 흥미진진한 표정으로 물었다.

"무슨 게임인데? 나도 할래."

그러자 청샹은 알코올버너를 가리키며 말했다.

"애들은 안 돼. 밥이나 해."

치우치우는 "응"이라며 시무룩하게 면을 뒤적였다. 청샹은 류스산의 대답은 듣지도 않고 말했다.

"가위바위보로 진실게임 하기. 어때? 할 수 있어?"

류스산은 코웃음을 쳤다.

"할 수 있고 말고가 어디 있냐? 대답 못하겠으면 바이주 마시고 병원 실려 가면 되는 거지."

청샹이 일회용 컵에 바이주를 따른 뒤 두 사람은 단숨에 술을 들이켠 후 경계심 어린 눈빛으로 서로를 노려보며 크게 외쳤다.

"가위 바위 보!"

청샹은 주먹을 낸 자신의 손을 거둬들이며 눈을 흘겼다. 보자기를 낸 류스산은 득의양양하게 머리를 매만졌다. 청샹은 잔뜩 성질이 난 듯 류스산을 노려보며 입을 삐죽거렸다.

"난 벌칙 받을 거야. 말해. 물에 뛰어들어 아니면 옷을 벗어?"

류스산은 청샹의 말에 놀라 말을 더듬거렸다.

"노, 노는데…… 그렇게까지 해야 돼? 돼…… 됐어. 그냥 노래나 한 곡 해."

청샹은 "쳇" 하며 혀를 차더니 류스산을 빤히 보며 말했다.

"재미없어."

청샹은 평소 말을 할 때는 목소리가 좀 걸걸한 편이었지만 노래는 가늘고 부드러웠다.

당신에게 드릴 게 없어요.

하지만 이 노래를 빌려

비바람 속에서도 물러서지 않은

당신께 감사하고 싶어요.

기꺼이 나와 함께 해줬지만

오늘 잠시 이별을 고하는 그대여

하지만 나는 사랑의 불꽃으로

당신의 마음속에 살아

헤어져도 함께 있을 거예요.

청샹이 첫 마디를 시작했을 때부터 류스산은 왠지 모르게 귀에 익숙하다고 느꼈다. 그렇게 듣다 보니 문득 그는 대학 1학년의 동지로 돌아가 있었다. 학교 여학생들은 푸른 비닐천막을 친 가게에 모여 앉아 마라탕을 먹고 있었다. 류스산은 많은 여학생들 속에서 무단을 한눈에 알아봤다. 북적거리는 사람들 사이에서 무단은 말간 얼굴을 들고 젓가락에 붙은 가루를 불어내고 있었다. 차가운 공기가 솟구치고 비닐천막에 누런 불빛이 비쳤다. 란티엔 잡화점 문밖 스피커에서 장궈룽의 노랫소리가 들려왔다.

당신에게 드릴 게 없어요.
하지만 이 노래를 빌려
비바람 속에서도 물러서지 않은
당신께 감사하고 싶어요.
기꺼이 나와 함께 해줬지만
오늘 잠시 이별을 고하는 그대여
하지만 나는 사랑의 불꽃으로
당신의 마음속에 살아
헤어져도 함께 있을 거예요.

여름밤의 노랫소리도, 동지의 노랫소리도 모두 수면을 스쳐지나가며 물결무늬를 만들더니, 마치 하늘에서 떨어진 눈물처럼 흘러내리더니 다시 하늘로 돌아갔다. 박수 소리에 류스산이 정신을 차리니 치우치우가 열심히 박수를 치고 있었다. 청샹은 어색하게 고개를 끄덕이더니 고개를 치켜들고 말했다.

"어때?"

류스산은 정신을 가다듬으며 말했다.

"광둥어 발음이 아주 좋네."

청샹은 거만한 표정으로 목소리를 높였다.

"다시 해! 가위 바위 보!"

이번에는 류스산이 졌고 청샹이 기대에 찬 표정을 지었지만 그는 술을 마시는 걸 선택했다. 세 번째 판에도 류스산은 졌고 술을 마셨다. 네 번째 판에도 류스산은 졌고 자신을 노려보는 청샹과 치우치우의 눈빛을 보며 감정이 욱해 소리를 질렀다.

"내가 겁날 게 뭐 있어? 그래, 벌칙 선택한다!"

사실 그는 더 이상 술을 마시고 싶지 않았고 가만히 생각해 보니 좀 전에 청샹에게도 노래나 하라는 친절한 벌칙을 내리지 않았던가. 가는 게 있으면 오는 것도 있게 마련인데 설마 청샹이 과한 벌칙을 내리지는 않으리라. 하지만 벌칙을 주려고 청샹이 너무 오래 기다린 탓일까 그녀는 신이 나서 외쳤다.

"바지 벗어!"

류스산은 그 말에 하마터면 배 바닥으로 고꾸라질 뻔했다.

"사람이 정도가 있어야지 다 큰 아가씨가 자기 옷은 안 벗으면서 남자한테 바지를 벗으라니 너무 저질이잖아!"

청샹은 손을 내저으며 말했다.

"그건 내 마음이지!"

"다른 거!"

"네가 다른 걸로 바꾸고 싶다고 바꿀 수 있는 거야? 게임의 규칙도 몰라?"

청샹은 불만이 가득한 얼굴로 말했다.

"너 또 바꾸면 안 돼!"

"네가 날 창피를 주려고 하는 것만 아니면 뭐든 받아들일 수 있어."

"좋아. 그럼 무단한테 전화해봐."

배 안은 일순간 고요해졌다. 치우치우는 무단이 누구인지 모르지만 두 사람의 눈치를 보며 덩달아 긴장했다. 금방이라도 무슨 엄청난 일이 터질 것 같았기 때문이다.

"나 휴대전화 끊겼어."

류스산이 어렵사리 말문을 열었다. 청샹은 자신의 휴대전화를 건네줬다.

"번호는 분명 기억하고 있을걸."

이렇게까지 해야 하다니, 류스산은 고개를 숙인 채 청샹의 휴대전화를 쳐다보며 괜히 시간을 끌었다. 그리고 마침내 치우치우가 큰소리로 외쳤다.

"다 끓었다, 다 끓었어."

냄비 속에서는 노란 빛깔의 면이 뜨거운 열기와 함께 양파와 고추, 닭 국물의 향기를 내뿜고 있었다. 치우치우는 노를 내밀어 호수 가운데의 마른 연꽃 가지를 당겨 꺾더니 세 사람의 젓가락을 만들어줬다. 류스산은 당당하게 휴대전화를 내려놨다.

"일단 밥부터 먹자."

그러면서 그는 얼른 면을 건져 한입 가득 밀어넣었다. 너무 뜨겁다. 뜨거워 데어 죽을 것 같았다. 하지만 이대로 멈출 순 없었다. 강한 의지력으로 계속 먹는 수밖에. 류스산은 뜨거운 면을 꾸역꾸역 먹자니 속이 타들어갈 것 같았다.

청샹은 술을 한 잔 마시더니 차갑게 말했다.

"안 될 거 같으면 그만 놀고."

류스산은 왠지 알 수 없는 오기가 생겼다. 이대로 순순히 그만두면 그녀에게 좋을 게 뭐란 말인가? 자신의 약한 모습을 보여주면 그녀의 입맛을 돋우는 꼴밖에 되지 않을 것이다. 청샹은 여전히 비꼬는 듯한 말투로 말했다.

"전화 한 통 걸 용기도 없는 줄 몰랐네. 그럼 보험을 1,001개를 계약한들 무슨 소용이 있어? 다시 그 여자애 쫓아다닐 용기도 없는 건데."

류스산은 면이 너무 뜨거워 금방이라도 눈물이 날 것 같았다. 사실 그는 무단에게 줄곧 전화를 걸고 싶었다. 하지만 입안에서 말만 맴돌 뿐 딱히 물어볼 게 없었다. 그의 머리를 계속 괴롭히던 '왜?'라는 물음은 무단과 헤어지고 몇 달이 흐르며 점차 사라지더니 단순하고 거친 본질을 드러냈다. 모든 '왜'에 대한 해답은 사실 매우 단순하다. 그녀는 그를 사랑하지 않는 것이다.

그렇다면 그가 할 수 있는 말은 "잘 지내? 요즘 어때? 행복해?" 정도이리라. 혹은 "가끔 내 생각해?"라고 물을 수도 있다. 류스산은 수없이 휴대전화를 들었다 내려놓으며 생각했지만 마지막 남은 한마디는 이것이었다.

"내가 너 계속 기다려도 돼?"

그는 이것이 자신이 묻고 싶은 유일한 질문이라고 생각했다. 상대가 거절의 답을 보낸다 하더라도 그의 마음은 오래전부터 평안했다. 마음을 접은 것이 아니라 사랑과 욕망이 맨틀 아래를 천천히 흐르며 살아 있지만 섬나라의 잠들어 있는 무수한 화산처럼 터지지 않게 됐다고나 할까.

류스산은 천천히 젓가락을 내려놓고 휴대전화를 집어 번호를 눌렀다. 손가락이 제멋대로 떨려 몇 번이나 잘못 누른 끝에 마지막 번호를 누를 수 있었다. 청샹은 후루룩 소리도 내지 못하고 천천히 면을 삼키며 약을 먹듯 라면을 먹는 척했다. 전화가 연결되고 스피커폰을 켜니 맑은 여성의 목소리가 들려왔다.

"안녕하십니까? 지금 거신 번호는 없는 번호입니다. 확인하신 뒤 다시 걸어주십시오."

류스산은 깜짝 놀라 몇 번이고 번호를 확인했다. 전화번호를 잘못 외웠을 리 없다. 머릿속의 쪽지는 무엇보다 또렷했고 숫자도 전혀 틀리지 않았다. 류스산은 다시 한 번 번호를 눌렀다.

"말도 안 돼."

류스산은 혼잣말로 중얼거렸다. 청샹은 젓가락을 내려놓고 비로소 마음이 놓이는 목소리로 말했다.

"일이 이렇게 된 이상 너한테는 한 가지 방법이 더 있어."

류스산은 얼떨떨한 얼굴로 물었다.

"무슨 방법인데?"

청샹은 두 손으로 머리를 받치고 배에 기대더니 잠시 후 씩 웃으며 말했다.

"다른 여자를 찾는 거지."

류스산은 무심코 어디서 찾느냐고 하려다가 이내 말을 꾹 삼켰다. 그는 다리를 꼰 채 입꼬리를 치켜올리며 웃고 있는 아름다운 여자를 보고 있으려니 문득 예전에 받았던 쪽지 두 장이

떠올랐다. 그 쪽지들은 그의 공책 마지막 빈 페이지에 꽂아놨
는데 세월의 빈틈에 꽂아놓듯 사람들이 지나는 소리로 했던
어떤 말들은 담 모퉁이에 떨어져 바람이 불어도 날리지 않고 햇
빛이 비춰도 타지 않은 채 홀로 깊이 잠들어 있었다.

십여 년 전의 쪽지에는 이렇게 적혀 있었다.

야!
나 이제 개학이야.
내가 만약 살아나면 네 여자친구 해줄게.
어때, 의리 있지?

또한 이 년 전의 쪽지에는 이렇게 적혀 있었다.

야!
이번은 없는 셈 치자.
만약에 내가 계속 살아서 나중에 다시 만나게 되면
예전에 말했던 약속 지킬게.

청샹은 살아남았다. 류스산은 그녀에게 산다는 것이 얼마나
어려운 일인지 알 수 없다. 7월에 원벤진에서 다시 만난 뒤 두 사

람은 이 두 장의 쪽지에 대해 약속이라도 한 듯 전혀 언급하지 않았다. 류스산은 가끔 그녀를 떠올렸는데 청샹은 가끔이라도 자신이 했던 농담을 떠올렸을까? 두 장의 쪽지는 공책의 페이지 사이에 꽂혀 류스산의 수많았던 인생 목표와 함께 세월을 보냈지만 단 한 글자도 사라지지 않았다.

오늘은 이상하게 넋을 놓고 있는 일이 잦았다. 류스산이 한참이나 아무 말이 없자 청샹은 괜히 뿔이 나서 술병을 탕 내려놓았다.

"게임 계속해! 너 내가 가만히 안 둘 거야."

류스산은 싸울 기세를 완전히 잃어버린 채 손을 부들부들 떨며 가위를 내밀었고, 청샹은 분노의 주먹을 그의 코앞에 내밀며 깔끔하게 승리했다. 류스산은 괜한 고집을 부리듯 말했다.

"난 진실을 말할래."

청샹은 코웃음을 쳤다.

"좋아. 만약 여자친구로 사귄다면 나랑 무단 중에 누구 고를 거야?"

마른하늘에 날벼락같은 질문에 류스산은 정신이 멍해졌다. 이렇게 아무 논리도 없는, 말도 안 되는 상황이 어디에 있단 말인가. 오늘밤에 청샹이 대체 왜 이러는 걸까? 술을 그렇게 많이 마시지도 않은 것 같은데. 시커면 밤에 살금살금 다가와 쥐도 새도 모르게 사람을 푹 찌르는 것이나 다름없지 않은가. 하지만 류스산은 솔직히 대답했다.

"무단."

청샹은 눈썹을 치켜올리며 약이 바짝 올라 천천히 고개를 끄덕였다.

"계속해! 가위 바위 보!"

류스산의 보자기는 살기등등한 가위를 만났다. 청샹은 갑자기 배에서 일어나더니 고압적인 자세로 류스산을 가리키며 말했다.

"두 번째 질문이다. 여자친구로 사귄다면 나랑 무단 중에 누구 고를 거야?"

류스산은 눈을 질끈 감았다.

"무단."

청샹은 이를 부드득 갈며 손가락 관절을 두둑 꺾었다.

"망했다!"

갑자기 치우치우가 소리를 질렀다. 류스산은 속으로 생각했다.

'꼬맹이 녀석이 둔하긴. 배에서 지금 구타 사건이 벌어지게 생

겼는데 당연히 망했지.'

치우치우는 다급한 목소리로 외쳤다.

"배에서 물이 새고 있어!"

류스산이 고개를 숙여 보니 신발이 젖어 있고 정말 배에 물이 새고 있었다. 지금까지 식은땀이 나는 줄 알았던 그는 본능적으로 뛰어올라 반팔티를 벗어 배의 갈라진 틈을 막았다. 하지만 청샹은 그런 그를 발로 걷어차며 물었다.

"물이 새면 새는 거지. 세 번째 질문이다. 만약 답이 틀리면 배랑 함께 가라앉는 거야!"

류스산은 자신의 귀를 의심하며 청샹을 쳐다봤다. 독이 바짝 오른 청샹은 얼마나 화가 났는지 가슴이 심하게 오르락내리락했다. 두 사람의 감정이 격해지고, 치우치우도 격하게 라면을 건져 먹었다.

'지금 이 마당에 무슨 라면을 먹어?'

류스산은 절망적으로 치우치우를 바라봤다. 치우치우는 라면을 먹으면서 청샹에게도 건넸다. 청샹은 눈을 빤히 뜨고 류스산을 쳐다보면서 라면을 먹었다. 하지만 그러는 와중에도 배 바닥에서는 물이 솟아 금세 발목까지 차오를 것 같았다. 류스산은 체념하듯 말했다.

"물어봐라, 물어봐."

청샹은 냉정하게 물었다.

"세 번째 질문, 여자친구로 사귄다면 나랑 무단 중에 누구를 고를 거야?"

그러더니 그녀는 한마디를 덧붙였다.

"답이 틀리면 너는 배랑 함께 가라앉는 거야."

류스산이 발밑의 물을 보니 갈라진 틈으로 보글보글 거품이 올라와 금방이라도 물을 뿜을 기세였다. 작은 배는 눈에 띄게 가라앉고 있었다. 이런 판국에도 그는 '배에 물이 가득차면 달도 이 안에 비칠까?'라는 쓸데없는 생각을 했다. 마침내 물이 발목까지 차오르자 청샹은 한숨을 쉬며 말했다.

"됐다. 강요하지 않을게. 네가 나를 선택한다고 해서 대단한 자랑거리도 아닌데. 관두자! 쳇, 라면이나 먹어."

류스산은 목을 잔뜩 웅크린 채 작은 소리로 물었다.

"물이 이렇게 새서 배가 가라앉게 생겼는데 라면이나 먹자고?"

청샹과 치우치우는 대수롭지 않다는 듯 눈을 흘기며 말했다.

"수영해서 돌아가면 되지 뭘 그렇게 흥분하고 난리야?"

류스산은 잠시 말이 없다 천천히 입을 뗐다.

"나 수영 못해."

10초 뒤 배는 모터를 켜고 미친 듯이 뭍으로 달려가기 시작했다. 하지만 안타깝게도 수면 위로 드러난 선체는 모터 소리와 함께 점점 가라앉았고 류스산은 비명을 질러댔다. 청샹 모녀는 심드렁하게 류스산을 위로했다.

"사람 살려!"

"아빠, 너무 걱정하지 마. 배에 구명부표가 있어."

"치우치우, 근데 구명부표가 낡아서 반쪽밖에 없는 것 같아."

"그럼 어떡해? 엄마!"

"류스산, 내가 지금 평영 가르쳐줄 테니까 배울 수 있겠어?"

나는 찾고 찾아
가장 완벽한 엄마를 찾았다.
다만 엄마의 유일한 단점은
바로 내 곁에 없다는 것이다.

CHAPTER 12

구름 아래 사라진 사람,
달 아래 함께 먹는 밥

1

8월은 매우 빨리 지나갔다. 치우치우는 청샹에게서 한자를 배워 삐뚤빼뚤 류스산의 이름을 썼다. 날씨가 더웠지만 헛간이 저수지 근처에 있어 그나마 다행이었다. 하지만 밤이면 모기떼가 극성이라 외할머니네 집 마당에 들어와 살라고 했지만 아빠를 돌봐야 한다며 거절했다.

치우치우는 낡은 모기장을 주물럭거려 문발을 만들더니 창포를 꺾어 연기를 내서 모기를 쫓았다. 덕분에 며칠은 모기가 나타나지 않았다. 현 정부 소재지의 경제 개발 구역이 산 이쪽까지 확대되어 불과 10여 킬로미터 밖은 공사장으로 빽빽했다. 건물들이 한 동 한 동 세워졌고 윈벤진 사람들도 가서 구경한 뒤 집을 샀다는 사람이 적지 않았다. 그 때문에 거리 골목마다 집

값을 이야기하는 사람들이 많아졌다.

류스산은 아침식사만 마치면 열심히 집집을 돌아다녔다. 처음 그는 마음이 조급해 상대가 보험에 가입할 뜻이 없으면 금방 자리에서 일어나려 했다. 하지만 그럴 때마다 마을 사람들은 좀더 앉았다 가라고 권했고 이야기를 나누다 보면 매일 배가 터지도록 차를 마시게 됐다. 월말에 통계를 내보니 23건의 보험을 계약하게 돼 적지 않은 성과를 얻을 수 있었다.

그는 마오즈지에를 찾아가 서명을 받아야지 하면서도 깡패나 다름없는 인간을 만나야 하나 싶어 골치가 아팠다. 하지만 한동안 고민한 끝에 마오즈지에를 만나기로 결심했다. 바람도 적당하고 햇빛도 반짝이던 어느 날, 그는 배불리 밥을 먹고 난 뒤 잎이 닫힌 나팔꽃을 보며 한숨을 쉬듯 중얼거렸다.

"보아하니 오늘은 가야겠다."

나팔꽃은 말이 없었고 류스산은 억지로 일어나 무거운 발걸음으로 집을 나섰다.

2

월말에 보충수업반은 마무리 됐고 개학이 가까워 오자 청샹은 할 일이 없어 따분해졌다. 그녀가 류스산의 집 마당에 들어섰을 때 외할머니가 허리 높이만 한 버드나무 광주리를 끌고 나오며 그녀에게 가까이 오라는 눈짓을 했다. 청샹은 매직펜을 꺼내며 물었다.

"스산은요?"

"일하러 갔지. 자, 이제 할머니 좀 도와다오."

외할머니가 말했다. 청샹은 매직펜을 들며 말했다.

"펜은 가져왔는데 할머니 뭘 쓰시려고요?"

"요 며칠 생각해봤는데 우리 가게에서 행사를 좀 해야겠어. 그러니까 네가 글을 좀 써라. 난 글자를 모르니까 부탁 좀 할게. 이 위에 큰 글씨로…… 오늘부터 류스산과 보험을 계약하는 사람은 작은 가게에서 모든 물건을 할인해드립니다. 보험 1건을 계약하면 10%, 2건을 계약하면 20%, 5건 이상 계약하면 40% 할인해주고 집까지 배달해줍니다. 이렇게 써."

외할머니의 말에 청샹은 깜짝 놀라며 물었다.

"할머니, 행사를 너무 심하게 하시는 거 아니에요. 이러면 밑지지 않나요?"

외할머니는 대수롭지 않다는 듯 고개를 저었다.

"괜찮아. 장사 규모가 작으면 또 그 나름의 장점이 있는 거야. 큰 부자가 되겠다는 욕심도 없고, 크게 손해 볼 일도 없다. 괜히 겁먹지 말고 이 할미가 말한 대로 써. 아 참, 네가 교양 있게 잘 고쳐서 쓰고."

청상은 숨을 헐떡이고 땀을 닦아가며 가로 2미터에 세로 1미터 되는 면적의 스티로폼 위에 글을 다 쓴 뒤 몇 걸음 물러나 자신의 작품을 감상했다. 그녀의 글씨체는 단정하고 예쁜데다 글자 사이의 간격도 적당해 입구 쪽으로 놓아도 보기가 좋았다. 외할머니는 담배를 입에 물며 저도 모르게 감탄했다.

"꼭 그림 그린 것처럼 정말 예쁘네."

오는 게 있으면 가는 게 있다고 청상도 할머니를 치켜세웠다.

"할머니가 대단하신 거죠. 손자를 위해 기꺼이 희생하시는 거잖아요."

할머니와 젊은 아가씨가 막 나온 선전물을 보며 서로 칭찬하고 있을 때 작은 길 저쪽에서 스피커로 틀어놓은 노랫소리가 들려왔다. 노랫소리는 점점 더 가까워지더니 더욱 커졌다.

'사랑의 삼십육계~ 언제든 아름다움을 유지해야 해~'

"왕파 슈퍼마켓에서 개업 1주년을 맞아 바겐세일을 실시합니다!"

'마치 게임처럼 스스로 리모컨을 쥐어야 해~'

"회원들에게 엄청난 사은품을 드립니다. 특가상품이 여러분을 기다리고 있습니다!”

외할머니는 대체 무슨 망측한 짓거리냐고 중얼거렸다. 그때 승합차 한 대가 서더니 뒤로 오토바이 몇 대가 따라오고 일고여덟 명의 직원들이 벽에 전단지를 붙이기 시작했다. 잠시 후, 승합차 조수석 문이 열리더니 부잣집 사모님과 같은 할머니가 내렸다. 하얗고 퉁퉁한데다 머리를 까맣게 염색하고 파마를 한 그녀는 건들건들 작은 가게로 들어와 전단지 두 장을 건넸다.

“왕잉잉, 한가해 보이네. 우리 슈퍼마켓에서 행사하는데 마음에 드는 거 있으면 직원가로 줄게.”

외할머니는 앞치마를 탁탁 치더니 무표정한 얼굴로 돌아서서 진열대의 물건을 정리했다. 청샹이 전단지를 받아보니 붉은색 바탕의 종이에 노란색 글씨와 함께 휴지, 식용유 등의 상품 사진이 가지런히 인쇄되어 있었다. 그녀는 무심코 중얼거렸다.

“그러고 보니까 인쇄를 생각하지 못했네.”

외할머니는 여유롭게 말을 던졌다.

“됐어. 우리 가게에 뭐든 다 있는데 거기 가서 뭐한다니? 말투도 좀 조신하게 하고 표정 관리도 좀 해라, 슈퍼마켓 주인인 것처럼. 나는 내 가게에서 편한 마음으로 열심히 일하고 말지 남의 가게에서 아르바이트하면서 눈칫밥 먹고 싶지 않다.”

그녀는 말을 하다 말고 담뱃불을 붙이며 여유롭게 말했다.

"신경 건드리지 마."

뚱뚱한 할머니는 내밀었던 전단지로 자신에게 부채질을 하며 말했다.

"어떤 사람은 성질이 고약해서 아르바이트로 써주려는 사람이 없다지. 안 그래, 아가씨?"

청샹은 속으로 헛웃음을 웃었다.

'이 할머니는 내가 누구 편인지 분간도 안 되나?'

그녀는 자신의 입장을 분명히 밝혔다.

"능력이 있는 사람은 당연히 성질이 있죠. 능력이 없는 사람이나 성질이 없지."

외할머니는 청샹의 말에 기운을 얻었다. 담뱃불이 다 꺼져갈 무렵 외할머니는 칭찬하듯 청샹을 쳐다보며 뚱뚱한 할머니에게 말했다.

"젊은 애들이 오죽 아는 게 많아야지. 너는 늙어서 멍청해졌나 보다. 만두가게나 잘하지 일하는 사람들까지 슈퍼마켓에 팔아넘기고 뭐가 그렇게 영광스럽니?"

뚱뚱한 할머니는 얼굴이 새빨개져 손을 휘저으며 입에 거품을 물었다.

"왕잉잉, 너랑은 좋은 말로 대화할 수가 없네. 입만 열면 사람을 물어뜯으려고 하니, 원. 내가 큰소리친다고 탓하지 마. 세상이 어떤 시대야? 코딱지만 한 가게로 얼마나 오래 갈 수 있을 거 같아? 눈깔을 뜨고 잘 봐. 윈벤진에 하오둬둬, 렌허, 펑다같은 슈퍼마켓이 일고여덟 개야. 근데 여기는 하루에 손님이 몇 명이 나 오니?"

보통 사람이라면 이렇게 속사포처럼 쏟아지는 질문에 생각이 많아졌을 것이다. 하지만 외할머니는 담배 연기로 원을 만들며 말했다.

"장사가 안 돼도 난 문을 열 거야. 왜인 줄 알아? 너 열 받아 죽으라고!"

역시나 뚱뚱한 할머니는 화가 머리끝까지 올라 짱알거렸다.

"어이구, 그래! 너 얼마나 오래 해먹나 보자!"

말을 마친 뚱뚱한 할머니는 승합차에 올라 음악 소리와 함께 사라져버렸다. 청샹은 호기심 어린 얼굴로 물었다.

"누구세요? 일부러 트집 잡으려는 것처럼 예의 없이."

외할머니는 고개를 절레절레 저으며 말했다.

"젊었을 때 친하게 지냈던 지기. 옛날에는 여자도 스스로 자립하고 강해져야 한다고 하더니 나이를 먹으니 약해졌나 봐. 우리 세대는 안 되고, 우리 진은 작아서 어쩌고 하면서 불평을 터뜨렸지. 자기 마음대로 살면 되는 거지 뭐. 굳이 신경쓰지 마라."

그녀가 토시를 벗고 입김을 불자 담청색 연기가 곧게 뻗어나

가다 사라졌다. 아무 일 없이 지난날을 불어버리는 것처럼 말이다. 청샹은 속으로 왕잉잉이 정말 대단한 할머니라고 생각했다.

두 사람이 문으로 들어가려 할 때 슈퍼마켓 승합차는 벌써 골목을 돌더니 음악 소리도 점점 작아졌다. 그때 그 길로 한 젊은 남자가 무리에서 벗어나 열심히 달려오는 게 보였다. 열일곱 여덟 살쯤 됐으려나. 하얀 셔츠를 입은 마른 남자는 외할머니 앞까지 달려와 붉어진 얼굴로 고개를 숙이며 말했다.

"할머니, 너무 화내지 마세요. 저희 할머니가 원래 그러시잖아요. 두 분이 말다툼하지 마세요. 제가 대신 사과드릴게요."

외할머니는 웃으며 담배를 한 모금 빨았다.

"어이구! 이놈아, 공부 허투루 했니? 먼저 성질낸 사람이 난데 나한테 와서 사과를 하면 어떻게 하니?"

남자애는 머리를 긁적이며 외할머니를 따라 웃었다.

"할머니 마음이 넓으신 건 벌써 알고 있었죠. 그럼 전 가볼게요. 운전기사 아저씨가 기다려서요."

외할머니가 남자애를 불러 세웠다.

"잠깐 기다려봐라."

"무슨 일이세요, 할머니?"

"대학 시험 성적은 나왔니?"

"저 내년에 시험 봐요."

외할머니는 아이의 말에 조금 당황했다.

"아, 내 기억이 잘못됐나? 내년에 대학 시험을 보는구나. 여기서 좀 기다려라."

그녀는 집으로 들어가더니 봉지 두 개를 들고 나왔다.

"잘 말린 목이랑 구기야. 공부하려면 눈이 피곤하잖니. 구기는 낮에 먹고, 목이는 저녁에 볶아서 먹어. 깨끗한 거니까 씻지 말고 그냥 물에 넣어도 돼."

남자애는 얼굴이 더 붉어졌다.

"감사합니다, 할머니. 이렇게 안 주셔도……"

외할머니는 봉지를 남자애의 손에 억지로 들려줬다.

"비싼 건 못 준다. 공부 열심히 하고, 너무 스트레스 받지 마라. 칭화대니 베이징대니 안 가도 돼. 사람이 어떻게 살아도 한평생 사는 건데. 얼른 들고 가."

남자애는 사람들이 기다릴까 봐 조바심 내며 봉지를 받아들고 허리를 굽혀 인사했다.

"감사합니다, 할머니. 안녕히 계세요."

3

"탕!"

외할머니는 칼로 소금에 절여 건조시킨 오리고기를 잘라냈다. 청샹은 옆에서 기대에 찬 눈빛으로 물었다.

"할머니, 아까 그 남자애한테는 목이랑 구기 주셨잖아요. 그렇다면 저는 할머니랑 이렇게 친하니깐 얼마나 더 좋은 것을 주실까요?"

외할머니는 냉장고 문을 열더니 도자기 항아리를 꺼내 뚜껑을 열었다. 항아리 아래에는 고운 밥알이 깔려 있고, 위에는 달콤한 술 냄새를 풍기는 설탕물이 떠 있었다. 청샹은 눈빛을 반짝이며 반색했다.

"단술이에요? 할머니가 직접 만드신 거예요?"

외할머니는 단술을 한 그릇 떠서 청샹에게 건넸다.

"어제 다 익어서 너 주려고 했는데 얼른 맛 좀 봐라."

청샹은 활짝 웃으며 단술을 마시다 도자기 항아리를 쳐다봤다. 새하얀 도자기 겉면에 알알이 물방울이 맺혀 있는데 보는 것만으로도 시원해서 다시 한 잔이 더 마시고 싶었다.

마당에는 바람이 산들산들 불고 단술을 연이어 두 잔이나 마시니 에어컨을 켠 것보다 훨씬 시원하게 느껴졌다. 청샹은 딸꾹질을 하며 흐뭇하게 말했다.

"할머니, 어렸을 때 류스산이 할머니 술 훔쳐서 저한테 갖다 줬어요."

외할머니는 하던 일을 멈추고 대나무 의자에 앉아 담배를 피며 씩 웃었다.

"그놈이 술을 훔쳐간 거야 알고 있지. 그날 집에 와서 침대에 눕더니 한밤중까지 자더라. 우리 외손자는 어려서부터 지금까지 좀 모자라. 세상에 어떤 초등학교 4학년이 여자를 꾀겠다고 술을 먹이겠니."

햇빛이 비춰 복숭아나무 아래로 그림자가 드리우니 할머니의 온몸은 빛과 나뭇잎으로 덮인 것 같았다. 외할머니가 담배를 물며 웃자 얼굴에 주름이 가득하고 흰머리가 바람에 날려 흐트러졌다. 단술을 먹고 얼굴이 빨개진 청상이 말했다.

"할머니, 제가 머리 좀 빗겨드릴게요."

낮잠을 자는 버릇이 있는 외할머니는 대나무 의자에 반쯤 몸을 기댄 채 눈을 게슴츠레하게 뜨고 낮은 소리로 청상에게 어떤 남자에게 흥미가 있는지 물었다. 청상은 할머니의 머리를 빗겨드리며 미간을 찌푸리고 진지하게 대답했다.

"마음씨가 착해야죠."

외할머니는 고개를 끄덕였다.

"책임감도 있어야 하고요."

외할머니는 생각을 하는 듯하더니 다시 고개를 끄덕이며 청샹에게 말했다.

"구체적으로는? 생김새나 직업은? 예를 들어 보험을 파는 남자는 어떠냐?"

단술을 먹고 취할 리 없는 청샹은 외할머니의 마음을 알아채고 눈을 가늘게 뜨며 할머니를 바라봤다. 왕잉잉은 청샹의 시선을 눈치채고 몸을 흠칫 떨며 괜히 허벅지를 두드렸다.

"청샹아, 이리 와봐라. 내가 재미있는 거 보여줄게."

4

두 사람은 류스산의 작은 방에 들어갔다. 외할머니는 이불장을 열더니 이불 밑에서 과자 상자를 꺼냈다. 뚜껑을 여니 모눈종이에 적은 두 장의 글짓기 숙제가 있었다.

"스산이 성적은 안 좋아도 글짓기는 잘했어. 국어 선생님이 만날 칭찬을 했다니까. 이 글은 뽑혀서 현 무슨 대회까지 나가 1등상을 탄 거야."

외할머니의 표정에는 은근히 자랑스러움이 묻어났다.

"내가 글자를 모르니까 뭘 썼냐고 물어도 그놈이 대답을 안해. '잊을 수 없는 일'이랑 '가장 아름다운 봄날'은 나한테 다 읽어줬거든. 근데 이건 왜 안 읽어주는지 모르겠어. 헤헤. 그놈은 내가 초등학교 때 물건을 다 폐품으로 팔아먹은 줄 아는데 이건 남겨뒀단다."

외할머니는 의기양양하게 종이를 흔들었다.

"마침 네가 있으니까 나한테 좀 읽어다오."

청샹도 신이 나 목소리를 가다듬으며 글을 읽기 시작했다.

"5학년 2반, 류스산, 제목은 우리 엄마……."

제목을 읽은 뒤 청샹은 갑자기 목이 콱 막히는 것 같았다. 그때 커튼이 불어오는 바람에 춤을 추더니 그 그림자가 외할머니를 가렸다. 할머니의 얼굴 주름이 더 깊어진 것 같았다.

청샹은 원고지에 쓰인 유치한 글을 보면서 심장이 두근거리다 이내 기침을 쏟아냈다. 외할머니는 그녀의 등을 두드리며 말했다.

"괜찮니? 사레 들렸어?"

청샹은 한동안 기침을 하다 말했다.

"괜찮아요. 다시 읽을게요."

우리 엄마는 반짝이는 큰 눈을 갖고 있다.

그 눈에는 언제나 내 모습이 담겼다.

우리 엄마는 따뜻한 입술을 갖고 있다.

그 입술로 늘 내 이름을 부르신다.

봄여름가을겨울,

우리 엄마는 언제나 따뜻하다.

해가 뜨고 해가 져도

우리 엄마는 언제나 빛이 난다.

나는 우리 엄마를 사랑한다.

길게 끄는 청상의 목소리에는 여러 감정이 담겨 있었다. 그녀는 글을 다 읽은 뒤 박수를 쳤다.

"글씨는 벌레 기어가는 것 같지만 글은 잘 쓰네요. 초등학생이 이 정도 수준이면 분명 1등상을 탔겠어요."

주의 깊게 듣고 있던 외할머니는 입꼬리를 실룩거리며 말했다.

"난 또 무슨 대단한 비밀이 있다고. 그냥 평범하구먼."

외할머니는 흰머리를 넘기며 말했다.

"낮잠이나 자러 가야겠다. 너도 잠깐 쉬렴. 스산 침대 깨끗해. 내가 아침에 새 침대보로 갈아놨거든. 날씨 더운데 밖에 쏘다니지 말고."

외할머니가 돌아서서 방을 나가는데 늘 꼿꼿해 보이던 그녀의 뒷모습이 굽어 있었다. 청샹은 그 모습을 바라보며 할머니가 많이 외롭고 늙으셨다는 생각이 들었다.

청샹은 조용히 복숭아나무 아래로 가 오래된 사각 탁자 위에 단술 항아리를 올려놓았다. 도자기 겉면에 물방울이 맺혀 또르르 또르르 흘러내리는데 마치 눈물 몇 줄기가 흘러내리는 것 같았다. 작은 방의 글짓기 원고지는 다시 과자 상자에 넣어 이불장에 숨겨놓았다. 청샹은 급한 대로 글 한 편을 지어냈지만 5학년 류스산의 글짓기는 그런 내용이 아니었다.

5

우리 엄마

5학년 2반 류스산

마을 사람들이 엄마는 다른 곳에 시집갔다고 한다.
엄마가 갈 때 나는 네 살이어서
아무 기억도 남아 있지 않다.

외할머니에게 엄마는 어떤 모습이었냐고 물어봤는데

말해주지 않으셨다.

그래서 나는 다른 애들 엄마에게서

우리 엄마의 모습을 찾았다.

샤오팡이 감기에 걸렸을 때 엄마는 그 애를 품에 안고

약을 먹여주셨단다.

그래서 우리 엄마도 그 애 엄마처럼 따뜻할 것 같다.

니우따텐이 배가 고플까 봐 엄마는 책가방에 닭다리랑

사탕, 과자를 넣어주셨단다.

그래서 우리 엄마도 그 애 엄마처럼

시원시원하실 것 같다.

나는 찾고 찾아 가장 완벽한 엄마를 찾았다.

다만 엄마의 유일한 단점은 바로 내 곁에 없다는 것이다.

청샹은 탁자 옆에 앉아 턱을 괴고 문밖 작은 길을 바라보았다. 버드나무 가지가 길게 늘어져 온통 초록빛인데 이따금 그 앞으로 자전거가 지나갔다. 바람과 새는 이 작은 길을 얼마나 오래 쉼 없이 지나쳤을까. 나뭇가지와 잎이 세차게 흔들리고 빛과 그림자가 교차되는데 멀리 있는 산봉우리는 아무 말이 없었다.

원벤진 마을의 가장 더운 여름날, 청샹은 멍하니 앉아 생각했다. 그때 그 꼬마 아이는 글을 쓰다 눈물 흘리지 않았을까? 도자기보다 하얀 청샹 얼굴에 물방울이 흘러내렸다. 산속 평범한 마당에서 그녀가 무슨 연유로 울고 있는지 아마 아무도 모르리라.

6

마오즈지에는 고정된 곳 없이 여기저기 장소를 바꿔가며 도시락 노점을 열었다. 그 때문에 류스산은 수소문한 끝에 페인트 가게 옆의 골목에서 마오즈지에를 찾을 수 있었다. 리어카는 벽 쪽에 세워져 있었고 나무의자는 정리하지도 않은 채 마오즈지에는 중년 남자 셋과 작은 플라스틱 테이블에 둘러앉아 한창 카드 게임을 하고 있었다.

게임이 잘 풀리지 않는지 그의 앞에는 점수 계산용으로 보이는 젓가락이 두세 개밖에 남아 있지 않았다. 나머지 세 사람은 눈짓을 주고받으며 자리를 뜨려 했다.

류스산은 꾸물거리며 그에게 다가갔다. 니우따텐이 도박장을 불태우고 진의 도박꾼들도 개과천선할 줄 알았더니 여전히 그 모양 그대로였다. 게임을 같이 하던 사람들은 류스산을 보고 하나둘 자리에서 일어섰다.

"즈지에, 누가 찾아왔네. 게임은 내일 하자고."

마오즈지에는 담배꽁초를 발로 밟아 끄며 얼굴이 벌게져 핏 대를 세웠다.

"이겼다고 그냥 가? 나 금방 본전 찾을 수 있어. 다 앉아, 앉으 라고!"

그러자 다른 친구가 말했다.

"본전을 찾기는 무슨. 너 어제도 져서 1천 위안이나 빌리고 안 줬잖아. 갈래."

그때 류스산이 사람들에게 인사를 했다.

"다들 안녕하세요. 게임이 끝날 때까지 기다리겠습니다."

세 사람은 마오즈지에의 고집을 이길 수 없다는 걸 알기에 억 지로 자리에 앉았다. 마오즈지에는 패를 섞으며 물었다.

"넌 여기 왜 왔어?"

"팅팅 누나가 저한테 보험을 몇 개 드셨는데 마오즈지에 씨 서명이 필요해서요. 그중에 하나는 재테크 상품이라 은행 계좌 정보도 필요한데 죄송하지만 계좌번호 좀 적어주세요."

마오즈지에는 이제 막 불을 붙인 담배를 바닥에 던지더니 험 악한 눈빛으로 류스산을 노려봤다. 그는 패도 섞지 않고 류스산의 얼굴에 침을 튀기며 말했다.

"꺼져! 그년 결혼한다고 하지 않았어? 어떤 영감탱이 마누라 돼서 새엄마도 된다지? 빌어먹을, 뻔뻔하긴. 꺼져! 난 그년이 산 거 필요 없어!"

류스산은 마오팅팅의 결혼 소식을 들은 적이 없었다. 게임을 하던 다른 친구들은 이러쿵저러쿵 한마디씩 떠들어댔다.

"준다고 하면 받아. 뭐 때문에 그냥 거절해? 지금 네가 안 가지면 엉뚱한 놈 자식한테 다 쓴다니까. 그럼 네가 얼마나 손해야?"

"어차피 결혼해서 남쪽에 있는 광저우로 간다며? 이제 다시는 안 돌아올 텐데 뭐라도 얼른 챙겨야지."

그 말에 마오즈지에는 카드를 던지며 류스산에게 물었다.

"그럼 네가 말해봐. 무슨 보험이고, 무슨 이익이 있는데?"

류스산은 끓어오르는 화를 가라앉히며 보험 계약서를 꺼내 인내심을 갖고 조항 몇 곳을 가리켰다.

"일단 재테크상품같은 경우에는 팅팅 누나가 가입한 금액을 기준으로 12년 동안 마오즈지에 씨의 연수익률은 6%입니다. 만약 마오즈지에 씨가 매달 돈을 받는다면 2백여 위안의 배당금을 지급받을 수 있어요."

그러자 마오즈지에는 류스산을 흘깃 보며 말했다.

"뭐? 나한테 돈을 준다고?"

류스산이 고개를 끄덕였다.

"그런 셈이죠."

마오즈지에가 보험 계약서를 휙 뺏어가더니 테이블 위에 던지며 말했다.

"다들 들었지? 매달 2백 위안이래, 그것도 12년 동안. 내가 5천 위안에 팔게. 누가 살래?"

게임을 같이 하는 친구는 덩달아 언성을 높였다.

"됐다. 누가 마오팅팅 돈에 손을 대겠냐? 너네 누나 재수없는 거 온 동네 사람들이 다 아는데. 부모 잡아먹었지 남의 상갓집 가서 울어주는 게 일이지. 더러워서, 원. 너네 누나 물건 가지고 집에 가면 향 피우고 손이라도 씻어야 될걸. 안 그래?"

다른 친구는 마오즈지에의 등을 툭툭 쳤다.

"차라리 모른 척하고 살아. 아니면 너도 언제 죽을지 몰라."

보자보자 하니 친구란 작자들은 되는 대로 마구 지껄이고 있었다. 마지막 친구마저 이렇게 말했다.

"너희 매형이란 사람도 참 안됐다. 마오팅팅이 이 동네에서 얼마나 유명한지 모를 거 아냐. 만약에 안다면 결혼한다고 하겠냐?"

피가 거꾸로 솟는 듯한 분노를 느낀 류스산은 고함을 질렀다.

"입 닥쳐!"

그러자 마오즈지에는 그 자리에서 그의 배를 걷어찼고 류스산은 뒤로 밀리면서 무릎을 꿇으며 넘어졌다. 그러자 마오즈지에는 쪼그리고 앉아 류스산의 머리카락을 움켜잡았다.

"넌 뭔데? 그년이랑 잠이라도 잤냐?"

류스산은 마오즈지에의 팔목을 꽉 잡으며 성난 목소리로 외쳤다.

"이거 놔! 나 너같은 놈한테 안 팔아. 팅팅 누나한테 가서 물리라고 할 거야!"

마오즈지에는 손에 잡히는 대로 벽돌을 들어 류스산의 얼굴을 툭툭 치며 말했다.

"그년이 얼마나 돈 썼어?"

"4건, 8만 위안."

류스산이 대답했다.

그 말에 마오즈지에는 이를 다 드러내고 웃으며 말했다.

"물려. 나한테 물리라고."

류스산은 자신의 귀를 의심하지 않을 수 없었다.

"이런 빌어먹을, 네가 그러고도 인간이야?"

"물려, 안 물려?"

마오즈지에가 윽박질렀다.

여름날의 진은 나른하기 그지없고 지칠 줄 모르는 매미만 계속 울어댔다. 눈가에 땀이 맺힌 류스산은 가슴이 터질 듯이 답답한 나머지 역시나 벽돌을 들어올리며 마오즈지에게 말했다.

"이거 놔!"

하지만 마오즈지에는 차갑게 류스산을 노려보며 머리카락을 움켜쥔 손에 더 힘을 줬다.

"내가 말했지. 보험은 필요 없으니까 8만 위안 나한테 달라고."

류스산은 고통이 느껴지지 않는 듯 말했다.

"말도 안 되는 소리하고 있네. 그건 팅팅 누나 돈이야."

마오즈지에는 벽돌을 치켜들었다.

"물려, 안 물려?"

류스산도 벽돌을 들었다.

"쳐봐, 빨리. 네가 치면 나도 칠 거야!"

"이런 개새끼!"

마오즈지에는 벽돌을 휘둘렀고 "펑!" 소리와 함께 류스산은 하늘과 땅이 빙글빙글 도는 것을 느꼈다. 그도 벽돌로 치려 했지만 손이 말을 듣지 않았고 그대로 쓰러졌다.

정신이 멍한 가운데 류스산의 눈앞에 붉은 액체가 보였다. 또한 그는 자신의 눈썹 근처가 축축하게 젖어 있는 걸 느꼈다.

마오즈지에가 정말 사람을 때린 걸 본 친구들은 깜짝 놀라 뿔뿔이 흩어졌다. 마오즈지에는 당황해 몇 걸음 물러나더니 급히 리어카를 밀고 류스산의 흐릿한 시야에서 사라졌다.

7

류스산은 진의 병원에서 몇 바늘을 꿰맸고 의사도 상처가 심각하지 않다고 했다. 머리에 붕대를 감은 그는 집에 가서 뭐라고 말해야 좋을지 몰라 울상이 됐다. 그때 병원 입구 쪽에서 발걸음 소리가 나더니 마오팅팅이 서둘러 안으로 뛰어 들어왔다.

그녀는 불안한지 양손을 꽉 부여잡고 물었다.

"스산, 즈지에가 때렸니? 괜찮아?"

류스산은 얼굴을 가리고 성난 목소리로 말했다.

"몇 바늘 꿰맸어요. 별일도 아닌데 거기까지 소문이 났으면 우리 할머니도 아셨겠네요."

마오팅팅은 얼른 손사래를 쳤다.

"아냐, 아냐. 누가 지나가다 보고 나한테 알려준 거야."

류스산은 한숨을 쉬며 말했다.

"팅팅 누나, 저 보험은 못할 것 같아요. 그냥 돈 돌려드릴게요."

"너까지 피곤하게 만들었구나. 미안해."

마오팅팅이 말했다.

"팅팅 누나, 결혼해요?"

류스산의 물음에 마오팅팅의 얼굴이 빨개졌다. 마흔 살을 앞
둔 그녀는 까맣게 염색을 했는지 살쩍에 드문드문 있던 흰머리
도 보이지 않았다. 그녀는 불안한 표정으로 말했다.

"응. 국경절62에 결혼할 거야. 너랑 할머니, 청 선생도 다 와."

류스산이 물었다.

"남편 분은 어떤 사람이에요?"

마오팅팅이 작은 소리로 말했다.

"성은 천이고 광저우 사람이야. 개발 지역에서 건물 짓는 사
람인데 산동네에 와서 밥 먹다 알게 됐어. 나보다 여덟 살 많고,
재혼이야. 공사장에 많이 있어서 그런지 햇빛에 그을려 나이보
다 늙어 보이는데 사람을 잘 챙겨줘."

류스산은 저도 모르게 신이 나서 웃으며 말했다.

"그럼 우리가 신혼방에 가서 좀 놀려줘야겠네."

"스산아, 보험은 물리지 않아도 돼. 수익자는 그 사람의 아들
로 해줘. 네 생각은 어때?"

---

62 중국의 건국기념일로 매년 10월 1일이다.

이 말은 마오즈지에 대한 마음을 접었단 뜻이었다. 류스산은 제 일처럼 기뻐하며 말했다.

"좋아요. 누나 해달라는 대로 처리할게요. 누나가 좀더 편안해지면 좋겠어요."

류스산은 진지하게 마오팅팅을 바라보며 말했다.

"팅팅 누나, 꼭 행복하게 살아야 돼요."

마오팅팅이 돌아가는 내내 눈물을 흘릴 거라는 걸 류스산은 잘 알고 있었다. 그녀가 미안한 마음에 두 손으로 그의 손을 꽉 잡았을 때 눈물 한 방울이 그녀의 팔에 떨어지는 걸 봤기 때문이다.

8

9월도 빠르게 지나가 학기가 시작될 무렵 치우치우는 청샹이 학비를 내주는 대신 나중에 자신이 꼭 갚겠다는 차용증을 진지하게 작성했다. 청샹이 틈날 때 가보면 치우치우가 얌전히 앉아 공부에 정신을 집중하고 있었다.

추석은 연휴가 사흘이라 류스산의 집 마당은 북적거리기 시작했다. 외할머니가 직접 만든 월병은 순식간에 1백 개가 팔려

나갔다. 하늘에는 노르스름한 둥근 달이 걸려 있고 구름은 반짝이는데 청상이 제집처럼 마당으로 들어와 큰소리로 물었다.

"할머니, 오늘 저녁에는 뭐 먹어요?"

얇게 저민 생강과 마늘이 기름을 두른 솥에서 톡톡 튀고 있는데 외할머니가 도마에 있는 붕어를 한 마리씩 안에 집어넣었다. 그러자 금세 붕어의 뱃가죽이 부풀면서 칼집을 내어놓은 곳에서 노란 생선알이 주르륵 흘러나왔다. 외할머니는 얼굴에 미소를 띤 채 바삐 기름을 두르며 말했다.

"직접 봐라."

청상이 주방을 쭉 둘러보니 타일 조리대 위에 돼지껍데기와 목이, 말린 조개관자, 해파리가 놓여 있고, 식탁 위에는 싱싱한 원추리나물과 상추, 비름나물이 놓여 있고 그 가운데 푸릇푸릇한 풋콩 한 그릇이 놓여 있었다. 또한 옆에 벌려진 비닐봉지에는 맛조개와 양고기, 새우, 돼지족발이 들어 있고, 처마에 걸려 있던 소시지와 소금에 절인 햄도 내려놓았다.

청상은 입맛을 다시며 말했다.

"할머니, 너무 푸짐하네요. 류스산 결혼해요?"

외할머니는 붕어 양면이 노릇하게 익어 껍데기가 쪼그라든 걸 확인하고 천으로 된 국물팩과 생간장을 넣은 다음 뚜껑을 덮어 끓였다.

"네가 좋다고도 안 했는데 제 놈이 결혼은 무슨."

청샹은 손바닥을 마주치며 말했다.

"저는 좋아요. 괜찮은 여 선생이 있는데 나중에 와보라고 할게요."

외할머니는 청샹에게 눈을 흘기며 말했다.

"왜? 차라리 오늘 오라고 하지?"

그러자 청샹은 외할머니 팔을 꼭 끌어안았다.

"오늘 요리는 그 선생이랑 나눠 먹고 싶지 않아서요."

외할머니는 매듭을 진 쪽파를 돼지기름에 넣어 졸이며 향긋한 파기름을 만들었다. 또한 거기에 빻아놓은 마늘을 넣어 파기름과 함께 볶고 채를 썬 고추를 넣은 다음 육수 한 그릇을 부어 끓였다. 맛조개는 맛술과 간장으로 잠시 재워둔 뒤 저민 마늘을 얹어 익히고 그 위에 막 끓인 파기름과 빻은 마늘을 넣은 육수를 뿌리니 지글지글 소리를 내며 맛있는 냄새를 확 풍겼다.

본래 파기름과 마늘의 향은 긴 말이 필요 없는 법이다. 만약 누군가 지금 이 맛조개의 맛에 저항할 수 있다고 한다면 류스산은 그 말을 믿지 못할 것이다. 그는 오늘 밤 이 요리를 먹을 생각만으로도 입에 군침이 돌았다.

30건이나 보험을 계약하니 회사가 아무리 박하게 군다 해도 2만 위안이 넘는 수당이 그의 손에 떨어졌다.

그는 진에서 가장 비싼 2백 위안짜리 책가방을 샀다. 화장품 가게를 가기 전 가장 비싼 마스크팩을 사야겠다고 생각했지만 막상 들어가서 가격을 보니 절로 '아미타불'이 튀어나왔다. 비싸도 너무 비쌌지만 그는 질끈 눈을 감고 1천 2백 위안을 썼다.

외할머니에게 줄 돋보기는 4백여 위안, 외할머니가 습진으로 고생하던 게 기억이 나 약국에서 가장 비싼 습진 크림을 2백여 위안이나 주고 구입했다. 지갑은 홀쭉해졌지만 선물이 든 비닐봉투를 들고 집으로 돌아오는 발걸음은 가벼웠다. 그는 밖으로 나가 벌레를 잡아 돌아오는 참새처럼 집에 있는 가족을 먹여 살리는 기분이 들었다.

작은 가게 주방에서는 각종 양념으로 졸인 붕어 요리가 완성됐다. 외할머니는 다시 솥을 들더니 단지에서 돼지기름 두 국자를 퍼 솥 전체에 펼치며 열심히 마늘을 까고 있는 치우치우를 흘깃 쳐다봤다.

"꼬맹아, 요 며칠 어디 갔었니? 뭐한다고 외증조할머니도 보러 안 와?"

그 말에 치우치우가 입술을 삐죽거렸다.

"집에 일이 있었거든요. 치우치우도 아빠를 돌봐야죠."

왕잉잉은 "그래"라고 하며 공심채의 물을 털어 손으로 반을 뚝 자른 뒤 솥에 넣고 10분 동안 기다렸다. 그 사이 그녀는 담배에 불을 붙이며 또 물었다.

"오늘은 아버지 집에 안 계시니?"

외할머니가 물어본 사람은 치우치우의 친아빠였다. 치우치우는 고개를 저으며 말했다.

"점심 먹고 나갔는데 아마 오늘은 안 올 거예요."

외할머니는 고개를 끄덕이더니 담배를 문 채 거실로 나가 찬장에 있는 약주 한 병을 꺼내 치우치우에게 건넸다.

"잘 봐라. 너희 아버지는 밖에 나가서 툭하면 다른 사람한테 맞으니까 이것으로 상처를 닦으면 금세 낫는다. 알았지?"

치우치우는 술병을 들고 고분고분하게 대답했다.

"감사합니다! 외증조할머니."

"치우치우는 오늘 뭐 먹고 싶니?"

"단 거요."

"그럼 우리 궁바오샤치우[63] 만들어 먹자. 어떠냐?"

"좋아요!"

---

63 宮保蝦球, 새우와 고추, 샐러리 등을 넣어 만든 새콤달콤한 요리

불이 환하게 밝혀진 웃음꽃이 피는 집, 이는 류스산이 집에 돌아왔을 때 떠오른 첫 번째 말이었다. 고리타분하기 짝이 없었지만 이보다 적당한 말도 없었다. 청샹은 거실 입구에서 전화를 하고 있었다.

"월병 드셨어요? 월병이 없다고요? 그럼 둥근 피자라도 드세요."

류스산이 돌아온 걸 본 청샹은 손을 흔들며 계속 통화를 했다.

"전 잘 먹고 있어요. 좀 있다 동영상 찍어서 보내드릴게요. 예. 그래요. 할머니 도와드리러 가야 돼요."

전화를 끊은 뒤 청샹은 류스산을 보며 얼굴 가득 미소를 지었다.

"갔다 왔어? 일하느라 고생했어!"

류스산은 지나친 환대에 살짝 겁이 났다.

"뭐야? 왜 이렇게 따뜻해? 무슨 음모가 있는 거 아냐?"

그러자 청샹은 눈을 치켜뜨며 말했다.

"할머니 체면 봐서 해주는 거야. 오늘은 추석이니까 화목하고 아름답게 가자."

외할머니는 손을 닦으며 뒤도 돌아보지 않고 말했다.

"욕하고 싶으면 그냥 해. 마음에 안 들면 때려주고, 때리고 나서 텔레비전 잠깐 보고 있으면 밥도 다 될 거다."

류스산은 비닐봉투를 들어 보이며 큰소리로 외쳤다.

"나 월급 받았다. 다들 선물도 있다고!"

세 여자는 봉투를 건네받으며 희색이 만면했다. 치우치우는 분홍색 책가방을 보고 너무 신이 나 소리를 지르며 책가방을 꼭 안고 팔짝팔짝 뛰었다.

"고마워, 아빠! 아빠가 최고야! 사랑해요, 아빠!"

마스크팩을 선물 받은 청샹의 얼굴에는 웃음꽃이 피었다. 옆에서 그 모습을 본 외할머니는 가슴이 아프면서도 기뻤다.

"뭐하러 이렇게 비싼 걸 샀어? 할미는 그냥 싸구려 연고 바르면 되는데."

그녀는 크림 뚜껑을 열고 냄새를 맡더니 청샹에게 건네줬다.

"너도 맡아봐라. 냄새가 좋지?"

청샹은 연신 고개를 끄덕였다.

"좋아요!"

류스산은 어깨에 힘이 잔뜩 들어갔다.

"할머니, 이젠 나보고 구두쇠라고 하면 안 돼."

외할머니는 짐짓 표정을 바꾸며 말했다.

"솥에 생선 조리고 있었는데 괜히 소란 떨어서 탔으면 내가 네놈을 조릴 거야."

외할머니는 종종거리며 주방으로 돌아갔다. 류스산은 선물을 받고도 칭찬 한번 안 하는 외할머니를 보며 기분이 묘했다.

"너무 좋아서 저러시는 거야. 너 칭찬하기 민망하시니까."

청샹이 가만히 말했다.

"나도 알아."

류스산도 작은 소리로 말했다. 청샹은 자신이 받은 마스크팩을 흔들어 보였다.

"고마워."

류스산은 멋쩍은 표정으로 말했다.

"우리 진에는 브랜드 제품이 별로 없어서 싱가포르 사람이 쓸지 모르겠네."

청샹이 류스산을 때리는 시늉을 할 때 마침 외할머니가 주방에서 소리를 쳤다.

"마당에서 밥 먹자. 음식이 많으니까 류스산, 둥근 식탁 좀 들어다 놔라!"

청샹은 류스산을 도와 둥근 식탁 상판을 네모난 탁자 위에 얹었다.

추석의 꽉 찬 둥근 달은 하늘 위의 완벽한 그림처럼 보였다. 복숭아나무도 좋은지 잎들이 빛을 받아 반짝이고 마당에서는 가을 산 특유의 향기가 넘실거렸다. 식탁을 놓은 뒤 청샹이 말했다.

"난 못 쓸 거 같아."

"뭐?"

류스산은 얼떨떨한 얼굴로 물었다. 청상은 평소와 달리 고개를 숙이고 말했다.

"네가 선물해준 거, 아까워서 못 쓸 거 같다고."

"아끼면 쓰레기 돼. 그냥 쓰고 다시 사."

류스산이 말했다. 그 말에 청상은 이를 갈며 날아차기를 했지만 류스산이 피하자 코웃음을 치며 말했다.

"감히 피해?"

류스산은 겁먹은 얼굴로 말했다.

"피한 거 아냐. 주방에 할머니 도와드리러 가는 거야."

9

식탁 주위에는 의자 네 개가 빙 둘러 있는데 담장 너머 이웃집 계화나무에 꽃이 피어 가지 몇 개가 이편으로 넘어와 있었다. 류스산과 청상, 치우치우 세 사람은 단정하게 앉아 있고 외할머니는 빠른 손놀림으로 순식간에 상 위에 요리를 옮겼다.

그녀는 마지막으로 국이 있는 냄비를 식탁 위에 올린 뒤에야 앞치마를 벗고 자리에 앉았다. 외할머니는 큰 생선살을 떼어 치우치우의 밥그릇에 놔주며 말했다.

"애들은 이런 걸 많이 먹어야 머리가 좋아진다더라."

치우치우의 환호성과 함께 네 사람은 밥을 먹기 시작했다.

잘 조린 돼지족발은 육즙이 입안에서 퍼져 부드럽게 씹혔다. 샹탕셴차이[64]는 빨간 국물이 잘 삶은 송화단의 짭짤한 맛을 품고 있어 맛의 보물창고나 다름없었다.

새우볼은 토마토소스에 굴려 씹으면 이에서 튕길 정도로 탱탱했다. 요우자[65]는 바삭하게 튀긴데다 위에 고춧가루를 뿌려 천천히 술안주로 먹어도 좋을 것 같았다. 류스산은 말없이 충요우청즈[66]를 자신의 앞에 끌어놓았다.

외할머니의 매서운 눈초리에 하는 수 없이 청샹과 치우치우에게도 하나씩 집어줬다.

세 쌍의 젓가락은 식탁 위에서 춤을 췄고, 세 사람은 아예 고개를 파묻고 식사에 몰두했다. 외할머니는 세 사람이 먹는 모습을 흐뭇하게 바라보며 술독의 뚜껑을 열고 황주를 따른 뒤

---

64 上湯莧菜, 비름나물과 송화단 등을 함께 넣어 볶은 요리

65 油渣, 돼지기름을 짜고 남은 찌꺼기를 튀긴 요리

66 蔥油蟶子, 파기름에 빻은 마늘을 볶아 그 기름을 맛조개에 끼얹어 만드는 요리

담배에 불을 붙이며 가만히 달을 바라봤다.

"올해는 계화가 좀 빨리 지네. 이웃집에 얘기해서 계화 좀 따다 꿀로 만들려고 했는데. 그럼 내년에 먹을 수 있잖아."

"할머니, 꽃 그만 보고 밥 먹어요."

류스산이 소리쳤다. 외할머니는 젓가락으로 공심채를 집으며 말했다.

"급할 게 뭐 있냐? 좀 있다 월병도 먹으려면 배를 남겨놔야지."

청샹은 뺨이 불룩해진 채 돼지족발을 씹으며 자리에서 일어나 동과갈비탕을 펐다. 그녀는 외할머니의 비위를 맞추는 것도 잊지 않았다.

"할머니, 음식점 내셔도 될 만큼 솜씨가 좋으세요. 이렇게 맛있는 밥은 정말 오랜만에 먹는 것 같아요."

외할머니는 평소보다 훨씬 온화한 모습으로 백발을 가지런히 묶으며 주름진 얼굴로 활짝 웃었다. 그녀는 술 한 사발을 따르며 말했다.

"외손자, 샹아, 같이 건배 한번 할래?"

"좋지."

류스산은 입을 닦으며 청샹과 함께 사발을 들었다. 세 사발이 부딪치니 달빛 아래 청아한 소리가 울렸다.

"치우치우도!"

치우치우는 깨끗이 핥아먹은 빈 그릇을 들었다. 외할머니는 웃으며 치우치우에게 술을 약간 따라줬다.

"오늘은 추석이라 온 가족이 둘러앉았으니까 꼬맹이도 술 조금 마셔도 상관없다."

치우치우는 한입에 술을 털어넣더니 새빨개진 얼굴로 한마디를 뱉었다.

"술맛 좋다!"

하지만 아이는 이내 물을 계속 들이켰다.

류스산은 몇 잔이나 마셨는지 기억이 안 날 만큼 술을 마셨고, 빈 술독은 금방이라도 식탁에서 떨어져 산산조각이 날 것 같았다. 외할머니는 내내 좋다는 말을 반복했다.

그녀는 오늘이 너무 좋아 세 사람을 보고 있는 것만으로도 마음이 기쁘다고 했다. 류스산은 울먹이는 소리를 들은 것 같았지만 누구의 것이었는지는 정확히 알 수 없었다. 아마 너무 기쁜 나머지 가슴이 벅차 눈물이 흘렀으리라. 그는 외할머니가 취한 거라고 생각했다.

몇 년 만이던가? 대학 입시 이후 고향에서 보내는 첫 번째 추석이자 이렇게 많은 사람과 보내는 첫 번째 추석이었다. 류스산은 이렇게라도 외할머니를 기쁘게 해줄 수 있다면 앞으로도 매년 추석에는 집에 돌아와야겠다고 생각했다.

어두운 푸른 하늘에 달이 걸렸는데 오늘밤은 갈고리처럼 보였다.
그는 마오팅팅이 결혼식에서 말없이 활짝 웃었지만
눈에는 기쁨이 아닌 이별만 있었던 걸 떠올렸다.
올해 윈벤진의 가을은 이렇게 끝이 났다.

CHAPTER 13

결혼식

1

마오팅팅의 결혼식이 국경절인 10월 1일로 정해지자 준비 기간이 촉박했다. 류스산과 청샹이 그녀를 도왔고 남편이 될 라오천[67]도 만났다. 마오팅팅이 말한 것처럼 겉모습은 늙어 보였지만 사람이 성실한 것 같았다.

그는 사람 좋은 미소를 지으며 아무 말 없이 담배를 건넸다. 류스산은 바닥에 쪼그리고 앉아 라오천과 풍선에 바람을 넣으며 편하게 이야기를 나눴다.

"결혼식이 끝나면 가시는 거예요?"

"광저우로 가야지."

---

[67] 老陳, 중국에서는 성 앞에 나이가 많으면 라오(老), 나이가 적으면 샤오(小)를 붙여 이름 대신 성을 부르는 경우가 많다.

라오천은 할 말만 하면서도 시종일관 사람 좋은 미소를 지었다.

"아이가 있으시다면서요?"

"둘일세."

아이 이야기가 나오자 라오천은 눈가에 주름이 잡힐 만큼 환하게 웃으며 투박한 손가락 두 개를 펼쳐 보였다.

"아들은 여덟 살이고, 딸은 열 살이야."

류스산이 마음을 놓지 못하는 걸 알아챘는지 라오천이 어렵사리 몇 마디 말을 덧붙였다.

"나랑 팅팅은 상갓집에서 처음 만났어."

"예?"

라오천은 마오팅팅의 재수없다는 소문에 전혀 개의치 않았다.

"개발 지역에서 건물을 짓는데 어느 동료 아버지가 돌아가신 거야. 거기 장례식에 갔다 팅팅을 처음 봤어. 그때 나는 팅팅을 보고 '대체 어떤 친척이기에 저렇게 가슴 아프게 울지?'라고 생각했어. 한나절 넘게 밥도 안 먹고 울기에 만두를 하나 들고 가서 인사를 했지. 알고 보니 팅팅은 친척이 아니라 일하러 온 거더라고."

류스산은 그녀의 직업에 대해 신경 쓰이지 않았냐고 묻고 싶었다. 하지만 보물이라도 주운 듯한 라오천의 표정을 보며 그가 전혀 신경쓰지 않음을 알아차렸다.

"원래는 다음 날 돌아가려고 했는데 밤에 이리저리 뒤척이면서 생각했어. 아침에 버스터미널까지 갔는데 이대로 가면 안 되겠다 싶더라고. 다시 돌아와서 호텔에 머물면서 팅팅을 찾았지. 결국 식당에서 팅팅과 마주쳤고 이야기를 나눌 수 있었어."

라오천은 여기까지 말하다 감정이 복받쳤는지 다시 풍선에 바람을 넣기 시작했다. 그의 말솜씨는 평범했지만 류스산은 어쩐지 그가 꽤 믿음직하다고 느껴졌다. 그는 마오팅팅의 외로운 신세를 꺼려하거나 직업을 탓하지 않았다.

마오팅팅도 라오천이 이혼하고 아이가 둘이란 사실에 대해 개의치 않았다. 세상에 누가 서로를 이렇게 생각해줄 수 있을까?

서로 멀리 떨어져 아무 상관도 없던 사람이 긴 인생길을 걸어오다 누군가 희망을 포기한 모습을 봤을 때, 그는 오히려 그녀의 눈물만을 보았던 것이다. 아마도 이것이 바로 인연이 아닐까 생각하며 류스산은 두 사람이 조금 부러웠다.

2

10월 1일, 크리스털 호텔 예식홀 앞에는 보라색, 하얀색, 분홍색의 풍선들이 아치형의 문을 이루고 있었고, 손님들의 테이블마다 장미와 종이학이 놓여 있었다. 마오팅팅이 청첩장을 많이 보내서인지 식장 안은 진 사람들로 북적거렸다. 류스산은 외할머니는 어디에 갔기에 아직 오지 않는지 투덜거렸다. 평소의 외할머니라면 하객들의 좌석이 다 찬 뒤에도 이렇게 그림자조차 보이지 않을 리가 없었다.

류스산은 식장 안을 어슬렁거리다 뷔페 코너에서 눈에 익은 책가방이 흔들리고 있는 것을 발견했다. 치우치우가 조심스럽게 손을 뻗어 케이크와 과자, 빵을 가방 안에 집어넣고 있었다. 류스산이 옆에 쪼그리고 앉아 물었다.

"다 먹었어?"

치우치우는 깜짝 놀라 가방에 있던 음식을 바닥에 와르르 쏟고 말았다. 씨앗이 박힌 과자며 카스텔라, 초콜릿은 물론이고 심지어 비닐봉투에 담긴 통닭구이 한 마리도 있었다. 치우치우는 괜히 눈을 흘기며 서둘러 그것들을 가방에 도로 넣었다.

"다 못 먹으니까 가져가는 거야."

나름 일리가 있는 말에 류스산이 또 물었다.

"그나저나 카스텔라는 왜 이렇게 많이 가져가?"

그 말에 치우치우가 헤헤 웃으며 말했다.

"우리 아빠가 이걸 제일 좋아해. 아마 가져가면 신나서 팔짝팔짝 뛸걸."

류스산은 잠시 말이 없다 다시 입을 뗐다.

"그럼 내가 여기서 안 보이게 막아줄게. 괜히 누가 보면 내가 너 시켜서 담으라고 한 것처럼 보일 수도 있잖아."

치우치우는 눈이 동그래졌다.

"아빠는 내가 이걸 거저 가져가는 거 같아? 좀 있다 내가 결혼 답례품 나눠주는 거 다 아는데 누가 나한테 뭐라고 하겠어?"

류스산은 놀란 눈으로 치우치우를 쳐다봤다.

"네가 나보다 사회생활을 잘하는구나."

그러자 치우치우가 코웃음을 쳤다.

"과연 아빠보다 사회생활을 못하는 사람이 또 있을까?"

그때 니우따텐이 주위를 두리번거리더니 멀리서 소리쳤다.

"스산, 너 여기 있었냐?"

류스산은 소리가 나는 방향을 쳐다보다 깜짝 놀라 눈이 휘둥그레졌다. 요 며칠 니우따텐이 공부에 매달리고 있다는 소리는 들었지만 그새 근시가 왔는지 그의 콧등에 안경이 걸쳐져 있었기 때문이다.

"그만 봐. 도수 없는 거야. 그냥 폼만 내봤어."

"친샤오전 씨는?"

류스산이 물었다.

"휴가 날짜가 바뀌어서 정오에나 교대한다네."

니우따톈은 조금 실망한 모습이었다.

"오늘 한자리에 앉을 줄 알고 영어 듣기도 포기하고 서둘러 왔는데 은행이 도움을 안 주네. 샤오톈이 교대하기 전에 은행 가서 페인트라도 뿌리고 와야겠어. 아 참, 너 혹시 대학 입시 볼 때 쓰던 참고서 없냐? 집에 가서 찾아보고 있으면 나한테 좀 보내줘. 요즘 교재 값이 너무 비싸서 아낄 수 있으면 아껴야지."

"너 진짜로 대학 시험 보려고?"

"샤오톈을 위해서라면 대학이 아니라 대학원이나 박사인들 못하겠냐!"

류스산은 니우따톈의 어깨를 두드리며 말했다.

"할머니가 교재는 일찌감치 폐지로 팔아먹었다. 마음에 들지 않으면 우리 할머니 찾아가서 복수하든가."

니우따톈은 아쉬운 듯 "쩝!" 소리를 내며 물었다.

"할머니는?"

류스산의 어깨를 으쓱거렸다.

"몰라. 아침 일찍 나갔는데 아직까지 안 보이네. 그렇게 걱정되면 너희 할머니 할래?"

니우따톈은 절레절레 고개를 흔들었다. 결혼식이 시작되기까지는 아직 시간이 있어 류스산은 한가한 김에 니우따톈의 공부가 얼마나 진척이 됐는지 알아보기로 했다. 그는 테이블 위의 펜과 종이를 대충 집어다 이원일차방정식을 쓰며 물었다.

"어떻게 푸는지 알아?"

니우따텐은 잠시 생각에 잠긴 듯하더니 물었다.

"이게 뭔데?"

류스산도 잠시 생각에 잠겼다 말했다.

"이건 중학교 문제야."

니우따텐은 달걀로 비위를 친 것처럼 자신의 상황을 믿을 수 없는지 멍한 표정을 지었다. 류스산은 결론을 내렸다.

"보니까 넌 지금 초등학교 수준밖에 안 되는 거 같아. 그래도 힘내자!"

3

외할머니는 이른 아침에 일어나 머릿속으로 하루 일정을 그려봤다. 주민센터는 은행에서 자산 증명서를 떼라고 했는데 더 이상 미룰 수 없었다. 진에서 받으라는 노인 건강검진은 굳이 갈 필요는 없으나 마오팅팅의 결혼식에는 축의금을 꼭 내야 한다. 대강 계획이 서자 그녀는 일단 은행에 들러 서류를 떼고 축의금으로 낼 돈을 인출한 뒤 결혼식에 가야겠다고 생각했다.

하지만 은행은 생각보다 많은 사람들로 북적거렸다. 아마도 연휴가 이어지기 때문인 것 같았다. 은행 로비에서 외할머니가 서성거리고 있자 지점장이 다가와 관심을 보였다.

"할머니, 무슨 업무를 보실 겁니까? 간단한 거라면 앞 분의 허락을 얻어 먼저 하실 수 있게 도와드리겠습니다."

외할머니는 착해 보이는 이 직원을 잘 이용해야겠다고 생각했다. 돈도 찾고 빌어먹을 증명 서류도 찾아야 하는데 줄에 끼어들 방법이 없었기 때문이다. 지점장은 외할머니를 위해 앉을 자리를 찾아주고 물도 따라줬다.

"할머니, 안색이 안 좋으신 것 같은데 왜 자식들을 대신 보내지 않으셨어요?"

남의 일에 무슨 간섭이 이렇게 많단 말인가. 외할머니는 불쑥 성질이 치밀어 올라 정색을 하며 말했다.

"자식들 안색이 더 안 좋아서 말이요. 내가 직접 오면 운동도 되잖아."

지점장은 민망한지 웃으며 예의상 몇 마디 말을 더 하고는 이내 다른 임산부를 도우러 가버렸다.

덕분에 외할머니는 하염없이 기다려야 했고 정오가 다 되도록 앞선 대기 번호 수십 명을 더 기다려야 했다. 그녀는 엉덩이가 아픈 나머지 자리에서 일어나 어슬렁거리다 은행의 유리문 밖으로 한바탕 소동이 일어나고 있는 모습을 보게 됐다. 사람들의 목소리는 갈수록 커졌고 비명소리도 들려왔다.

문 앞으로 다가간 외할머니는 사방으로 도망치는 사람들의 모습을 목격했다. 잠시 후, 비명과 함께 소동이 일더니 갑자기 몇 초 동안 주위가 고요해졌다. 그 후 누군가 몸을 피해 은행 안으로 뛰어 들어왔고 다른 누군가는 밖으로 뛰쳐나가며 현장은 아수라장이 됐다. 안으로 들어온 사람은 창백한 얼굴로 놀란 가슴을 부여잡고 바깥소식을 전했다.

"왕용, 왕용, 그 미친놈 왕용이야!"

"그 정신병자? 그러게 빨리 가두지 않으면 조만간 무슨 일 난다고 했는데."

"벌써 큰일이 났어요. 그 미친놈이 좀 전에 도끼를 들고 마구 휘둘러서 어떤 아가씨가 얼굴에 도끼를 맞았어요. 세상에, 온통 피투성이였어요! 죽지 않는다 해도 죽은 거나 다름없을 거 같더라고."

"어떤 아가씨? 누군데요?"

"내가 아는 아가씨인데 여기 은행에 근무하는 친씨 성을 가진…… 그래, 친샤오전!"

4

크리스털 호텔 예식홀에서 결혼식 사회자의 말이 끝나자 드디어 라오천이 마오팅팅의 손을 잡고 얼굴에 미소를 지으며 무대 가운데로 걸어 나왔다. 니우따텐은 류스산에게 한방 먹은 뒤 실의에 빠진 모습으로 계속 밥만 먹었다. 류스산은 한참이나 니우따텐을 위로했다.

"네가 바보라 해도 친샤오전 씨는 널 기다릴 거야."

이런 양심도 없는 위로에 니우따텐은 어두운 얼굴을 거두고 전투적으로 통닭을 뜯어댔다. 치우치우는 예식홀 곳곳을 누비며 하객들의 테이블마다 결혼 답례품을 나눠줬다. 아이는 류스산에게 외할머니 몫으로 답례품을 하나 더 챙겨놨다고 귀띔했다. 그런데 갑자기 니우따텐이 젓가락을 내려놓으며 말했다.

"내 심장이 왜 이렇게 빨리 뛰지?"

그 말을 들으니 류스산은 아직 도착하지 않은 외할머니가 걱정돼 전화를 걸었지만 받지 않았다. 잠시 후 그는 신부 들러리들 사이에서 청상을 발견했다.

"우리 할머니 못 봤어? 전화를 해도 안 받네."

청상은 고개를 저으며 턱으로 무대를 가리켰다.

"좀 있다 같이 찾아보자. 근데 마오팅팅 언니도 뭔가 좀 이상한 거 같아. 아침에 화장할 때부터 좌불안석이더라고."

류스산은 예쁘게 화장한 얼굴에 새하얀 웨딩드레스를 입고 있는데도 얼굴에 억지 미소를 띠고 있는 마오팅팅을 보며 말했다.

"오기를 기다리고 있는 거겠지. 오지 않을 걸 분명히 알면서도 말이야."

청샹은 이해가 되지 않는다는 듯 입술을 삐죽거렸다.

"마오즈지에같은 동생 만나면 진짜 골치 아플 거 같은데."

흥겨운 음악이 소리를 높이자 결혼식 진행자가 말했다.

"신랑은 사랑의 맹세와 함께 신부에게 반지를 끼워주십시오!"

결혼반지를 보관하고 있던 화동은 라오천의 아들과 딸로 결혼식을 위해 특별히 광저우에서 온 터였다. 사내아이는 반지 케이스를 열고 여자아이가 라오천에게 반지를 건넸다. 라오천은 한쪽 무릎을 꿇고 반지를 끼워주며 떨리는 입술을 반쯤 열고 외쳤다.

"마누라!"

마이크의 울림소리가 계속되자 하객들은 웃음이 터졌고 식장 직원들은 설비를 조정하느라 정신이 없었다.

"마누라, 내가 당신을 처음 봤을 때 당신은 울고 있었지. 하지만 내가 지금 맹세하겠소. 앞으로 다시는 당신 눈에서 눈물 나지 않게 해주겠다고 말이오."

말이 너무 거창하다고 느꼈는지 라오천은 한마디를 덧붙였다.

"기쁨의 눈물은 빼고."

하객들은 배꼽이 빠져라 웃었고 마오팅팅도 라오천을 붙잡으며 웃었다. 하지만 그녀의 시선은 하객들 사이를 방황하다 다시 식장 입구로 향했다. 입구는 여전히 비어 있었다. 마오팅팅은 눈을 내리깔더니 이내 뭔가 결심한 듯 다시 눈을 위로 뜨고 얼굴 가득 미소를 지었다. 그녀는 라오천의 이마에 난 땀을 닦아주며 천천히 말해도 된다고 응원했다. 라오천은 숨을 깊이 들이쉬더니 마오팅팅의 손을 잡았다.

"내가 영원히 당신 마음 아프지 않게 해줄게요. 영원히 사랑합니다. 당신의 영원한 구공탄이."

저렇게 긴장한 라오천에게 애칭이 있다니 하객들은 더 깔깔거리며 웃었다. 하지만 무대 위의 두 사람은 서로를 보며 닭똥 같은 눈물을 뚝뚝 흘렸다. 류스산은 두 사람에게 힘찬 박수를 보냈다. 다른 사람들의 시선이 뭐가 그리 중요하겠는가. 두 사람은 서로에게 매우 진지하며 함께 행복을 누리고 있다는 사실이 중요할 뿐이다.

박수 소리가 잦아들 무렵 식장 직원은 때를 놓치지 않고 '오늘 나랑 결혼해줄래?'란 노래를 스피커로 틀었다. 하객들은 다시 박수로 화답했고, 노랫소리는 식장 안을 가득 채워 사람들을 감상에 젖게 했다.

5

앞쪽에 있는 사람들 사이에서 큰 소동이 일어나 비명소리가 연이어 터졌고 외할머니도 하마터면 사람들에 떠밀려 넘어질 뻔했다.

"왕용이 왔다! 은행에 왔어!"

"미친놈이 여기 들어왔다!"

"빨리 문 잠가! 보안요원은 어디 있어?"

지저분한 행색에 도끼를 든 왕용을 보며 인파는 양쪽으로 쫙 갈라졌다. 은행 안으로 들어온 그의 도끼에는 새빨간 피가 묻어 있었다. 겁에 질린 사람들은 자꾸만 뒷걸음질을 쳤고 제일 뒤에 있던 사람들은 은행 로비의 벽과 앞쪽 사람들 사이에 끼어 소리를 질렀다. 왕용은 창구로 다가갔다.

"돈을 찾으려고 하는데요."

그의 얼굴에는 어느새 미치광이의 흔적이 사라지고 겸연쩍어하는 미소만이 남아 있었다. 그는 말을 하면서도 귀찮게 해서 미안해하는 것 같았다. 은행 직원은 창구에서 멀리 떨어져 벌벌 떨며 왕용이 쪽지를 꺼내는 모습을 쳐다봤다. 사실 은행 사람들은 왕용이 이런 쪽지를 들고 돈을 찾겠다며 온 걸 본 게 한두 번이 아니었다. 지점장은 서둘러 직원에게 손짓을 했고, 직원은 떨면서도 지폐 다발을 꺼내 창구 위로 던졌다. 왕용은 신이 나 얼굴까지 벌게졌다.

"중국인민은행 글자가 있는, 한 장 한 장으로 된 거."

은행 직원은 돈을 던진 뒤 다시 뒤로 물러나 돈을 가리키면서도 차마 뭐라 말하지 못했다. 왕용은 그녀에게 늘 하던 말을 건넸다.

"딸이 학교에 가서요. 공책도 사고, 운동화도 사고, 먹을 것도 사야 되거든요. 고맙습니다, 고마워요."

바로 그때, 옌샤오원이 젊은 경찰들 몇 명을 데리고 은행 안으로 들이닥쳤다.

6

내 말 좀 들어줄래?

손에 손을 잡고

나랑 함께 가자.

행복한 미래를 만들어봐.

어제는 이미 지나갔고

내일까지 기다려야 한다면 아쉬울 거야.

그러니까 오늘 나랑 결혼해줄래?

노랫소리가 흘러나오는 가운데 마오팅팅과 라오천이 입을 맞췄고 아이들은 꽃잎을 뿌렸다. 그때 류스산의 바지 주머니에서 휴대전화가 윙윙거리며 진동음을 냈다. 어쨌든 그는 외할머니가 연락을 했다는 사실에 한숨을 돌리며 전화를 받았다. 그런데 휴대전화 너머에서 이상한 잡음이 들리고 외할머니가 날카롭고 긴장한 목소리로 말하는 게 아닌가.

"치우치우 어디 있냐?"

류스산은 찜찜한 기분으로 눈을 들어 식장 안을 둘러봤다. 결혼 답례품을 다 나눠준 치우치우가 불룩해진 책가방을 메고 주위를 두리번거리다 밝은 얼굴로 그에게 달려왔다. 아이의 손에는 외할머니에게 줄 결혼 답례품이 들려 있었다.

"나랑 같이 있는데 왜요?"

"치우치우를 잘 보고 있어야 돼. 아무 데도 못 가게 해야 된다고. 알았냐? 꼭 잘 보고 있어!"

결혼식장에 음악 소리가 크고 전화 너머의 소리도 너무 소란스러운 통에 말을 정확히 알아들을 수 없었던 류스산이 물었다.

"할머니 어딘데? 무슨 일이야?"

외할머니의 목소리는 끊겼다 들리기를 반복했다.

"험한 일이…… 이러면 안 되는…… 안 돼……."

치우치우는 몰래 챙겨둔 결혼 답례품을 건넸고 류스산은 웃으며 휴대전화에 외쳤다.

"잘 안 들려요. 빨리 와! 치우치우가 할머니한테 좋은 거 남겨놨어!"

7

은행 문을 열고 들이닥친 옌샤오원은 긴장된 얼굴로 총을 들고 외쳤다.

"도끼 내려놔!"

왕용은 목을 움츠린 채 자신을 둘러싼 경찰들을 보며 반항도 하지 않고 작은 소리로 말했다.

"경관님, 전 이자도 필요 없어요. 그 사람들한테 원금만 돌려달라고 해주세요. 우리 딸한테 사줄 게 있어서요."

옌샤오원은 왕용이 손에 쥐고 있는 도끼를 노려보며 말했다.

"무슨 원금 말입니까? 요구가 있으면 저희랑 상의하시죠."

"상의요?"

왕용은 점점 뭔가 떠오르는 듯 얼굴에 기괴한 미소를 지었다.

"경관님, 제가 죄를 지었나요? 총살당하는 건가요?"

옌샤오원은 동료에게 준비하라는 듯 눈짓을 하고 자신은 왕용의 기분을 안정시키려고 했다.

"죄를 졌는지 아닌지는 법원이 판단할 겁니다. 일단 도끼를 내려놓으세요. 내려놓으시면 죄를 짓지 않을 수도……."

하지만 왕용은 절레절레 고개를 저었다.

"난 죽어야 돼. 내가 죽어야 치우치우가 잘살 수 있어. 사람들이 그랬어. 내가 죽어야 치우치우가 잘살 수 있다고. 경관님, 저좀 도와주세요. 저 사형 좀 받게……."

"제가 도와드리겠습니다. 절 믿어주시면……."

옌샤오원은 가볍게 턱을 움직였고 동료 경찰관이 왕용을 덮치려는 순간 갑자기 왕용이 도끼를 휘두르며 외쳤다.

"너희는 한 번도 날 도와준 적이 없었어!"

경찰관은 갑작스러운 상황에 무의식적으로 허리를 굽혔고 다행히 도끼날을 피할 수 있었다. 하지만 왕용은 완전히 정신이 나간 듯 소리를 질렀다.

"너희는 한 번도 날 도와준 적이 없었어! 한 번도!!"

옌샤오원이 외쳤다.

"내려놔! 도끼 내려놓으라고!"

하지만 왕용은 다시 도끼를 위로 치켜들며 피눈물이 맺힌 눈으로 말했다.

"내가 죽어야 치우치우가 잘살 수 있어."

8

무대 위의 마오팅팅 부부가 맞절을 하는 동안 음악 소리가 귀청을 울렸다.

내 말 좀 들어줄래?

손에 손을 잡고

나랑 함께 가자.

너의 평생을 내게 맡겨줘.

어제는 돌아볼 필요 없고

내일은 흰머리가 될 테니

그냥 오늘 나랑 결혼해줄래?

치우치우가 자신의 팔을 잡고 흔들자 류스산은 휴대전화에 대고 웃으며 말했다.

"치우치우가 할머니랑 할 말이⋯⋯."

바로 그때, 전화 너머에서 "탕!" 하는 굉음이 고막을 때렸고 류스산은 그 자리에 우뚝 멈춰 서고 말았다. 수화기 속에서는 비명소리가 넘쳐났고 류스산은 정신이 아득해졌다. 그 와중에도 외할머니는 갈라진 목소리로 고함을 질렀다.

"치우치우 잘 보고 있어. 잘 보고 있으라고! 이 할미 말 들었냐?"

그때 하객석에서 휴대전화를 손에 쥔 사람이 벌떡 일어나더니 겁에 질린 얼굴로 외쳤다.

"큰일났어! 왕용, 그 정신병자가 발작을 일으켜서 경찰이 총으로 쏴죽였대!"

류스산의 심장은 쿵쾅쿵쾅거렸고, 그를 잡고 있던 치우치우의 손은 딱딱하게 굳어버렸다. 휴대전화 너머에서는 외할머니의 고함이 계속 들려왔다.

"치우치우 잘 보고 있어! 걔 아빠가 죽었다! 걔 아빠가 죽었다고!"

류스산은 입을 벌린 채 천천히 고개를 숙였고, 치우치우도 고개를 들어 그를 쳐다봤다. 하지만 아이의 눈에는 초점이 없었고 이내 조금씩 발버둥치기 시작했다.

류스산은 그제야 외할머니의 말이 무슨 뜻인지 알아차렸다. 그는 얼른 치우치우를 꽉 붙들었고, 발로 차고 때리며 무슨 일이냐고 묻는 아이를 한마디 말도 없이 그대로 들쳐 안고 밖으로 걸어나갔다.

"이거 놔! 우리 아빠한테 큰일이 생긴 거잖아! 이거 놓으라고! 아저씨는 우리 아빠 아니야! 나 우리 아빠 찾으러 갈 거야!"

치우치우는 작은 몸에서 어디서 그런 힘이 났는지 류스산의 어깨를 누르고 바닥으로 뛰어내리더니 잽싸게 뛰어 가버렸다.

"치우치우!"

류스산이 큰소리로 불렀다. 하지만 치우치우는 뒤도 돌아보지 않았다.

류스산과 청샹이 물어물어 파출소에 가니 조그만 꼬마 아이가 울고불고하며 경찰관 하나를 깨물어 상처를 남겼다고 했다. 사람들은 옌 경관이 총을 쏜 뒤 넋을 놓아버려 다른 동료가 달려들어 그의 총을 뺏고 제압했노라고 떠들어댔다.

경찰은 사건과 관련 없는 사람들은 바로 파출소를 떠나달라고 요구했다. 류스산과 청샹은 아무 말 없이 파출소를 빠져나왔고 크리스털 호텔을 지나다 길가에 떨어진 치우치우의 책가방을 발견했다. 먼지투성이가 된 가방은 입구가 벌어져 카스텔라가 다 쏟아져 있었다. 청샹은 눈물을 뚝뚝 흘리며 책가방을 들어 먼지를 털더니 가슴에 꼭 끌어안았다.

9

10월 내내 류스산은 일상생활에 억지로 떠밀려 다니는 것 같았다. 치우치우는 고아원에 보내졌다. 류스산과 청샹은 어떻게든 치우치우를 데려오려고 했는데 입양할 자격이 없다는 말만 들었다.

"정말 데려올 방법이 없을까?"

류스산이 물었다. 청샹은 고개를 저었다.

"입양 조건에 맞는 자격을 갖추거나 치우치우가 열여덟 살이 돼서 자립하는 걸 기다릴 수밖에 없대."

치우치우를 돌볼 수 없게 돼서인지 외할머니는 울화병이라도 걸린 것처럼 심신이 피로해 보였고 대낮에도 침대에 누워 뭔가를 생각하고 있었다. 류스산은 입양 조건에 맞는 자격을 알아보는 한편 보험 영업도 계속했다. 은행에서 그런 일이 벌어진 뒤 사람들 사이에 위기의식이 강해졌는지 보험 계약이 눈에 띄게 늘어났다.

류스산은 보험 증서들을 들고 복숭아나무 아래에 앉아 씁쓸한 미소를 지었다.

"실적이 좋아진 건 당연히 기뻐할 일이고 치우치우의 아빠가 죽은 건 당연히 슬퍼할 일이지. 기쁨과 슬픔은 서로 상쇄한다고 누가 그런 거야? 사람은 어째서 희망과 슬픔을 함께 가질 수 없을까?"

청샹이 중얼거렸다. 그녀는 가을이라 잎이 떨어지는 복숭아나무를 보며 말했다.

"희망과 슬픔 모두 한줄기 빛인데 말이야."

10월의 어느 날, 류스산은 팅팅 미용실을 지나다 저녁 무렵인데도 가게 안에 불이 켜져 있는 것을 보았다. 류스산이 답답한 심정으로 문을 열고 들어서니 벽 네 면이 모두 하얀 페인트로 칠해져 있고 벽이 텅 비어 있었다. 그런데 가게 가운데에 세간살이가 널브러져 있고 그 앞에 마오즈지에가 앉아 멍한 눈으로 천정을 바라보고 있는 게 아닌가. 류스산은 어쩐지 그를 보자마자 밖으로 나가고 싶었다.

바로 그때, 마오즈지에가 먼저 말을 걸어왔다.

"스산, 우리 누나 결혼식 갔었냐?"

누나라는 말이 그의 입에서 나오다니 몹시 낯설게 느껴졌다. 류스산이 "예"라고 하자 마오즈지에가 다시 물었다.

"우리 매형 어떤 사람이냐?"

"정직하고 성실한 사람이에요. 팅팅 누나한테도 잘하고요."

류스산이 대답했다. 마오즈지에는 고개를 끄덕이며 중얼거렸다.

"그럼 다행이고."

류스산은 잠시 말이 없다 입을 뗐다.

"팅팅 누나가 그날 내내 기다렸어요. 그 재테크 상품 수익을 받고 싶으면 아무 때나 우리집에 와서 서명하세요."

마오즈지에는 피식 웃었다.

"누나가 가게를 내 명의로 바꿔줬어."

류스산은 마오팅팅의 미련함이 자신의 상상을 뛰어넘는다는 생각에 욕설이 튀어나올 뻔했다. 마오즈지에게 주면 도박으로 다 탕진할까 봐 몇 년을 싸우고 몇 년을 맞으며 지킨 건물을 포기한 꼴이 돼버렸다. 류스산이 속을 끓이고 있을 때 마오즈지에가 한마디를 툭 내뱉었다.

"누나가 이렇게 하면 안 되지."

류스산은 순간 화가 바짝 치밀어 올랐다. 그런데 갑자기 마오즈지에가 흐느끼며 울기 시작하는 게 아닌가.

"이렇게 하면 안 되지. 아무것도 안 가져가고, 내가 혼수 하나 마련해주지 못했는데 이렇게 매형 집에 가면 시부모님께 미움받을 거 아냐."

마오즈지에는 두 손으로 얼굴을 감싸고 바닥에 무릎을 꿇은 채 목 놓아 울고 또 울었다.

"난 이제야 알았어. 이미 옛날에 누나가 이곳을 내 명의로 바꿔놨다는 걸. 벌써 7년 전에 내 앞으로 해놨어. 내가 서명만 하면 되는 거였어."

그의 손등은 눈물로 흠뻑 젖었다.

"난 우리 누나 혼수로 아무것도 해주지 못했는데…… 누나가 결혼하는데 신부 가족 하나 없이……."

남자의 울음소리를 들으며 류스산은 천천히 가게를 빠져나왔다. 류스산은 원벤진의 밤길이 더없이 익숙했다. 어두운 푸른 하늘에 달이 걸렸는데 오늘밤은 갈고리처럼 보였다. 그는 마오 팅팅이 결혼식에서 말없이 활짝 웃었지만 눈에는 기쁨이 아닌 이별만 있었던 걸 떠올렸다.

류스산은 과일 바구니를 들고 친샤오전의 병문안을 갔다. 미치광이 왕용이 무슨 연유로 그녀에게 해를 가했는지 사람들도 정확하게 알지 못했다. 친샤오전의 말에 따르면 급하게 교대를 하려고 사람들을 밀치고 은행으로 걸어가고 있었는데 그 이후의 기억은 핏빛뿐이었단다.

의사는 그녀가 운이 좋아 동맥도 상하지 않고 안구도 다치지 않았다고 했다. 다만 도끼날이 목에서부터 이마를 쳐 얼굴이 절반으로 갈라지고 말았다. 친샤오전은 나중에 정신을 되찾은 뒤 꼭 거울을 봐야겠다고 고집했다. 스물여섯 바늘의 검은색 봉합사 자국이 얼굴을 따라 촘촘히 남아 있었다.

그녀는 하루 종일 아무 말도 하지 않았다. 평소 그녀는 예쁘게 꾸미기를 좋아해 퇴근할 때면 반드시 유니폼을 갈아입었고 머리카락 끝도 갈라지지 않도록 세심하게 관리했다. 친샤오전의 부모는 말로는 상관하지 말라고 하면서도 병실 밖에서 기다리고 있는 니우따톈을 들어오게 했다.

니우따텐이 들어오자 친샤오전은 이불을 머리끝까지 덮어 어떻게든 자신의 얼굴을 보여주지 않으려 했다. 니우따텐은 붉게 부은 눈으로 그녀에게 물었다.

"내가 대학 떨어지면 날 버릴 거예요?"

이불이 조금 흔들리고 안에 있던 친샤오전은 고개를 저었다. 니우따텐이 다시 큰소리로 물었다.

"내가 샤오전에게 잘해주는 거 빼고, 돈도 못 벌고 아무것도 이루지 못하면 날 미워할 거예요?"

친샤오전은 있는 힘껏 도리질을 했다. 그러자 니우따텐이 큰소리로 말했다.

"그럼 샤오전의 얼굴이 썩어 문드러진다 해도, 살이 뒤룩뒤룩 쪄서 뚱뚱한 마누라가 된다 해도, 앞으로 십 년 동안 머리를 안 감는다 해도 나도 샤오전을 버리지 않을 거예요."

그 말에 이불이 들썩이기 시작하더니 친샤오전이 저도 모르게 웃음을 터뜨렸다. 그녀는 깔깔거리며 웃다 불쑥 화가 치밀어 올라 이불을 확 내리며 니우따텐에게 따졌다.

"무슨 말을 그렇게 함부로 해요? 누가 뚱뚱한 마누라가 된다는 거예요? 괜히 웃겨서 상처가 벌어질 거 같잖아요!"

니우따텐은 씩 웃으며 친샤오전의 얼굴에 난 긴 상처를 보다 진심에서 우러나온 탄성을 내뱉었다.

"샤오전, 이러니까 진짜 쿨해 보이는데요."

류스산이 병실에 도착했을 때 친샤오전과 니우따텐은 휴대전화로 게임을 하고 있었다. 그는 병상 수납장 위에 놓인 친샤오전이 늘 들고 다니던 비닐봉투에 언뜻 눈길이 갔다. 이를 눈치챈 친샤오전은 휴대전화를 내려놓고 눈을 깜빡이며 말했다.

"스산 씨, 저 비닐봉투 좀 갖다주실래요?"

류스산이 비닐봉투를 건네주자 친샤오전이 나오따텐에게 내밀었다.

"따텐 씨가 나 쫓아다니며 매일 함께 출근할 때부터 가지고 다닌 거예요. 월급 같이 보자고 한 날 주려고 했는데 따텐 씨가 너무 빨리 뛰어가더라고요. 요리사 자격증 시험 자료예요. 시간 날 때 봐요."

니우따텐은 한 손을 들며 단호하게 말했다.

"난 매일 모의고사를 봐야 되서 이런 책을 한가하게 볼 시간이 없습니다."

그 말에 친샤오전은 쿡 웃음을 터뜨리며 말했다.

"됐어요. 나이가 몇 살인데 정말 대학 시험을 보게요? 그럴 인물이 되기는 해요? 대신 요리사가 되면 돈도 벌 수 있고 나한테 맛있는 밥도 해줄 수 있잖아요."

니우따텐은 두 눈이 번쩍 뜨였다.

"그럼 나 기하물리학 공부 안 해도 되는 겁니까?"

친샤오전이 고개를 끄덕였다.

"안 해도 돼요!"

하지만 니우따텐은 걱정이 되는 듯 다시 물었다.

"그럼 어머님과 아버님은요? 두 분도 괜찮다고 하실까요?"

친샤오전이 병실 입구를 쳐다보니 문틈으로 친샤오전 아버지의 구두가 비죽 들어와 있었다. 그녀는 씩 웃으며 속삭이듯 니우따텐에게 말했다.

"괜찮으시대요."

니우따텐은 병실 안에서 환호성을 지르며 책을 끌어안고 흥분해 어쩔 줄 몰라 했다. 그는 제자리에서 몇 바퀴를 돈 뒤 샤오전에게 입을 맞추고 싶었지만 민망한 나머지 애먼 류스산을 붙잡고 뺨에 쪽 소리가 나도록 뽀뽀를 했다. 류스산은 바로 뺨을 닦았지만 입가에는 슬그머니 미소가 지어졌다. 두 사람의 행복한 모습은 류스산에게도 위로가 됐다. 그렇게 여러 날 흐리더니 드디어 10월의 끝자락에 좋은 일이 생겼다.

마당 입구의 청벽돌 길에 처음 서리가 내리고 곧 입동을 앞둔 어느 날, 외할머니가 병으로 쓰러졌다. 그녀는 문틀에 간신히 기대어 서 있었고 뒤쪽 가스레인지 위에서는 양고기가 뜨거운 김을 내며 삶아지고 있었다. 뒤집개가 손에서 툭 떨어지고 외할머니가 천천히 바닥으로 미끄러지듯 넘어졌다.

올해 윈벤진의 가을은 이렇게 끝이 났다.

"할머니, 영원히 내 곁에 있어주면 안 돼?"

"이 할미는 언제까지나 네 곁에 있을 거야."

CHAPTER 14

외할머니의 트랙터

1

반 년 전이었던 5월, 원벤진에는 꽃이 가장 흐드러지게 피었다. 외할머니는 동네 간호사의 권유로 현성에 갔다. 어차피 거리도 멀지 않은 10여 킬로미터라 버스를 한 번만 타면 도착했다. 주임 의사는 제1인민병원 입구까지 외할머니를 배웅했다. 외할머니는 CT 진단서와 의료기록을 손에 꼭 쥔 채 주임 의사의 낮은 목소리에 귀를 기울였다.

"화학치료를 받는 게 큰 의미가 없습니다. 집에 가서 가족들이랑 상의를 해보세요. 필요하시면 제가 조치를 해드리겠습니다. 제 생각은⋯⋯."

의사는 한숨을 내쉬며 계속 당부했다.

"중의학 치료를 받는 것도 고려해보시면 좋을 것 같습니다.

완전히 포기하시면 안 됩니다."

외할머니는 시선을 돌려 의사를 보며 미소를 지었다.

"알겠습니다. 감사합니다, 선생님."

하지만 외할머니는 의사가 하는 말을 정확하게 인지하지 못했다. 그녀는 솜을 밟는 것처럼 발걸음에 전혀 힘이 들어가지 않았다.

"가족들과 빨리 상의해보세요."

외할머니는 알겠다는 듯 고개를 끄덕였다.

"종양 주변이 깨끗하지 않고, 조직검사를 해서 나온 상황도 좋지 않습니다. 악성입니다. 제 말이 이해되십니까?"

"간암 말기입니다. 할머님 지수가 너무 낮습니다."

"전이가 너무 빨라 수술하기 어렵습니다. 이건 습진이 아니라 암세포입니다."

"가족은 오셨습니까?"

머릿속에서는 의사가 했던 말들이 메아리쳤다. 한 글자 한 글자가 또렷했지만 뜻은 정확하게 알 수 없었다. 그 와중에 자신이 했던 질문이 하나 있었다.

"선생님, 제가 얼마나 더 살 수 있나요?"

외할머니는 의사가 잠시 주저하다 했던 말을 가슴에 새겼다.

"길면 6개월 정도입니다."

버스를 타고 진으로 돌아오면서 창밖을 바라보니 유채와 보리밭이 물결처럼 일렁이고 있었다. 그녀는 속으로 작은 가게의 물건들을 꺼내 먼지를 닦아야겠다고 생각했다. 옛날에는 외손자를 위해 간추이미엔[68] 한 박스씩을 남겨뒀다. 류스산은 밥은 안 먹어도 간추이미엔은 두더지처럼 잘 갉아먹었다. 하지만 고등학교를 졸업하면서부터 잘 먹지 않게 되었다. 지금은 판촉용으로 간추이미엔을 다 나눠주고 없으니 류스산이 돌아오면 화를 낼지도 모른다.

여기까지 생각하다 외할머니는 웃음을 터뜨렸지만 어쩐지 눈이 뻑뻑했다. 그녀는 자신의 병을 누구에게도 알리지 않겠다고 결심했다. 만약 이 사실을 류스산에게 알린다면 녀석은 울다가 기절을 할지도 모른다. 하는 일마다 똘똘하지 못한 울보 녀석에게 괜히 이런저런 결정을 하라고 하느니 그녀 스스로 하는 게 나았다.

얼마 전에 이마가 간지러워 벌레에 물린 줄 알고 약을 발랐지만 소용이 없었다. 진에 있는 간호사에게 보여줬더니 이렇게 말

---

68 幹脆面, 중국의 대표적인 과자 간식으로 얇은 라면 모양의 과자에 양념이 되어 있어 바삭바삭하게 씹어 먹을 수 있다.

했다.

"할머니, 이거는 궤양이에요. 피부병이라고 생각하지 마시고 얼른 큰 병원에 가보세요."

외할머니는 한밤중에 피부가 가려워 잠에서 깨어났고 긁다 보니 손가락에 자잘한 피부 껍질이 묻어났다. 곰곰이 생각하니 뭔가 잘못됐다 싶어 이른 아침부터 병원에 갔다. 처음에는 피부과 의사가 뭘 자꾸 찍으라기에 병원에서 돈을 받아먹으려는 수작인 줄 알고 썩 기분이 좋지 않았다. 그런데 의사가 뭘 찍고 나더니 "다시 접수하시고 종양내과에 가보십시오"라고 하는 게 아닌가.

그때부터 분위기가 뭔가 이상해지더니 이 의사 저 의사가 돌아가며 검진을 하고 주임 의사까지 나타났다. 그는 자신에게 온몸에 힘이 빠지진 않는지, 미열은 없는지 등을 묻더니 피 검사를 하자고 했다. 그렇게 그녀는 꼬박 이틀을 고생하고 가장 나쁜 결과를 얻게 됐다.

2

이른 아침부터 리씨 할아버지가 작은 가게의 창문을 두드렸다.

"형수님?"

외할머니는 바쁘게 대꾸했다.

"뭐 필요하세요?"

"늘 사던 거죠. 담배 한 보루요."

리씨 할아버지가 말했다.

외할머니는 자신도 담배를 물고 있으면서 남을 훈계했다.

"담배 좀 적게 피워요. 나이도 이렇게 많은데 자기 몸 돌볼 줄도 몰라요?"

리씨 할아버지는 안경테를 밀어 올리며 말했다.

"저도 오래 피웠지만 형수님도 오래 피우셨잖아요."

외할머니는 할 말이 없어 담배를 건네며 말했다.

"20위안이에요."

그녀는 혼자 멍하니 앉아 류스산을 생각했다. 평소에도 시시때때로 생각했지만 오늘은 달랐다. 아무래도 시간이 많이 남아 있지 않은 것 같다. 외할머니는 물을 뿌려 바닥을 청소하고 작은 가게의 창문 유리를 뽀득뽀득하게 닦아댔다. 마당을 나와 담벼락을 돌아가면 뒤편 공터에 트랙터가 서 있었다. 기름은 충분했지만 외손자가 있는 곳까지 왕복 2백 킬로미터를 달리려고 기름 몇 통을 더 실었다.

외할머니는 힘껏 트랙터 운전석으로 올라가 앉으며 숨을 내쉬었다. 그녀는 속으로 이 철덩어리가 자신과 여러 해를 함께 하며 부품을 몇 개 바꾸긴 했지만 그래도 꽤 쓸 만해서 밟으면 힘차게 쾅쾅거리며 잘 달린다고 생각했다.

사실 평소에는 아무리 멀리 가봐야 물건을 떼러 현에 가는 것이 전부라 큰 도시에는 아직 가본 적이 없었다. 외할머니는 발밑의 물병과 만두 한 봉지를 보며 정신을 다잡고 트랙터에게 말했다.

"가자, 외손자를 데려와야지!"

페달을 밟으며 두두두 소리와 함께 외할머니는 출발했다.

3

중간에 네댓 번 쉬기는 했지만 황혼이 내릴 때까지 운전을 했다. 트랙터가 헤드라이트로 길을 비추니 빛을 받은 두 개의 길이 나타났다. 도시로 들어가는 간선 도로는 트랙터 운행이 되지 않아 작은 길로 돌아가야 했다. 외할머니를 막아선 교통경찰은 매우 점잖게 타일렀다.

"할머니, 이렇게 늦은 시간에 운전하시면 위험합니다. 어디

가서 좀 쉬시다 내일 다시 운전해서 도시로 가셔도 시간은 똑같아요."

외할머니는 더 점잖게 트랙터 앞에 걸어둔 소시지를 들어 보였다.

"손주놈이 야근이라 배가 고플 거 아냐. 이거 두 줄만 먹으면 배가 든든해진다고. 참, 내가 이거 경찰 선생님께 몰래 드릴게. 좀 보내줘."

교통경찰은 쓴웃음을 지었다.

"할머니, 이걸 뇌물로 주셔도 제가 보내드릴 수가 없어요."

외할머니는 소시지가 경찰 마음에 들지 않아서 그런가 싶어 훈제햄으로 가져올 걸 그랬다고 아쉬워했다. 하지만 큰 길로 못 간들 어떠랴. 작은 길로 돌아가면 그만인데 말이다.

외할머니는 오랫동안 물건을 싣고 나른 덕에 별을 보고도 방향을 잡을 수 있었다. 다만 길을 잘못 들어서던가 유턴을 하던가 하면서 같은 곳을 맴돌기도 했다. 먼지가 풀풀 나는 폐기물 트럭 뒤를 쫓아갔다가 엉뚱한 길로 빠지기도 했다. 그녀는 담배를 내던지고 몇 번이나 지나는 사람들에게 길을 물었다.

일흔 살의 할머니 왕잉잉은 트랙터를 몰고 늦은 밤길을 헤맨 끝에 마침내 외손자가 말한 적이 있는 주소에 도착했다.

문이 잠겨 있지 않아 두드릴 필요도 없었다. 외할머니는 "나쁜 놈이 몰래 들어오면 어쩌려고 그래?"라고 중얼거리며 방 안의 불을 켰다. 그런데 자신의 외손자가 바닥에 널브러져 있고 발 주변에 맥주 캔이 어지럽게 놓여 있는 게 아닌가. 류스산은 눈물로 시선이 흐릿해진 채 그녀를 보며 말했다.

"할머니, 왜 지금 왔어?"

외할머니는 주르륵 눈물을 쏟으며 허둥지둥 달려가 외손자를 와락 껴안았다. 그녀는 그의 머리를 쓸어 만지며 마치 어린 시절처럼 달랬다.

"울지 마라, 울지 마. 할미 왔다."

"할머니, 왜 이제 왔어? 어디 갔다 왔어? 왜 지금 왔냐고!"

류스산은 술이 잔뜩 취해 같은 말을 반복하며 정신을 차리지 못하고 있었다. 그는 너무 억울해 죽겠는데 아무리 기다려도 오지 않는 외할머니 때문에 속상한 예닐곱 살 아이와도 같았다. 외할머니는 그를 안고 눈물을 흘리며 엎치락뒤치락했다.

"아이고 우리 외손자, 우리 보물."

그녀는 자신이 그토록 강하게 키웠던 외손자가 어째서 이렇게 초췌한 모습으로 망가져 있는지 알 수 없었다.

류스산은 외할머니의 손을 꽉 붙들고 말했다.

"할머니, 나 힘들어."

"이 할미가 따뜻한 국 좀 끓여주마."

류스산은 혼잣말처럼 중얼거렸다.

"할머니, 혹시 난 재수가 없는 거 아닐까? 어째서 내가 좋아하는 사람들은 모두 날 떠나지? 엄마도 떠나고, 무단도 떠나고……."

외할머니와 외손자 두 사람은 바닥에 앉아 벽에 기대고 있었다. 류스산은 울먹이는 소리로 계속 웅얼거렸고 외할머니는 한참이나 말이 없다 입을 뗐다.

"스산아, 엄마가 많이 보고 싶냐?"

류스산은 고개를 끄덕였다.

"꿈도 꾸는걸. 난 어렸을 때 긴 의자에 누워서 구름 보는 걸 좋아했어. 하늘에 있는 구름이 그리운 사람의 모습으로 변한다고 생각했거든. 나는 몇 번이나 하늘에서 엄마 모습을 봤어. 공부할 때는 늘 생각하지 않았지만……. 하지만 단 하루도 엄마를 생각하지 않은 날이 없었어."

그 말에 외할머니의 눈에서는 닭똥같은 눈물이 뚝뚝 떨어졌다.

"내가 뭘 잘못했나? 내가 어릴 때 너무 못되게 굴었나? 엄마는 왜 날 찾아오지 않았을까?"

류스산의 푸념에 외할머니가 대꾸했다.

"네 엄마에게도 힘든 사정이 있단다."

류스산도 그녀의 말에 고개를 끄덕였다.

"나도 그렇다고 생각하는데 이해할 수가 없어. 즈거가 그러더라. 이해되지 않으면, 이해하고 싶지 않으면 술을 마시라고."

그는 맥주 한 캔을 따서 외할머니에게 건네며 호탕하게 말했다.

"이렇게 술을 함께 마시며 마음을 나누면 그게 바로 형제야! 왕잉잉은 내 외할머니이자 형제야! 자, 건배!!"

외할머니는 류스산과 건배를 하고 맥주를 꿀꺽꿀꺽 마신 뒤 처음으로 아주 오래전 이야기를 들려줬다.

4

"네 엄마가 태어난 곳은 바다가 있는 섬이었어. 거기는 바다 독나무가 있는데 저녁이 되면 꽃을 피웠지. 그때만 해도 너희 외할아버지가 살아계셔서 더없이 좋았다. 나중에 외할아버지가 돌아가시고 가족이라고는 너희 엄마랑 나뿐이었어. 그래서 몰래 네 엄마를 데리고 윈벤진으로 돌아왔지.

네 엄마가 열 몇 살 때였던가. 날이면 날마다 나랑 싸웠는데 고등학교도 졸업하지 않고 집을 나가버렸어. 그리고 나중에 웬 남자를 데리고 돌아왔는데 바로 네 아빠였지. 아르바이트를 하면서 만났다더구나. 두 사람은 결혼을 했고, 네 엄마는 임신을 해서 배가 잔뜩 불렀는데 널 낳기도 전에 네 아빠가 집안 돈을 몽땅 들고 도망을 가버렸어. 네 엄마가 죽겠다고 목을 맸는데 다행히 죽진 않았어. 그 후 내내 말을 안 했지. 네가 두 살 때, 네 엄마가 또 집을 나갔다. 내가 또 나갈 거면 다시는 돌아오지 말라고 했더니 네 엄마가 나한테 기대서 살 수 없다고 죽어도 나가서 죽겠다고 하더구나.

집을 나가고 네 엄마한테 편지 두 통이 왔어. 결혼한다고, 잘 지내고 있다고, 너무 멀리 있어서 돌아오지 못한다고. 아는 사람에게 부탁해서 답장을 보냈지. 네 엄마가 돌아온다면 내가 돈을 내겠다고. 그후 네 엄마에게서 소식은 없었단다. 이 할미는 네 엄마가 사는 형편이 너무 어려워 면목이 없어 돌아오지 못하나 하는 생각을 하고 있단다."

왕잉잉이 한참이나 이야기를 들려줬지만 술에 취해 머리가 띵하고 눈앞이 아물거린 류스산은 투덜거리듯 말했다.

"할머니, 나는 살아도 의미가 없는 거 같아. 원하는 건 아무것도 얻을 수 없잖아. 됐어, 다 필요 없어. 그냥 죽으면 되지!"

외손자의 한마디에 외할머니는 가슴이 쿵쾅거려 눈물을 닦으며 류스산을 혼냈다.

"네 이놈, 어떻게 말을 그렇게 함부로 해! 사지 멀쩡하고 대학 나온 놈이 집이 가난해서 밥을 굶는 것도 아닌데 어디 함부로 죽겠다는 말이 나와? 젊었을 때는 갈 길이 구만리라 숱하게 고생을 해야 되는데 뭘 그렇게 겁내! 집에서 널 기다리는 할머니가 있잖아! 집이 있으니까 큰일 하러 뛰쳐나갔다가도 돌아가면 된다! 젊은 놈이 그렇게 생각하고 당당하게 살아야지!"

류스산은 외할머니의 격한 반응에 깜짝 놀라 그녀의 등을 쓰다듬으며 숨을 고를 수 있게 도와줬다.

"이 할미가 없더라도 너는 잘살아야 돼."

외할머니가 한마디를 덧붙였다. 류스산은 속이 상한 듯 입술을 삐죽거리며 말했다.

"할머니, 영원히 내 곁에 있어주면 안 돼?"

"이 할미는 언제까지나 네 곁에 있을 거야."

류스산은 까무룩 잠이 들며 히죽히죽 잠꼬대처럼 말했다.

"할머니, 만수무강하세요."

5

짐들을 마대자루에 하나씩 싸서 묶었지만 한 번에 옮길 수가 없어 천천히 몇 번에 걸쳐 옮겼다. 외할머니는 마지막으로 몸을 수그려 류스산의 팔을 자신의 어깨에 걸쳤다. 술이 잔뜩 취한 류스산은 흙투성이가 되어 바닥에 질질 끌려갔다. 그녀는 외손자를 반쯤 업고 천천히 건물을 내려갔다. 어렸을 때는 한 손으로도 안아 올릴 수 있었는데 도무지 옛날과 같지 않았다. 건물 입구에 멈춰 서서 가쁜 숨을 내쉬려니 침에서 피 맛이 나는 것 같았다. 잠시 숨을 고르고 고개를 돌려 외손자를 본 왕잉잉은 그의 흐트러진 머리를 끈으로 묶어줬다.

아직 캄캄한 간선도로 위, 트랙터는 일정한 속도로 직진했다. 트랙터 적재함이 흔들리자 안에서 자고 있던 류스산이 욱욱 구역질을 하려 했다. 외할머니는 얼른 트랙터를 길가에 세우고 그의 몸을 뒤집어 토할 수 있게 도운 뒤 물에 적신 수건으로 얼굴을 닦아줬다.

그렇게 트랙터를 밤새 몰고 가는 동안 류스산은 몇 번이나 토악질을 했다. 얼굴을 부비며 류스산이 정신을 차렸을 때 그는 아직 어느 깊은 밤으로 돌아온 줄 알고 외쳤다.

"나 안 가, 나 안 간다고. 나 집으로 돌아갈 거야."

"그래그래. 우리 가지 말자."

외할머니가 답했다. 그러자 류스산은 눈물을 뚝뚝 흘리며 대꾸했다.

"나 그 여자 찾으러 안 갈 거야. 나 그 여자 안 보고 싶다고. 너무 마음이 아파. 우리 그 여자 찾으러 가지 말자."

외할머니는 외손자를 달래듯 말했다.

"그래. 찾으러 가지 말자, 우리집에 가자."

그제야 류스산은 만족스럽게 적재함을 구르며 말했다.

"집에 가는 거 좋지. 나 우리 할머니 보고 싶어. 우리 할머니가 해주는 음식 먹고 싶어. 우리 할머니 진짜 좋아. 내가 솔직히 말하는데 우리 할머니 하나도 안 무서워, 하나도. 우리 할머니 마작을 할 줄 아는데 우리 할머니랑 마작하자."

외할머니는 운전석으로 돌아와 액셀을 밟았다. 일흔 살의 할머니는 거의 하룻밤을 꼬박 새워 트랙터를 모느라 등이 땀으로 흠뻑 젖고 말았다. 간선도로는 가로등도 없고 흙먼지가 많이 일어났다. 외할머니는 앞을 똑바로 보려 애썼지만 눈물과 땀이 얼굴 주름을 타고 흘러내렸다.

'할미도 정말 살고 싶구나. 정말 영원히 네 곁에 있고 싶어. 할미가 있으면 너도 집이 있는 건데.'

지금은 어떻게 해도 마음이 놓이지 않았다. 외할머니는 가슴이 너무 아파 금방이라도 부서질 것 같았다. 본래 죽음이란 언젠가 맞이할 일이지만 아직 너무 이르지 않은가. 모터의 요란한 소리 덕에 외할머니가 흐느끼는 소리는 다행히 묻힐 수 있었다.

구름이 산꼭대기를 뚫고 올라와

두 사람은 마치 외로운 섬에 선 듯했고

넘실대는 파도처럼 발밑에 뿌연 안개가 자욱했다.

섬 위에는 새하얀 눈이 깔려 있는데

한 그루 나무에 걸린 꺼져가는 등롱은

구름바다 사이에서 외로이 흔들리고 있었다.

CHAPTER 15

섣달 그믐날 밤

1

주임 의사는 암이란 소리 없이 조용하게 다가오지만 일단 암세포가 커지면 환자는 쉽게 무너지고 만다고 말했다. 그는 병원에 입원하는 게 큰 의미가 없다고 했고 외할머니 역시 집에 가고 싶어 했다. 보통 노인들은 이런 상황에서 대부분 집에 돌아가고 싶어 한다. 주임 의사는 운이 좋으면 새해까지 버틸 수 있을지도 모른다고 덧붙여 말했다.

주임 의사는 류스산에게 진통제인 돌란틴을 처방하며 암의 악화 정도로 봤을 때 지난 두 달 동안 외할머니가 매우 극심한 고통을 느꼈을 거라고 했다. 또한 투여량에 상관없이 3시간에 한 번씩 척추에 주입해야 한다고도 덧붙였다. 외할머니가 입원하고 류스산은 밤새 잠을 이루지 못했다. 눈만 감아도 외할머니가 지금 얼마나 아플까 하는 생각이 들었다.

자가조절진통펌프[PCA]를 누르자 외할머니는 고통을 견디지 못하고 눈물을 철철 흘렸다. 지난 두 달 동안 그녀는 밥을 하는 동안에도, 집에서 류스산을 기다리는 동안에도 얼마나 아팠을까? 류스산은 이런 생각에 숨이 제대로 쉬어지지 않았다. 주임 의사는 마지막으로 이렇게 말했다.

"한 번에 너무 많이 누르면 안 되고, 다 사용하면 병원에 와서 받아가세요. 고단백 영양제 링거 두 병 처방해드리는데 이건 연명용입니다. 짐 잘 챙기시고 퇴원 수속하십시오."

병실에 돌아오니 자가조절진통펌프를 누른 뒤 잠시 잠이 들었던 외할머니가 깨어나 청샹이 깎아주는 용안을 먹고 있었다. 류스산은 꽉 잠긴 목소리로 말했다.

"할머니, 우리집에 가자."

산소 줄을 코 밑에 걸고 있던 외할머니는 정신이 제법 멀쩡해 집에 가자는 말을 듣자마자 청샹에게 자신을 일으켜달라고 했다.

"내가 병원에 입원할 필요 없다고 했잖아. 괜히 며칠 시간만 버리고 비 오기 전에 얼른 가자."

그녀는 팔을 내밀어 청샹이 건네는 외투를 입으며 말했다.

"제일 싫은 게 마당을 깨끗하게 빗질하지 못한 채 새해를 맞는 거야."

류스산은 가슴이 아팠지만 손가락으로 자신의 허벅지를 꼬집으며 억지로 입을 열었다.

"퇴원 수속하고 올게요."

류스산이 병실 문을 나서자 외할머니는 그 자리에서 무너지듯 주저앉았고 청샹은 서둘러 그녀를 부축했다. 외할머니는 고개를 절레절레 흔들며 옷을 마저 입더니 숨을 헐떡이며 침대 끄트머리에 앉았다. 그녀는 가늘고 마른 손을 떨며 청샹의 손을 잡았다.

"청샹아, 이 할미가 네 일을 알고 있다. 전에 뤼 선생한테 들었어."

그녀는 청샹의 손을 자신의 가슴에 가져다댔다. 얼마나 온힘을 다해 손에 손을 겹쳐 잡았는지 쇠로한 몸으로 청샹을 보호하려는 것 같았다.

"걱정하지 마라, 청샹아. 걱정 마. 너처럼 착한 아가씨가 어디 있냐? 하느님도 다 생각하시는 바가 있어서 널 일찍 데려가지 않으실 거야."

청샹은 저도 모르게 주르륵 눈물을 흘렸다.

"할머니, 의사 선생님이 제가 20년을 버틴 것도 기적이랬어요. 할머니도 좋아지실 거예요."

외할머니는 한손으로 청상의 손을 잡고 다른 손으로 그녀의 눈물을 닦아줬다.

"이 할미는 글렀어. 다만 이 할미가 한마디만 하자. 네가 그놈을 좋아한다면 그건 그놈 복이야. 근데 네가 그놈을 좋아하지 않는다면 신경쓰지 않아도 된다. 그냥 내려버려둬. 이 할미가 그놈한테 돈을 물려줄 거라 그놈도 어떻게든 살 수 있을 거야."

청상이 눈물을 뚝뚝 흘리자 외할머니가 그녀의 손을 자신의 얼굴에 가져다댔다. 청상의 손은 금세 물기로 축축해졌다. 청상은 그제야 외할머니도 울고 있다는 것을 알아차렸다. 언제나 당당하기 그지없던 왕잉잉이 울고 있었다. 청상은 왕잉잉을 끌어안았다. 하지만 자기 품안의 몸이 너무 마르고 가벼워 다시 울먹이며 말했다.

"할머니, 아무 일도 없으실 거예요. 우리 둘 다 오래오래 살 수 있을⋯⋯."

외할머니는 웃으며 대꾸했다.

"그래그래. 아이고 이 맹꽁이, 그럼 이 할미가 고맙다고 안 하마."

그녀는 청상의 품에서 온화하게 말했다.

"왜냐하면 한식구니까."

집으로 돌아온 뒤 외할머니는 정신이 흐려졌다 맑아지기를 반복했다. 정신이 돌아왔을 때 그녀는 류스산에게 작년에 신분증을 만들 때 찍었던 사진을 건넸다. 머리를 곱게 빗어 사진이 예쁘게 나왔다며 영정 사진으로 쓰라고 했다. 예쁘다는 말을 할 때 그녀는 의기양양했다.

외할머니의 정신이 흐릿할 때는 류스산이 그녀의 손을 꼭 잡아줬다. 하지만 할머니의 손은 얼음장처럼 차가워 땀 한 방울조차 나지 않았다. 그녀는 무의식중에 눈물을 흘리며 하늘이 너무 어두워 길을 떠나기가 무섭다고 했다. 류스산이 집 안의 불이란 불은 모두 켰지만 그녀는 여전히 너무 어둡다고 중얼거렸다.

음력 섣달 23일, 왕잉잉 작은 가게에는 낯익은 마을 사람들이 모여들었다. 나이가 지긋한 할머니들은 류스산이 장례 절차를 잘 모른다는 것을 알기에 서로 나서서 일을 도왔다. 덕분에 류스산은 외할머니만 지킬 수 있었고 사람들은 행여 왕잉잉이 깰까 봐 유난히 조용하게 움직였다.

주민센터의 류 주임은 스님을 불렀다고 알려줬고, 류스산은

고맙다고 인사했다. 며칠이나 기절한 듯 잠들어 있던 외할머니
는 갑자기 마른기침을 하며 정신을 차렸다. 이 모습을 본 류스
산은 얼른 그녀에게 다가갔다.

"할머니, 나 여기 있어."

피골이 상접한 외할머니는 가만히 류스산을 불렀다.

"스산아."

"할머니, 나야."

"아이고, 우리 외손자."

외할머니는 간신히 손을 흔들었고 류스산은 숨을 깊이 들이
쉬며 허리를 굽혀 그녀의 얼굴에 자신의 얼굴을 가져다댔다.

"우리 손자며느리는?"

외할머니의 밑도 끝도 없는 한마디에 류스산은 할 말을 잃었
다. 하지만 곁에서 계속 듣고 있던 청샹이 외할머니의 손을 잡으
며 말했다.

"저도 여기 있어요."

외할머니는 눈동자를 움직여 두 젊은 남녀를 바라보며 말했다.

"너희 결혼할 거니?"

"예. 할 거예요."

청샹이 단호히 대답했다.

"언제?"

외할머니가 물었다.

"곧 할 거예요."

청샹이 말했다. 외할머니는 미소를 지었지만 그 웃음은 눈 안에서만 맴돌았다. 그녀는 류스산을 잡고 있던 손을 풀고 베개 밑을 더듬어 녹음펜을 꺼내들었다. 그녀는 녹음펜을 건네지도 못하고 침대 가장자리에 손을 걸쳤다. 외할머니는 너무 힘들고 지쳤는지 마지막으로 속삭이듯 한마디를 건넸다.

"스산아, 청샹아, 너희는 꼭 잘 살아야 한다. 예쁘게 살아."

그렇게 그녀는 그대로 눈을 감고 말았다. 방 안은 울음소리로 가득했고 스님이 염주를 가운데 낀 채 두 손을 합장하며 빠르게 경문을 외웠다.

나모아비다바야, 다타가다야, 다지야타, 아미리도바비,
아미리다싯담바비, 아미리다비가란제, 아미리다비가란다,
가미니, 가가나, 기다가례, 사바하.

2

왕잉잉은 섣달 23일에 세상을 떠났다. 윈벤진은 이미 한 해를 보내는 분위기로 넘쳐났다. 물건을 파는 곳마다 새해를 맞는 노래가 흘러나왔고, 거리의 아이들은 곳곳에서 폭죽을 터뜨렸으며, 사람들의 차림새도 산뜻하고 화려해졌다. 또한 많은 젊은 사람들이 얼굴 가득 미소를 지으며 고향으로 하나둘 돌아왔다.

섣달 24일, 장례가 치러졌다. 왕잉잉과 친분이 있던 사람들은 모두 찾아와 도움을 줬다. 하지만 새해를 앞두고 상갓집에 가면 운이 나쁘다는 속설 때문인지 조문객은 많지 않았다. 류스산은 일체의 의식을 거절했다. 다만 외할머니가 이 마당에 편안히 누워 마지막 밤을 조용히 보낼 수 있기를 바랐다.

섣달 25일, 화장을 했다. 류스산의 마음은 텅 비다 못해 상처가 갈라져 온몸이 마비가 될 정도로 아팠다. 하지만 그는 울지 않았으며 청샹과 함께 모든 일을 정신없이 치러냈다. 그가 버티지 않으면 외할머니가 그를 혼낼 것 같았기 때문이다. 청샹은 처음 겪는 장례지만 류스산이 놓친 검은 완장을 차고 마지막까지 자리를 함께 했다.

섣달 26일 밤에는 보슬보슬 눈이 내려 다음 날 아침에 일어나니 산봉우리들이 하얗게 덮여 있고 길에는 흰 눈을 밟은 발자국들로 가득했다. 큰 슈퍼마켓을 빼면 토끼등[69]을 파는 곳과

---

69 길한 동물로 간주하는 토끼 모양의 등에 바퀴를 단 것으로 추석이나 신년을 맞을 때 복을 받기 위해 만들거나 구입한다.

폭죽 가게, 섣달에 먹는 음식을 파는 가게만 영업을 하고 있었다. 집집마다 집에서 담근 미주를 땄고, 열린 창문 안에서는 증기와 함께 채소절임과 고기로 소를 넣은 만두 냄새가 풍겨났다. 얼음이 알알이 맺힌 눈꽃은 사람들의 웃고 떠드는 소리를 싣고 작은 진을 하루 종일 떠다녔다.

섣달 29일 밤, 청샹은 류스산 집 문 앞에 세워 둔 흰 천이 달린 깃대를 걷어 처마에 걸었다. 마당은 아직 눈을 치우지 않아 눈길 닿는 곳마다 새하얘졌다. 집으로 들어가는 문지방 뒤에는 탁자 위에 조화와 함께 왕잉잉의 흑백 영정 사진이 놓여 있었다. 며칠째 청샹은 사진 속 할머니와 눈만 마주쳐도 눈물이 주르륵 흘렀다.

내일은 섣달 그믐날이자 왕잉잉이 세상을 떠난 지 7일째 되는 날이었다. 일기예보에서는 저녁에 폭설이 내리고 정부가 산으로 오르는 길을 봉쇄할 거라고 했다. 그러나 류스산은 말 한마디 없이 조심스럽게 등롱을 정리했다. 만약 어느 초 하나라도 심지가 없으면 불이 붙지 않을 수 있을 테니 말이다.

눈이 너무 많이 내리면 산에 올라갈 수 없고 등도 달 수 없다. 청샹은 이 사실을 알고 있었지만 아무 말 없이 류스산 곁에 앉아 함께 등롱을 정리했다. 날이 어두워진 뒤에도 청샹은 집에 가지 않고 류스산과 나란히 영정을 모신 방 앞에 앉아 마지막 밤을 지켰다.

자정을 훌쩍 넘긴 시각에 청샹은 고개를 숙인 채 문틀에 기대어 졸다 추위에 잠이 깼다. 자리에서 일어나다 다리가 시큰해진 그녀는 마당으로 나왔다. 고개를 들어보니 함박눈이 펑펑 내리는데 불빛 속에서 춤을 추며 그녀의 몸에 내려앉아 녹지 않았다.

청샹이 돌아보니 류스산이 복숭아나무 아래 가만히 앉아 있는데 얼마나 오래 있었던지 머리와 옷에 하얗게 눈이 쌓여 있었다. 청샹은 류스산의 몸에 쌓인 눈을 털어주는 대신 말없이 그 옆에 앉았다. 밤하늘에서는 셀 수 없이 많은 하얀 눈송이가 쉼 없이 떨어졌다. 마당의 두 사람은 서서히 눈사람이 되어갔다.

섣달 그믐날, 폭설로 산은 봉쇄됐고 왕잉잉을 위한 등을 달 수 없게 됐다. 진의 사람들은 눈을 뚫고 하나둘 찾아와 영정이 있는 방 앞에서 허리를 숙여 예를 표했다. 류스산과 청샹은 답례를 하며 손님들을 배웅했다. 오후 2, 3시가 되자 더 이상 찾아오는 사람도 없었다. 섣달 그믐날인데다 사람들도 새해를 맞아야 하지 않겠는가.

황혼 무렵 어둠이 내려앉자 가로등이 켜지며 눈꽃이 빛 속에서 춤을 췄고 폭죽 소리가 하늘을 울렸다. 꼬마아이들은 삼삼오오 모여 화등을 들고 집집마다 다니며 세배를 하고 세뱃돈을 받았다. 사람들의 웃음소리와 술을 권하는 소리, 가족끼리 둘러앉아 밥을 먹으며 끝없이 이어지는 말들이 강을 이뤄 윈벤진의 거리에서 흘러다녔다. 하지만 그 강물은 어느 집 마당만 돌아나갔으며 마당 안의 하얀 상복은 찬바람에 흔들렸다.

류스산은 가볍게 청샹을 안아주며 말했다.

"고마워. 뤄 선생님이 기다리실 거야. 아무리 그래도 섣달 그믐날 저녁인데 돌아가서 가족이랑 밥은 먹어야지."

하지만 청샹은 고개를 저었다.

"이모가 너 잘 지켜보고 있으랬어. 나 안 갈 거야. 네가 바보같은 짓 하면 어떻게 해?"

류스산은 짐짓 입술을 삐죽거리며 말했다.

"내가 등이라도 달러 갈까 봐? 말도 안 돼. 길도 다 막혔잖아. 게다가 이 많은 등롱을 어떻게 나 혼자 달아?"

청샹은 진지한 얼굴로 말했다.

"만약에 네가 간다면 나도 함께 갈 거야."

하지만 그녀는 코가 빨갛게 언데다 어젯밤 눈 속에 앉아 밤을 새운 탓에 온몸이 젖어 있었다. 그렇다고 옷을 갈아입고 온 것도 아니고 낮에도 손님들에게 일일이 인사한다고 무리해서인지 얼굴이 홍조로 물들어 있었다.

"이러다 감기 걸리겠다. 그럼 일단 가서 뜨거운 물로 샤워 좀해. 나 여기서 기다릴 테니까. 어디 안 가. 너 오면 우리 함께 마당에 등롱 걸자. 외할머니는 워낙 대단한 양반이라 하늘에서도 충분히 볼 수 있을 거야."

청샹은 몸을 부들부들 떨고 손바닥에 입김을 불면서 고개를 끄덕였다.

"알았어. 그럼 나 꼭 기다려."

3

류스산은 허리를 굽혀 산기슭에 설치한 가드레일 밑을 통과했지만 신발이 눈밭에 푹 꽂히고 말았다. 그는 허리춤에 등롱 하나를 묶은 채 있는 힘껏 발을 빼냈고 그 때문에 손전등 불빛이 이리저리 흔들렸다. 그는 긴 숨을 내쉬며 산을 오르기 시작했다.

이 산길은 그가 수도 없이 오르내렸다. 봄여름가을겨울이 지날 때마다 겹겹이 이어진 산들은 푸른빛에서 노란빛으로 옷을 갈아입었고 길을 따라 갖가지 색깔을 볼 수 있었다. 큰눈이 날려 산이 하얗게 뒤덮일 때는 한 걸음 한 걸음이 고생스러울 수밖에 없다. 무릎 아래가 축축하게 젖은 류스산은 심장이 갈수록 빠르게 뛰었고 숨도 거칠어졌다. 그러나 그는 걸음을 멈출 수 없었다. 만약 멈춘다면 패딩점퍼 안의 땀이 얼음이 되어 칼처럼 살을 벨 것 같았다.

발을 내딛을수록 발목이 없어지는 느낌이 들었다. 뒤쪽의 발자국은 희미하게 겨우 십여 개가 남아 있을 뿐이었다. 이대로 산길을 따라 미끄러져 내려가면 몇 분 만에 산 밑에 도착할 수 있을 것 같았다. 류스산은 계속 넘어지는 통에 두 번째 넘어진 뒤로는 등롱이 짓눌려 망가질까 봐 허리춤에서 풀어 품에 꼭 안고 걸었다. 눈이 너무 쌓여 길은 걷기도 힘들고 한 번 넘어지면 눈 속으로 푹 꺼졌다.

류스산은 어떻게든 안간힘을 쓰며 기어코 산을 올라야 했다. 이런 고된 산행은 그의 인생과 꼭 닮은 것 같았다. 이를 악무는 것도 이미 소용이 없고 쓰러져도 죽지 않으며 그렇다고 위로 오를 수도 없는, 스스로 파이팅을 외치며 한 걸음을 옮기는 데에 온힘을 다해야 하는 그의 인생 말이다.

눈 내리는 밤, 류스산은 한 시간 정도면 오를 산길을 일고여덟 시간 만에 간신히 오를 수 있었다. 그나마도 산 정상의 눈을 밟는 순간 신발을 잃어버리고 말았다. 그는 잠시 축 늘어져 있다 겨우 힘을 내어 일어나 이미 꽁꽁 얼어 감각이 없는 손으로 몇 번이나 시도한 끝에 등롱을 나뭇가지에 걸 수 있었다. 그는 혼 잣말로 중얼거렸다.

"할머니, 내가 능력이 없어서 산길 전체에 불을 밝혀줄 수가 없어. 겨우 이거 하나, 산꼭대기에 걸어놓지만 할머니는 꼭 볼 수 있을 거야."

그는 품에서 라이터 몇 개와 등유 한 병을 꺼내 등롱에 불을 붙였다. 바람을 막을 수 있다는 등롱집 사장의 말에 50위안을 더 주고 산 등롱이었다.

미약한 불씨는 산꼭대기에서 흔들리며 작은 밤을 몰아냈고 주위를 둘러싼 눈꽃들은 빛을 받아 나풀나풀 춤을 췄다. 류스 산은 나무 아래에 깨어진 돌조각들로 작은 탑을 쌓은 뒤 굵기 가 다른 나뭇가지들을 주워 등유에 적셔 투박한 횃불을 만들 었다. 그런 다음 나무기둥에 기대어 발을 목도리로 꽁꽁 싸맸 다. 머리 위로 등롱이 흔들리고 류스산은 그대로 까무룩 잠이 들어버렸다.

그리고 눈이 그쳤다.

4

류스산이 정신을 차렸을 때는 누군가 그를 꼭 끌어안고 있었다. 횃불은 이미 오래전에 꺼졌고 산 위의 찬바람이 살을 파고들었지만 다행히 날이 점점 밝아오는 중이었다. 그가 눈을 부비고 보니 온몸을 공처럼 싸맨 청샹이 눈을 깜박이며 휴대용 손난로로 그의 얼굴을 따뜻하게 만들고 있었다. 그녀는 씩 웃으며 말했다.

"그래도 내가 너보다 똑똑해서 엄청 많이 챙겨왔어. 집에 가서 아무리 생각해도 아니다 싶더라고. 내복 두 벌 겹쳐 입고 나왔는데 역시 넌 산에 가고 없더라. 감히 날 속여?"

그녀는 가뿐한 척했지만 목소리는 떨리고 있었다. 류스산은 손난로를 잡아 그녀의 손에 쥐어줬다.

"많이 춥지?"

청샹은 그제야 입술을 삐죽거리더니 눈물을 주르륵 흘리며 목 놓아 울기 시작했다.

"힘들어 죽을 뻔했어. 여기 올라오는 데 열 시간이나 걸렸다고! 젠장, 으으으으앙! 신발이 몇 번이나 벗겨졌는지 알아? 으으으으앙······."

류스산은 얼른 그녀의 눈물을 닦아주려 했지만 손이 꽁꽁 얼어 마음처럼 되지 않았다. 그러거나 말거나 청샹은 엉엉 울며 소리쳤다.

"할머니는? 할머니가 보실 수 있는 거야? 할머니가 길 찾을 수 있어? 류스산, 나 너무 슬퍼. 너무너무 슬프다고. 할머니가 정말 길을 찾을 수 있는 거야? 네가 말해봐……."

그때 구름의 둘레가 황금빛을 띠며 하늘이 점점 밝아지더니 구름 사이에서 해가 떠올랐다. 아침노을이 소리 없이 주위를 물들이자 출렁이는 구름바다가 발아래 있는 것만 같았다. 구름이 산꼭대기를 뚫고 올라와 두 사람은 마치 외로운 섬에 선 듯 했고 넘실대는 파도처럼 발밑에 뿌연 안개가 자욱했다. 섬 위에는 새하얀 눈이 깔려 있는데 한 그루 나무에 걸린 채 꺼져가는 등롱은 구름바다 사이에서 외로이 흔들리고 있었다.

"혹시라도 대학 떨어지면 돌아와서 가게 볼게."
"내가 그때까지 살지 모르겠다."
"할머니, 저 밖에 나가봤잖아. 산 저쪽은 뭐야?"
"바다지."
"고향이 그렇게 좋아?"
"할아버지, 할머니, 조상님들 다 여기에 묻혔으니까. 그래서 고향이라고 하잖아."

"할머니, 영원히 내 곁에 있어주면 안 돼?"

"이 할미는 언제까지나 네 곁에 있을 거야."

이 산의 바다를 보며 류스산은 '난 이제 외할머니가 없구나'라고 생각했다. 그렇다. 앞으로는 빗자루를 들고 온 진을 누비며 그를 쫓아올 사람이 없다. 이불을 들추며 아침밥을 먹으라고 그를 끌고 갈 사람도 없다. 담배를 입에 물고 그의 뒤통수를 때릴 사람도 없다. 땀을 닦으며 윈벤진의 어느 작은 가게에서 박스를 나르고 일 년을 하루같이 자신의 외손자가 집으로 돌아오길 기다릴 사람도 없다.

지난 며칠 동안 억눌러 왔던 슬픔이 터지며 마침내 눈가에서 눈물이 흘러내렸다. 심장이 우두둑 쪼개지고 피가 세차게 흐르듯 류스산은 쉰 목소리로 외쳤다.

"할머니 너무해! 할머니 이 짠순이! 할머니, 간다고 이렇게 바로 가냐. 이건 너무하잖아!"

5

버들강아지가 바람을 타고 날아다니면 의심할 여지없이 봄이 온 것이다. 날씨가 따뜻해지다 다시 추워진다 해도 일단 버들강아지가 바람에 날리면 윈벤진 전체를 훑고 다닌다. 그때 사람들은 지난날의 슬픔과 걱정을 내려놓고 진짜 새로운 한 해가 시작됐다고 자신에게 말한다.

왕잉잉 작은 가게도 더 이상 겨울 안에 얼어 있지 않고 따뜻한 바람과 함께 어린 새싹의 그림자를 새하얀 벽 너머로 내밀더니 이내 복숭아꽃을 피웠다. 첫 번째 꽃받침이 고개를 내밀던 날 밤, 류스산은 나무 아래에서 녹음펜을 켰다.

"아? 아?"

외할머니의 목소리가 조심스럽게 펜을 테스트하고 있었다.

"스산아?"

그가 대답했다.

"어."

마치 외할머니가 그의 앞에 서서 이야기하고 있는 것 같았다. 녹음펜의 목소리는 매우 또렷했다.

"스산아, 이 할미가 너한테 할 말이 있는데 행여나 네가 걱정할까 봐 이렇게 녹음해둔다. 내가 가고 나면 너 혼자 들어다오. 만약 나중에 네 엄마가 돌아온다고 해도 이 할미는 기다리지 못하게 됐다. 하지만 정말 만약에 네 엄마가 돌아온다면, 네가 만난다면 이 할미 대신 좀 전해주렴. 이 할미는 네 엄마를 미워하지 않는다고, 그러니 너무 슬퍼하지 말라고도 해다오. 네 엄마는 영원히 할미의 딸이니 항상 잘되길 바란다고. 네 엄마가 어딜 갔든, 얼마나 먼 곳으로 시집을 갔든, 돌아오든 돌아오지 못하든 네 엄마는 항상 내 딸이다.

기억하거라. 네 엄마에 대해 함부로 말하면 안 돼. 네 엄마도 쉽지 않은 인생이었으니까 너무 탓하면 안 된다. 네 엄마가 떠났던 그날 할미는 복숭아나무 아래에 술 단지 하나를 묻었단다. 만약에 네 엄마가 돌아오면 내가 함께 있는 것처럼 스산이 네가 같이 술 좀 마셔다오.

그리고 리씨 할아버지의 시계포는 내가 팔았다. 돈을 가져다줬더니 리씨 할아버지가 끝내 안 받겠다고 하더구나. 대신 그 양반이 원벤진 초등학교의 학생들에게 보험을 들어주고 싶다고 하더라. 이 진에서 20년 넘게 살았으니 사람은 가더라도 흔적이라도 남기고 싶다면서 진의 아이들을 위해 뭔가 해주고 싶다셨어. 통장은 침대 옆 수납장에 있으니까 언제 시간 나면 리씨 할아버지 찾아가서 보험 계약서 좀 써드려라. 너 이 개자식, 행여 그 돈 함부로 쓸 생각일랑 마라. 그랬다가는 이 할미가 네놈을 때려죽일 거야. 그리고 또 뭐가 있더라? 아, 대강 다 말한 거 같네. 근데 이놈의 기계는 어떻게 끄는……."

녹음펜 속에서 부스럭거리는 잡음이 들리더니 갑자기 소리가 딱 끊겼다. 류스산이 고개를 들고 보니 3월의 밤하늘에는 별이 총총했다. 별무리가 조금씩 움직이는 것을 보며 엷은 구름이 점차 밝아올 때까지 류스산은 가만히 서 있었다. 그날 이후, 복숭아꽃이 하나둘 꽃받침을 뚫고 가는 꽃잎을 내밀더니 금세 분홍색 꽃무리가 되어 흔들거렸다.

일주일에 걸쳐 청샹은 학생들의 자료를 가져왔고 류스산은 묵묵히 보험 계약서를 작성했다. 어린이상해보험은 금액이 비싸지 않아 1건당 2백여 위안이었으며 리씨 할아버지의 돈으로 3년은 충분히 낼 수 있었다. 아이들의 보험이 총 8백 건을 넘어서자 처음 계획했던 1천 건이 코앞이었지만 류스산은 더 이상 보험 건수에 연연하지 않았다. 이 보험들은 20여 년을 이 작은 진에 살았던 한 할아버지의 이 땅에 대한 마음이었다.

류스산은 어느 날 문득 회사 SNS에 허우 이사가 없다는 걸 알아차렸다. 하지만 그는 허우 이사가 사직을 했는지 아니면 다른 곳으로 옮겨갔는지 사람들에게 묻지 않았다. 허우 이사와 했던 무모한 내기도 그의 마음에서 사라진 지 오래였다. 1건 1건 열심히 계약서를 써서 회사에 보내다 보니 그는 어느새 정상적으로 월급을 받고 있었다.

6

3월 말, 꽃잎들은 미약한 중력의 힘을 이기지 못하고 떨어지며 원을 그리다 천천히 바닥에 착지했고 분홍색 무더기를 이뤘다. 청샹은 달걀찜과 냉동만두, 깨끗이 씻은 사과 하나를 아침 식사로 가져왔다. 그녀는 평소처럼 도시락을 류스산에게 건넸지만 걸음을 멈추고 떠나지 않았다.

"너한테 할 말이 있는데 앞으로는 기회가 없을까 봐 지금 하는 거야. 저기, 진지하게 들어. 꼭 외워서 잊어버리면 안 돼."

청샹이 말했다. 그녀는 한 치의 망설임 없이 다시 입을 뗐다.

"내가 열한 살이 되던 해에 우리 부모님은 싱가포르로 이주하기로 결정하셨어. 확률이 아무리 낮아도 시도해보자고 하셨지. 난 가고 싶지 않아서 쪽지를 썼어. 죄송하다고, 다시 건강한 아이를 낳으시라고 했어."

류스산은 고개를 돌려 청샹의 머리 위에 내려앉는 복숭아 꽃잎들을 바라봤다.

"난 작은이모랑 사이가 좋았어. 그래서 나 혼자 차를 타고 여기 와서 너를 만났지. 원벤진은 너무 좋더라. 따뜻하고 아름다운 곳이었어. 셀 수 없이 많은 잠자리와 반딧불이, 산에 올라가면 버섯도 딸 수 있었지. 야, 너 왜 이렇게 넋을 놓고 있어? 아직도 무단을 생각하는 거야?"

류스산은 청샹의 말에 어리둥절한 기분이 들었다. 무단? 그 이름은 어느샌가 그에게 낯설어져 있었다. 뼈에 새긴 것처럼 영원히 잊을 수 없는 사람이라고 생각했는데 이미 기억조차 못하는 사람이 됐다는 사실에 그는 정신이 멍해졌다.

마지막으로 무단을 그리워했던 게 언제였던가? 아마도 보험을 팔다 피곤해 곯아떨어졌던 날인 것 같기도 하고, 마오팅팅이 결혼했던 날인 것 같기도 했다. 어쩌면 아픈 외할머니가 걱정되어 잠을 이루지 못했던 그날이었는지도 모른다.

그는 무단을 잊었고, 잊어버린 날도 길어져 다시 기억하려 해도 그녀의 얼굴조차 잘 떠오르지 않았다. 이제 보니 그는 자신의 생각보다 무단에 대한 정이 깊지 않았던 모양이다. 아니면 그는 자신의 생각보다 몹쓸 놈이었던 모양이다. 어쨌든 류스산은 줄곧 살아내려고 열심히 노력하고 있었다.

그때 청샹이 목소리를 가다듬고 말했다.

"사실 윈벤진에서 가장 좋은 건 너였어. 그때 네가 등신같이 별별 거 다 갖다줬잖아. 난 아침에 눈 뜨면 오늘은 류스산 이 바보가 뭘 가져올까 궁금했어. 넌 너무 모자라서 나만 괴롭히고 싶었어. 다른 애들은 안 되고. 나중에 부모님이 작은이모에게 전화를 하셨는데 내가 받았어. 우리 엄마가 울면서 건강한 몸을 주지 못해서 미안하다고 하시더라. 엄마는 조그만 희망이라도 있다면 힘을 내자고 나한테 돌아오라고 하셨어. 그때 난 생각했지. 그래, 한 번 해보자. 내가 하루라도 더 살면 우리 부모님이 행복하실 테니까."

청샹이 피식 웃으며 류스산을 쳐다봤다.

"나 진짜 일찍 철들었지?"

류스산은 웃음 대신 정색을 하며 말했다.

"좀 천천히 말해. 못 외울 거 같으니까."

그러자 청샹은 류스산을 흘겨보며 말했다.

"난 싱가포르로 떠났고 검사를 하고 결과를 기다리고 수술을 하고 다시 검사를 했지. 일 년 또 일 년이 흘러도 내가 있는 곳은 병원과 집뿐이었어. 난 죽더라도 문맹으로 죽고 싶지는 않다고 했어. 그러니까 아빠가 가정교사를 구해주셨고. 숙제를 할 때 네 생각이 나더라. 너는 지금쯤 중학교에 다닐까, 고등학교에 다닐까, 엽기적인 여자친구를 만났을까, 날 기억은 할까?"

청샹은 가만히 말했다.

"나는 어쨌든 살았어. 쭉 살아냈지. 스무 살이 되던 해에 엄마가 농담 삼아 나한테 남자친구를 소개해주겠다고 하시더라.

나는 나에게 영원히 내일이 없을 수도 있다고 생각했어. 어느 날 갑자기 죽어버리면 그 남자친구가 얼마나 슬프겠어? 그럼 걔한테 너무 미안하잖아."

청샹은 바보같이 그녀를 보고 있던 류스산을 흘긋 보더니 배시시 웃었다.

"그런데 가만히 생각해보니 네가 내 남자친구라면 미안할 것 같지 않더라. 그래서 스무 살 생일이 되기 전에 또 몰래 집을 나왔지. 네 주소는 작은이모가 알려줬어. 누가 알았겠어? 나는 그동안 저축한 돈을 몽땅 갖고 바다 건너 널 보러 갔는데 네가 날 기억하지 못할 줄이야!"

청샹은 뿔이 잔뜩 난 얼굴이었고 류스산은 헤헤 웃으며 머리를 긁적였다.

"너도 나 몰라봤잖아."

청샹은 콧방귀를 뀌었다.

"역시 바보는 바보라 다른 여자한테 우스운 꼴이나 당하고. 원래는 그 계집애 한 대 때려주려고 했는데 네가 너무 안타까워해서 만나라고 보내준 거야."

그녀는 잠시 말을 멈췄다 다시 입을 열었다.

"근데 우리 부모님이 너무 빨리 오셔서 너랑 작별인사도 못하고 잡혀간 거야."

류스산이 작은 소리로 물었다.

"혹시 너 마음대로 퇴원하면 안 되는 거 아냐?"

청샹은 고개를 끄덕였다.

"당연하지. 매일 병원에 가야 되는데. 내가 살면서 딱 세 번 밖으로 나와봤는데 첫 번째가 초등학교 4학년 때고, 두 번째가 스무 살 때, 세 번째가 바로 지금이야. 얼마나 운이 좋은지 매번 널 이렇게 찾았네."

류스산은 눈가가 시큰해지고 온몸이 조금씩 떨려왔다. 그는 이토록 명랑한 청샹이 바깥세상을 한 번도 접해보지 못했을 거라고는 전혀 생각지 못했다. 또한 그녀가 매번 그 때문에 모험을 감행했으리라고는 더더욱 생각지 못했다. 청샹은 대수롭지 않다는 듯 의기양양하게 말했다.

"염려하지 마. 이번에는 몰래 나온 거 아니야. 약을 먹는 것도 별 의미가 없고 수술이 4월에 잡혀서 그동안 마음대로 살기로 한 거야."

4월이란 말에 류스산은 가슴이 덜컥 내려앉았다. 그는 감히 청샹을 똑바로 쳐다보지 못했다. 그는 이 여자를 잃을 날이 멀지 않았음을 알았다.

청샹은 치마를 탁탁 털며 치마 주름 사이에 떨어진 꽃잎을 떨궈냈다. 그녀는 반듯이 서서 우는 듯 웃는 듯 류스산에게 말했다.

"그러니까 나 갈게."

이 말을 한 그녀의 눈에서는 주체할 수 없는 눈물이 뚝뚝 떨어졌다. 류스산은 우두커니 서서 어찌할 바를 몰랐다. 차마 가지 말라고 할 수 없었기 때문이다. 청샹은 울면서 말했다.

"넌 나랑 함께 갈 수 없어. 내가 허락하지 않을 거야. 만약 수술이 실패하면 난 죽을 거니까. 그럼 너한테 미안해지잖아."

그녀는 우느라 숨을 헐떡거렸다.

"근데 내가 가면 넌 어떻게 해? 누가 너한테 밥을 갖다줘? 누가 너한테 자료를 찾아주지? 넌 이렇게 아무 쓸모없는 등신이나 마찬가진데. 약속해, 나한테 약속하라고. 앞으로 밥 잘 먹는다고……."

청샹은 지금까지 한 번도 이렇게 목 놓아 운 적이 없었다. 치우치우가 고아원에 갔을 때도, 외할머니가 세상을 떠났을 때도, 눈 오는 날 산꼭대기에 올랐을 때도 그녀는 이토록 서럽게 울지 않았다. 그녀는 아무리 슬퍼도 류스산에게 다 좋아질 거라며 위로해야 한다고 생각하며 참았다.

그녀는 울면서 말했다.

"너처럼 게으르고, 멍청하고, 성질 별나고, 말 안 듣고, 마음 약하고, 다리 짧고, 박력 없고, 글짓기나 조금 잘하고, 촌스럽기 짝이 없는 남자를 내가 왜 좋아할까? 미쳤나 봐. 근데 나 진짜 네가 좋아……."

2년 전 다른 여자는 평온하게 류스산에게 말했다. 넌 진짜 좋다고, 고칠 수 있는 게 아니라고, 우리는 서로 맞지 않을 뿐이라고 말이다. 류스산은 청샹의 얼굴에 붙은 머리카락을 떼어줬다.

"너 이렇게 우니까 정말 못생겼다."

청샹은 울다가 웃으며 말했다.

"너야말로 못생겼어. 넌 하늘만큼 못생겼고, 세상에서 제일 못생겼어."

"와, 내가 그 정도야?"

류스산이 물었다. 청샹은 힘차게 고개를 끄덕였다.

"그래. 넌 그 정도야. 잘난 데라고는 하나도 없어. 근데 난 네가 좋아. 어렸을 때부터 네가 좋았어."

류스산은 복숭아나무를 향해 손바닥을 뻗으며 말했다.

"나 밥 잘 먹을게. 잠도 잘 자고, 열심히 살아볼게. 점점 더 잘 살아서 이보다 더 좋을 수 없을 만큼 잘살게."

그의 약속을 들은 청샹은 폴짝폴짝 입구로 뛰어가다 뒤를 돌아보며 말했다.

"마지막으로 두 마디만 더 할게. 첫째, 나 찾으러 오지 마. 만약에 내가 살게 된다면 내가 너를 꼭 찾아올 거야. 네가 어디 있든 난 다 찾을 수 있어."

그녀는 손을 뻗어 손짓을 하다 두 팔을 펼쳤다.

"너는 내 삶에서 이렇게 빛나고 또 빛나는 한줄기 빛이니까."

청샹은 류스산에게 맑고 빛나는 미소를 지어 보였다.

"둘째, 만약 다음에 다시 만나면 우리 결혼하자. 약속한 거다?"

류스산은 그 어느 때보다 정중하면서도 힘껏 고개를 끄덕였다.

"그래."

청샹이 떠날 때 봄바람이 윈벤진을 지나며 꽃잎이 날려 정말 행복이 존재하는 것처럼 느껴졌다.

7

보험회사를 그만둔 뒤 류스산은 고아원에 자원봉사를 신청했다. 그를 담당하는 춘 선생은 그와 치우치우의 관계를 알고 당부했다.

"자원봉사자가 어느 한 아이에게만 관심을 보이면 다른 아이들에게 상처를 줄 수도 있으니까 주의하세요."

류스산은 알겠다며 고개를 끄덕였고 치우치우에게도 이 사실을 몰래 말해줬다. 그 때문에 두 사람은 주변에 누군가가 있으면 평범한 자원봉사자와 고아원생인 것처럼 행동했다. 대신 류스산은 다른 아이들이 보지 않을 때 치우치우에게 눈을 찡끗거리며 아는 체를 했다. 못마땅한 얼굴을 하고 있던 아이도 이때만은 옅은 미소를 지었다.

한번은 치우치우가 요구르트를 마시며 복도를 지나가는데 류스산이 바깥에서 풀을 뽑고 있었다. 두 사람은 서로를 쳐다보지도 않고 고개를 숙인 채 이야기를 나눴다.

"여기 오기 전에 진의 애들이 나한테 정신병자, 살인범의 딸이라고 하더라. 우리 아빠가 누군가를 죽인 것은 아니지만 진짜 잘못했으니까, 정말 죄를 지었으니까 나도 걔들이랑 싸우지 않았어."

누군가 이 복도를 지나갔다면 치우치우가 요구르트 병을 든 채 종아리를 복도 난간에 걸치고 혼잣말을 하는 줄 알았을 것이다. 밀짚모자를 쓰고 풀을 뽑던 청년 자원봉사자는 이렇게 말했다.

"아빠 얘기 하는 거 처음이네."

치우치우는 요구르트를 단숨에 마시며 다시 말했다.

"여기서 배불리 먹을 순 없지만 뭐라고 하는 사람은 없어. 엄마, 아빠도 보지 못하는 애들이 얼마나 많은지 몰라. 몸들도 다 안 좋고. 걔들에 비하면 적어도 난 아프지는 않잖아."

류스산은 슬쩍 고개를 들어 치우치우를 쳐다봤다. 이제 고작 일고여덟 살 된 여자아이의 표정이 얼마나 성숙한지 꼭 어른처럼 보였다.

"그러니까 내 걱정 너무 하지 마. 아빠가 계속 여기 있을 순 없잖아. 자원봉사자에겐 월급도 안 주는데. 아빠가 빈털터리가 된다고 해도 내 책임 아니다."

류스산은 밀짚모자를 고쳐 쓰고 고개를 숙인 채 계속 풀을 뽑았다.

"됐다. 내가 여기 처음 온 날 좋아서 울었던 사람이 누구였더라? 그리고 이 자원봉사는 기간이 한 달밖에 안 돼. 다음에 또 하려면 내년에나 올 수 있어."

이 말을 들은 치우치우는 잠시 말이 없더니 난간에서 뛰어내린 뒤 씩씩거리며 빈 요구르트 병을 쓰레기통에 던지고 그대로 뛰어가버렸다.

류스산이 고아원에 있던 한 달 동안 치우치우의 모습은 매우 뜻밖이었다. 아이들 틈에서 대장 노릇을 하며 위세를 부릴 줄 알았던 치우치우는 있는 듯 없는 듯 조용했을 뿐만 아니라 다른 아이에게 괴롭힘을 당하기도 했다.

　한번은 식당에서 밥을 받은 치우치우가 식판을 들고 가다 다른 아이와 부딪쳤다. 치우치우가 뭐라고 하기도 전에 상대 아이가 먼저 울음을 터뜨렸고 보육 선생이 소리치자 아이는 치우치우가 식판을 자신에게 엎었다고 말했다. 류스산이 아니라며 증언을 해주려고 했지만 치우치우는 그에게 잘래잘래 고개를 흔든 뒤 보육 선생에게 자신이 식판을 제대로 들지 못해 미안하다고 말했다.

　보육 선생은 치우치우에게 몇 마디를 한 뒤 울고 있는 아이를 다른 식탁으로 데려갔다. 류스산은 식판에 새로 음식을 담아 치우치우에게 갖다주며 낮은 소리로 물었다.

　"왜 사실대로 말 안 했어?"

　치우치우는 고개를 들어 류스산을 보며 그의 마음이 쓸쓸해질 미소를 지었다.

　"내가 걔랑 싸우면 앞으로 어떻게 해? 아빠가 여기 계속 있을 것도 아닌데."

　류스산은 그제야 치우치우가 고아원에 들어온 날부터 더 이상 기댈 곳도, 가족도 없기에 일찍 철이 들어야 하며 조심스럽게 자신을 보호하기로 마음먹었음을 깨달았다.

류스산이 자원봉사를 끝내고 떠나던 날 어린 숙녀는 수업에 집중하지 못하고 계속 창밖만 보았다. 류스산이 짐을 정리해 고아원을 나서려 할 때 춘 선생이 작별 인사를 하며 치우치우가 처음 쓴 글짓기를 건넸다.

"선생님이 아이들에게 좋아하는 동물에 대해 쓰라고 했대요. 다른 아이들은 판다나 강아지를 썼는데 치우치우는 뭘 쓴지 알아요?"

치우치우가 쓴 것은 류스산이었다.

내가 가장 좋아하는 동물은 류스산이다. 류스산은 키
도 크지 않고 엄청 가난하지만 얼굴이 조금 잘생겼다.

춘 선생은 활짝 웃으며 말했다.

"치우치우가 류스산 씨를 쓴 걸 보면 정말 좋아하나 봐요. 하하하. 이 글은 제가 기념으로 주는 거예요."

류스산은 고맙다고 말한 뒤 춘 선생에게 손을 흔들며 작별했다.

8

류스산은 차창에 머리를 기댄 채 손에 쥔 종이를 다리 위에 올려놨다. 차는 들썩들썩 흔들리며 먼 곳으로 출발했고 그는 눈을 감은 채 종이 위에 눈물 한 방울을 툭 떨궜다.

이 동물은 참 이상하다. 그의 집은 작은 가게를 하는데 툭하면 나한테 맛있는 걸 가져다준다. 작은 가게는 산에 있는데 꼭 구름 속에 있는 것 같다. 작은 가게에는 외증 조할머니도 있고 또 다른 동물도 있다. 나는 청상이란 그 동물도 참 좋다.

사랑해,
날 꼭 기억해줘.

CHAPTER 16

사랑해

1

한여름의 해변, 류스산은 모래사장에 반듯이 누워 있었다. 머물고 있는 게스트하우스의 카운터 직원은 여기 모래가 곱고 깨끗한데다 관광객도 적어 조용히 지낼 수 있는 좋은 곳이라고 했다. 류스산은 종종 맥주 캔을 들고 산책을 즐겼다.

두 발이 물보라에 젖도록 저녁까지 걷다 보면 근처에 사는 주민이 개를 데리고 나와 바닷가를 거닐었다. 털이 복슬복슬한 개는 신이 나서 짖으며 물 위를 첨벙거렸고 주인은 여유롭게 발걸음을 내딛었다. 바다에 가지 않을 때 류스산은 게스트하우스의 카페에 앉아 글을 썼다. 카운터의 젊은 여직원은 호기심 어린 눈길로 그에게 물었다.

"굉장히 진지하시네요. 작가세요?"

류스산은 고개를 저었다.

"보험모집인이었는데 지금 휴가를 보내고 있는 거예요."

"아, 그럼 보고서를 쓰시는 거예요? 혹시 실적이 너무 나쁜 거 아니에요? 보니까 쓰면서 자주 우시는 거 같던데."

여직원이 물었다. 류스산은 씩 웃으며 대답했다.

"제가 보험 영업을 하긴 하는데 소설을 써보고 싶어서요."

여직원은 여행하는 문학청년들이 많다는 걸 알기에 더 이상 묻지 않았다. 하지만 보험 영업을 하는 류스산은 그중 가장 문학적으로 보이지 않았다.

그가 일을 그만둔 지도 한 달이 넘었으며 이곳에서 2주 동안 머물렀는데 휴식을 마친 뒤에는 새 직장을 찾을 계획이었다. 그동안 그는 이 작은 해변 도시를 다니며 낡은 건물을 만날 때마다 걸음을 멈추고 들어가 한참이나 어슬렁거렸다. 펑리수를 벌써 몇 번이나 샀지만 리씨 할아버지는 만날 수 없었다.

젊은 사람들은 오토바이를 몰고 다녔고, 야시장에는 맛있는 냄새를 풍기는 먹거리가 넘쳐났다. 길거리의 연인들은 종종 싸움을 했는데 여자가 울면서 소리치면 남자가 버럭 화를 내며 돌아섰다 이내 여자를 꽉 끌어안았고 울음소리는 흐느낌으로 변했다.

이곳 사람들이 많이 먹는 빈랑나무 열매나 리엔우를 씹거나 아이스티를 마시면 가슴까지 시원해졌다. 외할머니 말처럼 바다독나무는 정말 밤에 꽃을 피웠다. 류스산은 이런 도시에서 결혼을 하고, 살고, 헤어지면 어떨지 궁금했다. 산과 바다를 사이에 둔 꿈일 뿐일까?

마침내 류스산은 글쓰기를 마치고 떠나기 위해 방값을 계산했다. 카운터의 여직원은 호기심 어린 목소리로 물었다.

"다 썼어요?"

"다 썼어요."

"그럼 나중에 책 나오면 저한테도 한 권 보내주실 수 있어요? 괜히 번거로울까요?"

"아뇨."

류스산은 여직원의 연락처를 적은 뒤 조심스럽게 백팩에 넣었다.

2

2017년 음력 8월 15일, 비 온 뒤의 숲은 생기가 넘쳐났으며 하늘에는 무지개가 걸쳤다. 세상의 모든 만물이 고향이 있듯 류스산은 자신이 태어난 집 마당에 한참이나 서 있다 누가 우리를 보고 싶어 하는 것 같다고 중얼거렸다. 그는 이 말을 외할머니와 자주 나눴지만 이번에는 응답해줄 사람이 없었다.

류스산은 고개를 돌려 텅 빈 집을 바라봤다. 낡은 집의 나무 문에는 '왕잉잉 짠순이'라고 새겨져 있었다. 왼쪽의 주방문을 열고 류스산은 뽀얗게 먼지가 앉은 가스레인지 위에 물을 끓였다. 그때 문득 그의 눈에 한 꼬마 녀석이 의자 위에 올라서서 뒤집개로 청경채를 볶으려고 애쓰는 모습이 보였다. 가게에 물건을 들인 뒤 곧 돌아올 외할머니께 드릴 음식이었다.

바람이 불고 마당의 문이 삐걱대며 열리더니 상쾌한 물기가 류스산의 얼굴에 맺혔다. 그는 돌아왔고, 추석에도 돌아왔다. 윈벤진의 가을은 늘 그렇듯 시원하고 또 사람의 마음을 끌었다. 류스산은 복숭아나무를 보며 말했다.

"할머니, 이제 없어? 그럼 할머니가 날 보고 싶어 하는 거네."

그는 눈물을 한 방울 한 방울 흘리며 또 말했다.

"나도 많이 보고 싶어, 할머니."

3

서점 진열대에는 새로운 책 하나가 올라와 있었다. 많은 사람의 눈길을 끌지는 못했지만 간혹 누군가가 그 책을 펼쳐 윈벤진이란 산속 작은 진의 이야기를 읽었다. 책의 속표지에는 이렇게 쓰여 있었다.

남을 위해 살고,

또 나를 위해 살자.

희망과 슬픔은 모두 한줄기 빛이잖아.

그러니까 언젠가 우리 꼭 다시 만나게 될 거야.

즈거는 난징에 들르라며 문자를 보내왔다.

'내가 마침 콘서트를 하니까 책에 사인 좀 해서 와. 예술계 사람들끼리 큰 행사 한번 해보자.'

류스산은 콘서트란 말에 기가 죽어 답장했다.

'콘서트? 그럼 사람이 엄청 많을 거 아냐. 내가 책을 몇 권이나 가져가면 될까?'

즈거는 손가락으로 꼽아본 뒤 문자를 보냈다.

'많이 가져와, 최소 50권.'

류스산은 고아원으로부터 치우치우를 주말에 데리고 나가도 된다는 허락을 받았다. 그는 신이 난 치우치우의 손을 잡고 난징 상하이루로 향했다. 즈거가 말한 술집은 그리 크지 않아 40~50명 정도가 겨우 들어갈 수 있을 것 같았다.

저녁 8시 반쯤 되자 자리는 이미 가득찼다. 퇴근길의 중년 남자들, 부근의 대학생들, 아름다운 직장 여성들은 잔을 부딪치며 와자지껄 떠들어댔다. 즈거가 누구인지, 그가 유명한지는 중요하지 않았다. 술집 단골손님은 여기서 노래하는 사람 노래 솜씨가 아주 끝내준다고 칭찬했다.

잠시 후, 즈거가 노래를 시작했고 노래 제목은 '류스산'이었다.

내게는 류스산이란 친구가 있어.
평범한 날들을 사는 친구지.
류스산은 성적도 나쁘고
사랑은 아예 파묻어버렸어.
류스산은 열심히 일했지만
뭐든 맛있게 먹을 수 없었어.
보험을 팔고 또 팔고, 책을 쓰고 또 써도
미래는 아직 멀기만 하네.

나비는 길 위에서 죽고

구름가에는 유품이 숨겨져 있어.

어떤 사람은 마음에 깊이 새긴다더니

몇 년 지나지 않아 잊고 말아.

하지만 어떤 사람은 삶도 죽음도

곁에서 늘 함께 하지.

사랑하면 함께 계획하고

재회는 꼭 계산할 필요 없어.

그렇게 오랜 세월 동안 계산해보니

사람보다 하늘이 계산하는 게 나은 거 같더라.

술 한 잔 마시고

우리 서로 잊어버리자.

편지 한 통 쓰고

우리 길고 긴 세월을 보내자.

친구야 겁내지 마,

걸음을 멈추지 마,

삶은 끝나지 않고 계속되니까

어떻게든 따라갈 수 있을 거야.

아야야, 내 친구 류스산,

류스산, 류스산

살아 있다면 실패가 아니야.

류스산, 류스산

넌 이렇게 끝난 게 아니야.

멜로디는 단순했지만 사람들은 맥주를 마시며 함께 큰소리로 따라 불렀다.

"류스산, 류스산 살아 있다면 실패가 아니야. 류스산, 류스산 넌 이렇게 끝난 게 아니야."

구석 자리에 앉아 있는 여자들은 누가 생각이 났는지 노래를 부르다 눈물을 흘리기도 했다. 사람들이 열정적으로 건배를 하며 한목소리로 크게 노래를 불렀다.

"류스산, 류스산 살아 있다면 실패가 아니야. 류스산, 류스산 넌 이렇게 끝난 게 아니야……."

치우치우는 어리둥절한 얼굴로 물었다.

"아빠, 저 아저씨가 노래하는 게 아빠야?"

류스산은 치우치우를 안아주며 말했다.

"그럴 수도 있고, 아닐 수도 있지."

4

2018년 1월 29일, 류스산은 싱가포르에 도착했다. 여행용 가방에는 옷과 책 몇 권이 들어 있었다. 뤄 선생이 알려준 주소에 도착한 류스산은 두꺼운 외투를 벗었다. 이곳은 온도가 20도가 넘고 하늘은 온통 새파란데다 거리에는 구릿빛 피부의 사람들이 오갔다.

뤄 선생이 알려준 대로 류스산은 한 아파트로 들어갔다. 현관문을 연 우아한 중년 부인은 눈가에 주름이 있었지만 살구같이 예쁜 눈이 청샹의 눈과 정말 똑같았다.

"누구……?"

류스산은 긴장한 얼굴로 허리를 굽혀 꾸벅 인사했다.

"어머님, 안녕하세요. 저는 류스산이라고 하고 청샹의 친구인데요. 청샹의 생일이라 찾아왔습니다."

중년 부인은 미소를 지으며 류스산을 한참이나 바라보다 부드럽게 말했다.

"그쪽이 청샹이 살아 있을 때 자주 얘기했던 류스산 씨군요."

그녀의 말 한마디에 류스산의 눈가는 순식간에 붉어졌다.

"말도 참 안 듣네. 우리 애가 찾지 말라고 하지 않았어요?"

중년 부인은 눈물을 반짝이며 말했다.

"내가 우리 애랑 내기를 했는데 류스산 씨가 꼭 올 거라고 했거든요. 근데 내가 정말 이겼네."

"우리 애가 류스산 씨에게 남겨둔 게 있어요."

청샹의 엄마는 거실 중앙에 걸린 그림을 가리켰다. 류스산은 현관문 안으로 들어서자마자 그 그림을 똑똑히 볼 수 있었다.

"마지막 며칠 동안은 정말 열심히 그렸어요. 그림 제목은 '한 줄기 빛'이라고 하더군요. 난 무슨 뜻인지 정확히 몰랐는데 청샹 말이 류스산 씨는 분명 알 거라고 했어요."

류스산은 그림 제목이 무슨 뜻인지 당연히 잘 알고 있었다. 그는 한참이나 그림 앞에 서 있었다.

그것은 과슈화로 그림 속 낮은 담 너머 복숭아나무 아래에 두 사람이 나란히 앉아 있었다. 꽃잎이 날리고 햇빛 한줄기가 비스듬히 두 사람을 비추고 있는데 여자는 남자의 어깨에 머리를 가만히 기대고 있었다.

현실에서 그들은 손을 잡아본 적이 없다. 하지만 그림 속 여자는 남자의 손을 잡고 햇빛 아래서 눈부시게 행복한 표정을 짓고 있었다. 그림 아래에는 만년필로 글 몇 줄이 적혀 있는데 글씨가 얼마나 예쁜지 꼭 웃음기가 묻어날 것 같았다.

생명은 빛이야.

내가 꺼지기 전에 조금이라도 너를 비춰줄 수 있었다면

내가 할 수 있는 일은 다 한 거야.

사랑해, 날 꼭 기억해줘.

(끝)

Epilogue

이 소설을 끝까지 읽어주셔서 감사합니다.
이 책은 우리 내면의 보잘 것 없는 자신을 위해
우리가 사는 동안 만났던 슬픔과 희망,
그 길 위에 늘 머물렀던 한줄기 빛을 위해 썼습니다.

또한 모든 사람들의 마음속 산과 바다를 위해
우리를 떠났던 사람을 위해
우리와 함께 해주었던 사람을 위해
우리의 고향에서 함께 살았던 외할머니를 위해 썼습니다.

다음에 다시 또 만나요.

DODO
ENJOY
NOVEL

우리가
나누었던
순간들

초판 1쇄 인쇄 2019년 6월 24일
초판 1쇄 발행 2019년 7월 15일

지은이 장자자
옮긴이 정세경

발행인 이웅현
발행처 (주)도서출판 도도

전무 최명희
기획 · 편집 홍진희
디자인 김진희
홍보 · 마케팅 이인택
제작 퍼시픽북스

출판등록 제 300-2012-212호
주소 서울 중구 충무로 29 아시아미디어타워 503호
전자우편 dodo7788@hanmail.net
내용 및 판매문의 02-739-7656~9

ISBN 979-11-85330-60-0(03820)
정가 16,000원

이 도서의 국립중앙도서관 출판예정도서목록(CIP)은 서지정보유통지원시스템 홈페이지(http://seoji.nl.go.kr)와
국가자료공동목록시스템(http://www.nl.go.kr/kolisnet)에서 이용하실 수 있습니다. (CIP제어번호 : CIP2019024223)